詩門血脈論

內篇

季惟齋 著

華東師範大學出版社

華東師範大學出版社六點分社　策劃

目　　錄

序　一

　　壬辰春暮，季子惟齋相遇於舒州。遡山谷流泉，訪石牛洞，摩抄唐宋崖刻，同遊甚樂。其人英奇礧砢，有國士之風，別後猶懷想無已。昨以所撰詩門血脈論見寄，令弁數語於其端，責望甚重。予惶愧無以自處。書中論列之詩家別集，尚未盡悉畢讀，則予何以序之。雖然，私心之仰企降歎，又不可不略宣一二焉。孟子言詩亡，非謂詩之無人繼作，實痛感詩道之先亡也。今處乎板蕩之世，末俗陵夷，下民多辟。溫柔敦厚之詩教，淪胥久矣。惟齋以揆天之才，養其中和，涵泳六藝，抱蜀藏器。徵聖立言，成數十萬言之書，廣啟法門，獨升堂奧，紹復素王之至道，清理宗派之源流，考其變易，識其才性，解其意韻，別其雅俗，工夫之勤，志業之盛，當代鮮有倫比，而作者之心，亦苦矣。素問云心主身之血脈，又云血脈欲其通，筋骨欲其固。予謂詩道亦然。惟齋以大脈十二，貫通詩門，恰符人身經脈之數，所繫諸家殆經絡之腧穴邪。鍼其要穴，則全脈皆通，脈通則心血能達。十二脈皆由一心以主之。學者苟能通其一脈，詩心可得而探，詩門可得而入，而詩道亦可得而聞矣。及其論三教之交光互攝，聖門詩門之同異，均深造所得，粲乎可觀，宜其超然塵壒之外，非時下命題以作文者所可追攀也。至於全書援據之博，勝義之多，更非此文所得而盡言。俟他日買舟錢塘，與惟齋逍遙乎南北二峯間，飲湖山之醲酥，微醺之際，重與細論也。癸巳立夏嶺南陳永正謹序於止齋。

序　二

　　余知季君惟齋，始于讀時賢譚藝之文，然未睹其詩。後於書肆偶見君著徵聖錄，驚其博通四部，識見超卓，文辭醇雅，當即購書，並從友人處詢得季君電話，遂與聯繫。君寄示新著書史，囑余撰序，余於書藝實在門外，安敢妄議，轉請龔鵬程先生為之。壬辰春暮，余籌辦天柱山詩會，群賢畢至，惟齋亦攜夫人來，同登古南嶽賦詩，極一時之樂。別後未及兩載，惟齋成詩門血脈論內篇廿餘萬言，晉學之猛，如日方昇，光徹雲漢。君復命為喤引，屢辭不允，乃略述讀後所感，以志交誼，不足以言序也。

　　惟齋此書，論析先秦至唐宋之詩，以人體經絡為譬，分不同之風格流派為十二脈，而總攝于詩人之一心。學詩者任通一脈，可入詩門。自南宋至晚清、民國之詩，皆不出十二脈之範圍，故祇於卷末總論略舉代表作家，不為詳述。君既以醫家血脈之論喻詩，復以禪密說詩，析各家各派之特色與流變，深中肯綮，洞察幽玄，于鍾仲偉詩品、劉彥和文心雕龍、皎然詩式、司空表聖詩品、呂紫微江西詩社宗派圖、嚴儀卿滄浪詩話、沈歸愚說詩晬語、葉星期原詩、舒鐵雲乾嘉詩壇點將錄乃至近代陳叔伊石遺室詩話、當世錢默存談藝錄諸名著之外別開生面，致廣大而盡精微，通古今之變，成一家之言，可謂落落不群者矣。書中縱論歷代大家名手，如數家珍，十二脈中釋道心性一脈則世俗罕知，惟齋闡其幽光潛德，令人耳目一新，更為他書所未備。至若十二脈詩家造詣或有高下深淺之異，君以佛門平等觀視之，辨其異而識其通，無畛域之隔。斯亦聖門所言"天下同歸而殊途，一致而百慮"、"萬物並育而不相害，道並行而不相悖，小德川流，大德敦化，此天地之所以為大也"、"乾道變化，各正性命，保合大和，乃利貞"之義。兼具漆園叟萬物與我為一之旨。蓋惟齋自云"發蒙於老聃，養氣於儒家，而終透於禪門"，"吾之血親，莫若周、孔，吾之師傅，莫若佛陀，而吾之知己，莫若莊周"，（宋儒忘筌編自序）豈但會通中土三教並經史諸子、詩文書畫之學，舉凡"基督教、印度教、伊斯蘭教之聖賢，泰西、日韓諸國古今之哲人，皆嘗加持於我，一切交光而互攝，唯我而獨尊，是我而無我，性相不二，只是中而庸之，學而時習之，惟精惟一，允執厥中"，較諸馬翁一浮"六藝總攝古今一切學術"之說，愈增宏闊。於此可覘惟齋之胸襟抱負，一曲之士烏可測哉。

夫吾國詩學，以今語釋之，乃一創作學之體系，論議自創作中來，復又導引創作，若無作詩之甘苦體驗，論詩則隔靴搔癢、霧裏觀花。曹子建與楊德祖書云"蓋有南威之容，方可以論於淑媛。有龍泉之利，乃可以議於斷割"。歷代詩論家鮮有不能詩者。賢人君子，博學審問，慎思明辨，更重篤行，道德踐履於人倫日用、體國經野之中，詩文遊藝亦莫不知行合一。洎乎今世，道術為天下裂，言與行分，授詩於上庠者高論煌煌，而作一二絕句竟不知平仄。惟齋於聖、佛之學，皆真修實證，身踐力行，每言開悟之心得，牖啟世蒙。論詩之前，已潛心吟詠，積稿成無懷氏詩集。自序云始效同光體，後悟其非，乃棄江西而入于唐，悟唐賢之詩不發力之妙者與陶靖節同。由此通魏晉、三唐、兩宋之統，文質互濟，且持此通則驗諸百代詩人之情性，門戶之見渙然冰釋。復謂今日詩學有偏執、輕薄、沉滯之失，須以中正渾厚、幽玄飄逸之氣調變之，洵真知灼見也。沈乙庵論詩，謂通元祐、元和、元嘉三關，自有解脫月在。即通經學、玄學、理學為詩，因詩見道，三諦圓融，合詩人與學人之詩二而一之。惟齋詩通三統之說，與乙庵同聲相應而規模弘遠。君論詩既尊唐而上知魏晉，下兼兩宋。論學亦主唐，"唐學主中和圓妙，渾然融通，所謂無分別心者也"，"唐學又特尚元陽氣魄，所謂依自不依他者也"，"而唐學格局又能兼務實、超玄二性為一體，為古今獨步者，實乃萬代之師也"，"予主唐學，乃以唐人之精神實為周漢以後中華之最正大光明者，實為東方圓滿精神之代表也"。（宋儒忩筌編之近思錄首二篇玄義緒言）拂拭塵埃，于漢學、宋學之間手辟乾坤，作詩與論學，觀念一以貫之。詩通三統而學融三教，兼賅域外之學，"乃欲中華復能汲取天竺、泰西諸異域之大智慧為我用，復能使世界聖賢之學活潑潑於日用平常之中也。重振國威，非此莫由"。噫。惟齋惓惓救世之心，誠亦苦矣。

有清一朝學術，有集大成之概，詩人多為學人。鴉片戰爭後四夷交侵，詩人學人憂國族之沉淪，以詩鳴志，以學立言，大家輩出，燦若星漢。惟齋於晚清、民國以至當世學苑名流之書，無不窺其堂奧，諸如沈乙庵、辜鴻銘、章太炎、王觀堂、劉申叔、馬一浮、柳翼謀、錢子泉、黃季剛、呂誠之、陳寅恪、湯錫予、陳援庵、劉鑒泉、梁漱溟、熊子真、錢賓四、謝無量、方東美、潘雨廷、牟宗三、唐君毅、徐復觀、錢默存等，僂指不盡，惟齋皆一一評判，以呂氏春秋名類篇同氣五品說之，"同氣賢於同義，同義賢於同力，同力賢於同居，同居賢於同名。帝者同氣，王者同義，霸者同力。勤者同居，則薄矣。亡者同名，則蛸矣"，五類各分上中下三品，以大儒馬湛翁居同氣上品，高出儕類。今世儒門則潮安饒選堂先生、吉安龔鵬程先生亦在同氣之列，"若選堂老人之博雅、鵬程先生之識見，方之宋人，亦有過之而無不及"。至若馮友蘭、范文瀾、胡適、顧頡剛、郭沫若輩，喜追逐潮流,以立其文化影響力之霸權,不惜曲學阿世,高者不失為同力之上品,乃外道之大者,卑者為同居、同名,此等人最多,"一生學問之道,多只是玩弄光影,以談論古聖賢學術之名相為業而已。使此輩傳習國學為權威,國學必亡"。(宋儒忘筌編緒言同氣十五品說)蓋惟齋論詩,十二脈之古賢皆以平等觀視之,消除門戶之見,以達圓成。論學則自朱子以至近世牟宗三,重在指陳其學之失及流弊。於學界未能貞守古聖賢之義、藉學術沽名釣譽之徒,則鳴鼓而攻之,明辨是非高下,揚善祛邪。論詩論學,海納百川而壁立千仞。修身行道,以承聖賢之血脈、臻同氣之上品自期。噫。微斯人,吾誰與歸。

詩門血脈論自序云詩門亦一大宗派,與三教和而不同。詩猶鸞鷟,非梧不棲、非竹不食,豈俗人所可會。"詩騷以迄盛唐,多得位者,中唐、北宋以降,雅俗愈裂判矣,清濁愈分,元力愈散"。余在省垣社科院,以研探近百年傳統詩詞為業,上文所舉沈、章、王、劉、馬、柳、陳、黃、劉、方、錢、饒諸學人之詩,皆在論列,上溯歷代詩之淵源,觀其流變,與惟齋自上而下之取徑有異,而以詩心為真善美之合一,區分雅俗清濁之意,則與惟齋同。詩者,藻耀高翔,文章之鳴鳳也,吾國文字音形義之美於詩為極致,非聖門義理之學可限。而深涵義理,與道家、禪宗之學亦交光互攝。俗子不識真詩,如莊子所謂居蓬蒿之斥鴳不知鯤鵬、嗜腐鼠之鴟不知鵷雛也,此輩今世滔滔皆是。惟齋論詩之書,當與徵聖錄、書史、宋儒忘筌編諸著並讀,知其統緒,明其旨歸。挽狂瀾於既倒,障百川而東之,功不在昔賢之下也。

二十世紀吾國屢經兵火,生靈荼毒,文革間斯文掃地,典籍俱焚。近三十餘年間轉以金融資本為中心,德性淪喪,人欲橫流,有識之士無不同聲慨歎。惟齋誕於浙東,山水鍾靈,抗志希古,承呂東萊之緒而發皇光大,著書多種逾百萬言。年來移居聖湖之濱,坐擁皋比，滋蘭九畹。君有自由之思想、獨立之人格，復具廣大之器量、悲憫之仁心，人中麟鳳，萬難覯一。吾國若有百千士子如惟齋者，何患道之不弘、學之不繼。秉國者倘能選賢與能，講信修睦，溥施仁政，協和萬邦，何患盛唐氣象之不復耶。

　余馬齒長於惟齋，而學術不及惟齋遠甚，讀惟齋諸著，愈增愧怍。雖然，先聖云見賢思齊，朝聞道夕死可矣，余又以識惟齋為幸也。此書為內篇，當有外篇之續，跂予望之。惟齋喜游，讀萬卷書行萬里路，俟春秋佳日，約君至吾鄉大別山中，攬妙道、司空之勝，晞髮陽阿，歌玄暉、太白之詩，洗心岩瀑，惟齋其許我乎。是為序。甲午端陽，嘯雲樓主劉夢芙沐手序於淝濱寓居。

【自注】司空、妙道，皆吾鄉岳西境內名山。司空山為禪宗二祖慧可卓錫之地，李白於此隱居，有避地司空原言懷五古。今存太白書堂遺址，乃司空八景之一。妙道山，據云晚唐高僧義玄自浙江天目山來此結廬，傳道講經，時人尊為臨濟祖師，由其開創之禪宗南宗南岳系臨濟教派，迄今宗風不衰，遠傳海外。後人稱義玄之道行為妙光善道，山以此得名。岳西另有明堂山、天仙河諸景區，皆林壑幽絕。

自　序

　　曩觀達摩文字，有血脈論一篇，殊喜其題。今作詩論，乃以名之。吾言詩門，猶人謂儒門、佛門。詩門亦一大宗派，其與三教和而不同。其和處，蓋與三教內外，交光互攝。詩門、聖門，並無二致。其不同處，則自有血脈相承，機用各異。聖門不足以統攝詩門，詩門亦何能混同於聖門。使必求一以貫之者，則聖門、詩門皆歸於一心。而此又正予所謂交光互攝處。不同亦不異，其微妙如是。詩猶鸑鷟也，以才性為體，以聲音、文字為翼，以意韻為眼目，以神變為呼吸，使其鳴於岐，則得位矣，人皆見而知之，弗能則非梧不棲，非竹不食，豈俗人所可會。詩騷以迄盛唐，多得位者，中唐、北宋以降，雅俗愈裂判矣。清濁愈分，元力愈散。又有古尊宿，亦樂吟事，其人忽雙翼俱斂，棲心無寄，力用相收，轉，於無聲無字處出驚雷。宜僚弄丸，不過如是。此脈既出，又非雅俗之道所能測。予坐擁群籍，浩瀚無盡，理茲詩脈，亦奚翅統領千軍萬馬。各脈只舉要人，此吾將將之術耳。樂至則自澆以酒。當與古人心神感通之際，時有夢應靈通，輒為韻語數句以繫之。年來以家宅為關房，深入定慧三昧，此論多草於閉關中，則時以禪密說詩，亦甚自然。昔僧皎然、黃山谷、嚴滄浪此習寖深，吾變其本而加厲者也，通人哂之可矣。惟齋識。

卷子 詩經通樂脈第一

　　齊己風騷旨格言詩有三格，上格用意，中格用氣，下格用事。善哉斯言。詩經因用意而聖，非後人所及。後人中天才超絕者，亦能用意，然不能如風、雅、頌之醇全也。然欲知風、雅之意者亦甚難，詩經之學，亦因辨意而歧裂。西漢三家義、毛詩序、朱子詩集傳及近世諸說，其於經義皆大相徑庭。血脈論述詩經通樂脈者，乃言詩歌之學，非經義也。然欲知其意者，又焉能離乎經義之學。故此脈之理，述之最難。自亭林以下，清儒好詩者，能深造其音韻訓詁，勝於前人。此固屬事之下格爾。然如王先謙氏詩三家義集疏，乃真能兼清學之長而直探西漢之意趣者。唐有天才柳子厚作唐雅，模擬詩經，得其神采。此後模擬者愈衆，而鮮能工。逮至有明後七子，如王元美亦嘗效仿之作四言體。此等所得者有深淺，有高卑，有真偽，其皆屬氣之中格。求如束晳之補亡能略得古詩之意者，亦罕覯矣。故尤能論其意旨者，還數先於束晳之兩漢人，自不離乎經義之學也。吾國詩門十二大脈，此脈影響後世最深最遠，而為諸脈之不祧之祖。然以詩體及文法論，後世之五言、七言，迥異於此脈之以四言為主。自近體律對者興，愈別異於風詩淳古之文。故此脈所以至為深遠者，詩以神理主之，學以經學尊之故。而後世詩體，自開一路，實又甚疏離之。後人自又奉老杜為詩聖矣。故此脈之影響後世詩門最遠又似疏，最深亦若淺，蓋亦奇哉。黃檗傳心法要嘗云"喻如陽燄，你道近，十方世界求不可得。始道遠，看時只在目前。你擬趁他，他又轉遠去。你始避他，他又來逐你。取又不得，捨又不得"。吾於詩經亦作如是觀。如王元美輩欲擬趁他，他又轉遠去矣。如鼓吹盛唐法度者始避他，他又來逐你。取又不得，捨又不得。故曰，此脈之理，述之最難。

人情者聖人之田

禮記曰"人情者，聖人之田也"。詩道之妙，莫過於此。吾觀後漢書，范蔚宗謂光武、鄧禹君臣之美，後世莫窺其間。又有寇子翼好學明經，而能斬戮來使，大乖常禮，終降其城。殺一人而屈人之兵，活人亦多矣。此若為人情之酷者，而實能契合天道之仁慈。東漢人尚且如是，則泰古以迄周、秦之人，更毋論矣。此皆人情之微妙難測處，而聖人早已洞悉無間。詩三百者，實為人情之藏經密續，使學人能親其法要，亦可上參造化，中應物理，下觀情變。聖人以情為田，詩經以人為本，人之性情，愚夫愚婦，至於聖賢，皆為同一，而仲尼刪詩，乃取此莫二之道，以感鬼神，通夫華夷中外萬代人之心，而不求事於玄虛之道體聖諦，不亦妙哉。呂東萊伯恭左氏博議卷十三嘗云"聖人之意，蓋將舉匹夫匹婦胸中之全經，以救天下破裂不全之經，使學者知所謂詩者，本發乎閭巷草野之間，衝口而發，舉筆而成，非可格以義例而局以訓詁也。義例訓詁之學，至詩而盡廢，是學既廢，則無研索擾雜之私以累其心。一吟一諷，聲轉機回，虛徐容與，至理自遇，片言有味，而五經皆冰釋矣。是聖人欲以詩之平易，而救五經之支離也。孰知後世反以五經之支離，而變詩之平易乎"。其說固為權說，而義理極深徹，學詩者不可不奉為圭臬也。（孔子刪詩之時，並未有所謂天下破裂不全之經者，而義例訓詁之學所致五經支離之病，後世之事耳，故吾言其說亦不盡然。東萊之說，乃方便善巧，屬權宜之論，為時人所發之藥耳。）人情者，為詩經通樂脈之根柢所在。通樂不離人情，三才之道即是天樂。此人情非凡情，非妄念，乃本之天然，不須安排者，如鳥之飛空，不留軌則，以意為主，不求言辭之弘麗。以禪家觀之，此人情即在無思慮處。故東萊云義例訓詁之學，至詩而盡廢，是學既廢，則無研索擾雜之私以累其心。此即無思慮之謂也。詩經之妙諦，即是無思慮。自楚辭始，思慮漸萌矣。後世人情愈熾盛，然妄情多，真情少。真妄似難辨，亦不難辨。差之毫釐，謬之千里。盛唐人所以能重振乾坤者，以其能復真情。狐疑盡淨，正信調直，政開元、天寶間詩人之謂。說詩第一義諦，本於人情。西漢三家義，尚多本乎人情，至毛序，則兼聖教、人情而說之，得失亦參半。迨朱子以毛序為非，其詩集傳實乃以聖教、凡情而解之者。其盡以淫奔詆鄭、衛而為世人所詬病，即其凡聖之分別心思慮心所致者。此其凡情所在。而至近世顧、胡輩，則全以凡情解詩，其非聖人本心所在亦甚明矣。（今世寰宇之內詩學之將亡，實即人情之大萎靡所致者。近世里爾克，通於神明之人情也。蟲魯達，達於肉身之人情也。布羅茨基，死生文脈之人情也。自布羅茨基死，泰西詩學愈萎靡。陳散原，士氣高純之人情也。馬一浮，心光明粹之人情也。海子，混沌新生之人情也。自海子死，吾國詩學亦愈頹喪。三十年來，世界之人情愈為澆薄，吾國尤甚，其不能出真詩人，亦自然爾。當世中能兼神明、肉身、文脈、士氣、心光、混沌之養者，縱其不為詩，亦必為當世之真詩人也。）

詩門開闢已有三度

詩經實非上古之文字。三百篇蓋若經千錘百煉，亦爐火純青矣。詩道之開天闢地，吾謂已有三度焉。其一在太古，未有文字之先，詩之意已在，文字既肇，即是詩矣。（亦猶文字既孳，即是書法也。
未有文字之前是何境界。吾宋儒忘筌編近思錄首二篇玄義緒言有云"孔子之
前，尚有黃帝堯舜周公，釋尊之前，尚有婆羅門教吠陀、奧義書，然黃帝時造文
字之前，吠陀、奧義書之前，無書可讀，無法可修，無佛可作，無聖可為，是何世
界。此予昔所未深解者。蓋渾沌無為之世界其法要何在，為不可知。今忽悟
此不立一切見、一切修、一切行、一切果之要諦，即其懸解也。原始人類伏羲
神農之世界，其法要即禪宗、大圓滿所言者，不立一切見、修、行果，平空鬆坦，
自生自顯。故曰俱生原始智"。）詩經即此玄秘時代之晚期詩歌之集大
成者，而由夫子刪定焉。開闢其二，則在戰國。屈子楚騷，莊周逸
辭，乃啟闢文士詩學之新綱維，而後波瀾極闊。莊子者，散體之詩
也。然上古昔時之詩，不必皆由士夫作，至此則詩文幾成士夫之專
門。章實齋所謂言公之古義隳矣。屈、莊之道，在後人觀之，上古
詩學之混沌虛無，為其所鑿拓，而畎流詩道，萬彙滋溢，諸體漸備
矣。然至南北朝，氣象又愈紛亂混雜。而由盛唐第三度開闢之。
當此之際，自見老杜驅駟元化，劈楷萬業，輪薄不息，以開天門，得
元氣，澄陰陽，正大易行，若上古之聖，非青蓮可比。青蓮總前代之
大成，為屈、莊之還魂，而闢詩界之新乾坤者，老杜也。自元微之評
定杜詩，而後其勢愈朗，唐人學杜，至晚唐已多，迨兩宋亦可謂如日
中天矣。吾儕今日猶噓吸於少陵氏所析肇之詩界中。詩經為仲尼
所刪定，固已非其本來面目。參盤庚及近世所見之金文，亦可知其
論之不虛。今所見之詩三百，實已歷天匠之錘鍛，亦已火候醇熟，
出神入化。此天匠者誰，亦先民爾，因不可考，故謂之天匠云者。
昔人喜言詩三百皆不經意之間，造於極詣，不求工而自工，固得之
矣。然吾今日補論之曰，使以太古之心觀之，詩實亦有經意鍛造之
處，唯機神天織，衣若無縫而已。而其縫實不能真無之。非惟詩經
如此，易、書、禮、樂、春秋亦然。（故習周易者，當以老子、佛法、道教相
參證，窮極究竟，而不易滋生病弊，入圓滿地。習尚書者，當參稽古史，深入蒙

昧，方能通其神明之大全。如山海經、讖緯之書、道教經籍、新出文獻中，實多
有古史之消息。習禮學者，弗能造太一之德，只講尊卑名分，何能悟禮樂之本
源。後世習春秋者，尤易墮入分別心、思慮心之中，乃將聖人之權教作實相認
定矣。可不慎乎。聖人之本心，必當於超脫文字、不離文字之地觀之方
可也。）

明於樂者可以論詩一

薑齋詩話夕堂永日緒論內篇序云"蓋涵泳淫泆，引性情以入
微，而超事功之煩顤，其用神矣。世教淪夷，樂崩而降於優俳，乃天
機不可式遏，旁出而生學士之心，樂語孤傳為詩。詩抑不足以盡樂
德之形容，又旁出而為經義。經義雖無音律，而比次成章，才以舒，
情以導，亦所謂言之不足而長言之。則固樂語之流也。二者一以
心之元聲為至。舍固有之心，受陳人之束，則其卑陋不靈，病相若
也。韻以之諧，度以之雅，微以之發，遠以之致。有宣昭而無罨靄，
有淡宕而無獷戾。明於樂者，可以論詩，可以論經義矣"。真乃至
言也。（古今詩話尤令人愛恨交加者，莫若船山薑齋詩話。愛之者，以其直
造古意之玄微，如老禪鉗錘，聲若驚雷，目光似電，立論不作猶人語。恨之者，
以其目空一切，性情偏激，喜詆詰前賢，無所顧忌，可謂忠而不恕。置之宗門，
蓋亦一已破初參，得開悟，而未能消融業障，破重關而入菩薩地者。其狂性之
縱恣，固基於開悟之慧眼現量。其說有真實義，一以貫之，其妄言非盡妄也。
然楞嚴經曰狂性自歇，歇即菩提。觀船山之著述，知其狂性終未歇得。故吾
憾其猶未圓滿也。其薑齋詩話即此狂性未歇之書。如讀通鑒論者亦然。故
知船山之書只可作藥用，時有猛劑偏方，以藥時病。時勢既變，病情已異，其
用亦不復能施。古聖賢之書，其用不隨時運而廢。其不及之。求船山之書，
其用不隨時運而廢如古聖賢者，自亦有之，惟恐未達半數爾。蓋船山語只可
看一半，一半是正，一半是偏，一半精深，一半激烈。其正大精深處，允為大
儒。其偏頗激烈處，猶是凡夫。在船山是正不離偏，大儒未脫凡夫，而特立獨

行，無有顧忌。船山不是聖人境界，聖人不如是。洞山大師君臣五位頌所謂第五位兼中到者，聖人之境界也。船山之學，究其極詣，亦正中來之第三位爾。如其言"二者一以心之元聲為至。舍固有之心，受陳人之束，則其卑陋不靈，病相若也"，此直是禪，似船山破初參悟後語。觀其晚年愚鼓詞，可知其亦真曾下內丹修道功夫。船山之說，以此現證故，橫說豎說，十字打開，不離真實義。故吾謂之為正中來。然尚不知第四位兼中至偏正回互、"兩刃交鋒不須避"微妙之機用，則其學偏頗激烈之失之不能化解而中和之亦宜矣。同時大儒如梨洲、亭林，其學之利弊亦甚相若。李二曲、孫夏峯少其偏猛之弊，以篤切忠恕勝之，然又遜其思致之明睿邃深，學力之博厚旁通，立論之迥拔故調。如船山先生者，其得失也如是。當時境界圓滿在其之上者，還數黃漳浦、藥地和尚二三人耳。又船山古詩評選，其寫法實承禪人之餘技，橫豎打開，毒辣爛漫，仿佛碧巖錄中克勤之語。惟其常患激烈，如克勤者，並無此病。船山亦只得其一體而已。）船山言明於樂者，可以論詩，可以論經義，乃於中華之學金針度人者。非僅吾夏如此，竊意求諸天竺、希臘亦然。（惟船山所謂經義者，時文制藝也，非經學之謂。）吾國詩情之入微，實與樂德相應，而非孤起。樂又先於詩。樂德乃乾元體，三詩導源於此微妙心，乃成載心之體，託於文字，蓋類乎坤德者。後世乃推詩經為元音，不知此元音之復有其元音也。使窮極其旨意，則樂德之為元音者，亦尚有元初之心權輿之。此元初之心，在太古時已有之，樂尚在後起。吾人解詩過求義，則恐傷此元心。使能以樂之元音導之，亦正可減其鑿害。經學之義不能無病，然西漢之經義，自又勝於東漢。東漢之經義，又勝於兩宋。西漢之經義，尚可令人感通樂德之玄微，精義入神，仿佛想見。自東漢以降，此通樂之微妙愈少。後世之經學，詩之真意亦罕覯焉，矧樂之德乎。（吾治詩經，素不以朱子詩集傳為然，而以呂東萊呂氏家塾讀詩記為正傳。呂子為傳毛詩者。後讀王先謙詩三家義集疏，乃信西漢義較毛詩為可信。然詩之經義最難治，皮錫瑞氏經學通論論詩比他經尤難明者有八、論詩有正義有旁義即古義亦未可盡信二說，所言弗繆也。）清儒如凌廷堪，治經欲窺古樂之源，固亦豪傑，然此終非考據家所能為。船山所謂天機不可式遏者，而乾嘉之學，反有傷其天機者。吾素謂復天機之性者，莫若禪宗。禪者，尤能藥今世學人之病。當今樂德愈滅，求之所謂俳優者亦愈不可得。俳優所存之古音，今人亦愈鮮能體受，則其得詩之玄微也彌艱。故必使其通禪而補之。禪悟有通，元音自呈。此為人人性天皆有之寶，不必假於人，亦正薑齋所謂固有之心者。博通之士，又可遍采尚存之古樂，如扶桑之雅樂、麗江之洞經、藏地之咒唱，古人盛德幽情之體，自可見也。使學人有此感通，其讀詩三百，當能不負船山當日之苦心孤詣矣。（吾自髫齡，即好古音，亦嘗遍采東西印諸國各地之古樂，殊有感遇。吾不通律，拙荊習浙派七弦琴，故古調亦淫浸日深。夫樂德之玄微，待機熟或亦可微述其心會之大體。而此又非詩門血脈論所能籠罩也。）明於樂者，可以論詩，可以論經義，亦惟明於樂者，可以知仲尼，知莊子。仲尼、莊子，實吾國之真詩聖也。（杜子美詩則聖矣，人不脫當時習氣。仲尼、莊子，人詩俱聖，又非子美所得窺。惟孔、莊之詩，多以意而天成，不欲以詩而自限，人自不易見之爾。）

繫以詩曰，宗周之墟，其雪遲遲。虯龍之笛，不可知兮。宗周之垣，其雪皚皚。虯龍之音，不可回兮。（夜忽夢一流亡王子，踟躕街頭，而終以樂音之幽玄，化盡其瞋恚。醒而作此歌。）

明於樂者可以論詩二

宋人郭熙林泉高致嘗云"詩是無形畫，畫是有形詩"。東坡有詩曰"少陵翰墨無形畫，韓幹丹青不語詩"。古人又號畫為無聲詩。宋高宗嘗書毛詩三百篇，命馬和之每篇畫一圖，匯成巨帙。今猶有唐風圖、豳風圖、小雅鹿鳴之什圖、節南山之什圖、魯頌三篇圖、周頌清廟之什圖諸卷傳世，非盡和之真筆，亦粲然為大觀。吾觀之恒覺心醉焉。惟詩經之聲樂，既已蕩然無存，則何妨以此馬和之有形詩以補益之哉。測夫高宗之意，亦恐其殊覺詩經空餘文字，雅意殘半，實未盡興，乃俾和之為圖畫無聲詩以稍完之耳。宋人甚念古詩雅意。施德操北窗炙輠錄卷下云"叔祖善歌詩，每在學，至休沐日，輒置酒三行，率諸生歌詩於堂上。閒居獨處，杖策步履，未嘗不歌詩。信乎深於詩者也。傳曰興於詩。興者，感發人善意之謂也。六經皆義理，何謂詩獨能感發人善意。而今之讀詩者，能感發人善意乎。蓋古之所謂詩，非今之所謂詩。古之所謂詩者，詩之神也，今之所謂詩者，詩之形也。何也。詩者，聲音之道也。古者有詩必有聲，詩譬若今之樂府，然未有有其詩而無其聲者也。三百篇皆有歌聲，所以振盪血脈、流通精神，其功用盡在歌詩中，今則亡矣，所存者，章句耳。則是詩之所謂神者已去，獨其形在爾。顧欲感動人善心，不亦難乎。然聲之學猶可仿佛。余觀詩，非他經比，其文辭葩藻，情致宛轉，所謂神者固寓焉。玩味反覆，千載之上，餘音遺韻，猶若在耳。以此發之聲音，宜自有抑揚之理。余叔祖善歌詩，其旨當不出此。龜山教人學詩，又謂先歌詠之，歌詠之餘，自當有會意處。不然，分析章句，推考蟲魚，強以意求之，未有能得詩者也"。所述甚善也。德操叔祖志趣在詩之用，而非窮究經學一類，自為達者。此在禪門，即是受用之義。竊謂學詩經之人，要在受用也。使非能於靈心性情中受用之，則其詩非詩明矣。舍神存形，焉得有詩。舊著徵聖錄卷二嘗云"宋儒王深寧作困學紀聞，最具特識。其論詩說，尤能備三家毛傳諸說而不偏廢，是以能鳳壽後世，為清儒推重。然愚所特賞者，乃其說多崇本受用之精神，非章句學問之是非所能囿也。其曰，子擊好晨風黍離，而慈父感悟，周磐誦汝墳卒章，而為親從仕，王裒讀蓼莪，而三復流涕，裴安祖講鹿鳴，而兄弟同食，可謂興於詩矣。李楠和伯亦自言，吾于詩甫田悟進學，衡門識處世。此可為學詩之法。愚懼夫習詩者淫浸章句而不識此學詩之法，則將喪其本心大體，非古人之所謂為己之學者也。宋儒多於此焠煉引申，而清儒則鮮有得乎此者。今世治詩者，當有取鑑之意方是"。如此，則樂雖亡，而詩猶不亡也。

習頌雅者須明鬼神義

頌者，宗廟之樂歌兼舞容者，美盛德之形容，以其成功，告於神明，期願福祉。雅亦類之為頌之變體者。其皆通於神明，在古時宗廟祭祀之中，由卜、史、巫、覡、祝、宗、樂官主之。故習頌雅者須明鬼神義。此頌雅之意所在，使不得其意，不能知其詩之真味也。使得其意，則樂歌舞容雖無從曉，亦可想見其氣息。然鬼神義本屬幽玄，出於世諦之上，人所難窺，近世人尤疑之詬之不已，亦觸犯天道而不自覺，其病愈深。吾生於淳古之地，古風未盡散也，自幼得親天道鬼神之教。鄉間有農人無智巧者，忽得仙人托體，而通陰陽禍福，為人解憂除禍，價亦甚薄，而奇效無比，待其富裕，仙靈乃棄之去，其亦復如舊時。此吾嘗親見多聞者。彼多號仙姑。（鄂籍友人言其鄉稱此流為仙家。）蓋道教之遺流，而其人言論，多與佛教通。此種人當其入神，瞋怪歌舞，洞悉隱秘，言必有中，情理俱至，實多能勸人棄惡入善，振聾發聵，歸心正道，狐疑掃淨。吾見之多矣。乃感此鬼神之教，真聖人勸善之心也。見者皆悚然，問者亦慄然。乃於驚懼之時，發敬畏神明之念。（其自號仙姑，托于道教。自古道教修行，得元神不壞之境界者甚衆。其流轉於鄉間農人之體者，抑政此元神之類乎？）鄉間又有工匠、農人得秘傳之道術者，亦多神通之能。先祖母昔有一友即是。其事可驗證者甚多。此輩品性，類多高超，不矜其能，而未遇其人，亦不傳其術。亦自知死期。嘗見先祖母一日喟然而嘆，不復得見此人。蓋甚緬之也。（鄉間得祖先、隱士之密傳口授者亦甚多，或為奇驗之偏方，或為修煉之心訣，一朝緣盡，大多失傳，亦見之多矣。)古時人人皆知頭頂三尺有神靈,若此鬼神之教真實明驗使之然,非文字書籍所謂教化者所能盡至者。自先祖父十年前遽歸道山,吾甚念之,而不能夢見,素甚憾之。然自知亦不肖誠意未達使之耳。近來修證略得,深入空玄之味,一日忽得瑞夢,先祖來視予,乃盛年威儀之相,不肖跪拜抱膝痛哭,實可一洗十年之心憂。近來所得瑞夢甚多,此其一,非修行有造新證量,亦何能有此諸多感應。故知鬼神之教,皆本乎此心。此心玄妙感通之際,發為樂歌舞容,而成頌雅國風諸體辭章。而樂歌之幽玄,舞容之寂正,亦可以想見其氣息矣。樂記曰"凡音而起,由人心生也,人心之動,物使之然也"。又曰"凡音者,生人心者也,情動於中,故形於聲,聲成文,謂之音"。其義中正精微,無可易。人心而情,情動而聲,聲而成文,詩經通樂脈,由此而達也。

詩須以聲求之

唐人沈亞之敍詩送李膠秀才有云"樂之所感,微則占於音,章則見於詞。微於音者,聖人察之。章於詞者,賢人畏之"。詩經之章者,人多知之,欲究其微,則不可不味其聲音。(見沈下賢集卷九。)王靜安觀堂集林卷二說周頌言風雅頌之別,當以聲求之,風雅有韻而聲促,韻之感人也深,頌多無韻而聲緩,韻之感人也淺。頌之聲緩,故不分章,不叠句,清廟之篇,不過八句。所言極是。然所知者亦唯此,其音調舞容如何,已難考證,遑論以體驗之。稽諸史冊,詩樂漢代尚殘存數曲,而盡亡於晉。(可參皮錫瑞氏經學通論九十五條。宋人趙彥肅所傳之開元風雅十二詩譜載當時尚有鹿鳴、四牡等十二篇之樂存焉,朱子以為不可信。)吾人猶得聞唐人廟堂雅樂之音,可以遙想周漢之時也。(唐人雅樂當時播於日本,由其國人士流傳至今,其氣息極高古,在吾國早已蕩然。縱聲調略有變異,大體為唐音也。)吾所聽者,有越天

樂、喜春樂、青海波、貴德、納曾利。越天樂、青海波為管弦，喜春
樂、貴德、萬歲樂、蘭陵王為舞樂，貴德、納曾利為高麗樂。以管弦
合奏之聲而求之，此為最高古者。樂記曰"清廟之瑟，朱弦而疏越，
壹倡而三歎，有遺音者矣"。雅樂諸曲聲最緩，有一唱三嘆之意。
樂記曰"樂由中出，禮自外作。樂由中出故靜，禮自外作故文。大
樂必易，大禮必簡。樂至則無怨，禮至則不爭"。諸曲清亮繁麗為
唐音，不比古時之易簡，然究其內，氣體皆甚靜定泰然，為中出者，
又非後世俗樂喜外入側出者可比。樂記曰"禮者殊事合敬者也，樂
者異文合愛者也。故鐘鼓管磬，羽龠干戚，樂之器也。屈伸俯仰，
綴兆舒疾，樂之文也"。聞諸曲，有此鐘鼓管磬，羽龠干戚，屈伸俯
仰，綴兆舒疾之意。樂記曰"地氣上齊，天氣下降，陰陽相摩，天地
相蕩，鼓之以雷霆，奮之以風雨，動之以四時，暖之以日月，而百化
興焉。如此則樂者天地之和也"。諸曲未達大化，然猶略有此遺意
在，聽之者身心振動，而趨於安定中和。雅樂諸曲高古如是，求其
次者，為麗江納西族所傳之洞經古樂，或在元世明初由中原播於
此，吾嘗親觀之，不覺涕泗橫流。存有唐音宋調，氣象弘正，諸曲意
韻高遠，唯其聲略較雅樂為促耳。（納西古樂有一曲曰浪淘沙，蒼古清
遒，所唱者即李後主之詞。後主詞之聲樂泯沒久矣，不意復得於此。惟詩經
之聲樂，相隔太甚，早成沙塵，吾人亦不復能有若此之奇遇矣。）又以獨奏之
聲而求之，最高古者為古琴。如今世所存幽蘭、廣陵散諸曲，實可
上追魏晉、陳隋之間。欲知頌雅之古聲者，不可不觀古琴之道、日
本之雅樂及麗江之洞經樂也。馬湛翁爾雅臺答問續編有云"詩是
聲教之大用，以語言三昧顯同體大悲。聖人說詩教時，一切法界皆
入於詩，自然是實智"。又云"當知從初發心至究竟位皆是詩，不得
但以加行方便為說"。於義殊圓，無復加矣。然於事則未免如空中
樓閣。學人亦將如何行此聲詩之道耶。其聲將若何耶。豈徒吟誦
而已。先生未有敘焉。愚意今人必兼參乎古今之聲樂，方可造此

道之新用。其欲純然復古樂者，曲高和寡，亦弗能行此聲教之大用，可想見矣。

詩須以容求之

舞者骨騰肉飛，若鳥之回翅而雙集也。惟以舞容而求之，最高古者為吾國之儺戲、日本之雅樂舞、能樂。能樂又導源於儺，其皆用面具而歌舞者。今人日本家井真氏詩經原義研究一書，於古義甚有心得。其以雅為夏之假借，夏者為假面舞蹈之義，雅諸篇多為假面歌舞劇詩。（參陸越氏譯本。）其說未必皆是，然見地則為不虛。觀雲、貴之儺戲、藏地之藏戲、日本之能樂、京劇川劇之臉譜，可以想見古時假面樂舞之情形。然今存之儺戲、戲曲，或粗略，或俗化，其古意已不可與古時比。（吾喜川劇，又勝於京劇。蓋川劇高腔古意微妙處，又非京劇所有。吾鄉婺劇亦頗多古調，時得觀之。鄰人一販魚者，好婺劇，嘗自組一樂團，謀生之暇，鼓號喧天，古調振動，盈盪空際不絕，居者亦不覺其為擾。一日窺其門戶，皆庸常之民，甚者字亦不識，而古調不墜如是。此真所謂禮失而求諸野也。）若以古法論之，日本之樂舞、能樂最堪典範。吾嘗觀能樂於京師，幽玄高古，極有威儀，樂歌聲調雖已失雅樂中和之音，而氣體渾厚遒拔，動人心魄。其衣服容飾，絢爛華麗，舞容甚為易簡，而功力深厚，在舉手投足之間，現其神采。（其劇曰猩猩亂。）京劇舞容以精巧勝，能樂舞容以易簡勝，能樂猶多古風。其劇本亦高古易簡，以意到為旨，不求世俗之娛玩，蓋不脫古儺莊嚴玄祕之氣者。欲知頌雅之古容者，不可不觀之。然能樂之神髓尚不至乎此。吾初見室町之初能樂巨擘世阿彌論藝之書時，其義旨之玄妙，甚驚嘆之。其書雖論能樂諸科甚備，實得古人之奧義，禪佛之秘諦，有不可言說者，絕非吾國論戲劇者所能為。（參見王向遠氏譯日本幽玄一書所收能勢朝次氏幽玄論。）吾亦知周人廟堂舞頌雅時，有玄妙幽微不可言詮者在焉，唐宋之後，亦唯如世阿彌者可以其天才通達之。觀元雜劇、昆曲以下，精巧愈甚，不足窺古樂舞之奧奕也。（如周頌清廟曰，於穆清廟，肅雍顯相。濟濟多士，秉文之德。對越在天，駿奔走在廟。不顯不承，無射於人斯。使讀者只以文字求之，詎能見其真氣。使其以世阿彌之幽玄義，想其氣體之奧奕，以雅樂、洞經之聲調，想其音節之緩急，以古儺之情狀，想其舞容之大體，庶幾能略窺之矣。頌最見聲音舞容之狀者為商頌之那。其詩曰，猗與那與，置我鞉鼓。奏鼓簡簡，衎我烈祖。湯孫奏假，綏我思成。鞉鼓淵淵，嘒嘒管聲。既和且平，依我磬聲。於赫湯孫，穆穆厥聲。庸鼓有斁，萬舞有奕。我有嘉客，亦不夷懌。自古在昔，先民有作。溫恭朝夕，執事有恪。顧予烝嘗，湯孫之將。觀者可以神往之矣。）

詩以文字求之

後世聲樂舞容既沒，學者只可以文字求之，亦無可奈何之事。其事自有優劣。其優者，即在詩經降而為文學，開闢詩道，使函夏文字之學極為隆盛，其詩門血脈，流衍無盡，越於異域之上。其劣端，即在古義隱昧，經義歧裂，歷代學人，諍論不休，而不知原始反本，亦可謂為文字障。學人以文字求之而能入窺古義者，此清儒考證之學之長處。馬瑞辰毛詩傳箋通釋之通透訓詁，王先謙詩三家義集疏之昭明古義，皆前人所未至者，有功於先聖之學。吾讀馬氏之書，嘗嘆其若自覺性流出者，豈易及哉。周頌振鷺曰，振鷺于飛，于彼西雍。我客戾止，亦有斯容。在彼無惡，在此無斁。庶幾夙夜，以永終譽。近世吳闓生氏詩義會通云"先大夫曰，馬瑞辰云，集傳以有駁之振鷺為鷺羽，舞者所持，此詩亦當指羽舞。振鷺于飛，蓋狀振羽之容與飛無異。案，馬說極得詩恉。以似為真，漢賦多學此種"。此得其舞容者。（清儒之學，發明古義，最為可觀。然如戴震之作孟子字義，又過矣。其於學若最得乎古義，實又最偏離於古義也。）以詩門

血脈觀之，詩經之作，如頌為最古者，筆法已極高超。周頌天作曰，
天作高山，大王荒之。彼作矣，文王康之。彼徂矣岐，有夷之行。
子孫保之。詩義會通云此詩取勢雄偉，跌宕頓挫，彼徂矣岐二句，
撰語奇特，全篇不及三十字，而峯巒起伏，綿亙萬里，絕世奇文。所
讚微有溢美，然此天作之頌，筆法確乎高邁也。周頌之作，多高微
深密，簡有餘味。然如載芟、良耜，已如大雅。商頌號最古，而文辭
實已雅化，與周頌無異，韓詩言商頌為正考父所作，不虛也。魯頌
則又已在東周僖公之時。駉、泮水、閟宮，所作愈長。詩義會通錄
舊評云駉"極一篇鋪張文字，都是極空靈文字"，泮水"末章舂容大
雅"，閟宮"鋪張揚厲，開漢賦之先聲，有詞源倒流之勢，極文章之大
觀"。此皆能見頌雅文字與漢文相通者。大雅皇矣，詩義會通云其
"文氣浩穰駿邁，與江漢、常武、韓奕諸篇略同。在周初，蓋稍別
矣"。生民一篇，詩義會通吳氏盛讚古人文法之妙，第六章由后稷
遞入祀事，語意一貫，無痕跡可尋。所言弗謬。皇矣有曰"不識不
知，順帝之則"，實則皇矣已不足以語之矣。吾意生民略有此味。
蕩一篇詩義會通云"此詩格局最奇，本是傷時之作，而忽幻作文王
咨殷之語"。又云其詞意超妙，曠古所無。結撰之奇，在雅詩亦不
多覯。所言亦非妄。此種筆法，後世詩學亦幾不復再覯矣。詩義
會通又讚韓奕雄峻奇偉，高華典麗兼而有之，亦包括無限經濟，而
嚴重蕭括如此，真三代經典中無上文字也。其父吳汝倫亦嘗言韓退
之送李端公序規橅此意。又引舊評稱江漢"追敘命詞，意深筆曲，通
篇極典則，極古雅，極生動。退之平淮西碑祖此，而詞意不及"。又
云召旻為離騷、九章所自出。吳氏所言，皆不失文家之眼力。學者
以文字求之，亦可略窺夫頌雅之風神也。而詩經風神尤駘蕩者，為
小雅、國風。小雅多奇興之詞，兼有風體。後世論詩者，亦尤著力於
茲也。

滄浪論詩只在半途

晚明許伯清學夷詩源辯體卷一嘗言，風人之詩，不落言筌，曲而隱也。風人有寄意於詠歎之餘者，有意全隱而不露者，有反言而見意者，有似怨而實否者，有似疑而實信者，有似好而實惡者，有似嘲而實譽者，有似謔而實刺者，此皆所謂不落言筌者也。又云“嚴滄浪云，論詩如論禪，禪道惟在妙悟，詩道亦在妙悟。此本謂學詩者當悟，然自三百篇至唐，讀者尤宜悟也。今人既昧於詩，復昧於禪。不落言筌，詩與禪通論也。風人之詩，多詩人託為其言以寄美刺，而實非其人自作”。“說詩者以風皆為自作，語皆為實際，何異論禪者以經盡為佛說，事悉為真境乎”。許氏能會風詩微妙處，吾心然之，所言亦甚辯也。然其言今人既昧於詩，復昧於禪，以吾觀之，嚴滄浪、許伯清亦俱非真能通禪者。其執禪宗之理則，以為詩學之準繩，有得亦自有失。真禪不落言筌，理則亦俱打破，信心銘所謂究竟窮極，不存軌則者也。矧禪道惟在妙悟，悟後還須修行，破初參後，尚有重關牢關待破，其間微妙兼互，洞山大師嘗以君臣五位頌揭露之，亦豈妙悟二字所能盡。竊謂禪道惟在妙悟，悟後還須修行，修行純熟，又有妙悟勝於前時，詩道亦當如是觀。（故嚴滄浪論詩殊妙，亦只在半途。悟後修行一段，尚缺之耳。故如滄浪者，要其至也可會夫盛唐如王孟諸公之詩心，而不足以盡窺老杜之奧突。遑論如詩經、屈子者乎。亦猶後世之王漁洋，只能編組無有李、杜之唐賢三昧集以為瓣香耳。漁洋自又滄浪之降者，氣血愈衰矣。吾以佛說說之，嚴儀卿確有妙悟，然大悲心、大菩提心尚未至熟。要非大悲心、大菩提心，不足以知詩經、屈、杜也。）風人之詩，不落言筌，曲而隱也，學詩者當悟之，然亦不可執此妙悟為究竟窮極。縱有玄解心會，亦當於涵泳愈深厚時再參之。風人溫柔敦厚之真意，豈易得之哉。（如關雎一詩，人多以毛序通之悟之，其

意已深厚矣。使其經學有進，則知關雎古意在刺周康王也。宋儒吾鄉范處義
氏逸齋詩補傳云“然則關雎雖作於康王之時，乃畢公追詠文王、太姒之事以爲
規諫，故孔子定爲一經之首”。皮氏經學通論以此說極通，爲千古特識。范氏
之說，可謂兼西漢、毛序之勝也。使讀關雎者能會得此意，則其滋味又彌深摯
哀感矣。故曰，悟後修行，又有妙悟。關雎而外，他詩亦可作如是觀。)

詩以不解解之

　　風人之詩，不落言筌，亦不離言筌。後人爲不落言筌之說所誤
者，固亦有之，而其不離言筌多所妄論者，亦復不少。其最可哂者，
爲朱子詩集傳之刺淫奔說。許學夷詩源辯體卷一斥朱子之執拗，
駁之成理，其言辯甚，治經學者不可不知之。(見卷一第十五條至第十
九條。)詩集傳自亦有長處，然其刺淫說，不可爲訓。近世治詩之新
說，不盡爲妄，然其不可爲訓者愈多矣。故知不落言筌，亦不離言
筌一語，實爲密義，不易得也。故詩惟以不解解之耳。竊謂其有二
焉。一曰春秋。一曰唐人。春秋解詩之說，創於清儒勞孝輿。其
春秋詩話卷二有云“解詩者，因詩作解也。左氏傳春秋，未嘗解詩。
今曰解詩，毋乃誣傳並誣詩歟。曰，不誣也。左氏傳春秋，故解詩
也。未有春秋，先有詩。凡征伐宴享，廟謨野俗，一寓於詩，此文、
武志也。既無詩，乃有春秋，文、武大法寓於春秋，此孔子志也。左
氏體孔子志作傳傳春秋，猶孔子體文、武志，作春秋以繼詩。然則
全傳皆解詩也，誣云乎哉”。殊有特識。於體春秋本不解詩，予故
曰以不解解之也。(今人董運庭氏作有春秋詩話箋注一書。)唐人絕句極
妙者，不落言筌，亦不離言筌，其爲詩人而不解詩義，而乃以不解解
之。但凡學者涉入經學之局，不復能脫落而出。此又詩人勝於經
儒之處。(如西漢三家義，清儒治之已甚通達，然三家距仲尼亦已數百年，
不知此數百年詩學，又是何種脈絡。仲尼之前，詩學又是何種脈絡。蓋無有

窮時。人生也有涯,而知無涯,政此之謂也。)觀勞氏書卷二所列三十七則,亦自可味。其十八條言晉郤至如楚聘用兔罝詩有云"兩章裁作兩解。不依詩解,卻大會得詩人之旨。此又同一詩,而斷章各義之法也"。不依詩解,卻大會得詩人之旨,予所謂以不解解之,即在其間矣。三十三條有云"左氏每於詩所不經意詮出妙解"。誠然。觀唐詩絕妙處,深得風人之旨,而體格完備,氣象一新,故曰盛唐之際,又為詩門重闢一世界也。當彼創造之時,自具此不落言筌之密義,而為後人不禁嗟嘆舞蹈之者。許氏詩源辯體洵為名著,具睿見通識,然尚不足以語此也。

小雅佳什評

鹿鳴。吾禪定嘗得平、空、鬆、坦之覺受證量,妙不可言。鹿鳴之音,去禮法之表,實亦平、空、鬆、坦四字也。(平,和平無圭角。空,虛靈無掛礙。鬆,燕樂無拘束。坦,德音無邪思。)

采薇。昔我往矣,楊柳依依。今我來思,雨雪霏霏。行道遲遲,載渴載飢。我心傷悲,莫知我哀。使以此詩與大雅緜、公劉、民勞諸篇交攝而觀之,愈可知古人情意之深沉。蓋大雅盡是光明俊偉之相,似無纖毫陰翳者,反不若以采薇我心傷悲,莫知我哀者相參繹之,可以動鬼神。(變大雅自有不同。)

魚麗。物其多矣,維其嘉矣。物其旨矣,維其偕矣。物其有矣,維其時矣。後世柏梁體之調由此定矣。

庭燎。薑齋詩話卷一"庭燎有輝,鄉晨之景,莫妙於此。晨色漸明,赤光雜煙而氳氳,但以有輝二字寫之。唐人除夕詩殿庭銀燭上熏天之句,寫除夜之景,與此仿佛,而簡至不逮遠矣。花迎劍佩四字,差為曉色朦朧傳神。而又云星初落,則痕跡露盡。益歎三百篇之不可及也"。實則庭燎"君子至止,鸞聲噦噦","君子至止,言

觀其旗"，亦甚神妙，有言外之意，弦外之音。（點到即止，餘音在空，乃
真不存軌則者也。）

　　鶴鳴。"鶴鳴于九皋，聲聞于天"，是一層，言賢人身隱而名彰。
"魚在于渚，或潛在淵"，又是一層，言賢人去就不常，不可易得。
"樂彼之園，爰有樹檀，其下維穀"。又轉一層，穀為易生速長之惡
木，言賢人非至，則佞人得位。"它山之石，可以攻玉"，收又折回，
言求賢以磨礲君德。（此可謂首尾呼應之法，詩乃成一圓矣。）詩層層深
入，語不虛設，譬喻自然，見之即悟，收筆亦空靈，餘味不盡。誨宣
王而不露圭角。曹洞宗不犯正位之妙諦，鶴鳴得之矣。

　　白駒。毛序曰，大夫刺宣王也。鄭云，刺其不能留賢也。曹子
建以此為送別之詩。（參見吳闓生氏詩義會通。）錢澄之田間詩學言此
章為臨別之辭，解之最妙，尤得其奧情。其云"王室政衰，賢者爭思
潔身而去，亦有不能去者，于其去也，繾綣難別，亦猶東門之祖送
也，既羨其去，又望其去後之爾音，則詩人欲去不能去之情，言外隱
然。所以諷朝廷者深矣"。又云"謂伊人此去，匿影空谷，不惟人不
可見，併白駒亦不可得見矣"，"因駒去空谷，益見伊人不磷不淄，比
德于玉也。隨即囑以入山之後，時以起居相聞，毋以我身羈未去，
鄙非同流而有疏遠之心"。錢氏解"爾公爾侯，逸豫無期。慎爾優
游，勉爾遁思"引宋人經義云"逸無期矣，職思其憂，豫無期矣，蓋為
國家計，則深惜賢者之去。為賢者計，則又深體其情之不容不去"。
其云"今既得優游矣，猶當慎自保護，毋乖衛生之節。既已行遁，須
勉初終，毋復萌出山之志。朋友同志，規誨如此"。其深得詩人之
內懷如是，甚可嗟嘆之。白駒為後世送別詩之祖，其內蘊深幽曲
折，悲欣交集，其言辭飄忽澹遠，簡而有實，蓋風神駘蕩，不留痕跡，
非復後人所能及者。後世送別詩，有規誨者少幽情，有傷懷者少深
心，有悲文者少含蓄，而白駒能兼之。詩中飼以生芻，以志別駒之
意，又思致筆法天然奇妙處。其意其筆，殊為高超，天衣無縫，不可

及也。（後人多無其情深，無其規誨，亦遜其思摯，遜其筆法，所作只是道術分裂之餘者。白駒氣體渾完，痕跡難覓，雖王室政衰，而詩學醇厚天然之妙，尚未分別。此變雅之初者。至於變雅如節南山以降及東周諸國風，略已顯分別之象矣。）

斯干。詩由斯干，而至宮室，至安寢，至吉夢，至生男子女子，渾然為古人氣脈。忽思宋人范寬雪山樓閣圖，如翬斯飛，深隱之士，固可安寢，而得吉夢，契證古佛最上乘義，是為夢中修行。而所得子女，即噶舉家所謂母子光明之會，為新證量也。（安寢吉夢，吾有自證，故有此想耳。）雪山樓閣圖，得古人深隱之意，嶷然安泰，而自具玄祕，嘗對其真跡，即入畫境之中。斯干之詩，亦莊正明麗、周密詳實之中，令人生飄然高遠之思，蓋類之也。

正月。前人謂其纏綿繚亮，觸緒感傷，正喻錯雜，已開離騷門徑。（參見吳閩生氏詩義會通。）所言弗繆。竊謂其詩體厚密長衍，哀痛迫切，亦老杜北征一類之祧祖。正雅正風含蓄不泄處，至此勃然發露，亦若南朝鍾王之脈之變爲歐褚。振聾發聵有之，朴散氣漓亦有之也。（泰西荷馬史詩，亦猶正雅、變雅之混體，其亦多節南山、正月、十月之交、雨無正一類變雅者也。）

小旻。不敢暴虎，不敢馮河。人知其一，莫知其他。戰戰兢兢，如臨深淵，如履薄冰。觀變雅之作，愈知詩亡而春秋作之深意矣。變雅刺王之作大出，筋骨畢露，謀猶回遹，何日斯沮，謀臧不從，不臧覆用，遂而大亂，何草不黃，必待聖人春秋之學收拾局面也。而素來收拾局面者，廓清掃蕩，必用嚴峻之法，則春秋筆法之嚴峭、誅心之深刻若此，亦可以解之。此在仲尼，乃不得不為之。而其本心，乃渾同文王周公。故論語多見其實相，春秋多見其權教。（在泰西則是舊約亡而新約作，赫拉克利特亡而蘇格拉底作也。）

小弁。靡瞻匪父，靡依匪母。不屬于毛，不離于裏，天之生我，我辰安在。小弁抒瞻依父母之至情。觀其零落無依，忽感近世以來，人類迷途愈甚，若失父母之孤子。（喬伊斯氏尤利西斯之論莎士比亞，葉芝氏之溯源愛爾蘭神話、作神秘主義之幻象，亦由此也。）

巷伯。彼譖人者，誰適與謀。取彼譖人，投畀豺虎。豺虎不食，投畀有北。有北不受，投畀有昊。詞意怵迫警悚。（參見詩義會通。）此惡惡而有過者。呂東萊與朱侍講云"保養奸凶，以擾善良，固君子之所恥，要當無忿疾之意乃善。詩云，豈弟君子，民之父母。若霜雪勝雨露，則不可也"。此霜雪甚酷者。小人焉能不用其極。

大東。詩義會通謂其文情俶詭奇幻，不可方物，在風雅為別調，開詞賦之先聲。後半措詞運筆，極似離騷。所言略過，亦非繆也。然飄忽恍然之中，自見雅道不易。周道如砥，其直如矢。君子所履，小人所視。而今將喪，潸焉出涕，葛屨履霜，踽踽獨行，神情不免恍惚。由此變雅轉入國風矣。後世李義山最有此飄忽恍然之意，而其詩亦自尚存風人雅則。此義山不可及者。蓋他人不能如此恍惚若大東也。

北山。王事靡盬，憂我父母而後，不道一字及父母，而憂親思親之意愈深。此又盛唐人邊塞詩所不及者。（或燕燕居息，或盡瘁事國，或息偃在床，或不已于行。或不知叫號，或慘慘劬勞，或棲遲偃仰，或王事鞅掌。或湛樂飲酒，或慘慘畏咎，或山入風議，或靡事不為。讀之甚覺其情狀微妙，不可擬議，而感慨深切，喟然有嘆。韓昌黎南山詩句法，形似而神乖，何能與之比。）

苕之華。心之憂矣，維其傷矣。知我如此，不如無生。人可以食，鮮可以飽。觀其詩歌，亦可傷矣。變雅絕望至此，亦可悲也。佛陀無常之義，亦政在茲。君子不可不慎其獨也。

國風名篇評

關雎。范處義逸齋詩補傳陳義甚佳，前已引之。此詩意蘊之妙，與鹿鳴等，而歸於夫婦衽席之道。中庸曰"君子之道，費而隱。夫婦之愚，可以與知焉。及其至也，雖聖人亦有所不知焉。夫婦之不肖，可以能行焉。及其至也，雖聖人亦有所不能焉"。此聖人不知不能者，可於關雎參之也。聖人亦有所不知，知見脫落時也。聖人亦有所不能，能所雙亡處也。使窈窕淑女，君子好逑，寤寐求之，輾轉反側，琴瑟友之，鍾鼓樂之，豁然有覺證之，則自知見脫落，能所雙亡矣。夫婦男女之道大矣哉。此詎戲論乎。

螽斯。詵詵，振振，薨薨，繩繩，揖揖，蟄蟄，此國風之樂譜也。非此不足以知詩。

漢廣。此又男女之道微妙義所在。其心髓即在可遇而不可求。江之永矣，不可方思。必欲求之者，徒喪其妙意。（思即求也。）可遇而不可求，使人於男女之事頓悟此等妙諦，其於文王、周公、仲尼之事，亦可以登堂而入矣。（不然，則終其一生在門墻窗櫺外猛窺之耳。）

汝墳。魴魚赬尾，王室如燬，雖則如燬，父母孔邇。此亦與行道遲遲，載渴載飢，我心傷悲，莫知我哀同一鼻孔出氣者。不可及也。

羔羊。退食自公，委蛇委蛇。陶令隱居田園，亦自委蛇委蛇，然心中終是不及作羔羊者，蓋非能退食自公也。陶令憂憤自有之。其終為變風而已。

野有死麕。此詩聚訟甚多，吾無意解之。此又有男女之道微妙義，乃可為漢廣之反證。有女懷春，吉士誘之，有所求也，故女曰，無感我帨兮，無使尨也吠。（感帨尨吠，則妙意盡失。）

柏舟。日居月諸，胡迭而微。心之憂矣，如匪浣衣。靜言思之，不能奮飛。言辭堅蒼犖確，情甚怨而不失磊落之氣，故為後世聖手所祖。

終風。謔浪笑敖，中心是悼。此種人歷代季世之時多有之。

如溫飛卿於唐，張宗子於明，皆是也。飛卿無官而謫，宗子遺老而終，其文字譴笑華靡者，或不為正統派所許，亦不滅矣。（而正統派中文字滅者亦多矣。）飛卿、宗子所以不滅者，中心是悼故。

凱風。爰有寒泉，在浚之下。有子七人，母氏勞苦。讀此等詩而不動懷者，吾亦不知之矣。國風雖不能不立文字，而能直指人心者，此句即是。（在六祖亦不能不立文字。）

雄雉。瞻彼日月，悠悠我思。道之云遠，曷云能來。百爾君子，不知德行。不忮不求，何用不臧。氣象坦夷弘廓，如徐行東嶽臺巔之上，從容觀日出，俯黃河。當此之際，不求義理而義理自至。不忮不求，何用不臧，平常心是道，故自日面佛，月面佛也。

匏有苦葉。深則厲，淺則揭，正可與不忮不求，何用不臧合看。進不以道者，非忮害，即欲求。此詩諷喻深切，文字清警。濟盈不濡軌，雉鳴求其牡，雖眾說紛紜，而文辭多高潔之氣。後世孟東野五古、韓昌黎琴操有此等語，亦不易也。

簡兮。毛序曰，衛之賢者仕於伶官。刺不用賢。舊說如此。前三章各章四言四句，高簡傳神。末章忽云，山有榛，隰有苓。云誰之思，西方美人。彼美人兮，西方之人兮。前修謂其詞微意遠，縹緲無端，亦得之矣。此種縹緲無端之手法，後世幾已失傳。如顧愷之點睛筆，吾人亦不知其終為何物。（古法之妙，多此縹緲無端之筆。詩文書畫皆然。幸有如李義山者，於此有自造，偶能冥契於古人。而後世最善用縹緲無端法者，還數禪宗。禪宗機鋒而外，其書畫亦多其趣，如七茄圖，竊謂即縹緲無端之甚者。）

君子偕老。君子偕老乃出委委佗佗，如山如河之氣象，縱為刺詩，亦可見古人風神之高華安雅。又飛出一句胡然而天也，胡然而帝也，亦恍惚入神，不可思議。（古之士所讚女子之美，今人無可想見，固亦縹緲無端。紫式部所形狀者，人已難窺之，矧東周之人乎。自古克己復禮、自苦修真悟人者，不以外境美幻為意，固可敬服。北宋如法雲禪師之斥黃山谷填詞、李伯時畫馬。明亡如李二曲之苦節。然又多有尊道學重戒律而法執難化者，只以色相故一概抹殺之，亦可謂暴殄天物。朱子淫奔說即屬此類。此類人實心多糾結。中道之士，不離不即，自有其道術焉。善觀風詩之人，亦當學此不離不即之中道，往往能其玄旨。專研經學者，或太離於色相，耽嗜文藝者，或太即於色相，俱失之矣。）國風之美，吾亦可嗟嘆之，胡然而天也，胡然而帝也。

相鼠。以相鼠而宣人而無禮，胡不遄死之義，亦奇異之甚。呂東萊家塾讀詩記云"疾惡不深，則遷善不力"，理雖通，實尚隔一層。

淇奧。許學夷詩源辯體卷一云"風人之詩，詩家與聖門，其說稍異。聖門論得失，詩家論體製。至論性情聲氣，則詩家與聖門同也"。淇奧一詩，則詩家、聖門渾合不二。非僅性情聲氣，詩家與聖門同，得失、體製之異論，在此亦可以息喙矣。

考槃。獨寐寤宿，永矢弗告。吳氏詩義會通引舊評云"弗告，即只可自怡悅，不堪持贈君意"。雖實情非必如是，亦可謂說詩解頤也。（後觀黃山書社本田間詩學，知此為清人孫鳳城批點田間詩學語也。孫氏批語，有染明人習氣，然深於文理，善用後世詩章輝映成趣，不可輕也。）考槃在澗，碩人之寬。獨寐寤言，永矢弗諼。辭氣莊正，而一派悠然，自得之深，人不可窺其涯涘。後世陶靖節得其神理，作其嫡脈，然亦何能若此簡古之至。

碩人。河水洋洋，北流活活。施罛濊濊，鱣鮪發發。葭菼揭揭，庶姜孽孽，庶士有朅。最喜此末章，以爲無我之境，意蘊微妙，前三章固佳，有我之境耳。（三章之末云大夫夙退，無使君勞，亦極可味。）孫鳳城批點田間詩學云此章"世情之言，愈鄙愈妙"，亦雋語也。吾以無我為論，孫以鄙妙為說，而世情之言所以愈鄙愈妙者，實亦無我之故也。（朴野之人，言語雖鄙，較之士夫之才辯文章者，實更易於無我。而士夫之我執愈重，以智巧分別意識多故。是以愈鄙愈妙，蓋愈鄙亦愈渾朴也。忽憶鄧豁渠南詢錄之語矣。）

黍離。孫鳳城云"反復重說,不是詠嘆,須知無限沉痛,欷歔欲絕。如醉如噎,非身臨其境,不能為此語"。以此而論,西漢三家或以其爲尹吉甫子伯封痛其兄之被殺,或其爲衛宣公子壽閔其兄之見害,俱為兄弟之情,不若毛序言周大夫閔宗周之顛覆為得旨也。世間無限沉痛,欷歔欲絕之事,莫過於亡國之劫難。明遺民尤能體之,故黍離之詩最衆。

大叔于田。鄭莊公、大叔段之爭,聖人所哀閔者。非惟聖人哀閔,衆人群庶亦哀閔之。在莊公則鷙鳥將擊,必匿其形,人發殺機,天地反覆。在大叔則多才而好勇,不義而得衆,輕淺放任,而人多悅之。其後大叔犯上,莊公取之,兄弟殺戮,千古哀之。叔于田、大叔于田,於莊公則刺之,於大叔則似讚其勇藝,而實諷其不軌,亦可謂愛恨交織。此又國風微妙難狀之作。(詩門中此藝甚難得之,吳梅村圓圓曲衝髮一怒為紅顏,尚有其遺意乎。)

東門之墠。毛序曰"男女有不待禮而相奔者也"。亦正中朱元晦之下懷。然毛序之意,並非一味斥其淫奔,乃有微義。其室則邇,其人甚遠。毛傳云"得禮則近,不得禮則遠"。乃是真解。吳氏詩義會通洞悉尤深,甚可嗟嘆。吳氏又云"此詩若以爲隱居求志之詞,不以為男女之作,則其意尤佳"。所言極是也。吳氏君子而不腐,有得乎中道。(以文而論,其室則邇,其人甚遠,亦不可及。孫鳳城云"秦風所謂伊人六句,意象縹緲極矣,此詩以其室則邇二句盡之"。有識者也。)

野有蔓草。詩辭極美,詩義會通辨其非淫詩甚明。邂逅相遇,適我願兮。朱子乃以野合即事詩觀之,亦咄咄怪事。

十畝之間。孫鳳城云"覺後人招隱詞為煩"。得之矣。十畝之間,而實碩人寬寬。倪雲林作容膝齋圖,而所出者山水之大觀也。

伐檀。智者大師以性具善惡。詩性亦然。善則善矣,惡則惡矣。其能善之,亦能惡之。伐檀、碩鼠,惡之者。禮則禮矣,淫則淫矣，自具真實相。使野有蔓草真為野合即事詩，亦無容朱子置喙也。置喙即生凡聖之分別，不能得性具善惡真實相也。

小戎。讀秦風，如見石鼓文筆意。

蒹葭。此種詩必須以不解解之。

無衣。與子同袍，與子同仇，與子同澤，子偕作，此秦所以為秦者也。今秦地猶具此遺風。

衡門。衡門之下，可以棲遲。泌之洋洋，可以樂饑。吾今日作血脈論以樂饑。非貧也，懶於食耳。（儒道釋皆有樂饑法。道是辟穀，佛是過午不食，而儒是讀書著書。）韓詩外傳卷二云“子夏讀詩已畢。夫子問曰，爾亦何大於詩矣。子夏對曰，詩之於事也，昭昭乎若日月之光明，燎燎乎如星辰之錯行，上有堯舜之道，下有三王之義，弟子不敢忘，雖居蓬戶之中，彈琴以詠先王之風，有人亦樂之，無人亦樂之，亦可發憤忘食矣。詩曰，衡門之下，可以棲遲。泌之洋洋，可以樂饑。夫子造然變容，曰，嘻，吾子始可以言詩已矣，然子以見其表，未見其裏。顏淵曰，其表已見，其裏又何有哉。孔子曰，窺其門，不入其中，安知其奧藏之所在乎。然藏又非難也。丘嘗悉心盡志，已入其中，前有高岸，後有深谷，泠泠然如此既立而已矣，不能見其裏，未謂精微者也”。其說極善。詩道之精微，即有夫子所謂前有高岸，後有深谷，泠泠然如此既立者。吾今研誦詩騷，亦有此感焉。詩門之大，如荊浩、李成之巨幛山水，渾厚華滋，層次繁複，非可僅以肉眼觀之，須參法眼、佛眼。泠泠然者，自又其清明在躬、志氣如神者之所在。詩之情志，有在於是。仲尼之善譬也如是。

月出。月出皎兮，佼人僚兮。舒窈糾兮，勞心悄兮。詩門必有漢字音義之美存焉。清儒好詞賦駢體者，其美猶在。非僅考據而已。

七月。此豳風而實小雅者。詩義會通云“至此詩天時人事百物政令教養之道，無所不賅，而用意之處尤為神行無跡”。然尚不足以言其美。（欲會其美者，可與伊利亞特對照之。古之詩人皆是實學。陸象山云，千虛不如一實。）

鴟鴞。周公之作。予手拮据，予所捋荼，予所畜租，予口卒瘏，曰予未有室家。乃真以天下為家者。欲以天下為家者，不可不歸於手、捋、畜、瘏，不然，皆自欺而欺人耳。（佛法亦然，妙諦皆關乎身體毛孔。）

東山。聖德而極感人如是。後世所謂聖人，只能訓人。

狼跋。妙用正反。田間詩學云"跋胡疐尾，憂懼多端，謂必憂讒畏譏，意趣蕭索，形貌顇顇矣。今乃益見碩膚也，而且步履從容如故，音吐未嘗少損，此周人所共慶者耳"。此寫出周公活潑潑處，作者亦神乎技矣。在畫蓋亦顧愷之之儔。

古逸詩評

三代古逸詩，自亦詩門血脈之祖，與詩經同。古逸詩輯佚，自宋人王厚齋困學紀聞以來，代有其人，有清輯佚之學大興，如馬國翰目耕帖卷二十二，於此甚有得。（今人黃輝斌氏商周逸詩輯考一書，又古逸詩輯佚之集大成者。）吾謂詩經為第一期之殿尾，夏、商之逸詩早於風雅之作，雖其文字不盡為原本之面目，自為詩門彌足珍貴之物。今聊摘其尤有名者數十首而點評之。又清儒勞孝輿春秋詩話卷四有拾詩一卷，自言"傳中多軼詩，皆左氏拾而出者也。雖然，風、雅之墜地久矣，左氏體聖人之志，傳春秋以繼詩之亡，則三百十一篇皆拾也，夫豈惟軼詩。余故因左氏之所拾，而零拾傳中所有之韻語，以暢詩之流，以補詩之闕，而極詩之變焉。蓋天籟之發，觸而成聲，凡有韻可歌者，皆詩也。其體凡十一，因傳所名而區之曰賦，曰誦，曰謳，曰歌，曰謠，曰箴，曰銘，曰投壺詞，曰繇詞，曰諺，曰隱語"。此政可為古逸詩之補者。勞氏評諸軼詩甚妙雋，予無以過。

今俱略之。又卷四後敘言諸詩"其味悠然而長,其色幽然而蒼,如鼎彝缺蝕,而古色照人者,精彩四射而光芒。日夕晤對,可見古人之氣味"。亦政可為古逸詩之形容也。

康衢歌。不識不知,順帝之則。杜恕家戒嘗云"張子臺,視之似鄙朴人,然其心中不知天地間何者為美,何者為惡,敦然與陰陽合德。作人如此,自可不富貴,禍害何因而生"。(見金樓子戒子篇。亦見三國志杜恕傳裴松之注。)如子臺,真可歌康衢者。杜恕議論亢直,倜儻任意,終致其敗,家戒如此,亦宜矣。觀康衢歌,益覺詩三百多已知天地間何者為美,何者為惡,國風尤甚。唯大雅稍存其意耳。

擊壤歌。此最得意而忘言者。然帝力于我何有哉一句,分別心出矣,已漏破綻。善讀堯典者,不見此分別意。使擊壤歌去此末句,其真古詩也。疑此句為後世人所加。(後人有以帝力于我何有哉之言,附於日出而作,日入而息,鑿井而飲,耕田而食之後,以為註解者。謄抄者連作一篇,遂為定本。古書中常有此類物事。吾臆測之如是。)

伊耆氏腊辭。土反其宅,水歸其壑。一望即知為古語,若道教之咒言者。吾意遠古文字之創造,實應巫祝之需求在先,而應生產之所須在後。真遠古詩,皆可作咒語用。(後世如唐詩,亦曾演為卜籤之用,吾亦嘗見之。古詩與巫覡占卜之淵源亦深矣。此在異域亦然。如古希臘之俄耳甫斯教之詩。近世里爾克氏嘗作致俄耳甫斯十四行詩,多有玄祕微妙之意。吾國藏地米拉日巴大師,其最精要之心訣,亦皆以詩歌唱頌之方式出之。發揚俄耳甫斯之玄旨者,泰西近世有里爾克。其詩感通深邃如此,所以為不可及。而吾國踵繼伊耆氏腊辭之微言者,道教之詞也。自北宋內丹道大興,道教此脈亦漸式微。)大雅蕩曰,侯作侯祝,靡屆靡究。祝即咒也。大雅若干篇亦可作祝。周頌及大雅若干篇,本為清廟之樂舞而達祝禱之告者也。伊耆氏腊辭亦遠古人之雅頌。家井真氏詩經原義研究言國風諸篇皆歌詠諸國農民時節祭祀之詩,興詞其初為古之咒謠咒語，其後降神祭儀之真義漸失，唯咒語之文句爲人所記誦，而後人謂之興詞。自可備一說。如伊耆氏腊辭，即古之咒謠之所遺存者。咒謠降而為風詩，實則其溝通鬼神之力猶未盡泯。自夫子不語怪力亂神，衆人亦多不知之矣。家井真氏探尋詩經之原義如是，然至晚孔子時代之人，亦終不復以此原義為意矣。蓋樂舞祭祀之古義既已式微，而禮樂之教化方興，孔子著力於教化，而非祭祀。而聲音之古道法門，亦漸讓位於文字之法門矣。（吾遠遊尼泊爾，乃悟印度教文化之區域，至今猶以聲音樂舞為第一法門也。吾國春秋之時，文字之法門大興盛，漸陵越聲樂古道而上。後佛教傳入華夏，聲音經咒之法門重興，至唐而極盛，蓋能與文字法門並駕齊驅。唐亡而聲音道復衰沒墜亡，文字道獨興，以迄於今。故漢人聲音樂舞之天然稟賦，至今多萎靡焉。國人須重振聲音樂舞之道。使吾國今日無有藏、蒙、苗、彝等諸族歌人光耀，歌壇亦寒窘之甚矣。）

　　賡歌。元首明哉，股肱良哉，庶事康哉。前言周公鴟鴞"予手拮据，予所捋荼，予所畜租，予口卒瘏，曰予未有室家"，乃真以天下為家者。欲以天下為家者，不可不歸於手、捋、畜、瘏。家又以身為本。賡歌以元首、股肱為言，已開其源矣。

　　南風歌。詞不古而意古。亦猶黃山谷書，筆不古而意古。乃得瘞鶴銘之古意也。

　　卿雲歌。卿雲爛兮，少年初見時，即折服之。信其絕有古意。

　　涂山女歌。侯人猗兮。簡古之至。采葛彼采蕭兮，一日不見，如三秋兮，略存其意。（以上為先商之詩。）

　　盤銘。古辭亦拙簡若是。修證漸深，愈知日日新，又日新，乃為聖人心髓所在。

　　克商操。上告皇天兮，可以行乎。亦只一句。簡古而渾重。武王伐紂，不須多言。多言反得不妙。使此為漢代之作，當非能簡古如是。

拘幽操。傳文王拘羑里而作。已近乎楚辭，當後人所代作。末云，討暴除亂，誅逆王兮。絕非文王語。

箕子操。此出於史記者，稍為可信。其辭亦簡直，甚見商人之質，而非周人之文。（以上為商詩。）

武王十七銘。見大戴禮記武王踐阼篇，為古辭之絕佳者。席前左端之銘曰“安樂必敬”。前右端之銘曰“無行可悔”。後左端之銘曰“一反一側，亦不可以忘”。後右端之銘曰“所監不遠，視邇所代”。實則實矣，備則備矣，已不如“日日新，又日新”能虛渾。機之銘、鑒之銘、履屨之銘等亦然。牖之銘曰“隨天之時，以地之財，敬祀皇天，敬以先時”。劍之銘曰“帶之以為服，動必行德，行德則興，倍德則崩”。語已如雅。盥盤之銘曰“與其溺於人也，寧溺於淵，溺於淵猶可遊也，溺於人不可救也”。弓之銘曰“屈伸之義，廢興之行，無忘自過”。矛之銘曰“造矛造矛，少閒弗忍，終身之羞”。周人文思活動，益見靈巧，不比殷人樸厚，於茲可見。（武王又有鋒銘曰“忍之須臾，乃全汝軀”。見困學紀聞卷五。其文思之妙，理誠之深，後人亦難及矣。）杖之銘曰“惡乎危，於忿疐。惡乎失道，於嗜欲。惡乎相忘，於富貴”。戶之銘曰“夫名，難得而易失，無勤弗志，而曰我知之乎。無勤弗及，而曰我杖之乎。擾阻以泥之，若風將至，必先搖搖。雖有聖人，不能為謀也”。猶有古聖厚重之氣。宋人無韻之銘贊，亦正師此也。

金人銘。文勢綿密，旨趣太露，必非西周之作。

儀禮士冠辭。與大雅無異。石鼓歌。與小雅無異。

白雲謠。白雲在天，丘陵自出。道里悠遠，山川間之。將子無死，尚復能來。穆天子傳錄此歌謠，生色極多。吾嘗美杜牧之真色真韻，此白雲謠乃真色真韻之聖者。（以上為西周詩。）

盤操、陬操。傳為孔子作。乾澤而漁，蛟龍不遊。覆巢毀卵，鳳不翔留。慘予心悲，還原息陬。意極蒼古悲涼。陬操氣弱，更似後人語。

　去魯歌。既渾且勁，又不多露鋒芒，庶乎孔子之真筆也。曳杖歌亦具真氣，最見其懷抱。

　丘陵歌。見孔叢子，不知真偽，而詩極好。吾躋宿泰山，吟誦此篇不已，忽見黃河如帶，若將縈於腰間，不覺墮淚。

　龜山操、將歸操、猗蘭操。俱見蔡中郎琴操，傳為孔子作。琴操一書，古人多疑之。將歸操語不類，猗蘭操氣弱。龜山操最有古意，吾獨喜之。

　子桑歌。見莊子，其字只八。曰，父邪母邪，天乎人乎。乃極古者。

　接輿歌。見論語、莊子，意蘊悠長，諷而不露，哀而不傷，乃春秋戰國之際詩章之冠冕。夫子去魯歌、曳杖歌氣象過之，而韻味有不及。

　滄浪歌。見孟子。孟、莊皆通明詩學。滄浪歌乃東周詩謠尤具後世所謂逸格者，可與西周之白雲謠相媲美，合以不解解之。

卷丑　楚騷幽玄脈第二

　　屈子，詩門之新盤古也。原初之世，以中原之詩經為歸宿，孔子總其成。此第二世，則以楚地之騷體為權輿，屈子導其先。兼之當戰國秦漢之際，在東之魯、齊之學，在西之秦地之學，皆自成體系，於後世影響皆極深遠。一北一南，一東一西，經緯乃成，吾國文道，格局定矣。正風雅頌，皆光明之相。變風變雅，雖有峭厲之氣，不違中正之體。而楚騷者，大體多幽玄之氣，大相徑庭。楚地巫覡之風素盛也。雅頌如乾德，變風變雅，乃亢龍有悔，故其氣息，已與楚騷有近之者。楚騷坤德，有堅冰括囊陰結之相，龍戰于野，其血玄黃，又有道窮人隱之兆。屈之隱，直死之也。天地閉矣，而實開之，其死不死，乃直生之。幽玄者，深遠幽冥，非人智所易窺測。風雅之道，光風霽月，楚騷之門，陰幽之美也。此後漢魏，以迄初唐，詩門皆有此陰幽之美，為騷之血脈。自盛唐巨手林立，若又復於乾德。實則非乾也，既濟之相也。以卦擬之，原初世，乾也，第二世，坤也，第三世，既濟也，故曰初吉而終亂。今日，則入未濟矣。詩經之後，吾國詩人之最高境界者為屈子、少陵。屈終是古賢人，非杜可追。屈子是好道之士，其詩之幽玄，自有道源焉。明初高道張三丰作無根樹詞，首曰"無根樹，花正幽"。李涵虛解之曰"山人在無根樹下幽居有年矣，每欲闡發幽玄，以招同類。時步山園中，見花木清幽，自饒豐致，乃悟此幽字為二十四章<u>無根樹</u>之源。幽者深也，虛無之境也，天下虛無之境皆道人花木壇場”。此頗為<u>楚騷</u>幽玄作<u>鄭</u>箋。故此幽玄之氣，非僅<u>楚</u>地使然，亦<u>靈均</u>深入道源致之者。<u>離騷</u>一篇，尤可見此幽深之花木壇場也。其亦欲闡發幽玄，以招同類乎。他山之石，可以攻玉，幽玄之義，吾又有取於<u>世阿彌</u>、<u>金春禪竹</u>。能樂之至上境界者為幽玄。<u>屈子</u>之幽玄，正其血脈所在。<u>世阿彌</u>花傳書云“與生俱來之幽玄，乃為上位”。<u>屈子</u>幽玄，乃與生俱來者。又云“幽玄之位，當在別傳中講授”。古謠至於<u>詩經</u>，詩式似天然薰化而成，不見傳授。自<u>楚騷</u>始，乃見別傳祕授之跡。如<u>屈</u>之傳<u>宋</u>、<u>景</u>，再傳至<u>漢</u>人。其後五言詩亦然。<u>鍾記室</u>作詩品，專喜言其源出傳脈者。花傳書又云“萬事萬物，當模擬之，然必須以幽玄而模擬之也”。<u>楚辭</u>之狀萬類，皆見此幽玄之味，一以貫之，自與<u>風雅</u>不同。<u>風雅</u>之狀物，多是自呈，若無心者。<u>風雅</u>之奧秘在意，<u>楚騷</u>之道在幽玄。<u>世阿彌</u>能作書云“在城市、鄉村，俱得妙評，無不具備幽玄之花風”。<u>風雅</u>絃歌，終多是廟堂之音，禮樂之道。其取於野者亦已雅化。至<u>楚辭</u>以降，歌詩乃真超出朝野雅俗之分界，而為各種階層所樂道而無異詞。<u>世阿彌</u>遊樂習道風見又云“少年時代所具之幽玄風姿，此後難以為繼”。<u>楚辭</u>中亦多見此意，甚可嗟嘆。如<u>橘頌</u>。<u>楚騷</u>幽玄脈，其法乳後世詩人者極深。蓋詩非幽玄，不能深動人心。幽玄之旨，<u>李唐</u>巨手，實亦承之也。

皮骨肉說

　　<u>屈子</u>之幽玄，正其血脈所在。<u>世阿彌</u>氏有皮、骨、肉之譬。其<u>至花道書</u>有云“能樂有皮、骨、肉三層次。三者俱全者甚罕覯焉。如書道，<u>弘法大師</u>之外，蓋無人能兼此三者。骨者，天資聰慧，潛性

高超之謂。肉者，歌舞精到，出自家之風。皮者，發作骨肉之勝，顯揚殊勝之外相者也。以見、聞、心而論之，見為皮，聞為肉，心為骨。進以音曲而論之，聲為皮，曲為肉，息為骨。因演藝而論之，姿為皮，手為肉，心為骨。此非切磋琢磨不能深味者也"。（參王向遠氏譯能勢朝次幽玄論。以上所引譯文，予略以古文潤色更變之。弘法大師者，即空海也。）屈子之幽玄，亦在其皮、骨、肉之俱全也。以離騷為言，紛吾既有此內美兮，又重之以修能，雖體解吾猶未變兮，豈余心之可懲，此屈之骨也。朝飲木蘭之墜露兮，夕餐秋菊之落英，長太息以掩涕兮，哀民生之多艱，此屈之肉也。路曼曼其修遠兮，吾將上下而求索，覽相觀於四極兮，周流乎天余乃下，陟陞皇之赫戲兮，忽臨睨夫舊鄉，僕夫悲余馬懷兮，蜷局顧而不行，此屈之皮也。（此屈之骨，見其獨白。此屈之肉，見其聲樂。此屈之皮，見其舞容。）屈之骨耿忠最可敬，屈之肉深慨最可嘆，屈之皮幽玄最可味。皮者，發作骨肉之勝者也。而如湘夫人，則骨肉俱隱，只見皮之妙逸，此又楚辭之極致所在。帝子降兮北渚，目眇眇兮愁予。嫋嫋兮秋風，洞庭波兮木葉下。此實為幽玄之極詣，上達樂德古意，下通七竅形骸，後世萬萬不可及者。故當骨肉俱隱，只任妙相飛逸之際，藝之至者，庶幾見之。畫道六法之所謂氣韻生動者，即是也。

少年幽玄之至

世阿彌遊樂習道風見又云"少年時代所具之幽玄風姿，此後難以為繼"。觀屈子之作，多有此味。離騷有曰"進不入以離尤兮，退將復修吾初服。製芰荷以為衣兮，集芙蓉以為裳。不吾知其亦已兮，苟余情其信芳。高余冠之岌岌兮，長余佩之陸離"。退將復修吾初服，此初服云者，即少年時代所具之幽玄風姿也。製芰荷以為衣兮，集芙蓉以為裳，豈非玄祕幽雅之至。扈江離與辟芷兮，紉秋蘭以為佩。惟草木之零落兮，恐美人之遲暮。此固大人君子少年時之心意也。仲尼十有五而志於學，此志於學者，固有其幽玄之風姿。故暮春者，春服既成，冠者五六人，童子六七人，浴乎沂，風乎舞雩，詠而歸。夫子喟然歎曰，吾與點也。蓋曾點者，可以形容其幽玄也。（此童子，自亦有仲尼少時之意。子曰"飯疏食飲水，曲肱而枕之，樂亦在其中矣。不義而富且貴，於我如浮雲"。吾意夫子日常，亦幽玄之至。不義而富且貴，於我如浮雲一句，如起舞而歌，如能樂之容。近世密乘大修行者陳健民先生亦自號曲肱齋。曲肱之中，自有大密義也。）又涉江有曰"余幼好此奇服兮，年既老而不衰。帶長鋏之陸離兮，冠切雲之崔嵬。被明月兮珮寶璐，世溷濁而莫余知兮"。爲此初服之註解。年既老而不衰，知其亦覺少年時代所具之幽玄風姿，此後亦不過乎此。屈子少年初發心，終生弗泯焉。釋教大乘言初發心即成正等正覺。屈子雖不至此，其初發心即成大人君子，則非虛譽。橘頌一篇，最爲屈子少年之自讚。其曰"后皇嘉樹，橘徠服兮。受命不遷，生南國兮。深固難徙，更壹志兮。綠葉素榮，紛其可喜兮。曾枝剡棘，圓果摶兮。青黃雜糅，文章爛兮。精色內白，類任道兮。紛縕宜修，姱而不醜兮。嗟爾幼志，有以異兮。獨立不遷，豈不可喜兮。深固難徙，廓其無求兮。蘇世獨立，橫而不流兮。閉心自慎，不終失過兮。秉德無私，參天地兮。願歲并謝，與長友兮。淑離不淫，梗其有理兮。年歲雖少，可師長兮。行比伯夷，置以為像兮"。以此吾愈得深味世阿彌之言矣。（後世尤能見少年時代所具之幽玄風姿者，莫過於漢季魏晉之人，亦莫顯於世說新語一書。如孔融幼年軼事即多，妙不可及。其幽玄之味，恐文舉漸老而愈不能過之矣。不見孔融被收時，尚不若其兒覆巢之見乎。其兒大者九歲，臨難不亂如是，亦玄深不可測。又如王輔嗣、支道林之玄解，皆發揚於少年時，而人驚嘆之。輔嗣二十四即歿，可謂其一生亦只有少年耳，則其幽玄風姿，尤為不可及。魏晉可謂吾國之少年時代。吾國之史極悠遠，至於周漢，已極蒼古，不意魏晉返老還少，隋唐而壯，又一新生也。魏晉人自喜少年幽玄者如是，莫怪乎其多樂誦屈子之辭也。世說新語豪爽言王司州在謝公坐，詠"人不言兮出不辭，乘回風兮載雲旗"。語人曰"當爾時，覺一坐無人"。亦幽妙之至，思之神馳矣。）

幽玄非一己之私

金春禪竹，世阿彌之傳人也。其至道要抄八音一節有云"世人多以華詞麗句、憂愁柔弱者即是幽玄。實非也。大凡幽玄之事，皆在佛法、王道、神道，而不於一己之私。其乃一種遒發強勁之態，至深至遠，亦能柔和，且不負於物，澈底無餘。金性、明鏡、劍勢、巖石俱是幽玄，鬼神亦然。其未達於鬼神之道者，實非幽玄之屬。只是異類妖怪，非事物之正體。其裝腔作勢、金玉其外者，又無益於異怪。故不知真正之性理，則不能言幽玄也"。（參王向遠氏譯本。）其義旨愈深邃矣。屈子之幽玄，實與禪竹之論無間然。觀屈子之心髓，達於王道及鬼神之道，而非一己之私情。離騷遒發強勁，至深至遠，而九歌則尤能得其柔和清空。詩人雖遒拔具我見，驅遣物象，而又不負於物，使物皆有幽玄之美，此後世人所難逮者。（後人一旦驅遣物象，物性皆為其我見所蔽，弗能自顯其幽古之味。我而累物，物復亦累。如韓昌黎之古體即是此類。韓猶有一團元氣，不如韓者又多矣。亦唯如李太白者，可以為屈子之傳人。）禪竹之金性、明鏡、劍勢、巖石、鬼神，屈子之香草、美人、山鬼、國殤、巫咸也。禪竹喜強勁之態，能樂使然。屈子多深遠之意，吟誦出之。能樂、楚騷皆陽性充塞而趨變於陰鬱者，能樂陰意尤深。故金性劍勢，失之猛利，明鏡攝人，幽明而慄然。屈子尚多高古之風，氣體激烈，不失敦厚，風息譎怪，亦有溫柔，如湘君、湘夫人者，悠然其懷，國殤者，正正堂堂。楚騷之聲既不可聞，而能樂之氣猶得覿面焉。幽玄非一己之私，楚騷之足以開闢詩門者亦以此也。後世詩人得千古人心者，皆以此非一己之私者。然自建安諸子興，一己之私彌多。在謝康樂亦不免，遑論其次。幸有盛唐諸公中興詩道，所謂中興者，實即中興公道也。中晚唐公道又漸衰，其後詩學亦愈失於己私，陸放翁、元遺山之後，其積彌劇矣。此又論詩不可不知之者也。

楚騷亦通樂德

詩經深通樂德，楚辭亦然。非通樂德，不足以知詩三百，亦不足以知楚騷。姜亮夫氏楚辭通故書篇部第九九歌云"離騷啟九辯與九歌兮，夏康娛以自縱，又曰奏九歌而舞韶兮，聊假日以媮樂。天問亦曰啟棘賓商，九辯九歌。遠遊二女御九韶歌。此屈子自道九歌之源。以奏九歌而舞韶之言觀之，則屈子之夢寐於古樂者為何如"。屈子深通樂德，故所作洋洋灑灑，如天樂之縈繞，弘張無極，幽深莫測。又以九歌之古樂名，名其更變潤色之楚地祭歌。遠遊曰音樂博衍無終極。此正楚辭之氣理所在。觀楚辭諸篇體製甚富長，非古時所曾有，言辭名物亦瓌異奇偉，有不可知者，竊謂吾人當以樂德而通之，不必斤斤拘泥焉必究其內情義詁如何。如何以樂德而通之。此又必待乎學人自悟之方可。諷之誦之，體之悟之，通之達之，精誠所至，或能無求而得之。陶淵明讀書不求甚解。若習楚辭者，吾意亦當如是。不求甚解者，通樂德之法門一種也。世間學人求甚解者，往往與樂德交臂而失之矣。

四家評楚辭有得失

不知真正之性理，則不足以言幽玄。詩道亦然哉。楚騷之性理，孰能識之乎。歷代評屈子尤有名者，如班孟堅、王叔師、朱元晦、廖季平，其得失兼有之。竊謂班固詆之太露，王逸美之略過，而朱熹之論，似得而非，廖平之解，得失參之。班、王、朱三人皆過重乎儒教之法度，故其立論今日視之，不能盡愜吾心。三者之中，又王叔師以楚人而學兼經緯，最得乎屈子之性理，顯發楚騷之幽玄亦多矣。其序注文字亦精古蒼峭，有幽玄氣，覽之神旺，信非後世註解所能及。廖季平本近世蜀地雋異奇特士，不自奇其說，亦不足以爲其人也。

　　班固離騷序云"今若屈原，露才揚己，競乎危國群小之間，以離讒賊。然責數懷王，怨惡椒、蘭，愁神苦思，強非其人，忿懟不容，沈江而死，亦貶絜狂狷景行之士。多稱崑崙、冥婚、宓妃虛無之語，皆非法度之政，經義所載。謂之兼詩風雅，而與日月爭光，過矣"。（此序又名離騷經章句序。今人許子濱氏王逸楚辭章句發微亦嘗詳辨之。書中引證之資料，吾多有取之。許氏可謂王叔師之功臣。）使以露才揚己，爭於亂邦，顯暴君過，忿懟沈江斥屈子，則不能得乎楚騷之性理亦明矣。自西漢儒教獨尊，孔子中庸之道、春秋今文學盛行，而法執亦生焉，至東漢而熾。班孟堅或即其人。其詆馬遷語之偏，政與此甚似。此徒以儒家中正之理嚴責於人，乃貶屈子不過狂狷之士，不知中正之道本無定式，不可執著之而不化。易曰不可據為典要，惟變所適是也。儒家之道一旦轉成定式，亦利弊參半矣。且孟堅執漢代尊君之義而斥其顯暴君過，亦不識東周士大夫之性理者。（許氏之書論之甚備。然孟堅非不知屈子之高節者，而其論偏頗如是，在其亦自有因。吾意以孟堅之性格，其必不喜屈子之發露激烈。屈子亦賢人而非聖，其心有糾結沉痛之鬱積，而不能真如老聃之上善若水、仲尼之耳順從心，自有其不圓滿處。孟堅責其露才揚己，顯暴君過，其說不免亦發露太甚。言雖不實，而屈子亦非無病，則無可疑者。）惟孟堅作漢書古今人表，列屈子為上中之仁人，與子思、孟、荀同列。吾亦疑其離騷序為其未定之作。兼詩風雅而與日月爭光之說，唯古聖人及孔子當之，屈子固不及，然猶足以軒輊孟、荀，而為孟堅所心服如是。先抑而後仰，古人所為有若此者。吾且疑孟堅譏屈子語或有所指，其言似在正論、諷刺之間。後人不察，遂執為實矣。（清儒錢辛楣三史拾遺云"屈原之義高矣，然孟堅訾譏其露才揚己，必不躋之大賢之列，此後人妄以意進之耳"。此等實亦清儒猜測之詞，不可據為實錄。孟堅之學博通邃密，以中道平正自奉持，雖不喜屈子之發露激烈，其於屈子精神境界之深遠莫測，則必能深體之。豈宋儒猶能知者，在孟堅尚不能通之乎。洪興祖徑詆孟堅之論，所思似未深也。）

　　王叔師楚辭章句序以人臣之義，駁斥孟堅之說，其書概以儒家之德讚譽屈子，言其忠信之篤，仁義之厚，亦可謂推崇備至。孟堅立說，執著於中行之道、尊君之義，叔師則又過重乎忠信仁義之教，述屈子恢廓仁義，弘聖道也，亹亹不倦，幾疑其所頌者，乃是孔孟一流，而非楚國瑰卓獨行之三閭大夫也。故曰班固詆之太露，王逸美之略過。叔師能窺屈子之幽玄，而不盡達楚騷之幽玄。楚騷者，楚地之歌也。王叔師雖屈子鄉人，其章句實多以漢代中原之儒學主之，故不能盡達於楚地之幽玄。而楚地之幽玄，又非東魯縫掖之儒可以越俎代庖者。（吾以幽玄說楚辭，亦非舊日恪守儒教之士所能言。實則吾所謂幽玄，乃真有合於孔子之心者。其後學一旦僵守中正二字，孔子之心即式微矣。）叔師楚辭章句最能顯楚地幽玄之氣者，為其注離騷"耿吾既得此中正"云"得此中正之道，精合真人，神與化遊"。此明為道家精氣之說。其遠遊序亦嘗以神仙之道說屈賦。（許氏書有專文論析之。）而叔師總以仙道非其所樂，猶思楚國，欲竭忠信為說，故不盡愜吾心也。屈子德性未圓滿處，叔師亦諱言之，不免推尊太過。吾意屈子證境，足以軒輊荀子一流，然尚不能與仲尼、漆園比。以佛法譬之，屈子具羅漢之精進，懷菩薩之悲心，然尚未究竟，而叔師終以究竟了義尊之耳。（圓覺經說有兩種障。以理障而論，屈子能達天地精氣之奧，而不能脫落世情之纏繞。以事障而論，屈子能悲閔楚國之昏昧，而不能通達天下之道術形勢。而如仲尼者，能斷理障，合同天道、人事而渾然，斷事障，於己耳順、從心所欲，於天下則作春秋、立後世法。故曰屈子尚未究竟也。）

朱元晦楚辭集注，亦稱名著，流傳後世。其序云"原之為人，其志行雖或過於中庸而不可以為法，然皆出於忠君愛國之誠心。原之為書，其辭旨雖或流於跌宕怪神、怨懟激發而不可以為訓，然皆生於繾綣惻怛、不能自已之至意。雖其不知學於北方，以求周公、仲尼之道，而獨馳騁於變風變雅之末流，以故醇儒莊士或羞稱之。然使世之放臣、屏子、怨妻、去婦，扳淚謳唫於下，而所天者幸而聽之，則於彼此之間，天性民彝之善，豈不足以交有所發，而增夫三綱五典之重。此予之所以每有味於其言，而不敢直以詞人之賦觀之也"。此說甚自糾纏。其言楚辭皆出於忠君愛國之誠心，生於繾綣惻怛、不能自已之至意，同時又責其不可以為法、不可以為訓，亦可怪哉。（既云至意，又何必復貶譏之。所謂至者，不可加也。）宋儒論學，多有此病。如朱子談藝，功力甚深，非不識幽微之旨，然皆有一道德準則橫於胸中而不化，而美者又自不可棄，故所論自相糾纏如是。其尤可哂者，乃言屈子"不知學於北方，以求周公、仲尼之道，而獨馳騁於變風變雅之末流，以故醇儒莊士或羞稱之"云者。道並行而不悖，楚地自有聖人之傳與周孔之道無違者，豈必學於北方。一也。（劉永濟氏屈賦通箋徑斷遠遊非屈子作，其云"屈子秉性貞剛，其學術思想又受北方儒學之影響，加之救國之情極其熱烈，疾惡之心復至深切，與道家輕視現實之旨趣不合"。最為武斷之說，謬矣。恐亦曾中朱子之毒甚深，而徑直謂屈子學術思想受北方儒學之影響也。如此則焉得屈子之真。此分別心害之。）馳騁於變風變雅之末流，是屈子詩辭之跡爾，究其心性，自大體合於古聖賢之教。矧孔子所作之詩章，亦不脫變風變雅之流耶。二也。醇儒莊士或羞稱之，此醇儒莊士不達聖德，矜持太過之故，其心量略狹，又何涉乎屈子。三也。清人朱冀離騷辨駁朱子評屈子行過中庸云"此竟將同姓世卿一腔熱血掃地無餘"，又云"蓋大夫守死善道，必宗臣之誼，更無遺憾，而後一瞑而萬世不視者也。夫豈有過乎"。豈屈子沈江，即非中庸乎。佛法耶教無許自殺義，而儒家素許之。四也。（朱冀說引自於許子濱之書。朱冀離騷辨又云"竊以為惟守死善道四字，可作通篇骨子，可貫前後血脈也"。以其意推之，屈子守死善道，乃正其中庸所在也。）故曰朱熹之論，亦似得而非。惟其言楚辭皆出於忠君愛國之誠心，生於繾綣惻怛、不能自已之至意數語，則無以易也。

廖季平四變記云"楚辭為詩之支流，其師說見於上古天真論，專為天學，詳於六合之天。蓋聖人於六合之外，存而不論，詩、易之托物比興，言無方體是也。楚辭乃靈魂學專門名家。詳述此學，其根源與道家同。故遠遊之類，多用道家語。全書專為夢游，即易之游魂歸魄，所說皆不在本世界，故有招魂掌夢之說"。（亦引自於許子濱之書。）廖氏五變記又變其說，乃云楚辭非屈原所作，為七十博士為秦始皇所作之仙真人詩即是。其說聞之甚覺詭異，乃益見廖氏之學之不願局促於舊說，而愈探夫莫測之領域也。四變記以楚辭為天學，乃靈魂學專門名家，此學根源與道家同。此超脫於漢儒班、王以來舊說之外，而愈近於以楚地巫卜、精氣、道家之傳統洞鑑楚辭之玄奧者。予甚悅其說。惟其說只是理測，特少明顯之佐證。自太史公書以來，漢儒言屈子事跡鑿鑿，忠貞之義，不可泯滅，而廖氏只以天學、靈魂學目之，甚者推翻屈子作楚辭之說，亦失之武斷太甚。使吾人折衷於叔師、廖氏之間，而熔冶以己意，以平等觀觀之，庶幾得乎楚騷之性理矣。（以予觀之，屈子世臣，參與政事，亦一修行具甚深之實證者。姜亮夫楚辭通故書篇部第九論屈子兼宗祝兼史職，有修潤民歌之職責。所言甚是。以屈子為宗祝故，其亦必以修行為事者也。比覽新刊清初藥地大師冬灰錄卷二五日茶話言師舉龍牙禪師偈云"學道先須有悟由，猶如鬪勝快龍舟。雖然舊閣閑田地，一度贏來方始休"。言"道家又云屈子成仙而去。孫文介云入水登天乃屈子悟道之語。我杖人又請出莊子、孟

子，與屈子一堂供奉。你道這幾家競渡者，還有勝負也無"。藏一曰"靈均本
不曾死，何必說到入水登天"。師曰"若非入水登天一回，如何能贏了休耶"。
此與予言屈子修證者，何其闇契如是。藥地即方以智。孫文介即明人孫慎
行。杖人即藥地之師覺浪道盛禪師也。）

楚騷強勁之至德

天問窮詰極則，吾覽之即生大悅樂，初亦不知其所以然。吾亦
欲效柳子作天對，又不知何處落筆。實不可對也。昔嘗以窮詰根
柢讚孟東野詩，雖或艱澀銳狠，似非風雅之遺意，而有強勁之風，絕
有古氣。今忽悟其原本於屈子之天問也。而天問之窮詰極則，強
勁之至，又非東野可及。楚騷又如離騷、惜誦、惜往日、悲回風諸篇
皆有強勁之風。（朱子楚辭集注言惜往日、悲回風"倔強疏鹵，尤憤懣而極
悲哀，讀之使人太息流涕而不能已"。疏鹵二子未確。倔強勁直之外，實其密
栗清遠。）但凡開闢詩門之新境地者，必得雄渾強勁之至力。自內觀
之，雄渾入虛也。自外觀之，強勁四射也。楚騷、老杜，皆雄渾而強
勁者。陶令雄渾而若枯澹，太白雄渾而多飄逸，又自一格。楚騷、
老杜，作多述少，作之聖者。陶令、太白，述作兼半，述之聖者。故
詩人強勁之至德，殊為不易。而如天問，即吾所謂強勁之至者，非
後世所能測也。（後世多有外具強勁而內乏雄渾者，此等人實不足以言強
勁之德，如韓愈、盧仝古詩、兩宋人大字書，以予觀之，皆非真正能雄渾者，故
亦不足以言強勁之德。如黃山谷、米元章、蔡京及朱晦翁、張樗寮一流行草大
字，只可稱之強勁之表耳。昌黎詩雖雄而未渾，雖強而未勁。其文勝之。東
野詩、韓柳文乃真具強勁之德者。柳文尤勁峭奇奧。柳詩亦得大謝陶令之神
髓。故柳州詩文之綜合質地，勝於昌黎多矣。昌黎善於用氣，而柳州氣理俱
勝。自宋儒獨尊孔孟，只知以中正二字繩墨萬類，遂不喜屈子、柳子強勁之
德矣。）

窮詰極則應天問

吾覽天問即生大悅樂,初亦不知其所以然。今忽知之矣。蓋與予修行悟道之覺受證量相關也。屈子之問,實皆關涉天道佛道之根本。禪竹云"大凡幽玄之事,皆在佛法、王道、神道,而不於一己之私"。吾愈感夫斯言之可味。今遊戲三昧,聊以佛法而略答之。所據者案上劉立千氏譯隆欽燃絳巴尊者句義寶藏論也。(蓋此窮詰極則之天問,非究竟了義如佛法者,亦弗能對之也。)

"曰遂古之初,誰傳道之"。

普賢如來於本自元成原始法界,現證無上菩提,廣轉最勝法輪。(所謂普賢如來、無上菩提云者,皆幻名耳。使不能托諸幻名,亦何能而對之。惟此幻名,確有真實意,雖幻化而非虛妄也。)

"上下未形,何由考之。冥昭瞢闇,誰能極之"。

眾生輪回何為初,涅槃最初從何起。佛不迷亂是為何,眾生迷亂從何起。

"馮翼惟像,何以識之"。

對於清淨大法身,無有實物可執故,亦無有相可安名,倘若成為有相時,法身則成可執取。(馮翼之中已有相,識者分別心已萌矣。)

"明明闇闇,惟時何為。陰陽三合,何本何化"。

本位即是身覺智,住處即在心藏中。

"圜則九重,孰營度之。惟茲何功,孰初作之。斡維焉繫,天極焉加"。

本根中全不存在無明,而如同悲心現起中,生出無明,遂形成本根元成實相。

"不任汨鴻,師何以尚之。僉曰何憂,何不課而行之。鴟龜曳銜,鯀何聽焉。順欲成功,帝何刑焉"。

由大差别现象中,出现有和无二者,共同称爲迷乱相,因染无明垢污故,所知境亦现垢相。(帝之矛盾反覆,鲧之悲苦际遇,此染有无分别无明垢污故也,共同稱爲迷乱相。)

"**永遏在羽山,夫何三年不施。伯禹愎鲧,夫何以變化。纂就前緒,遂成考功。何續初繼業,而厥謀不同。洪泉極深,何以實之。地方九則,何以填之。河海應龍。何盡何歷。鲧何所營。禹何所成**"。

可以攝爲三種智,迷惑根源說多種,歸爲元成和大悲,解脫之處即本初。(禹乃剖鲧腹而出者,遂成考功,此象徵元成者也。洪泉極深,何以實之。地方九則,何以填之。此象徵大悲者也。)

"**康回馮怒,墜何故以東南傾。九州安錯。川谷何洿。東流不溢,孰知其故。東西南北,其修孰多。南北順墮,其衍幾何**"。

此差別相、分別心加劇之相也。

"**日安不到。燭龍何照。羲和之未揚,若華何光。何所冬暖。何所夏寒**"。

執持六意不滅故,法身亦被境束縛。因有無分微塵故,光明亦成爲隱沒。(冬暖夏寒,皆失本分者。)

"**禹之力獻功,降省下土四方。焉得彼嵞山女,而通之於台桑。閔妃匹合,厥身是繼。胡爲嗜不同味,而快鼂飽**"。

由彼分辨境相,則名爲識,從此執有名義自性爲色相,由彼生出貪著對境之愛、欲,則名爲生。由彼生出老病死,反復輪轉,爲輪回之因。(屈子質疑於禹之娶嵞山女,乃鼂飽即一時之快耳。後人亦疑其爲野合。)

"**啓代益作后,卒然離蠥。何啓惟憂,而能拘是達。皆歸射鞫,而無害厥躬。何后益作革,而禹播降。啓棘賓商,九辨、九歌。何勤子屠母,而死分竟地**"。

如是迷乱境界輪流顯現,然皆是由自己之無明於無有而執以爲我，成爲習氣，隨其力用滋長而產生，遂形成各自身蘊、界、處等，輾轉循環，故長久住於生死流轉之間。（啟、益相爭，習氣之滋長也。啟乃屠母而出，無明執以爲我者。此母爲迷亂境界之母體，屠母而出，欲出迷亂界而實亦不離也。啟棘賓商，九辨、九歌，超出迷亂界之神啓也。）

"帝降夷羿，革孽夏民。胡射夫河伯，而妻彼雒嬪"至篇末"何環穿自閭社丘陵，爰出子文。吾告堵敖以不長。何試上自予，忠名彌彰"。

此重重煩惱無盡之相也。然剝窮之處，每見貞下起元，險峭之境，時有逢凶化吉，菩提生於煩惱，若火中栽蓮。斯乃天道、佛道之玄祕所在。此屈子所以問天者也。在普賢如來大圓滿法門，好壞善惡諸分別，皆是修習大河流。諸許邪見和正見，皆是瑜伽無私見。患得患失諸顧慮，皆是痛徹所生果。（何環穿自閭社丘陵，爰出子文。令尹子文賢者也，而乃其父婬於邧子之女而生者。本是黿鼊野合習氣流轉之事，而生賢明之子文，此正又和大圓滿義相契也。）

大悲元成二種關鍵

迷惑根源說多種，歸爲元成和大悲。大悲、元成實爲解楚騷之二種關鍵也。吾不能變心而從俗兮，固將愁苦而終窮，長太息以掩涕兮，哀民生之多艱，惟天地之無窮兮，哀人生之長勤，此大悲也。後儒發揚屈子忠貞不去宗國之義亦已極備。屈子惜誦以致愍兮，發憤以抒情，其大悲亦發之痛快淋漓矣。楚辭大悲，感慟千古。（今人喜謂靈均爲悲劇人物。豈自沈而死即悲劇人物耶。靈均自具大悲心。在釋教具大悲心者，哀閔衆生，而自性不悲。吾意靈均風神，凝遠秀逸，威儀而多能，具元成之德、感通神靈者，又以今語說之，彼實多熱烈之自我肯定者，而非否定者，故謂之古希臘式喜劇人物亦愈宜矣，謂之若查拉圖斯特拉如是說之主人公者，亦非過也。）元成者，後儒甚少言及之。何謂元成。又有兩種。其一曰天稟内美之元成。離騷其首云"皇覽揆余初度兮，肇錫余以嘉名。名余曰正則兮，字余曰靈均。紛吾既有此内美兮，又重之以修能"。涉江其首云"余幼好此奇服兮，年既老而不衰。帶長鋏之陸離兮，冠切雲之崔嵬。被明月兮珮寶璐，世溷濁而莫余知兮"。此皆是也。（後覽姜亮夫氏巨著楚辭通故意識部第五修能一條意蘊極佳。其言修能與上句内美對言，内美為稟之自天，修能為養之自我。吾兩種元成說，與之甚有暗契者。）其二曰修行所證之元成。屈子兼巫史之職，具甚深之修證，有感通神靈之德。離騷云"雖不周於今之人兮，願依彭咸之遺則"。禮魂云"春蘭兮秋鞠，長無絕兮終古"。遠遊云"内惟省以操端兮，求正氣之所由。漠虛靜以恬愉兮，澹無為而自得。聞赤松之清塵兮，願承風乎遺則。貴真人之休德兮，美往世之登仙"，"道可受兮，不可傳。其小無内兮，其大無垠。毋滑而魂兮，彼將自然。壹氣孔神兮，於中夜存。虛以待之兮，無為之先。庶類以成兮，此德之門"。此皆非虛妄之托詞，乃屈子修行甚深證量之體現也。後儒甚少言及之，為後儒中正之準則所蔽耳。實則靈均之中正之道，非後人所易窺。王叔師楚辭章句注離騷"耿吾既得此中正"云"得此中正之道，精合真人，神與化遊"。屈子中正之道，乃兼有儒家之忠正仁義及道家之精氣神化者也。王叔師能略窺之。（遠遊"求正氣之所由"之正氣，亦此靈均中正之道之所在。屈子之道兼儒家之忠正仁義及道家之精氣神化者，而未得渾化之至境，是以恒有一種内在自我糾結對話之存在，故吾謂其又若查拉圖斯特拉如是説之主人公也。此主人公者，實尼采氏本人耳。屈子之與尼采，甚有相類之處。悲劇的誕生，尼采之九歌也。查拉圖斯特拉如是説，尼采之離騷也。偶像的黃昏等，尼采之天問也。所謂權力意志者及晚年遺稿，尼采之遠遊也。而靈均之自沈，尼采之瘋癲，亦皆具神聖之自我成就之意義者。而世人或憫之，或笑之，俱非得其實。誠所謂不笑不足以為道也。）使學人能執此大悲、元成二種關鍵，則楚騷之奧蘊亦不遠矣。（同理推之，欲知尼采之學之底蘊者，亦不可不以此大悲、元成二種關鍵也。)

屈宋所作評一

離騷。滄浪詩話詩辨云"詩之品有九,曰高,曰古,曰深,曰遠,曰長,曰雄渾,曰飄逸,曰悲壯,曰淒婉。其用工有三,曰起結,曰句法,曰字眼。其大概有二,曰優遊不迫,曰沈著痛快。詩之極致有一,曰入神。詩而入神,至矣,盡矣,蔑以加矣。惟李、杜得之。他人得之蓋寡也"。實則此說最符契屈子,而非李、杜。蓋離騷經兼備九品,能雄渾飄逸,亦能悲壯淒婉,如讀金光明經至捨身品,義境雄深、文句飄然之中,亦透出悲壯淒婉之意,感切人心。屈子亦極講究起結、句法、字眼,雖未必經意安排,而特有善巧焉。大概有二優遊不迫、沈著痛快,此楚辭氣體之雙翼也。詩而入神,正其之謂。(太白最似屈子,具體而略微之,正予所謂詩門開闢第二期之首尾呼應相銜者也。老杜為第三期之盤古,自出一路,亦不必與屈子比類。惟其諸品、大概、用工、氣體之備亦至矣。必欲與屈子比,弗如其至清至純。太白優長於老杜之處,亦正在此。)

宋人胡銓有云"離騷之蘊十有九,奇、古、辯、怨、閑、澹、潔、雅、雄、深、枯、淡、豐、腴、勁、正、忠、直、清"。(元方回桐江續集引。見郭時羽氏集評楚辭。)十九字詞費太甚,只作二字可也。二字謂何,幽玄也。懷沙有曰"玄文處幽兮,矇瞍謂之不章"。實則離騷之奇古辯怨十九蘊,皆若此玄文處幽者。班固謂其露才揚己,顯暴君過,朱子謂其不知學於周公、仲尼之道,而獨馳騁於變風變雅之末流,豈非即如是矇瞍者耶。故知吾所謂楚騷幽玄脈者,幽玄二字又有隱約難辨、易受誣於人之解。唐人有楚騷遺脈者如孟郊、柳宗元,皆曾受誣於時輩或後人也。

元遺山內翰馮公神道碑銘云"所貴於君子者三,曰氣,曰量,曰品。有所充之謂氣，有所受之謂量。氣與量備，材行不與存焉。本乎材行氣量，而絕出乎材行氣量之上之謂品。品之所在，不風岸而峻，不表襮而著，不名位而重，不耆艾而尊，是故為天地之美器。造物者靳固之，不輕以予人，閱百千萬之衆，歷數十百年之久，乃一二見之”。後人讀騷尊屈，多不出論其材行氣量之内，而鮮有能直契其品者。楚辭之貴，尤在其品。品者，絕出乎材行氣量之上。使以一言以蔽之，品者，不可以世間分別思惟擬議之者也。（遺山云品之所在，不風岸而峻，不表襮而著，不名位而重，不耆艾而尊，此固為未得顯揚之士而言者，矧屈子乃具名位耆艾之尊、又特善於風岸表襮者乎。宜乎楚辭特有強勁之至德而為後世所難測也。）

使離騷僅為憂心煩亂不知所訴之作，又何必託諸女嬃、靈氛、巫咸而為若此之玄遠費重之詞乎。吾意女嬃等皆巫史降神感應之實錄也。廖季平言楚辭乃靈魂學專門名家，非無得者。屈子受神靈之啓迪，轉入遊仙之玄道，而終不能忘情於故國楚君，心恒糾纏若是。非如此，不能說通離騷。屈子者，忠臣也，詩人也，亦巫史也，修行者也。

九歌之東皇太一。觀此詩之祥和，又覺雅頌雍穆明潔過之，而少其靈變流溢。周魯之廟堂，其與楚地之祠廟氛境不同如是。忽悟佛教之伽藍寶殿，其與婆羅門教之神廟之不同亦若此也。疇昔嘗遠遊尼泊爾國，感切甚多。蓋佛寺如周魯之廟，其誦經軌遺如雅頌，婆羅門教神廟如楚地之祠，其樂舞則如楚辭也。

雲中君。靈連蜷兮既留，此語極好。連蜷二字，微妙之至。覽冀州兮有餘，橫四海兮焉窮，家國有限，宇宙無涯，此亦屈子遊仙之學也。九歌，非可以忠臣之義解之者。

湘君。意象超曠，氣體清高，鳥次兮屋上，水周兮堂下，極悠遠之至，後世不可夢見者。

湘夫人。帝子降兮北渚，目眇眇兮愁予。嫋嫋兮秋風，洞庭波兮木葉下。吾謂之楚辭之心。築室兮水中，葺之兮荷蓋，以至於合百草兮實庭，建芳馨兮廡門，飄逸中蘊密栗，又自與秦風蒹葭不同也。

大司命。洪興祖楚辭補注云，君子之仕也，去就有義，用捨有命。其不見用，則有命焉。所言弗繆，然不免迂遠。後儒解楚辭拘於君子忠君愛國之義，不能盡窺夫屈子精神之全體。如九歌者，皆靈動玄祕，不可方物，何必以事君實之哉。

少司命。楚辭皆極清醒，又極眩遠，似幻亦真，若醉鄉之子，自具神智湛然者。莫怪乎晉人喜痛飲酒，熟讀離騷也。大抵後儒解楚辭太過清醒。而才性高邁如柳子厚，其不及屈靈均者，亦在其太清醒也。

東君。暾將出兮東方，照吾檻兮扶桑。此極光明峻偉之詞也。可追卿雲歌。

河伯。九河湯湯，觀此詩即可想見其境界，曠遠宏廓。亦惟盛唐人七絕尚有此種氣象也。

山鬼。子慕予兮蕭窈窕，正可為關雎之註解。窈窕二字極微妙。朱子云"此篇鬼陰而賤，不可比君，故以人況君，鬼喻己，而為鬼媚人之語也"。豈能以鬼喻己，朱子之說甚乖。山鬼是降神，不況君，亦不喻己。怨公子、君思我，乃是請神決疑之事。神終以雷雨猿鳴答之，使其自明思公子兮徒離憂耳。

國殤。觀國殤，甚思山本常朝葉隱之語。葉隱，奉行忠義之士為死而生之書也。

禮魂。黃文煥楚辭聽直云，數言耳，全部楚辭盡收拾之。又云，曰長無絕兮終古，則千古之伸，何妨一時之屈。（見郭時羽氏集評楚辭。）語殊有味。千古之伸，何妨一時之屈，故吾謂靈均乃具元成之德者。豈一揚才露己憤懣斥君、不能忍一時之屈之人哉。

天問。文辭高古密栗，不可臆測，實可媲比尚書。屈子聖於文也如是。然其體為新創，氣非古也。如三國吳之天發神讖碑，字畫形氣亦高古非常，然終是新物，過銳也。

世間邃義幽玄者，莫若印度古今聖哲之書。近世如室利阿羅頻多氏著述，皆極幽玄之至。觀天問，感其邃密處可與莊子相通。莊子固吾國義理邃密而尤幽玄之書。宋後人最能得莊子之幽玄者，莫若陸西星、藥地和尚也。（陸有南華真經副墨。方有藥地炮莊。）

九章之惜誦。黃文煥楚辭聽直云，孤憤思生，欲令天地神鬼一齊不得安坐，文心奇創至此。此評甚妙。惜誦強勁之甚，震撼三才，非僅天地神鬼，後世仁人志士亦不得安坐也。

涉江。一日臨寫漢簡，忽悟古人雖刑殺甚重，而人心寬和為多，今人肉身之刑殺雖甚輕，而人心之刑殺甚重。觀靈均雖沉菀悲憤，而其心實多泰達安閒。後世人作詩雖怡然多逸豫之樂，而其心實多曲折不平。此不可為相所蔽者。涉江尤有此泰達安閒之氣象，觀之神人皆暢。

哀郢。此文哀極而澹宕之至。其哀後人可及也，其澹宕不可及也。汪瑗楚辭集解云“此文似一篇遊山之記，蓋有得乎禹貢紀事之法，但脫胎換骨，極為妙手，非後世規規模擬者比也”。汪語不甚切，然亦自有玄會處。哀郢文法之妙，雖未必脫胎於禹貢，亦可謂至矣。謂之自創一格可也。

抽思。“望三五以為像兮，指彭咸以為儀。夫何極而不至兮，故遠聞而難虧。善不由外來兮，名不可以虛作。孰無施而有報兮，孰不實而有穫”。意蘊極高遠，益見屈子實證之精深。善不由外來兮，名不可以虛作，孰無施而有報兮，孰不實而有穫，真聖賢之真知灼見也。當戰國之時，北有中庸，南有楚辭，其書意蘊俱高遠深邃，深言天道鬼神之德，前未曾見，而中庸以正論勝，正中出奇，楚辭以奇文勝，奇中自正，中庸至正而奇，楚辭至奇而正。凡物至正者必奇，至奇者必正，此理常人甚難知之，觀抽思者，或可以得之矣。

（至正者必奇，莫若仲尼。至奇者必正，莫若老子。漢儒至正而奇者甚多，明季至奇而正者亦不少。如顧、黃、王、傅諸儒及藥地和尚、張陶庵一輩士人，非皆至奇而正者耶。）抽思亂曰，道思作頌，聊以自救兮。道出文心所在。楚辭所以至奇而正者，聊以自救故也。凡古今人物至奇者，亦往往多以此故。聖賢處自救之地，乃有奇文，如文王羑里，史遷宮刑。使聖賢處順遂之地，自可藹然作正論矣。後世文士，如蘇子瞻最奇，聊以自救故。其前後二赤壁賦，亦堪為楚騷之遺響。此非子瞻刻意為奇也。楚辭漢儒如王逸乃以經方之，號離騷經。中庸推重於後世，宋儒編爲四書，亦與五經等。此亦二者之相類者。此亦可反證王逸以經方騷，確乎有不可移者，而後人自劉勰以來多不識之矣。

懷沙。佛法、耶教無許自殺義者，而儒家自伯夷叔齊以來，素許其義。（此道後亦由葉隱弘揚之。）觀懷沙，則可知屈子自殺之渾容安泰，自亦合道。懷沙亂曰"知死不可讓，願勿愛兮。明告君子，吾將以為類兮"。氣度宏廓，泰然自若，怨而不怒，亦自知天命也歟。黃漳浦起兵抗滿，後被俘，從容就義。獄中尚多書孝經以予人。家人檢其遺稿，見一紙上書死期甚確，蓋亦自卜其天命者。人皆有死而必死於義，此仁人之智也。如屈子、漳浦，具此智者。故其死也極從容，極宏廓，懷沙之詞，自見其神采。（後世儒家自殺義之炎明隆烈，莫若明清之際。知死不可讓，願勿愛兮。明告君子，吾將以為類兮。誠屈子之不死也。）惟屈子正氣所發雄強無匹，然正邪之分別心，亦至此而愈彰明。此在屈子，心意已決，斬釘截鐵，而自此世間之學，不免以方圓白黑礙人而自礙，不復如古時混然兼互為善矣。

思美人。開春發歲兮，白日出之悠悠。惜吾不及古人兮，吾誰與玩此芳草。吾且僤個以娛憂兮，觀南人之變態。此數句最可見南國風物之繁茂瑰奇，動人心魄，誠宜為騷人所歌詠。（南人之變態，實可為楚國文化之寫照。當彼之時，楚地之風俗、官制、文字、詩歌，以中

原之眼光視之,皆具非常之神變異態者。南之南為天竺,其文化之神變異態
又甚於楚地。故讀楚辭,時有通感於印度文化之氣息者。)

惜往日。九章中此文筆法最直快,以神韻論之,楚辭之下
駟也。

橘頌。姜亮夫楚辭通故書篇部第九云"自王逸以來,多以此篇
比附屈子忠貞之德。文人有作,固可借物以寄其情,甚且融己以攝
於物,然寄情之方至多,比附之術無限,必牽合一人一生行事之某
某等類,恐多扞格不通之義,實成塗附不經之言"。古說以橘頌為
屈子自讚,本是光明磊落。使靈均弗能自讚如是,亦不足以成獨立
不遷之三閭大夫也。姜氏疑之,亦後世學人論衡古賢之常例耳。
近覽白玉蟾全集,有橘隱記,言其"皮薄而瓣豐,膚泐而味甘,劉禹
錫之甘逾萍實,寒比柘漿,又何況花如龍涎,其葉如鴨鶿,其顆如
蠟,其霜如瓊,所以呂真人譬喻金丹大如彈丸,色如朱橘"。乃使斯
物亦成內丹道之寄託。屈子以橘寄其忠愛真儒之性,白真人以橘
寄鍾呂派修煉之志,一物而為二教所鍾如是,亦異哉。

悲回風。萬變其情豈可蓋兮,孰虛偽之可長,此屈子之實證所
在也。悲回風幽曲百折,情極細微,應乎氣理。楚辭愈讀愈有味
者,以其應乎氣理故。

屈宋所作評二

遠遊。吾意屈子亦為宗祝,其亦必以修行為事。遠遊最可見
其修行實證也。"內惟省以操端兮,求正氣之所由。漠虛靜以恬愉
兮,澹無為而自得",此修心性之要訣也。"質銷鑠以汋約兮,神要
眇以淫放",汋約即沖弱之意,淫放即神運之解,身虛而神旺,合於
老子之教矣。"超無為以至清兮,與泰初而為鄰",至清二字,楚辭
之髓也。水至清而無魚,屈子服道家之學而專取至清之道,此正其

奇詣所在。仲尼知其不可為而為之，靈均知其可為而不為之，亦可謂天作之合也。

　　卜居。朱子云"說者乃謂原實未能無疑於此，而始將問諸卜人，則亦誤矣"。楚辭通故書篇部第九以其最爲通說，亦言屈子主持類於巫史之職，稽疑亦能自理，其謂不知所從，激憤之辭耳。吾意其說俱非。屈子智慧高遠，洞悉古今，然其心中尚有障礙未盡融泯，並未至於聖人境界，豈真能無疑者耶。障礙者有二，事障也，理障也。故其終借詹尹之口而對之曰"夫尺有所短，寸有所長，物有所不足，智有所不明，數有所不逮，神有所不通，用君之心，行君之意。龜策誠不能知事"。物有所不足，智有所不明，屈子知自身之疑亦屬不可解者也。數有所不逮，神有所不通，亦惟用己之心、行己之意而已。卜居文法奇絕無比，一正一反，反復陳之，實則正亦是，反亦是，非屈子只專意於正論也。以屈子之智慧思之，正反皆是也，故屈子乃生愈深之疑惑。禪家稱之曰疑情。此種疑情難破，自弗能至於聖人境界也。

　　漁父。楚辭通故書篇部第九以漁父為實錄，屈子之錄漁父，亦等論語之載楚狂。史公以入屈原傳，蓋得諸人之真矣。所論極妙。後世以漁父為假設問答以寄意之說盛行，姜氏駁之甚辯。吾意亦然。此姜氏見地超絕處。漁父文辭最高簡，何焯文選評謂其問答俱有機鋒，所言甚是。此正屈子、漁夫之交鋒也，焉能無機鋒乎。

　　九辯。陸時雍讀楚辭語云"九辯得離騷之清、九歌之峭，而無九章之婉，其佳處如梢雲修幹，獨上亭亭，孤秀槮疏，物莫與侶"。（見郭時羽氏集評楚辭。）真妙評也。吾言屈子之辭以至清爲髓，雖清而至雄，雖曲而至剛。宋玉之九辯，亦得至清之髓，惟氣體略寒，筆調稍平，清雄曲剛之質，微有遜之。至其佳處，誠如陸氏所言，足以灑落千古。而其第九節血脈渾成，亦與屈騷無異矣。楚辭通故書篇部第九云"其文沈雄鏗鏘，雖與屈子文風不似，而情意悃悃，固屈子最深知之門下士也"。亦得之矣。

招魂。此文亦為楚辭之極詣。作者是屈是宋，並無定論。姑以文法之高妙測之，當出屈子之手。所招者楚懷王之魂也。陸時雍讀楚辭語云"招魂刻畫描畫，極麗窮奇。然已雕已琢，復歸於樸，鬼斧神工，人莫窺其下手處也"。所評極善。已雕已琢，而又能復歸於樸，豈非鬼斧神工耶。後世詩人亦惟少陵有此能耳。其次為謝康樂。他者或已雕琢而弗能復樸，或無意於雕琢而獨任天真，故俱非是。憶少年讀騷，尤喜招魂之篇，嘗手錄之。覺其瓌奇銷魂，果然能引人魂魄。（竊謂一篇招魂，足抵一部紅樓夢。紅樓夢亦已雕已琢而能復歸於樸者，亦不可思議之書。其微弗逮招魂者，以吾人略可窺其下手處耳。）

大招。楚辭通故書篇部斷大招為景差作，論辯甚備。大招之辭簡重爾雅，前人所稱，楚辭通故亦援以為景差所作之佐證。招魂深達樂德，似有不可遏之音瀾，透入神魂。大招高古，而遜此幽玄之體。招魂實為楚騷幽玄脈之殿，其後皆此脈之繁衍者。自景差、賈誼、莊忌、淮南小山、揚雄以來，其子嗣不絕如縷。吾以作血脈論故，重誦騷經，竟然如醉，前未曾有，似覰靈均之心，而挹至清之體。乃知昔日非真能讀楚辭者。晉人王孝伯昔嘗言"名士不必須奇才，但使常得無事，痛飲酒，熟讀離騷，便可稱名士"。前二事吾早已具焉。自笑吾今日可以真為名士矣。

卷寅　兩漢渾樸脈第三

　　後世論漢詩，喜美其渾樸為不可及。吾言兩漢渾樸者，非讚嘆語，平等觀之耳。楚辭如招魂極麗窮奇，已雕已琢，復歸於樸，鬼斧神工，人莫窺其下手處。深諲騷經，至純亦復至巧，於心神生至味之體受，轉讀漢人之詩，覺其真落於渾樸矣。渾者渾成，此承周秦之氣體者，樸者樸拙，不復能如詩經之至善、楚騷之至美也。嬴秦、漢初近百年間，吾國文化墮落甚劇，蓋若具一斷層焉。夫心神契醉於詩、騷者，頓覺漢詩之樸拙、蕭條。武帝設樂府後，詩之元氣，方略得復蘇。漢初學術、辭章、書法之於春秋戰國亦然。此種渾樸，時覺血氣有餘，情味太盡，不似古人精密而閒緩也。雖然，五、七言體及樂府詩成於漢代，後世嗣之，乃為詩之正體，四言及楚辭體轉降於側席。文士之詩初興於後漢，至漢末即已為吾國詩脈之主流。文士詩之興起，其影響亦極深遠矣。以此而論，漢詩固亦詩學之鼻祖。忽思噶舉家藏地有三祖，詩脈亦有風雅頌、楚騷、漢詩之三祖也。瑪爾巴譯師上承印度大德之密傳，詩經如瑪爾巴，上通三代之德。米拉日巴尊者獨隱山谷，終生苦修，極修證之圓成，屈騷如米拉日巴，以一人之力，極悲苦之情，成就至純至巧之詩詣。岡波巴大師轉在家瑜伽士之密授為沙門之教統，定噶舉派之格局，漢詩如岡波巴，亦轉四言、騷體為五言、七言，定中華詩歌之格局也。頗爲相契如是。恐世間大事因緣，多具此理。如江西派之有三宗說。吾以蘇黃陳為三宗，蘇似瑪爾巴，黃似米拉日巴，後山似岡波巴。又如古希臘、羅馬、耶教三者，亦為泰西文化之三祖也。古希臘靈光獨耀，續衍古學之玄遠，古羅馬開拓深廣之領域，耶教則奠定後世政教一體之格局。不意論漢詩乃通此三祖之理則也。前漢、後漢又自不同。前漢渾樸多古意，後漢智巧過之，至於季世，詩有建安，書有張、鍾，開闢魏晉之法度矣。其於經學亦然。

楚學及反楚學

吾言反楚學者，蓋模擬揚子雲之反離騷也。楚雖三戶，亡秦必楚。秦亡而楚盛。非楚國之盛也，楚學、楚聲之盛也。楚學者，黃老之學也。淮南王，其學之集大成者。而前漢歌詩第一大宗，楚辭體也。前漢楚聲為盛。賈誼作惜誓，淮南小山作招隱士，東方朔作七諫，嚴忌作哀時命，王褒九懷、劉向九歎、揚雄反離騷等，皆其儔類。惟後世多以此種為辭賦之列，似屬文，遂忽之。楚辭本是詩體，漢辭賦興，導源於楚辭，辭賦若屬文而不離於詩體。觀賈、東方、嚴、王、劉、揚諸賢，皆前漢文儒之英華。又如作垓下之項羽，楚人也。歌大風之高祖，性好楚聲，令唐山夫人作房中歌十七章。垓下、大風之篇俱楚辭體。劉細君悲愁歌、武帝秋風辭亦然。梁鴻五噫歌亦在騷、詩之間：故前漢楚聲最盛，非五言詩、樂府詩所可及者。楚學亦然。自開國以迄武帝之初，黃老獨尊。然前漢又潛藏一反楚學之潮流，後如重尊卑名分之儒術，一反黃老之無爲，渾樸簡短之古詩十九首，一反楚辭體之精煉長密，皆此反楚學勢力之消長也。楚聲漸消，五言乃長。武帝以儒術替黃老，轉移風氣。故武帝之後，楚聲之尚，其勢必漸衰，而中原儒學之正統既立，五言必興。蓋五言更具堂正整齊之禮樂氣象故。

前漢之儒，既處此楚學、反楚學兩大潮流之交替間，不能不無自為轉變之跡。其最稱典刑者，為揚子雲、劉子政。揚子雲初好楚學，喜辭賦，而後言其雕蟲壯夫不為，為學模擬論語、六經，乃為反楚學之巨擘。而如反離騷，則尤能洞悉其自為轉變之微妙。（反離騷最隱微又最糾結之情愫，即宣示己身之於屈子傳統之公然背叛也。）劉子政其父劉德修黃老術，有智略，而子政嘗獻淮南枕中鴻寶苑秘書，輯錄楚、漢諸詩而為成楚辭之集，皆其初尚楚學之顯證。而後傷閔國事，其學行愈近乎儒家之正宗，而益專力於經學之研習及文獻之整理矣。以初尚楚學故，其持論甚能平恕，能兼取諸子學之善，而不唯儒家是瞻而已。（此後風俗大變，至後漢之末，中原純以儒學為尊，楚學似泯跡，書體亦莊正從容如儒者氣象。然楚學之餘習，在南國猶在，觀吳國之有天發神讖碑，可以知之矣。）前漢詩人，亦必在兩大潮流之交替間，各有擇取焉。喜楚學者，作楚辭體。反楚學者，則漸移其心力於新興之五言體中。縱此體弗如楚體之精完遒密，亦是天地元生之新機所在，雖樸拙而甚具元陽之氣，實可一洗楚辭末流陰鬱縱誕之習也。故如古詩十九首、蘇李詩之作者，其年必亦與子雲、子政相當，或略在其前後。蘇李詩恐亦西漢晚季人所為也。

項劉歌詩之異

兩漢詩人之祖，不讀書之項籍、漢高也。然漢高又不如籍。垓下歌曰“力拔山兮氣蓋世，時不利兮騅不逝。騅不逝兮可奈何。虞兮虞兮奈若何”。此直天人之作也，要非人所及。佛典天人居六道之首，有身勝、壽勝、定勝、樂勝四勝，優於其他眾生。而其壽盡之時，亦將依所造業力，下墮輪回。項籍身勝樂勝如之，垓下歌，其壽盡時之悲歌也。（忽頗思三島由紀夫氏絕筆之作天人五衰，此三島之垓下歌也。其後亦自裁，頭顱令人斬去。）漢高大風歌曰"大風起兮雲飛揚，威加海內兮歸故鄉，安得猛士兮守四方"。王船山古詩評選云"神韻所不待論。三句三意，不須承轉。一比一賦，脫然自致。絕不入文人映帶，豈亦非天授也哉"。吾意溢美微過。氣調宏廓有之，神韻悠遠則未必。三句之詩，亦何須論承轉。其本醉酒歡哀，發自天然，絕無矯飾，然論者亦何必累及文人。發自天然、絕無矯飾者，專以真勝，而未必皆是神逸之品，至如詩騷，亦非盡為上駟。文人有雕琢而能復元樸渾雄者，亦自能勝於所謂絕無矯飾者。真者，詩門血脈中最不可少之物，然執之以為至理，挾之以令諸侯者，尚非識第一義。故開卷船山一語，即可見其不平之氣。平情觀之，大風歌不失開國氣象，然大輅椎輪，於詩藝尚非最上乘。

或問，何尊項而抑劉至此耶。對曰，非吾刻意論奇。項籍為故楚名將之後，楚地聲詩玄深之底蘊，早已攝入其肝肺間，其本懷極大之抱負，非草昧無賴如劉季者可知也。垓下歌雖只四句，至情至心，實可遙想靈均情質。靈均本亦天人。垓下歌自多幽玄之意。世阿彌云"少年時代所具之幽玄風姿，此後難以為繼也"。西楚霸王其齡三十即亡，垓下實其少年時代所具之幽玄風姿之總結也。雛不逝兮可奈何，虞兮虞兮奈若何，似覩其舞蹈之容，若有密宗之勝樂金剛本尊面呈忿怒兼合寂靜悅樂之相者。吾意垓下之項籍，乃在寂、忿、悲、欣交集之中自殺之，絕無恐懼、怨恨之意。而其心神間寂靜欣悅之地，又自有為虞姬所成就者。又以密宗譬之，虞姬即其雙身之金剛亥母空行也。垓下當時項、虞幾同時入滅，百千年後，說之者猶聳然動心焉，不亦壯哉。（忽悟三島由紀夫乃極善於體認此少年時代所具之幽玄風姿者。項籍終其一生，亦只是少年。三島亦然。）大風歌醉酒歡哀而作，威氣固足以攝人心魄，然豪健而外，餘韻未遠，非垓下比。使以書學比之，垓下如歐虞，雖峭勁而饒有古意，大風如顏柳，當其得意，威神四射，然筋骨漸露，餘韻愈漓。後人伏此大風威氣之下，而乃以天授云者譽之，竊謂實有今人所謂之帝王崇拜心理使之然者。吾以天人道說項籍之絕命歌，則大風究其極致，亦不過人間之情懷耳。（而漢高亦自有聲詩之趣，而後由唐山夫人成就之。漢書禮樂志言高祖作風起之詩，令沛中僮兒百二十人習而歌之。至孝惠時，其制猶在。觀此亦益可知高祖於聲詩之情趣矣。）

安世房中歌

房中祠樂十七章，孝惠二年更名安世樂，唐山夫人所作也。唐山夫人，高祖姬也。漢書註曰：唐山，姓也。漢初第一詩人，即此女子也。"七始、華始，肅倡和聲。神來宴娛矣，庶幾是聽。粥粥音送，細齊人情。忽乘青玄，熙事備成。清思眑眑，經緯冥冥"。此首後人詩選多錄之。雖是四言如風雅，實為楚聲，氣息類乎招魂、大招而弱。妙在粥粥音送、細齊人情之意，正與唐山夫人氣息為合。清思眑眑，而能經緯冥冥，此正樂其所生，禮不忘本之義所在。房中自有經緯之道，此亦孔門所以讚夫婦之義者。"大海蕩蕩水所歸，高賢愉愉民所懷。大山崔，百卉殖。民何貴。貴有德"。此安世樂之名篇也。氣象高邁，義理古深，比興手法高簡，句法靈變益奇，超於大風歌多矣。"安其所，樂終產。樂終產，世繼緒。飛龍秋，游上天。高賢愉，樂民人"。此詩吾亦喜之。飛龍秋，游上天，高賢愉，樂民人，亦奇彩橫溢，超然輕快。詩門血脈，不能無此飛龍秋，萬物之靈，不能無此高賢愉也。"馮馮翼翼，承天之則。吾易久遠，燭明四極。慈惠所愛，美若休德。杳杳冥冥，克綽永福"。此詩亦類楚辭而少其峻偉耳。漢初唐山夫人突起，雖不足以繼楚騷之幽玄，亦不失雅度者也。

郊　祀　歌

　　郊祀歌十九章，武帝立樂府後司馬相如等人所作也。安世簡古，郊祀則以華麗勝。以相如儕輩之才，宜能鏗鏘煌明、典雅肅齊若是。要其佳處有三。略得楚騷幽玄之意，一也。彰明前漢極盛時之氣象，二也。三言、七言句法之極嫻熟，間有五言、六言之妙句，開後人無數法門，三也。略得楚騷幽玄之意者，莫如日出入。“日出入安窮。時世不與人同。故春非我春，夏非我夏，秋非我秋，冬非我冬。泊如四海之池，徧觀是邪謂何。吾知所樂，獨樂六龍，六龍之調，使我心若。訾黃其何不徠下”。此作可以無愧屈、宋。彰明前漢極盛時之氣象者，莫如天馬。“太一況，天馬下，霑赤汗，沫流赭。志俶儻，精權奇，籋浮雲，晻上馳。體容與，迣萬里，今安匹，龍為友”。句法之妙者，則十九章無一不佳，尤善者如天門。“天門開，詄蕩蕩，穆並騁，以臨饗。光夜燭，德信著，靈浸鴻，長生豫。大朱塗廣，夷石為堂，飾玉梢以舞歌，體招搖若永望。星留俞，塞隕光，照紫幄，珠熉黃。幡比翄回集，貳雙飛常羊。月穆穆以金波，日華耀以宣明。假清風軋忽，激長至重觴。神裴回若留放，殫億親以肆章。函蒙祉福常若期，寂漻上天知厥時。泛泛滇滇從高斿，殷勤此路臚所求。佻正嘉吉弘以昌，休嘉砰隱溢四方。專精厲意逝九閡，紛云六幕浮大海”。使妙手略更變潤色之，可以雜入太白之詩集矣。

前漢四言詩

　　四言漢人安世、郊祀則用之矣，然甚乏骨力，勿論遠韻。樂府中有善哉行爲四言，有爽直之風，為曹阿瞞之先聲，而其作法，亦幾

與風詩無涉矣。文士唯韋孟能善之，大體不失風雅之度。船山古
詩評選謂其諷諫詩"撰篇六度，居然在韓奕、崧高之上，弘整故也"。
又云"前一段自序中隱諷不言。雙行之巧，絕不見巧"。此不失法
眼者。

　　古詩評選又錄東方朔誡子詩。"明者處事，莫尚於中。優哉遊
哉，與道相從。首陽為拙，柳惠為工。飽食安步，在仕代農。依隱
玩世，詭世不逢。才盡身危，好名得華。有群累生，孤貴失和。遺
餘不匱，自盡無多。聖人之道，一龍一蛇。形見神藏，與物變化。
隨時之宜，無有常家"。（文字與他書有出入。）此若道家語，而甚見東
方曼倩之智慧。聖人之道，一龍一蛇，隨時之宜，無有常家，實含至
理。船山謂其"了無端委，如孤雲在空。深"。實則曼倩作詩端委
在誡子，非無也。然自"聖人之道一龍一蛇"一語出，確有孤雲在空
之妙。想薑齋老漢深隱觀生居、石船山諸處，亦有此與物變化、無
有常家之意也。而其晚年確亦嘗深入道佛玄禪之學，愚鼓詞不即
其內丹修道心得之實錄乎。故知彼孤雲在空一語，亦有落到實處
者。（其體道有得，故一見誡子詩，便道了無端委，如孤雲在空。孤雲在空，修
行人體道至佳處自生此覺受。乃悟船山言了無端委者，非言作詩之端委，乃形
容詩中玄理之了無端委也。惜船山終不能深入圓融三昧，化解其所知障也。）

　　前漢四言詩，又不可不言及焦氏易林。易林為西漢易學之菁
華，其書以一卦變六十四，六十四卦之變，其四千九十有六，各繫以
詞，皆四言之韻語，亦極可異。曼倩誡子，於此亦可謂小巫見大巫
矣。易林四言，義文俱妙者甚多。其文或模詩經，或學樂府，變化
莫定，而神理湛然。焦延壽，通天人之際，其所為，乃天人之詩也。
此又非世間詩人所能為。

樂府五言析肉還母

　　楚辭體、四言、三言七言雜體，前漢所用最多，自有其生氣勃勃

之處。然其只可謂之詩騷之遺響，為轉變之階段，漢詩之真面目，樂府也，五言也。亦如初唐文人亦衆，四傑、沈宋，才性縱高，亦六朝隋代之遺響耳。而唐詩之真面目，盛唐也，中晚唐也，禪道也。漢詩真面目若何。曰其於文法則陳述、跳蕩兩格為主，於情志則血性發露為多，蓋氣體以樸健勝。此迥異於詩騷。詩騷文法之跳蕩，無樂府如戰城南之激烈，文法之陳述，亦無樂府之委婉生動。詩三百之情志，多中和之音，變風變雅，漸有峻厲狷急之氣，然亦不似樂府之血性畢露也。如上邪，情詩也，乃竟有天崩地裂之勢。楚辭至情至性，然極典雅清高，絕無煙火之氣，不似漢詩樸健爽快，多庶民之歡戚。此等謂之古詩之墮落可也，謂之古詩以變化而脫胎換骨亦可也。（亦如後漢隸書之純熟，謂之書道之墮落可也，謂之書道以變化而脫胎換骨亦可也。）但凡此種事，皆不可以正邪善惡之分別心論之。宗門喜談“那吒太子，析肉還母，析骨還父。然後現本身，運大神力，為父母說法”。（可參禪宗頌古聯珠通集卷三）。漢樂府、五言詩，乃真有此意在。析肉還母，肉者楚辭謀篇及句法也，還於屈宋。析骨還父，骨者中和雍穆、思無邪也，還於詩三百。還母還父，遂替之以震蕩、明白、細膩、整齊之格，現本身，運大神力，為父母說法。其語於屈宋曰，詩本性情，不可不以百姓心為心。其語於詩三百曰，當其勃發，不必拘守於聖人之道德說教。其後吾國歌詩之血脈，永不離乎此二語矣。

樂府詩選評

漢鐃歌曲之 **戰城南**。驚怖魂魄之作。讀此詩頗令人思溝口健二雨月物語。窮兵黷武，人心幽苦若此。此詩句法跳蕩，挾怨氣、憤氣、殺氣，彼無邪、幽玄之古意，早已拋擲腦後矣。古詩評選云“所詠雖悲壯，而聲情繚繞，自不如吳均一派裝長髯大面腔也。丈夫雖死,亦閑閑爾,何至頳面張拳"。(船山論詩,時時不忘揶揄譏抨後人。此老之攻擊性,蓋亦幾與朱子相當。)船山蓄死志甚堅,蓋早已參悟丈夫雖死亦閑閑爾之義。然戰城南乃確有頳面張拳之態者,其心幽苦,真如死者之歌。"思子良臣,良臣誠可思。朝行出攻,暮不夜歸"。使溝口氏觀之,可以作一城南物語矣。詩經、楚辭焉有此種物事耶。題陳沆作詩比興箋卷一言此卷云"人固願為良臣,毋為忠臣。今殺人盈野,草芥人命,徒死無名,求為忠臣且不可得矣"。如船山,乃自信可以忠臣遺民而傳,故論詩遽曰丈夫雖死,亦閑閑爾,不知戰城南乃求為忠臣且不可得者。豈為解人哉。(詩比興箋今人考之乃魏源作。)

巫山高。吾二十四歲時嘗棲遲蜀地二載,初至大渡河,驚怖其宏闊高妙。時值大雨,群瀑自高山飛墜而下,李營丘范中立俱不足以形狀之。益嘆山河之邈遠,英靈之莫測。巫山高一詩,雖表思歸之情,而氣格極高,興象極厚,使胸中無此山河之邈遠,英靈之莫測,曷能作此耶。詩比興箋謂"此似憂吳、楚七國之事,殆景帝初年吳、楚風謠,武、宣之世采入樂府"。似亦成理。蓋與南宋琴人郭楚望作瀟湘水雲相仿佛也。

有所思。"聞君有他心,拉雜摧燒之。摧燒之,當風揚其灰"。此由愛生恨,今人所謂之報復心理也。此固由男子移情使其生怨恨心,然亦其執著愛慾太盛,不可辭其咎。成瀨已喜男浮雲中,女子跋涉,尋其情人,而終卒於山野荒屋之中,亦極哀感。死前一笑,悲欣交集,難可忘懷。彼女子當不以有所思爲然也。詩比興箋謂"此疑藩國之臣,不遇而去,自攄憂憤之詞也"。使其為然,則此臣亦何忠愛之有。其與離騷亦霄壤矣。故恐非正解。鐃歌中如此詩及戰城南等,皆蓄殺氣,雖聖人出,而此氣難化。宜乎入漢酷吏獨盛,史遷乃特為列傳矣。

上邪。一情詩,而極剛烈,漢人血氣之極盛,可以知之矣。愛之真處，天地元氣所在，無可厚非。然不知楞嚴經曰"愛、想同結"。愛中往往幻想纏結，本亦挾帶妄念習氣，雖誓如上邪，似可驚動鬼神，吾亦恐其盟誓終有一日敗壞之。世間求如焦仲卿及妻者，亦麟鳳爾。吾昔嘗悟，愛是一種妄念。即謂此也。此理漢人必隱然有以自知之，不然亦何必求去愛慾之佛法於遠域耶。黃老之道、神仙之學、巫蠱之術，在吾國早已發達矣，而於心理妄念之研究，非待佛教學説之傳入，不能釐清也。

公無渡河。此等詩，乃無法之法，不可學者。如六祖肉身像，皮肉盡去，只存真實。亦不知尤擅皮肉之屈靈均，見此當生何感受。此又漢人遙追古逸詩之心者也。

相和曲之**江南**。天籟之音，亦無法之法一流。吾女學語時極喜之。

薤露、**蒿里**。薤露是無常法。蒿里是輪回法。後有唐僧王梵志，作詩發揮此義，可謂淋漓盡致。"鬼伯一何相催促，人命不得少踟躕"，至王梵志，其語則愈驚竦人心矣。（吾以溝口健二比擬戰城南，使復以電影為喻，尖銳深澀如王梵志者，驚悚哲理片之導演也。蓋如赫爾佐格一流。）

平陵東。絕有血氣，與戰國人一脈相承。（詩之衰，即血氣之衰。宋詩自陸放翁死，血氣頓少，以迄蒙元，詩學亦不振。元明之替、明清之際、清季民國，血氣大振，詩道亦大昌。承平則弗如之。竊謂論衡當代文學之首要標準，即觀其是否猶存此種血氣。使其具之，可以更高之標準商量之。其不具者，不可以語上矣。）

陌上桑。鐃歌勁峭，自與軍樂相關。使以軍樂視夫有所思、上邪，則亦易解之矣。蓋其兼有鼓士氣、娛情性之職能者。相和曲則異於鐃歌。陌上桑最為名篇，又開詩章委婉陳述如絲如縷之新法度。其綿密細巧，已迥非國風之故。國風多清空，以意勝。如陌上桑，以態勝也。然欲態勝亦極難。後人學陌上桑者，得其態者亦不知為誰氏也。

長歌行。"青青園中葵，朝露待日晞。陽春布德澤，萬物生光輝。常恐秋節至，焜黃花葉衰。百川東到海，何時復西歸。少壯不努力，老大徒傷悲"。盛唐人登鸛雀樓，自此出矣。漢人從容有致，氣度瀾達。盛唐人精遒高遠，餘韻不絕。此真異代之知己也。

猛虎行。此詩亦寫得太狠峭。船山云"深甚，怨甚，而示淺人以傲岸之色"。得之矣。

焦仲卿妻。此亦後世彈詞詩體之祖。

東門行。此鮑明遠之先聲也。

白頭吟。西京雜記謂卓文君作，不可據。船山云"亦雅亦宕，樂府絕唱"。是也。"男兒重意氣，何用錢刀為"。今世男兒以錢刀為重者極多，以意氣為重者極少，使其為文君作，則文君必當恥夫今世之男兒矣。

飲馬長城窟行。此建安風骨之初兆。舊題為蔡邕作，恐非妄說。亦雅亦宕，樂府絕唱，船山之語，亦可置此。此詩以悠遠勝，深切則弗如白頭吟。

古詩十九首評

樂府五言體既盛，乃有五言古詩。七言亦然。十九首，古詩爐火純青之作也。

行行重行行。"相去日已遠，衣帶日已緩。浮雲蔽白日，遊子不顧返。思君令人老，歲月忽已晚。棄捐勿復道，努力加餐飯"。使以此八句為一首，純然如開元天寶間高人所作也。然唐人如太白有其潤筆豪宕，而略少幾分老成枯簡之意。故此詩之評，謂之陶令、青蓮之合體則宜矣。船山古詩評選云"十九首該情一切，羣、怨俱宜，詩教良然，不以言著"。誠然也。而羣之義尤深。蓋興之義莫若風，觀之義莫若雅，怨之義莫若騷，羣之義莫若漢樂府、古詩。船山又云"人興易韻，不法之法"。極是。劣手法之，亦必弄巧成拙。

青青河畔草。"昔為娼家女，今為蕩子夫。蕩子行不歸，空床難獨守"。以唐人吟之，恐只此四句足矣。如此五言古絕，唐人亦不可及。蓋唐人古絕之高者，多喜餘韻悠長，學風人之意，不似漢人直心作道場如是也。

青青陵上柏。"青青陵上柏，磊磊澗中石。人生天地間，忽如遠行客"。忽感人為父母所生，父母亦為人所生。究其極致，人為天地所生也。而天地有為何物所生耶。此屈子天問之所以疑者。故吾直以佛法對之而已。貴人不知人只是遠行客，一切物事，本多變幻，皆非恒住實有，而只知極宴娛心意，然其心際，實戚戚若有所迫。此等人今世亦極多。

今日良宴會。"人生寄一世，奄忽若飆塵。何不策高足，先據要路津。無為守貧賤，坎軻長苦辛"。此種詩實為韓昌黎符讀書城南一類之濫觴。昌黎作此詩，宋人集矢焉，多謂其示兒皆利祿事，覬覦富貴，愛子之情則至，導子之情則陋。此等議論，實皆張橫浦所謂"以世俗見觀君子"者。參談藝錄二十。不知漢人古詩十九首已有此今日良宴會耶。吾人詎能謂其詩覬覦富貴者乎。此弗能以後世人心，觀度漢之君子者。詩比興箋謂此詩"反言若正，則言之者無罪，此所望於識曲者之難也"。亦非解人。愚意其實非反言。大人君子欲策高足，據要津，亦何害乎其德，何損乎其道。文中子歎其家於王道"未嘗不篤於斯，然亦未嘗得宜其用"。予觀而甚悲之。昌黎猶得漢人天真之一體，非宋儒喜辨義利者可知也。

西北有高樓。"不惜歌者苦，但傷知音稀"，頗與黍離"知我者謂我心憂，不知我者謂我何求"神意迷離相似。不惜歌者苦，故不知我者謂我何求。但傷知音稀，則自出一二知我者謂我心憂也。

黍離、西北有高樓此二句，其迷離悵惘之勝，俱不可學。此等佳處，後世亦唯如李義山者，始可復窺之也。

涉江采芙蓉。"涉江采芙蓉，蘭澤多芳草。采之欲遺誰，所思在遠道。還顧望舊鄉，長路漫浩浩。同心而離居，憂傷以終老"。拙荊習琴，自良宵引始。其曲短而韻深，雖大匠亦喜彈之。涉江采芙蓉一首，蓋亦如之。船山古詩評選云其"廣大無垠鄂"。得之矣。

明月皎夜光。人情之不可恃也如是。然其本亦有因緣而起，以緣而滅，未必皆是高舉振翮之同門友薄情所致也。被棄之士，其情可傷，其心也不可亂如是。

冉冉孤生竹。"思君令人老"，此一句敵萬句者。"傷彼蕙蘭花，含英揚光輝。過時而不采，將隨秋草萎"。今歲門人貽予漳州水仙數本，寒齋燦發，含英揚輝，其樂莫名。一日遠歸，但見萎靡狼藉。使往日未得從容吟詠，當此之際，其心又何如焉。

庭中有奇樹。張九齡感遇詩，自此化出。後觀古詩評選見船山云冉冉孤生竹"唐張子壽又以禘此，為自出"。亦差與船山契合矣。

迢迢牽牛星。唯"盈盈一水間，脈脈不得語"，差有漢廣遺意。此等詩，不及風人意韻悠長遠矣。

回車駕言邁。"所遇無故物，焉得不速老"，其理已深，然尚滯斷見。至僧肇物不遷論，其義圓矣。"旋嵐偃嶽而常靜，江河競注而不流，野馬飄鼓而不動，日月曆天而不周"，此僧肇之詩也。漢人善用情，而不善用理。魏晉人善用理，而不善用情。其俱善之者，亦唯古詩十九首及阮、嵇諸人而已。

東城高且長。"東城高且長，逶迤自相屬。回風動地起，秋草萋已綠"，其起意調孤高，文字精煉已至。"四時更變化，歲暮一何速。晨風懷苦心，蟋蟀傷局促。蕩滌放情志，何為自結束"，可謂字字驚心。"燕趙多佳人，美者顏如玉。被服羅裳衣，當戶理清曲。

音響一何悲，弦急知柱促。馳情整巾帶，沉吟聊躑躅。思為雙飛燕，銜泥巢君屋"，忽如石頭記之開破鴻蒙，亦如仙人之道破因果，其翩然仿佛夢中之夢，身外之身，亦猶東坡所謂醉中不以鼻飲，夢中不以趾捉者，其沉吟躑躅處，正其天機之所合，不強而自記所在也。

驅車上東門。人心之恐懼於死，六經、詩、騷時猶未甚顯，而至秦、漢加劇焉。此又漢人氣體不若東周醇厚之徵驗。夫氣體愈醇厚者，其於死亡愈少分別心，自亦愈少苦痛也。漢詩之多訴無壽畏死及時行樂之心，亦猶二王法帖之多淒苦悲嘆語。亦所謂一代不如一代。"服食求神仙，多為藥所誤"，此道教煉丹術之逐漸破落也。"不如飲美酒，被服紈與素"，此兩晉南朝人放蕩行樂之先聲也。"萬歲更相送，賢聖莫能度"，此又為佛法之隆盛，掃清其障礙也。蓋釋教普度眾生，超出生死輪回，而此義為吾國聖賢所罕言者，故世人乃有賢聖莫能度之嘆。

去者日以疏。夏商周世代悠悠，雖嘗亂而不惑，下至秦漢、王莽、後漢三國之際，動蕩頻發，心亂而亦大惑焉，吾國先民於此時期，蓋尤深感於無常之義。"古墓犁為田，松柏摧為薪。白楊多悲風，蕭蕭愁殺人"，在屈子心亂而不惑，在漢人心亂而惑也。惟漢人之心亂而惑，亦萌於屈子之天問。屈子以氣體論，猶非惑者。

生年不滿百。"生年不滿百，常懷千歲憂。晝短苦夜長，何不秉燭遊。為樂當及時，何能待來茲。愚者愛惜費，但為後世嗤。仙人王子喬，難可與等期"。或謂古詩十九首為後漢人所作。雖未必盡然如此，此詩則是之。竊謂前漢人血氣尚多渾健自喜，當不至於作此等歌詩。此等歌詩氣息，蓋已與魏晉人極接近。恐是後漢季世人所為。船山以驅車上東門、去者日以疏、生年不滿百"三詩洞達，以英氣見。英氣自是生物，首尾筋絡，正不可繩尺相尋"。然以予觀之，其固不失英氣，然亦本是衰氣。故英氣又不如無英氣。無英氣者，謂之渾渾。如<u>國風</u>，大體無此英氣。一旦有英氣，即不離衰氣。<u>曹阿瞞</u>最有英氣，而衰氣亦劇。後人好之，亦未悟此。此詩立論，為不了義，而古今沉醉之寄托之者又極夥。野狐禪耳。常懷千歲憂而不失中道正念，為樂當及時而不離大悲心，此方是聖賢法髓。<u>老杜</u>所以為詩聖者，亦正在此。

凜凜歲雲暮。此極感人者。夢想雖本幻識虛妄，亦是本心自性佛之所智巧化現者。神而明之，待乎其人。"良人惟古歡"，古歡二字，銷魂之至。<u>船山</u>云"深練華贍，自<u>班</u>、<u>張</u>諸人本色"。此詩文辭精工，後<u>漢</u>人之作也。

孟冬寒氣至。"客從遠方來，遺我一書劄。上言長相思，下言久離別。置書懷袖中，三歲字不滅。一心抱區區，懼君不識察"。至情至性，此又後人難可追者。亦唯盛<u>唐</u>人庶幾能軒輊之。

客從遠方來。"相去萬餘里，故人心尚爾"，此中微妙處，不可以言語說。所謂如人飲水，冷暖自知也。"以膠投漆中，誰能別離此"，使學佛人能參得此雙運不二之義，亦可以登堂入室矣。

明月何皎皎。此種氣息，已與建安以降無別矣。

古 詩 評

十九首之外，又有古詩數篇，為<u>漢</u>詩之菁華，弗遜於<u>十九首</u>，不可不言之也。

上山採蘼蕪。<u>船山</u>言"詩有敍事敍語者，較史尤不易。史才固以檃括生色，而從實著筆自易。詩則即事生情，即語繪狀，一用史法，則相感不在永言和聲之中，詩道廢矣。此上山採蘼蕪妙奪天工也"。其理自深。然史才之上乘，豈以檃括為主，通儒之睿見，亦豈必從實著筆。吾意論詩實不必與史法相較。<u>仲尼</u>以前，詩即是史，史即是詩，乃不得不合者也。<u>仲尼</u>以後，詩即是詩，史即是史，乃不得不分者也。老杜之法髓，實不在所謂之詩史者。如此首只是詩，甚是巧妙，有弦外之音，然謂其妙奪天工，非史法可及，則過矣。（船山實當亦會斯旨，而不免分別心未盡爾。古詩評選卷一評曹丕煌煌京洛行有云"詠古詩下語秀善，乃可歌可弦，而不犯史壘。足知以詩史稱杜陵，定罰而非賞"。雖未必為罰，非賞則弗謬。吾意老杜法髓，不在詩史。先船山而足為解人者，楊用修也。其亦不以詩史之說為然）。

四坐且莫喧。船山以雍門之感田文說詩理殊妙，其譚藝具妙才，蓋稟賦如此也。其又云"香風難久居，空令蕙草殘。理至言極。中土人自有此靈雋之心，不自釋氏東來而有"。此則似是亦似非。香風難久居云者，一言以蔽之，空性也。中土人自有此空性靈雋之心，然不待釋教東來大盛，空性義理之發明不能如此深徹通透。船山論學，終不能消融門戶之見，亦習氣使然。

穆穆清風至。此詩絕有喜樂，若具無量心。予觀之已醉，陶然忘機。世間樂、舞、詩、畫之上乘者，使修行人目擊之，即有中脈真氣貫頂之內應，真實不虛。如穆穆清風至即是。"安得抱柱信，皎日以為期"。憶昔聚集，聞一人曰，尾生抱柱之信，只是一死，今世孰能為之。吾即應之曰，我即是也。故甚覺"安得抱柱信"一語為親。船山云"風衣草色，共一爐韝。宛折旁午，無不見妙"。所評甚美，然其無言之妙，尚未見得。

蘭若生春陽。"誰謂我無憂，積念發狂癡"。漢人天真爛漫處是也。不聞姜尚有云，不狂不癡，不能成事乎。

橘柚垂花實。其中幽苦無端，不可明說如此。盛唐如曲江、太白等，皆嘗法乳於此。世間之情最合此詩之旨者，莫若男女、君臣二種。男女之幽苦，不可說者。君臣之幽苦，亦不可說者。其可說者，皆非至也。吾意橘柚垂花實，實得情之聖者，於此深微處，又高過古詩十九首。昔悟證破情關之前，亦嘗深體其幽苦之至味，一朝則如鑽火，兩木相因，木盡火出，灰飛煙滅。亦所謂不入虎穴，焉得

虎子。善哉曲江之言。草木有本心，何求美人折。此又盛唐本色
能令漢人肅然起敬者也。

　　十五從軍征。黍離，士夫之悲吟。十五從軍征，野老之低唱。
皆是無常。"知我者謂我心憂，不知我者謂我何求"，深道之至。
"羹飯一時熟，不知貽阿誰"，淡然之至。忽覺野老高過士夫。

　　新樹蘭蕙葩。此亦至情至美，黯然銷魂者，唯不若橘柚垂花實
能使人悲欣交集耳。思此忽悲生淚落。此悲者，宇宙之真諦也。
此喜者，亦萬物之法髓。悲欣交集，實為圓融三昧。以詩而論，亦
唯漢人五言詩能如此悲欣交集也。以此極詣而論，詩經能欣，而不
能悲。楚辭能悲，而不能欣。此又漢人獨步古今之處。（數年來讀
書時忽淚落者僅有二次。一次乃讀米拉日巴尊者道歌集，忽感其如師傳在我
左右有年矣。一次即此際讀橘柚垂花實、新樹蘭蕙葩諸詩時也。）

　　步出城東門。鮑明遠、盛唐人血脈，亦自此出。

文士詩作選評

　　班婕妤**怨歌行**。吾嘗謂禪偈之蟬蛻，轉成純然之禪詩，自龐居
士"此是選佛場，心空及第歸"始。（見卷酉。）而漢五言樂府之轉成文
士純然之作，則自班婕妤怨歌行始也。漢代歌詩之尤顯著者，莫若
唐山夫人、班婕妤、蔡文姬，皆婦人。此又風人之統所在。漢人絕有
古意，亦可以知矣。（此又頗與扶桑平安朝之有紫式部、清少納言、和泉式
部等相類。大凡一種文化之初創，多須由女子之天才而成就之。惟此詩之作
者，素有分歧，近世黃晦聞氏之見甚可取焉。參見蕭條非氏漢魏六朝樂府文
學史黃序。）

　　李陵蘇武詩。其詩之作者為誰氏，此亦已不可知。實亦不必
知。船山言李陵與蘇武詩第三首"句無停意，筆無轉跡。東京以
下，不能有此，奚況六代"。又云"不以當時片心一語入詩，則千古

以還，非陵、武離別之際，誰足以當此淒心熱魄者。或猶疑其贗鼎，然則有目者多，有瞳者鮮"。然船山又言蘇武詩第二首"已近陳思一派"。其自相矛盾如此。吾意蘇武詩第二首確乎已近陳思一派，乃建安之先聲。以此推之，二人詩恐本出於前漢之末或後漢人手，與十九首有相似者。二人詩不在十九首之前，則可以斷言者。

　　梁伯鸞**五噫詩**。潛氣貫頂，高古凝煉，兼取小雅、楚騷之美。其亦神來之筆，與公無渡河可謂漢詩中最得古逸詩神意之雙璧。一為文士之寶，一為樂府之珍。

　　班孟堅**詠史詩**。孟堅無詩才，觀此可知。後世為文典正莊雅者，詩才多未高。唐如陸贄，宋如曾鞏、呂祖謙。韓、柳、王、蘇文多奇氣，詩才亦皆甚高。馬遷不作詩，謂之直以史記為詩者可也。亦唯馬遷可如此說。此猶王虛舟言顏魯公為唐篆書第一人也。

　　張平子**同聲歌**。船山云"西溪叢話謂陶淵明閑情賦出自此詩，則可以訂昭明之陋"。誠然。

　　四愁詩。此為詩門七言主脈之所出，乃文士詩之最具開闢之功者。詩有風騷遺韻，而爽健明麗，磊落可喜，晉人所謂有野鶴姿者。詩有序，其體例亦影響後世甚深遠。（後人有疑此序為偽者，然並無鐵證。）詩序兼備，文情並茂，此文士之最勝場者。後世之作，序勝於詩者亦甚眾，買櫝還珠，亦常有之。

　　秦士會嘉**贈婦詩**。離別贈婦之詩而能感徹心肺若此，亦後世所難及。後世亦唯悼亡，或能至此。

　　趙元叔壹**疾邪詩**。元叔剛稜疾惡，風骨峭厲。"文籍雖滿腹，不如一囊錢"，此後世牢騷詩之鼻祖也。其詩勁直通脫，自亦可喜。元叔又有非草書論，欲破草書之習俗，而草書愈盛。蓋一不如意之人。孫思邈云，智欲圓而行欲方。如元叔，行方而智未圓者也。

　　蔡文姬**悲憤詩**。此後漢文士五言詩之絕唱，士氣風骨，甚高甚亮，驚心動魄，蒼涼之至，亦兼樂府敍說之悠長沉痛。文士之以血淚為詩，自蔡琰始也。（胡笳十八拍為騷體之長詩，托名蔡琰，實不知為何人作。"為天有眼兮，何不見我獨漂流。為神有靈兮，何事處我天南海北頭。我不負天兮，天何配我殊匹。我不負神兮，神何殛我越荒州。制茲八拍兮擬排憂，何知曲成兮心轉愁"等，已多後世腔調，其非漢人詩可決矣。然蔡琰之事，有可疑者。偶覽明人吾鄉程明試程子樗言卷二有蔡琰人胡辯一條。其云"及觀晉書後妃傳景獻羊皇后母蔡氏，邕女也。又羊祜傳祜，邕外孫，景獻皇后同產弟。是邕女乃羊祜之母，初未嘗沒胡中，又安得重嫁董祀乎。祜討吳有功，將進爵，乞以賜舅子蔡襲，詔封襲關內侯，是邕有後，且為關內侯也，安得謂操痛邕無嗣，乃以金璧贖琰歸乎"。言之成理。蔡伯喈子女有幾人，亦成歷史迷案矣。）

卷卯 魏晉風骨脈第四

　　禮記曰，樂不可以僞。呂惠卿註莊子，可以玄義而惑人，然未聞此等人能作樂也。其所以然者，氣也。氣不可以僞，如人修真氣，通任督，貫八脈，亦自知其驗候。如人飲水，冷暖自知。詩經楚辭，降至秦漢，其氣已不同。東漢季世，以迄魏晉，其氣又已不同矣。雖然，文士五言詩之全盛期，自此始也。魏樂府已不採詩，故樂府詩之作者，盡多文士。世稱建安風骨。吾以風骨二字，以名此脈，亦真氣降而為風骨之謂。吾論屈子有皮肉骨之三美，魏晉則肉略薄而骨凸，皮雖光潔可鑑，然其腠理亦不復詩、騷之潤密如玉矣。在漢則肉骨深穩如昔，而皮微粗爾。此脈影響後世深切之至，盛唐諸公夢魂繫之，正以其為式範。盛唐中正脈之成就，要以曹子建為開山祖師也。氣體雖弗逮於昔，而妙在還丹一粒，點鐵成金，至理一言，轉凡成聖。蓋捉住風骨一訣竅，無往而不通也。夫漢之粗者，至此末世，本已成鐵，而三曹、七子，點之成金。眾人之情，亦漸多凡情，而子建、嗣宗，轉之入聖，皆賴茲風骨之道，轉入幽深。太沖、越石、景純之流，亦如南山玄豹，隱霧而七日不食，欲以澤其衣毛，成其文章。風骨之轉而為文章若是。惟陶答子妻曰"至於犬豕，不擇食故肥"。詩脈至此，則如犬豕者始多。降至明清，此族遂極蕃矣。

曹孟德

虞翻與弟書曰"長子容當爲求婦。遠求小姓，足以生子。天其福人，不在貴族。芝草無根，醴泉無源"。虞仲翔吳人，芝草醴泉之譬，正應於三國之亂世。魏晉歌詩之雄，即在莫審出生之曹氏也。明季張天如溥漢魏六朝百三家集題辭魏武帝集云"曹嵩爲長秋養子，生出莫審，官登太尉。經董卓之亂，避難瑯邪，陶徐州戮之，直撲殺常侍兒耳。孟德奮跳當塗，大振易漢，而魏雖附會曹參，難洗宗恥"。不知此難洗宗恥者，正仲翔所樂道者也。題辭又論老曹云"間讀本集，苦寒、猛虎、短歌、對酒，樂府稱絕，又助以子桓、子建。帝王之家，文章瑰瑋，前有曹魏，後有蕭梁，然曹氏稱最矣。孟德御軍三十餘年，手不捨書，兼草書亞崔、張，音樂比桓、蔡，圍棋埒王、郭，復好養性，解方藥，周公所謂多材多藝，孟德誠有之。使彼不稱王謀逆，獲與周旋，晝講武策，夜論經傳，或登高賦詩，被之弦管，又觀其射飛鳥，禽猛獸，殆可以終身忘老。乃甘心作賊者，謂時不容我耳。漢末名人，文有孔融，武有呂布，孟德實兼其長。此二人不死，殺孟德有餘。述志一令，似乎欺人，未嘗不抽序心腹，慨當以慷也"。此不失通恕之論。詩門魏晉風骨之脈，樂府四言詩孟德爲第一，文士五言及樂府五言詩子建爲第一，以樂府四言、雜言、七言及文士五言、文論兼綜而衡之，又子桓爲功力第一。父子三人，實又三霸之爭雄。故老曹之勁敵，不在吳、蜀，而在諸兒耳。（老曹述志令有云"設使國家無有孤，不知當幾人稱帝，幾人稱王"。謂之抽序心腹，慨當以慷，可也。謂之英雄欺人，亦可也。此吾國之馬基雅維利主義也。孟德之好音樂，蕭滌非漢魏六朝樂府文學史嘗引曹瞞傳、宋書樂志、魏書史料以證之，言其樂府之成功，蓋亦深有得於音樂之助也。所論極是。亦可知當日銅雀臺上，管弦之非虛設。孟德之兼政治、兵事、詩歌、音樂諸事之長，謂其多材多藝，則孰能非之。其人實為吾所謂本能型之代表，而心術未正，亦僅盡洩其元氣於奪權征殺騁志發情歌舞娛樂耳。本能型之說，可參卷末中唐高絕脈論韓愈一條。當時維繫人心者，還在諸葛武侯、管北海也。）

　　孟德樂府，氣概橫放，沉雄跌宕，極有英雄之度，後人推崇備至。拙著前卷有云"船山以驅車上東門、去者日以疏、生年不滿百三詩洞達，以英氣見。英氣自是生物，首尾筋絡，正不可繩尺相尋。然以予觀之，其固不失英氣，然亦本是衰氣。故英氣又不如無英氣。無英氣者，謂之渾渾。如國風，大體無此英氣。一旦有英氣，即不離衰氣。曹阿瞞最有英氣，而衰氣亦劇。後人好之，亦未悟此耳"。呂惠卿著書以自掩其奸德，而才優足以用之。孟德歌樂府，雖大體出於天然，猶存後漢樂府詩之渾氣，亦終不脫自掩之嫌，而才氣尤高邁出格，又非後世如惠卿輩所能想見。（吾言其最有英氣，而衰氣亦劇。此衰氣者，亦正其內心之多疑慮惶恐之謂。而外露者，盡是慷慨之英氣。吾非謂此外露之英氣為偽，然終已不能如周漢時詩其德之純全矣。後覽黃節魏武帝詩注，乃知後世論孟德詩而能睹其心肺者，有清人陳祚明氏。吾以英氣不離衰氣說孟德詩，以孟德內心之多疑慮惶恐故。祚明之說視吾說愈加密焉。魏武帝詩注秋胡行引其采菽堂古詩選之言云"孟德天分甚高，因緣所至，成此功業。疑畏之念，既阻於中懷，性命之理，未達於究竟。遊仙遠想，實係思心。人生本可超然，上智定懷此願。但沉吟不決，終戀世途。淪陷之端，多因是故。及其脊墜，下鬼茫茫。介在幾希，深可憫軫。進趣誰惠，於己何歡。再世膺圖，忽焉已往。孟德非不慨然，而位居騎虎，勢近黏天。入世出世，不能自割。累形歌詠，並出至情"。又云"二首浩然遠懷，始信旋疑"，"會味其旨，總歸沉吟不決四言而已。序述回曲，轉變反覆，循環不窮。若不究其思端，殊類雜集。引緒觀之，一意悽楚，成佳構矣。筆古無俟言。獨惜孟德如此曠懷，一間未達，決裂以後，拔苦何期。悠悠人生，胡不可識"。觀之擊節。疑畏之念，既阻於中懷，性命之理，未達於究竟，沉吟不決，始信旋疑，可以為論孟德詩之定讞矣。）

惟孟德詩,確乎不羣。其大美有四。其一曰得漢之髓。如雜言精列一篇,乃得漢人鐃歌等之真髓,元氣淋漓。其天才之高,模擬之妙,亦可見於此端。其二曰謀篇之神。王船山評秋胡行云"當其始唱,不謀其中。言之已中,不知所畢。已畢之餘,波瀾合一。然後知始以此始,中以此中。此古人天文斐蔚、天矯引伸之妙"。評碣石篇之冬十月云"愈緩愈迫,筆妙之至。惟有一法曰忍。忍字,固不如忍篇"。薑齋談藝,每多靈機獨露之時。其云天文斐蔚、天矯引伸,洵為確評。而云忍字固不如忍篇,尤是雋語。亦非船山不能道。惟常患不能廓然而大公耳。其三曰氣格之蒼。船山評短歌行云"盡古今人廢此不得,豈不存乎神理之際哉"。此詩雖間用小雅句,實則自漢樂府相和瑟調曲善哉行一類而來,並非孟德之獨創。其以氣格蒼古勝,前人謂於三百篇之外,自開奇響,非謬也。究其神理,則不能無漏,船山不免推崇太過。"山不厭高,水不厭深。周公吐哺,天下歸心"云云,尤非孟德所宜自道。此亦不脫氣偽之嫌疑者。(蕭滌非漢魏六朝樂府文學史言此篇大意,似在招攬人才。是也。其以周公自比,亦英雄欺人耳。此等權術之心挾雜在內,詎能存乎神理之際耶?此詩才藝之絕偉,亦正可見阿瞞政治煽動力之高超。後覽古詩源卷十四隋代楊素詩。沈氏云"武人亦復奸雄,而詩格清遠,轉似出世高人,真不可解"。此語亦正為老曹之寫照。楊素贈薛播州詩第一首沈氏云"落句是奸雄語。曹孟德時或有此"。其落句云"亂海飛群水,白日引長虹。干戈異革命,揖讓非至公"。不覺拍案擊節。此又不啻為"山不厭高,水不厭深"之同類。此吾與沈氏同心者。)其四曰幽玄之意。孟德樂府之冠,為碣石篇之觀滄海。船山云"不言所悲,而充塞八極,無非愁者。孟德於樂府,殆欲踞第一位,惟此不易步耳。不知者但謂之霸心"。(此老又露刃矣。)孟德此詩,最有幽玄之味,楚騷之神理,彷佛得之,其謂不言所悲,而充塞八極,無非愁者,是也。然不知者但謂之霸心云云,亦得失參半。此孟德幽玄之心也,非僅霸心,此得之者。然孟德之霸心，囊括宇內，亦正見露。孟德之慣以英氣懾人，不知此觀滄海，當日又懾服多少文武豪傑。薑齋謂"彼七子者，臣僕之有餘矣。陳思氣短，尤不堪瞠望阿翁"。（為評龜雖壽語。）不知如七子、陳思者，正落其彀中矣。而千百年後大儒如薑齋者，亦不覺為其所懾服而不自知，孟德之得計也若是哉。使予生於彼世，必冷眼觀之。亦不知楊德祖當日觀此詩時，又作何想耶。（龜雖壽亦奇偉之篇，動人心魄，亦為曹瞞自我肯定兼政治宣傳之用者。謂其為天生之詩人，非繆也，然謂其為本能型之政治家，則愈合矣。在漢高祖，歌詩尚只是歌詩。至魏武帝，以今人語釋之，則歌詩亦本能為政治服務矣。此又漢魏四百年之別，差之毫釐，謬以千里。人心不古，由來久矣。胡應麟嘗謂唯魏武"老驥伏櫪"四語足當漢高鴻鵠歌，尚未識此也。）

曹 子 桓

　　曹子桓樂府承乃翁之衣缽，天才絕高。其樂府四言、雜言、七言及文士五言、文論皆甚妙，使諸體兼綜而衡之，則又子桓為功力第一。魏武以豪傑、真人自命，而子桓乃真以文人自高矣。此又父子之異。（故其詩作，乃少若父之政治功利，而多純摯深婉。然亦有矯飾者，又弗若其弟之純粹也。）其燕歌行為七言詩歌之祖，蕭滌非文學史闡發極備，無容置喙。然其書亦只稱讚子桓七言鼻祖之功，而不及他，亦有憾焉。蓋子桓樂府四言、五言、雜言諸體及五言詩，皆有佳構。釣竿"釣竿何珊珊，魚尾何蓰蓰。行路之好者，芳餌欲何為"。末二句意蘊悠遠之至。不覺甚憶"草木有本心，何求美人折"。短歌行船山云此篇"乃與蓼莪並峙，靜約故也"。實則文工而情偽。（黃節魏文帝詩注評之云"魏書延康元年七月，軍次於譙，大饗六軍及父老百姓，設伎樂百戲。是時武帝纔崩數月，而文帝縱樂如是，乃知此詩詞雖哀切，而全屬偽飾也。自朱止谿以下，所論未得其義矣"。船山為其所謾矣。且短歌行末云"曰仁者壽,胡不是保"。子桓才智若此,詎不知其父决非古人仁者一流耶。想其下筆時,心必有動矣。然作詩又不可不如此說。其為矯飾之詞甚明。)猛虎行"與君媾新歡,托配於二儀。充列於紫微,升降焉可知。梧桐攀鳳翼,雲雨散洪池"。意韻微妙,而理語略多,失之太虛,已異於漢人。梧桐、雲雨二句,美則美矣,含蓄太過,略隔。船山云"端際密窅,微情正爾動人,於藝苑詎不稱聖"。密窅微情,洵為解人,稱聖云者,失之誇矣。秋胡行其二,雜四言、五言,古而淡,實為子桓樂府之瓊瑰。船山云"因雲宛轉,與風回合,總以靈府為遙徑,絕不從文字問津渡。宜乎迄今二千年,人間了無知者"。其評亦詩也。總以靈府為遙徑,絕不從文字問津渡一語,可以懸為詩道之極則。信心銘曰,究竟窮極,不存軌則。子桓樂府,偶得觸摸此秘。(然秋胡行三首之其一乃言禪讓,亦是政治功利心。)善哉行四首其一氣息坦夷,略平。船山獎譽太過,譏曹植、王粲而褒之,至謂"陶、韋能清其所清,而不能清其所濁,未可許為嗣響",亦不著邊際。其三最為佳作,乃漢人十九首血脈,有孟德之蒼渾,而無其激烈。"朝日樂相樂,酣飲不知醉。悲弦激新聲,長笛吹清氣。弦歌感人腸,四坐皆歡悅。寥寥高堂上,涼風入我室。持滿如不盈,有德者能卒。君子多苦心,所愁不但一。慊慊下白屋,吐握不可失。衆賓飽滿歸,主人苦不悉。比翼翔雲漢,羅者安所羈。沖靜得自然,榮華何足為"。子桓年僅不惑而卒,亦恐其苦心所逼,實非能真沖靜者。不然亦何必迫諸弟太急。丹霞蔽日行亦古淡而略薄。大墙上蒿行長篇大製,乃雜言體,亦同燕歌行,開啓後世無數法門。此子桓獨到之處,非父、弟所能有。船山謂"鮑昭、李白領此宗風,遂為樂府獅象。非但興會遙同,實乃謀篇夗合也"。弗繆也。艷歌何嘗行此亦漢樂府俗白入詩之遺風,粗看仿佛元曲。子桓五言,船山書收有九首之多,譽詞連翩,多非允論。其詩氣體多平,以坦夷從容勝,然讀子建五言後而再觀之,頓覺其清遠有餘,而深邃不足。其與子建之作，迥然相隔。雜詩其二"西北有浮雲"，最爲船山所傾倒，然亦本樂府詩之古法耳。大凡子桓之詩才，專在樂府諸體，有古淡之韻度，五言之作，自讓其弟一頭也。

惟子桓月重輪行言"愚見目前，聖睹萬年。明暗相絕，何可勝言"，固千鈞之力，警策無比。然子桓不能略睹魏室之大患，踐位亦無大舉，抑不出愚見而已乎。短祚者必有短見。子桓之眼光，甚有淺陋之處。張溥漢魏六朝百三家集題辭陳思王集云"司馬氏睥睨神器，魏忽不祀，彼所綢繆者藩防，而取代者他族，思王之言不再世而驗，然則審舉諸文，固魏宗之磐石也"。謂思王審舉、求通親親、求自試諸表所陳之義也。曹冏六代論亦云"子弟王空虛之地，君有不使之民，宗室竄於閭閻，不聞邦國之政，權均匹夫，勢齊凡庶，内無深根不拔之固，外無磐石宗盟之助，非所以安社稷為萬代之業也"。而子桓甚不識此，其不朽之盛事，竟僅為文章歌詩而已。愚見目前，聖睹萬年，亦文人之巧言而已乎。

曹 子 建

自古以抨擊前賢、摧廓舊論專擅者，莫若朱元晦。明季又有王薑齋。薑齋論學，最喜摧廓前人所尊崇者。如論學，東坡、陽明遭其毒手。其於詩道，則曹植、杜甫成其讎寇。(以今語說之，此輩人乃最喜攻擊權威以自信者。二賢天分不凡，於文藝之道皆極靈敏，而性格亦正相類。以泰西古學觀之，皆天枰座者。此等人本熱忱縝密，善持平之論，然又喜獨創，故而常患激烈之失。老子曰，反者道之動。至言也。夫善平衡之人，往往積蓄有猛烈之攻擊性，吾於朱、王二賢而愈驗之矣。天枰座之極致，即暗自轉入對位之白羊座，風極之至於火，不期有得於斯理。二賢皆心力剛猛，追逐極致，故自有變。抑天耶，抑人耶。惟二賢之未證入聖人境地則必矣。吾於二公，亦愛又恨。所恨者，其見地之不圓滿，論學之不中正也。所愛者，則我亦一心力剛猛、追逐極致之人，與彼不無相類。幸比年深入禪密定慧，轉移氣質之道，微有體之。老子曰，自知者明。）魏晉聖於詩者，莫如陳思。唐人聖於詩者，莫如少陵。而船山俱貶議之。貶子建，則不惜高擡其父兄。（古詩評選樂府只收子建二首，五言只三首，可謂冰火兩重天，使人不曉船山之底奧如是，亦何能解之。觀者以貌視之，此或為船山崇古尊古之詩學觀念所導致之結果。實則自有其深沉之性格原因及詭譎之時代背景也。子建贈王粲詩，船山騁醜詆之能事，謂"子建橫得大名，酌其定品，正在陳琳、阮瑀之下。公宴、侍坐拖遝如肥人度暑，一令旁觀者眉重。而識趣卑下，往往以流俗語入吟詠，幾為方干、杜荀鶴一流人作俑"云云。吾甚恥之。朱子當日亦有此病，見之語類多矣。可參拙著宋儒忘筌編。）三曹高下，固難評判，皆天才也。要以其各自所擅長之詩體而論，其各居其體之鰲頭。若以意、藝之兼圓及於後世之影響而論，則子建瑰意琦行，自為第一，亦無庸置疑矣。（古有鍾記室詩品推崇之，今有黃晦聞、蕭滌非禮敬之。黃氏曹子建詩注序云"陳王本國風之變，發樂府之奇，驅屈宋之辭，析楊班之賦而為詩，六代以前莫大乎陳王矣。至其閔風俗之薄，哀民生之艱，樹人倫之式，極情於神仙而義深於朋友，則又見乎辭之表者，雖百世可思也"。蕭氏文學史云"間嘗求之吾國文學史，其足以與子建後先輝映者，吾得二人焉，曰前有屈原，後有杜甫"。又云，漢樂府變於魏，而子建實為之樞紐。求其跡之可得而論者，約有三點。一曰格調高雅。一曰文字藻麗。一曰音律乖離。所論甚確，唯未盡耳。其所謂音律乖離者，"樂府主聲，子建所作，多側重文字與內容，入樂者甚少，故兩漢其來于于，其去徐徐之韻味，亦頗缺乏。殆幾與不入樂之詩打成一片矣"。船山專執此把柄，以詆子建及盛唐人，所謂以偏概全者，正其之謂。忽思蕭氏篤實，只求其跡之可得而論，不似船山評詩又專喜於其跡之不可得處而求之論之。誠然多有妙見，不同凡響，亦終滋生虛妄之說。矧船山又不思釋教之魚山梵唄，乃源自陳思王耶。見法苑珠林唄讚篇第三十四。思王樂府，於兩漢其來于于，其去徐徐之韻味，或有缺乏，然自有新聲燦發焉。故蕭氏音律乖離之論，亦尚非圓成者。參見下一條。）

吾亦求其跡之可得而論之，子建之詩具三德焉。一曰英氣勃發。英氣亦自衰氣，在陳思亦然。然其英氣又與孟德不同。孟德之英氣，老氣橫秋也。陳思之英氣，朝暾噴薄也。矧子建情摯志純，無尊翁之夾雜功利心耶。如樂府箜篌引"驚風飄白日，光景馳西流。盛時不可再，百年忽我遒。生存華屋處，零落歸山丘。先民誰不死，知命復何憂"，漢魏詩人道此意者甚多，然無如陳思之英氣勃發也。此種英氣，甚能激蕩情志，開拓心胸。（以今語言之，此正時代之精神所在也。他如鬥雞篇、名都篇、美女篇、白馬篇、遠遊篇等，皆具此英氣勃發之德者。）一曰沉著深厚。自其兄踐阼，其情之轉入深厚，亦不得不然。種葛篇、聖皇篇、怨歌行、薤露行、送應氏二首、雜詩六首，皆為傑作，質文兼備，沉著蒼遒，而哀感縈回，才大思麗，覽者詎能無動。此非孟德、子桓所能追者。五古至此可謂爛熟矣。贈白馬王彪，至純至美，又此類之極則。此等詩皆盛唐人夢魂所繫者。（薤露行沉著深厚之中，又最為時代之強音。"天地無窮極，陰陽轉相因。人居一世間，忽若風吹塵。願得展功勤，輸力於明君。懷此王佐才，慷慨獨不群。鱗介尊神龍，走獸宗麒麟。蟲獸猶知德，何況於士人。孔氏刪詩書，王業粲已分。騁我徑寸翰，流藻垂華芬"。可謂振聾發聵。鍾記室詩品云"故孔氏之門如用詩，則公幹升堂，思王入室"，其出處緣起，當在此詩之末。而此記室之評語，又為船山最耿耿于懷者。）一曰逸格橫飛。此蓋言其詩之多奇氣，前人所未到者。野田黃雀行最爲典型。"高樹多悲風，海水揚其波。利劍不在掌，結友何須多。不見籬間雀，見鷂自投羅。羅家得雀喜，少年見雀悲。拔劍捎羅網，黃雀得飛飛。飛飛摩蒼天，來下謝少年"。此正賀知章驚呼太白為謫仙人者。鮑照、李白，正乃陳思之嫡系以此，實較子桓大牆上蒿行血脈為親。七哀詩又名怨詩行，最爲名篇，饒有古趣，而逸格自出。"明月照高樓，流光正徘徊"，船山亦不禁讚之"物外傳心，空中造色"，又言詩之結語"匪可識尋，當由智得"。而此正逸字玄奧之所在。他如"高臺多悲風"，亦此格之句。子建兼此三德，神氣所鍾，吾今覽之，中心猶怦然有聲也。

思王新樂

　　蕭滌非言子建詩音律乖離，吾以爲非是圓成之說。其言子建所作，入樂者甚少，乃想當然耳。其非不入樂也，且所入之樂當有新聲，此又蕭氏尚未發明者。思王新聲，自源乎孟德之銅雀臺。又法苑珠林唄讚篇第三十四言陳思王云"幼含珪璋，十歲屬文，下筆便成，初不改字。世間術藝無不畢善。邯鄲淳于見而駭服，稱為天人。植每讀佛經輒流連嗟翫，以為至道之宗極也。遂製轉讀七聲昇降曲折之響，世人諷誦，咸憲章焉。嘗遊魚山，忽聞空中梵天之響，清雅哀婉，其聲動心。獨聽良久，而侍御皆聞。植深感神理，彌寤法應。乃摹其聲節，寫為梵唄。纂文製音，傳為後式。梵聲顯世始於此焉。其所傳唄，凡有六契"。此甚見思王詩樂天才之咸備也。思王製轉讀七聲昇降曲折之響，世人諷誦，咸憲章焉。此聲自可施諸歌詩。慧皎高僧傳卷第十三有云"始有魏陳思王曹植，深愛聲律，屬意經音。既通般遮之瑞響，又感魚山之神製，於是刪治瑞應本起，以為學者之宗。傳聲則三千有餘，在契則四十有二。其後帛橋、支籥亦云祖述陳思，而愛好通靈，別感神製"。又云"至於此土，詠經則稱為轉讀，歌讚則號為梵唄。昔諸天讚唄，皆以韻入絃緧。五衆既與俗違，故宜以聲曲為妙。原夫梵唄之起，亦兆自陳思，始著太子頌及睒頌等，因為之製聲，吐納抑揚，並法神授。今之皇皇顧惟，蓋其風烈也"。此皆可為思王新聲之佐證也。（後覽范文瀾文心雕龍注聲律篇有云"曹植既首唱梵唄，作太子頌、睒頌，新聲奇制，焉有不扇動當世文人者乎。故謂作文始用聲律，實當推原於陳王也。或疑陳王所制，出自僧徒依託。事乏確證，未敢苟同。況子建集中如贈白馬王彪云，孤魂翔故域，靈柩寄京師。情詩，遊魚潛綠水，翔鳥薄天飛。始出嚴霜結，今來白露晞，皆音節和諧，豈盡出暗合哉。李登在魏世撰聲類十卷，為韻書之祖。大輅椎輪，固不得與切韻比，然亦當時文士漸重聲律之一證矣"。所言與我不無暗契。惟其所重，在言曹植詩聲律為後世律詩之祖，而吾所關切者，在其之新樂律與其新歌詩之相應也。其以植詩為後世聲律之祖之說，實並無直接之證據。植製新樂與其詩合，則有釋教文獻如是也。)

　　法苑珠林唄讚篇第三十四又云"是以陳思精想，感魚山之梵唱。帛橋誓願，通大士之妙音。藥練勤行，受法韻於幽祇。文宣勵誠，發夢響於齋室。並能寫氣天宮，摹聲淨刹，抑揚詞契，吐納節文。斯亦神應之顯徵，學者之明範也。原夫經音為懿，妙出自然，製用可修，而研響非習。蓋所以炳發道聲，移易俗聽，當使清而不弱，雄而不猛，流而不越，凝而不滯，趣發祇鶩之風，韻結霄漢之氣，遠聽則汪洋以峻雅，近屬則從容以和肅。此其大致也"。其所謂其音"清而不弱，雄而不猛，流而不越，凝而不滯"者，此正子建歌詩之風格所在。蓋其詩實與其樂相應如是。孟德之詩，至雄而入於猛，流而已越，子桓之詩，清明而略失於弱，凝而微滯，故俱非子建格調之中和可比。子建之詩之樂，亦正開闢百世之新風氣者。不悟斯理，亦不足以知思王。

三曹三種滲漏

　　夫詩、騷、漢人三脈，各有差別，要之皆純完如和氏之璧，何曾有瑕纇。至三曹，文質渾整，辭彩飛揚，文士歌詩極盛，詩學顯赫，然求如三脈之純完者，亦不復可得。洞山大師有名言云"末法時代，人多乾慧。若要辨驗真偽，有三種滲漏。一曰見滲漏，機不離位，墮在毒海。二曰情滲漏，智在向背，見處偏枯。三曰語滲漏，體妙失宗，機昧終始"。其於詩理亦合。三曹雖不似後世病痛分明如許，其萌已見。

　　孟德有見滲漏。機不離位，墮在毒海。前三脈之作，皆機不著位，以意為主，如空中之鳥跡。阿瞞詩才天縱，然已有機不離位處，實可爲人冷眼窺破。此詩門之見滲漏也。（自盛唐巨擘出，又破得此見滲漏。江西詩派，亦不欲機不離位者。雖其作不能至，其見地自佳。）見滲漏者，即於正見未圓滿故也。孟德疑畏之念，既阻於中懷，性命之理，未達於究竟，沉吟不決，始信旋疑，兼以權謀之心機，功利之殺氣，習氣深重，其心於正見不能圓滿必矣。故機不離位，少天地之心。詩騷漢人之血脈，大體皆具正見、為天地之心者，自孟德出，見滲漏出矣。

　　子桓有語滲漏。體妙失宗，機昧終始。子桓文人多巧言，嘗謂“文章經國之大業，不朽之盛事，年壽有時而盡，榮樂止乎其身，二者必至之常期，未若文章之無窮”，此語後人樂道之，而不知其並非聖人中正之義，體妙而失宗，亦已有滲漏矣。（如此詡揚文章之位，便有輕視天道德性之意。後世文人為子桓此語所誤者多矣。桓溫自言“既不能流芳百世，不足復遺臭萬載耶”。其變本而加屬如是。）魏志稱魏文好矯情自飾，御之以術者。其詩有矯飾情僞語，此亦其語滲漏也。故子桓詩，非無天才，然夾於孟德、子建之間，論樂府無如其父之渾健，論五言則又遜其弟之深遒，洞山機昧終始四字，亦真為其發也。（其年壽亦最促，在位僅六年餘，先子建亡。想其臨歿，心何不甘也。）

　　子建有情滲漏。智在向背，見處偏枯。屈子亦多情悲，然無有情滲漏者，以其智無向背，一以直道貫之耳，故楚辭亦絕無偏枯之患。而子建未盡能也。屈子出於楚國宗臣世家，底奧極厚，先曾通達，其詩多頓挫而實綿密，似鬱結而最清遠，綿密清遠，疏密兼互，皆合無漏之狀。子建生自亂世驟貴之家，其後所歷，困厄居多，其詩時出激越之響，而略少綿密之理，時露穠麗之流光，而稍少清遠之妙意，漢魏樂府古淡之氣脈，自此漸消，而一以內氣己情，潛馳轉騁，歌哭無端，搖撼心肺，則其情不能無滲漏亦難。（後世南朝之宮體，中唐之硬語，晚唐之艷體，義山之迷離，宛陵之艱澀，東坡之放任，皆各有其深淺不同之情滲漏也。三種滲漏，南宋以降皆加劇焉，今世已極。）三曹具三種滲漏如是，日後詩門血脈中，亦去此病不得。使無如李、杜者橫空出世，人亦絕其望矣。自李、杜出，三曹若可忘。此又盛唐中正脈之神力也。（李、杜，真吾國詩壇之彌賽亞也。）

繫以詩曰，祖域交馳三馬駒，化門機變不同塗。電光石火存滲漏，堪笑何人捋虎鬚。（略改雪竇重顯禪師頌而成。）

魏晉而後辭繁不殺

清人朱乾樂府正義評子桓秋胡行云"秋胡古辭已亡，故前人於此題多假借之詞。本其陷溺欲海，則為求仙之說。所謂真人，何有於路旁美婦，晨上散關山是也。本其偷歡瞬息，則為神仙長久功名不朽之說。壯盛不再，進趣放逸，忽然朽腐，願登泰華山是也。本其夫婦兩不相識，則為人不易知之說。尹躬暨湯，咸有一德，而此夫婦貳心，堯任舜禹是也。若朝與佳人期與泛泛淥池二首，一則海隅莫致，一則在庭可遺，皆非路旁亂擲。而折蘭結桂，采實佩英，則又見投金之可鄙，皆反秋胡之意而為之說也。魏晉而後，辭繁不殺，義蘊絕矣"。（黃節魏文帝詩注子桓秋胡行引之。）所言極是。吾所謂三種滲漏，亦正在其中。詩之真血脈，在於真實不虛。孟德多功利語，子桓多矯飾語，俱有悖於斯旨。故如孟德，本其陷溺欲海，則為求仙之說，本其偷歡瞬息，則為神仙長久功名不朽之說。詩風雖豪，鼓蕩人心，其心實又晦暗，不能如周漢人直心做道場矣。陷溺欲海四字，遮天蓋地，孟德亦無所遁形矣。如子桓求賢詩朝與佳人期，海隅莫致，本應飄渺而已，而云折蘭結桂，泛泛淥池，在庭可遺，而云采實佩英，俱使朱乾有投金之恨，此又子桓之未純處。朱氏誠可謂法眼灼灼。船山猶未悟耳。魏晉而後，辭繁不殺，義蘊絕矣，此語自有千鈞之力。魏晉詩學雖盛，而氣脈弗如三脈之純，辭繁不殺故也。故必待如子建者自闢一路，為後世人打開局面也。（此子建一路，辭繁則繁矣，而能殺也，義蘊不比古人之純，而能深粹不自欺。）

孔 北 海

三曹詩豪，七子文雄。張天如漢魏六朝百三家集題辭縱論歷代英士，緩急不一，其於孔北海，則慷慨激憤，音節悲壯，義形於色，觀之毛髮聳動。恐亦有感於明季之形勢也。孔融，建安七子之首，而與奸雄同朝，誠所謂謔浪笑傲，中心是悼者。文士謔浪，古已有之，自漢東方朔、孔融出，此道亦成。此謔浪之品格，魏晉以來，大盛於士林，至於明清，其風不衰，遂散化於詩文書畫諸藝。而其謔浪笑傲之中，又多錚錚鐵骨，中心是悼之內，每出至情至性，如蘇軾、唐寅、徐渭、張岱、鄭燮一流，究其鼻祖，則非孔融、禰衡而誰耶。比覽唐人馬總意林，卷四姚信士緯有曰"孔文舉金性太多，木性不足，背陰向陽，雄倬孤立"。蓋此流輩，多此金性太多，雄倬孤立者。金性多，則好鬥而不易屈，須以木性調柔而養之。抱樸子言禰衡常云"孔融、荀彧強可與語，餘人酒甕飯囊"。其亦快意如此。文舉雄倬自負，不容於雄猜主，特以戲謔為戰具爾。孔融離合作郡姓名字詩，文辭古雅，理義玄通，然已為後世文人智巧遊戲文字之作俑。（此種門類，三國已流行，在後世乃極發達。）此謔浪之散入於詩章者。孔融詩之非巧謔者，有雜詩二首、臨終詩、六言詩三首。張天如云"東漢詞章拘密，獨少府詩文，豪氣直上，孟子所謂浩然，非邪。琴堂衣冠，客滿酒盈，予尚能想見之"。（少府即融。）吾於其詩驗之矣。雜詩曰"幸託不肖軀，且當猛虎步。安能苦一身，與世同舉厝。

由不慎小節，庸夫笑我度。呂望尚不希，夷齊何足慕”，此非豪氣直上而何。阿瞞殺北海，實乃怯懦者之所為。北海早已置之度外矣。臨終詩亦建安五言奇作，文理貞粹，疏密相間，辭苦而氣定，其臨終不亂如是。自此亦開後世正士豪傑，臨沒賦詩之風氣，其餘波至於釋教。（吾嘗笑謂僧肇法師“將頭臨白刃，猶似斬春風”，即融詩“生存多所慮，長寢萬事畢”之演進也。不聞玄沙師備有“肇法師臨死猶如寢語”之說乎。豈非即予言之確證耶。一笑。偶覽惠洪石門文字禪邵陽別胡強仲序引北海臨終詩，而言其意若自悔云云。吾謂非是。“多言乃致禍，器滿苦不密”，此自歎耳，亦人之常情，非自悔也。北海辭苦而氣定，長寢萬事畢，豈有悔哉。臨終賦詩，在古人已有之，如屈子，非真始於北海，而聞名於北海。近世臨終賦詩尤通透自在者，為馬湛翁。）六言詩三首亦別開生面，後世仿之者愈多矣。故孔北海存詩雖僅七首，而開巧譎、六言、臨終賦詩三種風氣。異哉斯人也。

建安諸子

王仲宣詩功深厚，實七子第一。其存詩亦稍多。（據今人俞紹初氏所輯之建安七子集也。）四言、五言俱工也。四言雅守風詩之正格，中氣警遒。五言尤超拔，情文俱至。文字精粹，不下曹子建。七哀詩三首，情性深摯，血淚綻發，最其名篇。老杜亦嘗受用無盡。雜詩有云“迴身入空房，托夢通精誠。人欲天不違，何懼不合并”，意蘊玄妙，吾以為殊勝之至。（此吾不覺以切身修證解讀之使然也。迴身入空房，閉關也，空性也。托夢通精誠，夢觀成就法也。人欲天不違，悲智雙運大手印也。何懼不合并，無希無懼、母子光明自然合成也。吾以切身修證解讀仲宣之句，貌似奇誕，然不思如仲宣者，至情至性，本天然有與聖道相符契類通者乎。其吟詩不覺吐語合道如是，亦何可怪哉。實則詩人之真諦，為至情至性。修行之道訣，為至性至情。本是一個，而用分多種。詩門聖門，天然相契。在聖門觀之，至情所以為至者，無情也。至性所以為至者，無自性

也。子曰思無邪。詩之至情者,本亦無情。所謂無情,非言其無情感,乃謂其
無邪情也。詩之至性者,如詩三百,極輕靈,亦庶幾無自性者,而漢儒以來費
盡口舌,皆作有自性者解矣。姑且名之曰詩門聖門無二致論也。)

　　陳孔璋以飲馬長城窟行聞名。此漢樂府之正脈,而情語交錯
愈細微,亦愈傷慘。其五言亦可觀。然已不能與子建、仲宣比。

　　阮元瑜駕出北郭門行亦聞名,徐禎卿談藝錄云"樂府往往敍
事,故與詩殊。蓋敍事辭緩,則冗不精,翩翩堂前燕,叠字極促,乃
佳。阮瑀駕出北郭門,視孤兒行大緩弱不逮矣"。甚有見也。文士
傳云"太祖雅聞瑀名,辟之,不應,連見逼促,乃逃入山中。太祖使
人焚山,得瑀,送至,召入。太祖時征長安,大延賓客,怒瑀不與語,
使就技人列"。觀此最可知其人之風骨也。其五言多錚錚,確乎氣
節不俗。詩有豪健之風,唯略粗耳。警遒精密,非其所長。而琴歌
一曲,似非真筆。"士为知己死,女为悦者玩"一句,亦足傳世矣。
(此言玩者,非有輕褻之意。)

　　徐偉長五言有十九首遺意而略露,深厚不足。答劉楨詩,朋友
情誼,無復加矣。

　　劉公幹後世名最盛,唐人每稱曹劉。惜其詩所傳極少,不復睹
其真面目矣。最佳者,贈徐幹詩也。"思子沉心曲,長嘆不能言"。
偉長詩以情勝,公幹詩以意勝。"細柳夾道生,方塘含清源",隱然
已如宋齊人語矣。

　　應德璉別詩其二,最見其風骨磊落。"浩浩長河水,九折東北
流"。青蓮送別詩,磊落豪健處能承其血脈,而復以輕靈勝之。此
盛唐人之手段也。盛唐人磊落沉著而復能輕靈,所以空視千古。
輕靈極難。兩宋人作詩,其病即在甚難輕靈。

嵇 叔 夜

禪門云,臨機具眼,不顧存亡。不入虎穴,焉得虎子。實則成

人之理亦然。使士生於亂世，縱性命不保，而臨機不可不具眼也。是則其死適得其生，否則其生適得其死。故諸葛武侯敗死而真成功，嵇叔夜誅殺而實不朽。臨刑東市，神氣不變，索琴彈之，奏廣陵散，正其臨機具眼時也。孫登亦具眼，而全其年，然所餘蘇門山一長嘯耳。叔夜以死而生，豈遜之哉。(孫登識真，其智雖高，亦偏於生理之長養，未必盡達死理也。)要以精神圓成而論，武侯、叔夜自蜀、魏儒士第一流，兩晉人物，非其匹儔。諸葛大名垂宇宙，可毋論矣。叔夜有德性，有品節，博學多玄思，通藝多妙才，奇氣橫溢，不可方物，春榮夏茂有之，秋霜冬凜亦有之。土木形骸，不自藻飾，龍章鳳姿，遠邁不羣，後漢之儒如馬融者，亦弗能比。魏世之神，不在司馬氏，而在嵇康。司馬氏殺之，正合損其國祚之壽，致陰騭之理。武侯死而魏旋亡，中散誅而晉祚促，其為一揆。文心雕龍明詩云"嵇詞清峻，阮旨遙深"。嵇中散詩以清峻微妙勝，特工四言。四言贈兄秀才入軍詩十八首，琳琅滿目。唐人司空圖作詩品，其詩體實效仿叔夜也。其十四云"息徒蘭圃，秣馬華山。流磻平皋，垂綸長川。目送歸鴻，手揮五弦。俯仰自得，遊心太玄。嘉彼釣叟，得魚忘筌。郢人逝矣，誰與盡言"。合詩心、玄心、琴心於一體，開後人無數法門。表聖即受用不淺。(其九云"風馳電逝，躡景追飛。凌厲中原，顧盼生姿"，實即自身之寫照。)四言詩十一首其四云"斂弦散思，遊釣九淵。重流千仞，或餌者懸。猗與莊老，棲遲永年。寔惟龍化，蕩志浩然"。亦是合此三心者。其六云"猗猗蘭藹，殖彼中原。綠葉幽茂，麗藻豐繁。馥馥蕙芳，順風而宣。將禦椒房，吐薰龍軒。瞻彼秋草，愴矣惟騫"。其七云"泆泆白雲，順風而回。淵淵綠水，盈坎而頹。乘流遠逝，自躬蘭隈。杖策答諸，納之素懷。長嘯清原，惟以告哀"。俱有楚地幽玄之氣，亦符琴理之幽回。(今有孔子碣石調幽蘭尚存，或謂乃魏晉南北朝之古曲也。)中散五言清峻太過，深婉不足，宜讓嗣宗出一頭地也。

阮　嗣　宗

阮旨遙深。嗣宗五言，深婉多古意，不似中散盡為新聲。沈歸愚古詩源云"阮公詠懷，反覆零亂，興寄無端，和愉哀怨，雜集其中，令讀者莫求歸趣。此其為阮公之詩也，必求時事以實之，則鑿矣"。詩騷而後，詩人之能激發後世考索本事之興趣者，自詠懷始，至義山無題則極矣。張天如溥漢魏六朝百三家集題辭阮步兵集亦云"詠懷諸篇，文隱指遠，定哀之間多微辭，蓋指此也"。歸愚必求時事以實之則鑿矣之說固佳，然純然不以時事以求之，又不能見嗣宗之心。如詩三百，必求史事以釋之則不免為鑿，然純然捨齊、魯、韓、毛以求之，庸詎能得風雅之心耶。（近世人捨齊、魯、韓、毛、朱以求詩，所得亦不過如此。其論今人亦厭之矣。）嗣宗詠懷源於自小雅也。天如又言嗣宗"叔夜日與酣飲，而文王復稱至慎，人與文皆以天全者哉"。此或見步兵之微妙處。唐人云智欲圓而行欲方。如步兵者，抑智欲圓而行欲圓者乎。然究其內，實非至慎二字所能盡。其內多幽曲彷徨，司馬昭稱之至慎，步兵聞之，亦不免悲欣交感矣。所欣者全生耳，所悲者不能遂心。文與可嘗云"吾乃者學道未至，意有所不適，而無所遣之，故一發於墨竹，是病也。今吾病良已，可若何"。（見蘇子瞻跋文與可墨竹。）如詠懷者，亦嗣宗病也。使其病良已，亦不必作此等詩。東坡云"然以余觀之，與可之病，亦未得為已也，獨不容有不發乎"。嗣宗之病，亦未得為已，又不如叔夜一死解千愁。近世黃晦聞又藉阮步兵詠懷詩注以發遣其病者。其自敍云"世變既亟，人心益壞，道德禮法盡為奸人所假竊，黠者乃藉辭圖毀滅之。惟詩之為教，最入人深，獨於此時學者求詩則若饑渴。余職在說詩，欲使學者繹詩以明志而理其性情，於人之為人，庶有裨也。念參軍沉抑藩府，康樂未忘華胄，其詩雖工，其於感發人心，不若嗣宗為至”。此又東坡所謂“彼方以為病，而吾又利其病，是吾亦病也”者也。（近世之劇變，自具因果，不可僅以道德禮法盡為奸人所假竊，黠者乃藉辭圖毀滅之云者斥之而已。近世一死解千愁者，海寧王靜安也。）晦聞自云“天若命余重振救之，舍明詩莫繇”，“以余之不負古人，則後之人寧獨負余”，其志亦可哀哉。

繫以詩曰，窮途長歌哭，虛舟衝激瀨。炎丘火滅都，羣蟲莫能外。鰍藥玉山崩，濁河繫衣帶。笑傲其內悼，聖言何足賴。以病將自利，姑且遠患害。何如廣陵散，曲盡人獨大。（次詠懷詩其三十八韻。）

陸　潘

漢之文人，儒也，有器識。魏之文人，玄也，有品格。晉之文人，文人而已，有才情。陸士衡、潘安仁，此等文人之祖，後世子孫蕃盛。此有魏晉道術分裂之一端也。陸潘以文而雄，其才甚高，人皆知之，詩才則遜之。沈歸愚古詩源云“士衡詩亦推大家。然意欲逞博，而胸少慧珠，筆又不足以舉之，遂開出排偶一家。西京以來，空靈矯健之氣，不復存矣。降自梁、陳，專工隊仗，邊幅復狹，令閱者白日欲臥，未必非士衡為之濫觴也”。又諷之云“士衡以名將之後，破國亡家，稱情而言，必多哀怨。乃詞旨敷淺，但工塗澤，復何貴乎”，“文賦云，詩緣情而綺靡。殊非詩人之旨”。士衡詩氣有特致，自有佳處，然歸愚所評固非繆也。三曹各有其滲漏，在陸士衡則三種滲漏聚於一身。詩緣情而綺靡，殊非詩人之旨，見滲漏。筆又不足以舉之，遂開出排偶一家，語滲漏。俯首入洛，竟縻晉爵，身事讎人，不知禍福，稱情而言，必多哀怨，乃詞旨敷淺，但工塗澤，情滲漏也。潘安仁亦然。後世文人三種滲漏聚於一身之習氣，自此始矣。如錢牧齋天才高邁，精博無比，然亦不脫此三種滲漏，故又愧對晚輩之<u>顧</u>、<u>黃</u>、<u>王</u>、<u>李</u>也。<u>安仁</u>詩以<u>悼亡</u>擅名，其人品操未高，而於情語有專才，觀之亦足嗟嘆。<u>牧齋</u>之詩，若此者又愈富愈繁矣。如<u>投筆集</u>，氣格直追<u>老杜</u>，而其情亦自可哀。然後人終不許其入<u>老杜</u>之堂廡也。（後覽<u>船山古詩評選</u>五言古詩<u>潘岳</u>二首有云“古今文筆之厄，凡有二會，世替風淆，禍亦相等。一為<u>西晉</u>，一為<u>汴宋</u>。雖趣尚不均，而淩雜紛亂以為理，瓜分繩繫以為節，促聲篹貌以為文，其致一也。<u>二潘</u>、<u>孫</u>、<u>傅</u>、<u>成公</u>之風，<u>大曆</u>以後染之而得荒怪。<u>二蘇</u>、<u>黃</u>、<u>秦</u>之風，<u>成</u>、<u>弘</u>以後染之而得鄙僿。彼兩代之覆軌在前，曾莫之恤，不已悲乎”。甚有見地。頗可與吾三種滲漏說相參證也。然<u>船山</u>論詩於<u>子建</u>以後以迄<u>唐宋</u>多持否定之態度，不知<u>大曆</u>以後、<u>蘇黃</u>之風，俱有其血脈不絕而別開生面者，詎可盡非之。<u>船山</u>自云六經逼我開生面，其亦不容<u>大曆</u>、<u>元祐</u>諸公開生面乎。）

傅　休　奕

　　自<u>子建</u>出，風氣漸替，雅俗之分別心愈出。文人詩後來居上，樂府詩漸歸偏流。然猶有名家焉，承續<u>漢</u>人血脈，<u>傅玄</u>是也。如<u>秋胡行</u>、<u>龐氏有烈女</u>，無愧<u>漢</u>風。昔人云其“樂府淋漓排蕩，位置<u>三曹</u>，材情妙麗，似又過之”。<u>蕭滌非</u>言其“惟於敍述之後，每以議論作結束，視<u>兩漢</u>之蘊藉渾厚，終覺不侔。後世<u>白居易</u><u>秦中吟</u>諸作，大率以末二語見意，蓋仿<u>休奕</u>斯體者”。甚有見也。此猶<u>歐陽永叔</u>取春秋筆法作<u>五代史</u>，傳末皆喜以議論作結束，人或哂之若祭文，視<u>五代</u>以前史學之渾厚靈變，終覺生硬。文人詩之陵越樂府而上，而樂府不滅，至盛中<u>唐</u>，二者詩體亦可謂合流矣。然樂府之精神巋然獨存。如<u>李白</u>、<u>孟郊</u>、<u>張籍</u>、<u>白居易</u>等，其樂府又無愧<u>傅休奕</u>。其後宋詞興起，絃歌有音律，若歸於樂府之體者，然<u>漢魏</u>樂府之精神已大體不存焉。亦唯<u>蘇</u>、<u>辛</u>一派，略殘其遺風耳。

張　景　陽

三張以張協詩才最妙。張景陽雜詩其四"朝霞迎白日，丹氣臨暘谷。翳翳結繁雲，森森散雨足。輕風摧勁草，凝霜竦高木。密葉日夜疏，叢林森如束。疇昔歎時遲，晚節悲年促。歲暮懷百憂，將從季主卜"。古詩評選云"森森散雨足，佳句得之象外，然唐人亦或能之。每一波折，平平帶出，令讀者如意中所必有，而初非其意之所及，則陶、謝以降，此風邈矣"。妙言也。所謂每一波折，平平帶出者，於晉人之書法亦然。唐人作書，得此平平帶出者已甚少，而每一波折著力量者為多矣。初唐人尚能之，後空海學之，亦有古法。盛唐以來，風氣亦大異。許學夷詩源辯體卷五有云"張景陽五言雜詩，出於十九首、二曹，而淳古弗逮。然華彩俊逸，實有可觀"。是也。華彩俊逸有之，清切峭麗亦有之也。何焯義門讀書記卷四七云"胸次之高，言語之妙，景陽與元亮之在兩晉，蓋猶長庚、啟明之麗天矣。詩家煉字琢句始於景陽，而極於鮑明遠。於建安能者而外，復變創斯體"。煉字琢句，正是景陽之優長。然如"述職投邊城，羈束戎旅間。下車如昨日，望舒四五圓。借問此何時，蝴蝶飛南園。流波戀舊浦，行雲思故山。閩越衣文蛇，胡馬願度燕。風土安所習，由來有固然"，風神駘蕩，亦焉能以煉字琢句而論之耶。（古詩評選云"蝴蝶飛南園，真不似人間得矣。謝客池塘生春草，蓋繼起者，差足旗鼓相當。筆授心傳之際，殆天巧之偶發，豈數覯哉。由來有固然一收，如子晉吹笙，月明緱嶺"。誠然弗繆也。）

左　太　沖

晉人傳建安風骨者有三巨擘，左太沖、劉越石、郭景純也。傳休奕、張景陽具漢人遺風。陸、潘開文人之格。太沖三人嗣建安風骨。此晉人詩之三種分野，而皆可溯諸子建也。太沖甚爲後人所偏喜。鍾惺譚元春古詩歸卷八鍾云"太沖筆舌靈動，遠出潘、陸上，使潘、陸作三都賦，有其材，決不能有其情思"。沈歸愚古詩源云"鍾嶸評左詩，謂野於陸機，深於潘岳。此不知太沖者也。太沖胸次高曠，而筆力又復雄邁，陶冶漢魏，自製偉詞，故是一代作手，豈潘、陸輩所能比埒"。然此非平等觀。陸士衡天分才學所至處，亦非太沖所能籠罩。道不同不相為謀，亦何必非將潘、陸而優劣之。如太沖者，以奇格勝。胡應麟詩藪外編卷二云"太沖詠史，景純遊仙，皆晉人傑作。詠史之名，起自孟堅，但指一事。魏杜摯贈毋丘儉，迭用八古人名，堆垛寡變。太沖題實因班，體亦本杜，而造語奇偉，創格新特，錯綜震盪，逸氣干雲，遂為古今絕唱"。亦得之矣。太沖本不是藥，後人多頹弱無骨之癥，乃取之以爲藥，推崇備至。然鍾嶸野於陸機之評，無以易也。

劉　越　石

杜牧之懷劉越石詩云"洛中奕奕魯公友，金谷春風昔俊遊。仕宦年少好綢繆，聞雞司晨起劍舞。胡笳嘯起胡兒淚，精鋼化為繞指柔。江謐不聞擊楫聲，揚灰深沒枕戈志。晉陽十年公走日，神州陸沉分南北。玉樹著土何人哉。空對汗青仰風留"。詩雖佳，亦只道得劉琨其人之事，又不能兼及其詩才。觀魏晉人五言既久，自覺唐人七言辭費。越石其人精音律，能玄學，風神俊朗，有節義，從容受死，如嵇康。又具英雄氣，為老將，如老曹。歷國變，萬緒悲涼，聲調鏗鏘，又如子建。此等完人，詩焉能不佳。（張天如云"想其當日執槊倚盾，筆不能止，勁氣直辭，廻薄霄漢。推此志也，屈平沉湘，荊卿易水，其同聲邪"。）贈盧諶四言，小雅之脈，而清峭銳氣過之，晉人語也。其長序深慨愴情而能溫厚，文字血淚而能蘊藉，亦後世弗可及。重贈盧諶，沈歸愚謂之"拉雜繁會，自成絕唱"。扶風歌，歸愚云"悲涼酸楚，亦復不知所云"。亦得其情矣。"烈烈悲風起，泠泠澗水流"，觀其作法，悲慨直道類漢人，而微患薄脆。其末言"忠信反獲罪，漢武不見明"云云，亦似稍露而不深。詩比興箋謂之詩讖，吾亦何以脫之。越石存詩只三題，不若太沖、景純為富。然越石以人爲詩，於此又高過左、郭矣。

郭　景　純

　　張天如題辭於景純亦推崇備至。其云"阮嗣宗厭苦司馬，以狂自晦，彼亦無可如何，不得已而逃為酒人，景純則非無術以處敦也"，"南岡斷頭，遺文彌烈，今讀其集，直臣諫諍，神靈博物，無不有也。如斯人而不謂之仙乎。不可得已"。神靈博物四字極好，最爲郭弘農之學之寫照。船山云"步兵一切皆委之詠懷，弘農一切皆委之遊仙。弘農之以自全者，不亦善乎。而終以不免。處逆流，逢橫政，正當揭日月而行。徒為深人之色，以幸兩全，亡益也。雖然，弘農之於此，亦可哀也"。揭日月而行一語極好。然此是船山夫子自道耳。景純遊仙詩，為道教歌詩之祖。東晉南朝道流之詩，多效法焉。然景純詩，終是新聲多，古氣少，弱於太沖、越石。漢魏人渾厚含蓄之意，至此亦愈漓矣。魏晉風骨脈，至郭璞亦將終焉。其始也曹孟德，有遊仙之樂府，其末也郭弘農，一切皆委之遊仙，亦奇哉。豈風骨之自露，終必歸於仙家一路乎。故曰，仙風道骨。郭詩所以為風骨之衰機者，原其心旨，蓋中道甚難，本已不純矣。詩比興箋頗窺得其幽奧處。其云"夫殉物者縈情，遺世者冥感。縈情者難平尤怨，冥感者但任沖玄。取捨異途，情詞難飾。今既蟬蛻塵寰，霞舉物外，乃復肮臟權勢，流連蹇修，匪惟旨謬老莊，毋亦卜迷詹尹。是知君平兩棄，必非無因，夷叔長辭，正緣篤感云爾。世累人繁，此情未睹，毀贊兩非，比興如夢"。此最為論郭之冰鑒也。

卷辰　陶謝直超脈第五

陶謝詩大異，意趣超遠則同。此脈別出如天降，雖以二人爲主，而於詩門之影響極特異，亦極深遠。前有魏晉風骨，其迥異之，後有南朝初唐之詩，又迥異之。同時大家如鮑明遠，盛唐有李青蓮陵邁而上，氣吞八荒。南朝倡四聲如沈隱侯，盛唐律詩精嚴渾整，亦非永明體所能想見。陰、何造句警巧，唐賢亦發揮其能，淋漓盡致。庾開府具大家氣，後有老杜青出於藍，亦脫胎換骨。大凡南朝初唐秀逸之脈，有爲盛唐中正脈作九三夕惕、九四或躍意思。而陶謝詩唐人亦嘗學之，然皆難嗣其法髓，遑論陵邁而上。陶之有韋柳，亦可觀而已。故此陶謝一脈屹於魏晉南朝之間，頗有不即不離之意。意趣超遠，所以不即。詩有淵源，所以不離。故自成一脈也如是。逮至汴宋，唐風既衰，而陶詩忽盛。此脈之影響力，又高過南朝初唐脈多矣。後世尤甚。故吾以陶謝二人獨立一脈，似最奇異，實爲平常。直超者，禪門所謂一超直入也。大謝尚微有跡可循，如陶則直似不假階級，直造詩心之究竟，得詞意之環中。此脈後世分陶、謝二支。唐人學大謝者多於學陶者。淵明在唐，尚非顯學。默存氏談藝錄已先辨之矣。陶詩自東坡和詩後大行其道，幾人人尊之，甚者高過李杜子建，而與屈靈均等。大謝知音愈寥落，而近世有振之者。然千古堪與陶匹儔者，亦唯大謝而已。此脈貌若可學，而模擬者多死。其本以神氣一以貫之故。東坡和陶甚自得，然亦難掩後人訾議之不絕。學謝詩亦然。學此脈詩，蓋亦與學禪相似也。

陶謝中格用趣

夫陰與陽為異也，而其為氣則無二致。陰陽自亦相生。陶謝於詩則大異，意趣超遠則同。陶謝自亦相賞。吾鄉胡元瑞詩藪外編卷二有云"元亮得步兵之澹，而以趣為宗，故時與靈運合也，而於漢離也"。極是。齊己風騷旨格言詩有三格"上格用意，中格用氣，下格用事"。其理固佳。然使用事者以天機為主，固不必拘於上下，上格用意，而妙合以用事，可也，中格用氣亦然。劣者以用事而用事，格趣盡矣。此不入流，又何必論列之。故使以吾意略更之，則曰"詩有三格，上格用意，中格用趣，下格用氣也"。陶謝以趣為宗，乃中格用趣之典刑。其用趣之道，後世人不復可追，猶詩騷用意之格，天才如曹、阮、陶、謝，亦不復追也。用趣之道極微妙。唐人師謝陶，體格極備，神氣超然，然謝陶用趣極微妙處，未可至也。如王右丞學陶，其腴甚充，而其枯不可及。陶之用趣，孤詣所造，有在於枯。而柳州之學陶，質地厚矣，其才也密栗，然元亮之一種平懷，泯然俱盡，柳州不可得。陶之用趣如魚，平懷泯然如池也。唐人學大謝亦然。大謝用趣玄微處，在其既極雕琢而渾化空明。在唐則太白以神氣苞雕琢，少陵以大巧運雕琢，東野以卓思變雕琢，柳州以奇氣應雕琢，各造其極，然康樂之既雕既琢而渾化空明，其所弗能至者。蓋陶謝之用趣，政與逸少、大令之用筆同。李杜孟柳之弗能，亦與歐虞褚薛之未至不異。又如宋畫之妙亦在用趣。李龍眠、宋徽廟，下至馬欽山等，非不雕不琢者，而其趣格雋逸也極透。演其極致，則有潑墨簡筆之梁楷。亦非不能極雕琢之能者。

宋畫用趣之道，至元尚有趙子昂、錢舜舉，尚未盡滅，朱明以降，失之粗矣。而當龍眠、徽廟作逸筆時，亦正陶詩凌駕羣倫、初達極盛之際也。（故以今語說之，用趣之道之連續性，其初為二王之筆，次也為陶謝之詩，終也為宋畫。自魏晉以迄南宋，吾國藝術用趣之黃金時期也。混古時期用意，觀者難以用分別心。白銀時期用氣，明清之畫，不亦愈降於使氣之途乎。）

元亮平實之風

吾生於鄉野，自幼勤習稼穡，灌園鋤蔬，為常事。夏日稻熟，拂曉之前，即隨衆出戶，赤足入田割之，避酷暑故。其後日光愈熾，亦無得憩，午食於田壤間，亦箕踞談笑，汗如雨飛。至日落之際，農役畢矣，疲極，乃浴乎清溪，涼風間至，裎裸徐行而歸。此時之樂，何啻仙人。七八歲時已如此，少長，歸家即可痛飲飽食，就地而臥。吾之得神契陶詩，即肇始於此歸途中。蓋坦夷自適之樂，自髫年即淪肌浹髓矣。龔斌氏陶淵明集校箋前言謂元亮有平和實際之風，乃與其操勞農事相關。所言極是。（古詩歸卷九鍾惺嘗云“陶公山水朋友詩文之樂，即從田園耕鑿中一段憂勤討出，不別作一副曠達之語，所以為真曠達也”。從田園耕鑿中一段憂勤討出一語，可謂得乎陶公之心。使吾非有此田園耕鑿勤苦之事，亦何能真與陶詩結緣也。）夫竹林之放誕，靖節不取之。苦行頭陀之永謝塵寰，亦不取之。而蓮社之約，在不離不即間。以名教自有樂地，則全無苟同也。不以躬耕為恥，不以無財為病，貧窮而終，亦無所恨。所念者唯五六月中涼風下臥事耳。此元亮平和真實之風，乃古所罕遇者。夷、齊峻屬，接輿佯狂，管寧高蹈，嵇、阮奇誕。魏晉名士崇虛，而淵明任實。故其詩格，自亦迥別於前賢。蓋此平和澹泊之詩，亦古所未有者。微斯人吾誰與歸，微斯人之詩吾亦孰與樂。不深造此平實和澹之氣者，庸詎以學其飲酒耶。

細民職業

　　陶公勸農詩鍾伯敬評云"高人性情,細民職業,不作二義看,惟真曠遠人知之"。妙哉斯言。使性情高人,久脫於細民職業,其境界必不通透。故魏晉高士如林,未有及元亮者。細民躬耕,正所以造就元亮。唯有嵇中散,亦好鍛鐵,習細民之業,又所以能鶴立鷄群。釋教之高僧祖師,性理高玄,而多能親細民之業,苦行若賤氓,如百丈、陳尊宿,故其境界高遠者又最多,過於儒玄。而儒家古聖賢,大體自細民職業出,傅說、伊尹至仲尼以來即是。惟此尚是以後世眼光觀之。在元亮、中散、尊宿,混然而已。雜詩云"代耕本非望,所業在田桑。躬親未曾替,寒餒常糟糠。豈期過滿腹,但願飽粳糧。禦冬足大布,粗絺以應陽。正爾不能得,哀哉亦可傷。人皆盡獲宜,拙生失其方。理也可奈何,且為陶一觴"。陶公歷此等境遇,其心神自將昌大。仲尼少也多習鄙事,晚也周遊列國為苦行,此所以成就宣聖者。"東門有人,纍纍若喪家之狗",此正仲尼哀哉亦可傷時。當其羸憊不得志之時,亦可謂人皆盡獲宜,拙生失其方,如在陳蔡之間,且為陶一觴亦不可得。而仲尼境界由此愈高深矣。

論陶須不即不離

　　想元亮亦為當時及後世虛名所累。明人江盈科雪濤詩評有云"陶淵明超然塵外,獨創一家,蓋人非六朝之人,故詩亦非六朝之詩"。此公安派辭誇也。元亮焉能脫落於其時代之外。吾前云此陶謝一脈屹於魏晉南朝之間,頗有不即不離之意。或差有中道。

江進之之說，犯離矣。而鍾記室之徑言其源出於應璩，又似犯即矣。元亮天縱之才，後人焉能容其言源出如是乎。雖然，又不可不辨也。鍾記室詩品云元亮"其源出於應璩，又協左思風力。文體省淨，殆無長語。篤意真古，辭興婉愜。每觀其文，想其人德。世歎其質直。至如歡言酌春酒、日暮天無雲，風華清靡，豈直為田家語耶。古今隱逸詩人之宗也"。自東坡以來，多非之者。實則記室之言，不可易也。胡元瑞詩藪外編卷二有云"子美之不甚喜陶詩，而恨其枯槁也。子瞻劇喜陶詩，而以曹、劉、李、杜俱莫及也。二人者之所言皆過也，善乎鍾氏之品元亮也，千古隱逸詩人之宗也。而以源出於應璩，則亦非也"。（應璩之詩今存極少，而鍾氏必嘗觀其集，言必有據，後世人未得觀之，僅覯其百一詩，詎可即詆鍾氏之非。此葉夢得之過也。明人何元朗四友齋叢說卷二十四云"詩家相沿，各有流派。蓋潘、陸規模於子建，左思步驟於劉楨。而靖節質直，出於應璩百一，蓋顯然明著者也。則鍾參軍詩品亦自具眼"。）元瑞之說，大體得之。後至船山，古詩評選論之尤暢達可味。（其云"鍾嶸以陶詩出於應璩，為古今隱逸詩人之宗，論者不以為然。自非沉酣六義，宜不知此語之確也。平淡之於詩，自為一體。平者取勢不雜，淡者遣意不煩之謂也。陶詩於此，固多得之，然亦豈獨陶詩為爾哉"，"且如關雎一篇，實為風始，自其不雜不煩者言之，題以平淡，夫豈不可。乃夫子稱其不淫不傷，為王化之基。今試思其不淫不傷者何在。正自古人莫喻其際。彼所稱平淡者，淫而不返，傷而無節者也。陶詩恒有率意一往，或篇多數句，句多數字，正唯恐愚蒙者不知其意，故以樂以哀，如聞其哭笑。斯惟隱者弗獲已，而與田舍翁嫗相酬答，故習與性成，因之放不知歸爾。夫乃知鍾嶸之品陶，為得陶真也"。末又譙子瞻云"此意不可令蘇長公知，凡所存者，要無容渠和韻處也"。船山"隱者弗獲已，而與田舍翁嫗相酬答，故習與性成，因之放不知歸爾"云云，亦不免質直太過矣。）自非沉酣六義，宜不知鍾氏此語之確，文體省淨，殆無長語，此二語亦極可味。元亮人為質直之人，詩宜亦為質直之詩。篤意真古，辭興婉愜云云，又自契合其心。古之質直之士，其情又必多深婉。故陶之詩，不出鍾氏詩品法眼統攝之外，陶之人，亦自局於魏晉南朝氣運之內。如蘇長公、江進之心中之陶元亮，其心識所幻化者耳。惟陶詩之趣，超遠千古，空前絕後，可以脫落世諦之外。如蘇、江等，傾倒其意趣故，發論如此，亦膽欲大而心未小耳。

元亮道足乎

王通中說立命篇云"或問陶元亮，子曰，放人也。歸去來有避地之心焉，五柳先生傳則幾於閉關也"。避地義出論語，閉關源出易傳。文中子乃以三教為一致者，其閉關一語亦已涵攝釋道之玄解矣。(宋人阮逸中說注卷四嘗云"閉關喻藏身也，此世人所不能窺其闌閾"。竊謂此尚不足以盡閉關之說。)中說卷四有云"溫彥博問，嵇康、阮籍，何人也。子曰，古之名理者，而不能窮也。曰，何謂也。子曰，道不足而器有餘。曰，敢問道、器。子曰，通變之謂道，執方之謂器。曰，劉靈何人也。子曰，古之閉關人也。曰，可乎。曰，兼忘天下，不亦可乎。曰，道足乎。曰，足則吾不知也"。劉靈即劉伶。則文中子之視陶潛，蓋亦與劉伶等，俱許其能兼忘天下，較之徑謂嵇、阮道不足而器有餘，自又優之。(以嵇、阮之鴻才偉度，文中子猶以道不足而器有餘而斥之，則其於陶潛評價亦高矣。幾於閉關云者，揣其語氣，甚有讚嘆之意。中說卷四此章之前一章云"子曰，大雅或幾於道，蓋隱者也。默而成之，不言而信"。默而成之，不言而信二語，正堪作陶潛之寫照也。)然溫彥博問劉伶道足乎，其不置可否，實不認之。使彥博亦問陶元亮道足乎，其當亦同然。自元人吳澄陶詩注序以來，後人一論元亮，即喜引屈原、張良、諸葛為同調。三人皆儒家尊為賢人者。然屈原道足乎，人多異詞。諸葛道足乎，亦有微詞。張良通達道儒，功業亦成，其道似最圓。以跡而論，元亮通達成功，不如張良。治國用兵，不如諸葛。亦唯堪與靈均並列耳。後人推崇陶潛，以為當置於孔子高徒之中。於理合如是，於事則未必。不思“仲弓問子桑伯子。子曰，可也，簡。仲弓曰，居敬而行簡，以臨其民，不亦可乎。居簡而行簡，無乃大簡乎。子曰，雍之言然”。元亮正此居簡而行簡一流也。其不如仲弓多矣。（說苑修文“孔子見子桑伯子，子桑伯子不衣冠而處。弟子曰，夫子何為見此人乎。曰，其質美而無文，吾欲說而文之”。鍾記室嘆陶質直，皇甫湜、陳師道言陶不文。元亮與子桑伯子亦可謂同一鼻孔出氣。韓愈送王秀才序亦悲醉鄉之徒不遇聖人而師之也。元亮若得論語最深。劉熙載藝概詩概曰“曹子建、王仲宣之詩出於騷，阮步兵出於莊，陶淵明則大要出於論語”。其心儀宣聖如是。使其遇聖人而師之，師必欲說而文之也。）元亮道足乎。予曰，足則吾不知也。默而成之，不言而信，亦非可言不足也。

達　生

偶覽劉鳳苞南華雪心編，乃悟元亮委運大化，即出於莊子達生義也。莊子達生曰“達生之情者，不務生之所無以為。達命之情者，不務知之所無奈何。養形必先之以物，物有餘而形不養者有之矣。有生必先無離形，形不離而生亡者有之矣。生之來不能卻，其去不能止。悲夫。世之人以為養形足以存生，而養形果不足以存生，則世奚足為哉。雖不足為而不可不為者，其為不免矣。夫欲免為形者，莫如棄世。棄世則無累，無累則正平，正平則與彼更生，更生則幾矣。事奚足棄則生奚足遺。棄世則形不勞，遺生則精不虧。夫形全精復，與天為一。天地者，萬物之父母也，合則成體，散則成始。形精不虧，是謂能移。精而又精，反以相天”。神釋云“大鈞無私力，萬理自森著。人為三才中，豈不以我故。與君雖異物，生而相依附。結托既喜同，安得不相語。三皇大聖人，今復在何處。彭祖愛永年，欲留不得住。老少同一死，賢愚無復數。日醉或能忘，將非促齡具。立善常所欣，誰當為汝譽。甚念傷吾生，正宜委運去。縱浪大化中，不喜亦不懼。應盡便須盡，無復獨多慮”。

“夫欲免為形者，莫如棄世”，此即神釋之本意所在。神釋，神答形、影也。“世之人以為養形足以存生，而養形果不足以存生，則世奚足為哉。雖不足為而不可不為者，其為不免矣”，此即“三皇大聖人，今復在何處。彭祖愛永年，欲留不得住。老少同一死，賢愚無復數”也。“達生之情者，不務生之所無以為。達命之情者，不務知之所無奈何”，此即“甚念傷吾生，正宜委運去。縱浪大化中，不喜亦不懼”也。（務生之所無以為，務知之所無奈何者，乃甚念傷吾生也。不務則正宜委運去。）“生之來不能卻，其去不能止”，故將“應盡便須盡，無復獨多慮”。此盡非元亮為神滅論。其云應盡便須盡，乃棒喝癡愚為脫落妄念故。“天地者，萬物之父母也，合則成體，散則成始。形精不虧，是謂能移。精而又精，反以相天”，此亦與“大鈞無私力，萬理自森著。人為三才中，豈不以我故”合也。（形全精復，與天為一，形精不虧，是謂能移，乃神之體用，此即人為三才中，豈不以我故也。）故達生、神釋契合如此，可知元亮之心矣。前人喜言元亮乃主張形盡神滅者，實繆論。形精不虧，是謂能移。精而又精，反以相天。天地既不滅，則神將滅乎。元亮若得論語最深，然其根底，實又在莊子。棄世則形不勞，遺生則精不虧。論語，元亮之形也，莊子，元亮之精也。形全精復，與天為一。形精不虧，是謂能移。非論語，元亮形不能全。非莊子，元亮精不能復。元亮之融通道儒二家，即其形精不虧之要訣所在也。

評 陶 評

陶詩之妙，前人幾已道盡。所論尤可玩味為者，予擇焉而評之如右。通家哂之可也。

　　韓昌黎送王秀才序曰"吾少時讀醉鄉記，私怪隱居者無所累於世，而猶有是言，豈誠旨於味邪。及讀阮籍、陶潛詩，乃知彼雖偓佺不欲與世接，然猶未能平其心，或為事物是非相感發，於是有託而逃焉者也。若顏氏子操瓢與簞，曾參歌聲若出金石。彼得聖人而師之，汲汲每若不可及，其於外也固不暇，尚何麴糵之託，而昏冥之逃邪。吾又以為悲醉鄉之徒不遇也"。

　　此論阮籍，不失中正之見。若論陶潛，大體可施，而不盡合。元亮未必盡能平其心，然較之步兵，其境界平實渾然處自高過之。昌黎所謂平其心者，釋教謂之平等性智，宗門謂之平常心。元亮現證性地，竊謂足入菩薩二地以上，然當在顏淵、曾參之下。大體能平其心，而細微我執未破耳。東坡和陶不能得其法髓，究其根本，非文弗至，乃在其現證境界又不如元亮矣。陶潛平實之至，東坡不免為縱情戲謔之習氣所累。昌黎能知而不能行。責人嚴而律己疏矣。

　　黃山谷題意可詩後曰"寧律不諧而不使句弱，用字不工不使語俗，此庾開府之所長也。然有意於為詩也。至於淵明，則所謂不煩繩削而自合者。雖然，巧於斧斤者多疑其拙，窘於檢括者輒病其放。孔子曰，甯武子其知可及也，其愚不可及也。淵明之拙與放，豈可為不知者道哉"。

　　涪翁慣以禪談藝，妙義珠貫，誠吾把臂入林者。此以不煩繩削而自合比陶詩，以其愚不可及比陶人，洵精妙語，然亦理到而事未到。聖人之言，當理事兼到。所以事未到者，陶詩非盡能不煩繩削，陶人亦非盡能其愚不可及。如閑情賦一類，即見其聰巧者。蓋性天真者方能賦此，非謂其為陶之短也。

　　陳後山詩話曰"鮑照之詩華而不弱。陶淵明之詩，切於事情，但不文耳"。

　　後山之說，本亦平實。蓋在南朝初唐人觀之，皆將謂陶詩質直少文也。然後人不欲如此非議靖節。謝榛四溟詩話卷四云"皇甫湜曰,陶詩切於事情,但不文爾。湜非淵明者,淵明最有性情,使加藻飾,無異鮑、謝,何以發真趣於偶爾,寄至味於澹然。陳後山亦有是評,蓋本於湜"。謝榛以不文適能成就陶詩之真趣,亦俗諺所謂反將一軍者。都穆南濠詩話亦云後山此言非也,其舉證數例,是爲正面交鋒。其云"後山非無識者,其論陶詩,特見之偶偏,故異於蘇、黃諸公耳"。其不知後山乃專喜以冷箭射人而絕無虛發者。此才亦非蘇、黃所能有。其見地絕有過人處。如謝榛、都穆,焉能服此冷士法眼。必使吾駁辯,一語足矣。古詩十九首,亦不文者乎。

許顗彥周詩話曰"陶彭澤,顏、謝、潘、陸皆不及者,以其平昔所行之事賦之於詩,無一點愧詞,所以能爾"。

此正是元亮現證境界之體現也。詩人無此現證,其詩必文多於質,習氣不除,虛妄漸積,真實彌損。潘、陸之滲漏,吾先已言之。其有愧詞必矣。顏、謝亦然。此彥周真知灼見,可以照耀千古者。司馬溫公無一事不可對人說,可以無愧淵明矣。

元人陳繹曾詩譜曰"陶淵明心存忠義,心處閑逸,情真景真,事真意真,幾於十九首矣,但氣差緩耳。至其工夫精密,天然無斧鑿痕跡,又有出於十九首之表者,盛唐諸家風韻皆出此"。

盛唐諸家風韻未必皆出此,然其說自甚可取。精密之至,則天然無斧鑿痕,此詩經之本色也。陶詩仿佛得之。然亦不能盡無斧鑿痕。前亦言之矣。

陳知柔休齋詩話曰"人之為詩,要有野意。蓋詩非文不腴,非質不枯,能始腴而終枯,無中邊殊,意味自長,風人以來得野意者,惟淵明耳"。（郭紹虞宋詩話輯佚卷下。）

淵明意趣超遠,休齋謂之野意,其言風人以來得野意者惟淵明耳,獨創野意之說,似新而實陳。風人之詩,本多出於野民,其意本亦野意,淵明何得而異之。風詩文腴質枯,早亦具之,而文者更文,質者更質。風詩之腴之枯，又非陶令所能想見。趣不如意如是。
（大蘇評韓柳詩云"所貴乎枯澹者，謂其外枯而中膏，似澹而實美，淵明、子厚
之流是也。若中邊皆枯澹，亦何足道"。外枯而中膏，而其心自中始，故休齋
云始腴而終枯。若中邊皆枯澹，亦何足道，此中邊自殊之意，休齋則變更之，
謂無中邊殊，意味自長。四十二章經曰"佛所言說，皆應信順，譬如食蜜，中邊
皆甜，吾經亦爾"。無中邊殊，乃形容淵明詩始終一味，故自中邊皆甜。此又
休齋獨到之處。）

沈歸愚曰"陶詩胸次浩然，其有一段淵深樸茂不可到處。唐人祖述者，王右丞有其清腴，孟山人有其閑遠，儲太祝有其樸實，韋左司有其沖和，柳儀曹有其峻潔，皆學焉而得其性之所近"。

陶淵明一派大宗師氣象，此確可見之。然其言亦有略誇者。王、孟、儲、韋、柳，非僅祖述陶詩而已。使其不學陶，亦得其性之所近。如柳儀曹之峻潔，毋寧曰源出大謝也，而非淵明。唯淵深樸茂四字，不可易。前人往往以之形容先秦西漢之文，歸愚以之說陶詩，亦甚妙也。陶之淵深，轉而伸其意趣超遠，陶之樸茂，乃愈彰其氣節凜然。西漢如馬遷之文亦然。馬遷以意趣之超遠、氣節之凜然陵越百代，其厚又在陶之上。故馬遷、淵明實為一類。元明人喜將淵明與張良、諸葛比，何若馬遷為親。

陶謝雙運單入之別

淵明以不二法門勝。雅俗之不二也，高人性情、細民職業之不二也，文質之不二也，枯澹之不二也。康樂以孤高單入勝。如佛學理趣之幽玄，其所至處非陶潛所能作，而忽於實證。在陶則理證兼互有實地。又如辭意之高潔孤峭，其美非陶潛所能有，而忽於質性之淳厚。在陶則辭質雙運。謝固不及陶。然論以孤高清峭之韻、玄理幽深之致，又自足笑傲萬古。陶之要訣在雙運，謝之道法在單

入。雙運者中庸深穩,單入者出奇犯險。詩門非陶不足以發雙運之奧,非謝不足以徹單入之趣。三唐諸公,如少陵、摩詰,行雙運之道者,青蓮、柳州,騁單入之途者。宋詩如荊公、蘇、黃,雙運多而單入少,宛陵、誠齋,單入多而雙運少。陶所以大行於宋後者,雙運法度之深穩使然。康樂所以知音寥落者,單入格調之孤高愈鮮使然也。然雙運法易學而難至,學陶而復失陶。單入法難學而難至,唯神而明之,待乎其人耳。亦唯如青蓮、柳州者,足以嗣其法要。俗病難醫,俗者康樂之天敵。宜其知音彌寡也。

大謝奇才橫絕

淵明意趣超遠,以實地故,康樂意趣亦超遠,則以天才橫絕、嗣東晉謝氏血脈故也。謝氏本多意趣超遠之士,尤以謝安為一代巨擘,謝道韞亦奇絕無比。大謝承此家風,當劉宋改代之際,實可謂為東晉士人風神之集大成者。吾以奇才橫絕四字目之。奇者,自吾所謂單入者,如奇偶之奇。(以今語釋之,奇者即所謂爆發力、創造力之體現也。)又奇者,奇癖也,奇遇也。大謝生平為一奇字貫之。靈運尋山陟嶺,必造幽峻,巖嶂千重,莫不備盡。嘗自始甯南山伐木開徑,直至臨海,從者數百人。臨海太守驚駭,謂為山賊,徐知是靈運乃安。此奇癖也。生而為客兒,玄悟如此而欲入蓮社而慧遠不納,棄市廣州,此皆奇遇。隋唐嘉話云靈運髭美,臨刑,因施作南海祇洹寺維摩詰像髭。此亦奇事。才者,才具也,才性也。靈運博覽群書,文章之美,江左莫逮。詩書皆兼獨絕,每文竟,手自寫之,文帝稱為二寶。此才華也。靈運佛學精湛,弘竺道生頓悟之說,其辨宗論云“階級教愚之談,一悟得意之論”,又嘗云“六經典文,本在濟俗為治耳。必求性靈真奧,豈得不以佛經為指南耶”。(見弘明集何尚之答宋文帝讚揚佛教事。)此才性也。(近人湯用彤氏謝靈運辨宗論書後云"自生公以後,超凡入聖當下即是,不須遠求,因而玄遠之學乃轉一方向。由禪宗而下接宋明之學,此中雖經過久長,然生公立此新義,實此變遷之大關鍵也"。又云"康樂承生公之說作辨宗論,提示當時學說二大傳統之不同,而為伊川謂學乃以至聖人學說之先河。則此論在歷史上甚重要意義益可知矣"。)吾嘗言蘇子瞻參禪證道並未深徹,於此尚不如黃山谷,然其能將佛理禪機,妙用變化於詩詞書畫諸科之中,使其皆新意燦發,覽者無覺間皆受其啟悟感化。(參見拙著宋儒忘筌編之呂東萊粹言疏證。)大謝實亦如之。其性穎神徹,而證道實未深確,習氣未化,故慧遠和尚遠之,於此不如陶元亮多矣。然皎然詩式文章宗旨嘗言其"及通內典,心地更精,故所作詩,發皆造極,得非空王之道助邪"。康樂亦將內典空宗妙用變化於詩章,乃令之煥然一新,前未曾有,啟牖後人極深,豈在陶公之下。此又大謝才性之微妙處。橫者,驕橫也,橫溢也。性奢豪,車服鮮麗,衣裳器物,多改舊制,世共宗之。性褊激,多忤禮度。出郭遊行或一日百六七十里,經旬不歸,既無表聞,又不請急。嘗謂孟顗曰,得道應須慧業文人,生天當在靈運前,成佛必在靈運後。顗深恨此言。此驕橫也,恃才傲物。橫溢者,如山居賦,文體橫放之至,且自註之,開新例矣。絕者,極致也,生極而熟,熟極而生。此即康樂之獨詣所在。其詩峻峭孤高,玄理交融,有極致之絕美。其辭語生極而意熟,理趣熟極而韻新。故謝詩之絕,於清韻之美,亦正空前絕後。惟奇才橫絕四字,焉足以盡其底蘊,聊發一笑耳。(康樂奇才橫絕,足以振動古今。以奇才橫絕四長之極致而論,謝似皆高過陶,而淵明奇而能平淡,才而能含蓄,橫而又能謙下,絕而若不經意,故曰其愚不可及也。)

康樂善用媚字訣

贈安成云"媚彼時漁,戀此分拆"。過始寧墅云"白雲抱幽石,

綠篠媚清漣"。登池上樓云"潛虯媚幽姿，飛鴻響遠音"。登江中孤
嶼云"亂流趨孤嶼，孤嶼媚中川"。初往新安桐廬口云"江山共開
曠，雲日相照媚"。謝詩好用媚字。吾忽悟康樂善用媚字訣，其精
工處在其能媚，非僅好用媚字而已。謝詩篇什高雅峻潔，若不可
攀，實則其妙在媚，媚而不俗。一篇綿密，既峻且媚，是為康樂獨門
絕學。柳州學大謝，能盡得其峻潔，而不能窮達其幽媚。中晚唐人
詩得幽媚之趣者甚夥，而同時能兼高雅峻潔之風者，亦無有之。白
樂天有媚趣而無高雅，李義山有媚趣而無峻潔。道釋如施肩吾、齊
己一流，媚趣亦有之，肩吾尤然，清雅而不高，潔淨而不峻。逮邵康
節輩出，幽媚固在，然晉宋人高雅峻潔之風，幾蕩然矣。又康樂善
用媚字訣，其媚又在融化玄理於山水詩章中。其理多高妙之玄諦，
然亦多未見其真實性地，故只可曰媚之而已。如"既秉上皇心，豈
屑末代誚"云云，義非不超遠，氣非不豪拔，終只可以偶對之媚語視
之耳。康樂喜言玄理而適得其媚趣，亦開後世無數法門。（"既秉上皇
心，豈屑末代誚"一語文字極可觀。嘗見馬湛翁遺墨聯語中亦曾書寫此二句。
如康樂，亦可謂能言而不能行。宜乎慧遠大師之拒之也。其得上皇心者，
陶也。）

　　康樂句幽媚之處最多。如"白雲抱幽石，綠篠媚清漣"，極矣。
他如"雲日相輝映，空水共澄鮮"，此空而媚、幽而靈者。"池塘生春
草，園柳變鳴禽"，此幽媚而入化工者。"昏旦變氣候，山水含清
暉"，此含幽藏媚者。空靈、入化、含藏三格，大體涵蓋其他妙句。
唐人甚得幽媚之趣者，其深造於空靈、含藏之境者頗衆，唯能入化
如"池塘生春草"者，罕覯也。中晚唐人媚趣，又多露工巧痕跡，不
比讀康樂詩，賞其精工，而忘其匠跡。自康樂獨樹媚趣之體格，後
人具體而微，至五代北宋，媚趣多流入詞學而氣體大變，詩人愈難
窺其微妙。後梅宛陵欲於枯澀中參媚趣，蘇子瞻欲於靈活中參媚
趣，江西詩欲於鍛煉中參媚趣，亦各有所得，然梅之媚也苦，蘇之媚

也俗，黃之媚也硬，乃至楊誠齋，其媚也軟弱。蓋詩門媚趣之義，至此亡矣。

康樂為五言詩之分水嶺

陶渾樸而謝雕刻，然陶亦有閑情賦，為綺情之風氣，謝亦有渾質之詩，不讓古人。如歲暮“殷憂不能寐，苦此夜難穨。明月照積雪，朔風勁且哀。運往無淹物，年逝覺易催”。絕有古氣。明月照積雪，尤為後人激賞。又如行田登海口盤嶼山“羈苦孰云慰，觀海藉朝風。莫辨洪波極，誰知大壑東。依稀采菱歌，彷佛含嚬容。遨遊碧沙渚，遊衍丹山峯”。雖有麗辭，而氣象渾灝殊偉。莫辨洪波極，誰知大壑東，盛唐人不能過。故謝以雕琢勝，而實能潛氣內轉，以神情運之，能舉重若輕也。明儒焦竑謝康樂集題辭有云“嗟乎，詩至此，又黃初、正始之一大變也。棄淳白之用，而競丹膢之奇。離質木之音，而任宮商之巧。豈非世運相承，古始易解，即謝客有不得而自主者耶？然殷生有言，文有神來、氣來、情來。摹畫於步驟者神躓，雕刻於體句者氣局，組綴於藻麗者情涸。康樂之雕刻組綴，並擅工奇，而不蹈殷生之誚者，其神情足以運之耳。何者。以興致為敷敍點綴之詞，則敷敍點綴皆興致也。以格調寄俳章偶句之用，則俳章偶句皆格調也”。所論最爲恖達通透。謝詩潛氣內轉，以興致也，以格調也，以神情也，觸手皆春，雖雕刻而不傷其真氣，所以為難。世間物式，本有渾樸、雕刻二種，亦如氣之分陰陽，地之分枯濕，於詩則分陶謝，而皆意趣超遠。故如謝詩者，正吾國五言詩之分水嶺也。謝質文均勻。在謝之前，漢晉尚多古風，大體質勝於文。自謝而後，所謂丹膢之奇、宮商之巧者愈盛，文勝於質矣。至盛唐諸公質文兼備如一體，然旋即轉入中晚，詩格復文勝。開元以至於大曆，亦不過數十年耳。（至元明又等而下之。謝康樂集題辭亦云"余觀弘、正一二作者，類遺其情而模古之辭句，而追其下也，又模今者之辭句"。莫怪乎公安、竟陵之橫出於江湖之上也。亦詩門尚存之元氣使然。詎能如牧齋盡非之哉。）

謝詩選評

泰山吟。樂府非康樂所長。而此篇純然仿佛盛唐氣調。"岱宗秀維岳，崔崒刺雲天。崿崿既嶮巇，觸石輒千眠。登封瘞崇壇，降禪藏蕭然。石間何晻藹，明堂秘靈篇"。老杜遊龍門奉先寺、望嶽、登兗州城樓諸作，豈不源自於此而渾成疏朗轉勝之乎。

豫章行。"短生旅長世，恒覺白日欹。覽鏡睨頹容，華顏豈久期。苟無回戈術，坐觀落崦嵫"。近世大儒馬湛翁臨終詩"乘化吾安適，虛空任所之。形神隨聚散，視聽總希夷。漚滅全歸海，花開正滿枝。臨崖揮手罷，落日下崦嵫"。豈不源自於此而通達化機轉勝之乎。湛翁詩學謝而得其清峭，學杜而得其渾厚，學江西而得其深奧，近世一大手筆。然終未能如古人一出自家面目，猶未究竟也。

從遊京口北固應詔。方虛谷嘗言康樂擬魏太子鄴中集詩八首"序云其主不文，又曰雄猜多忌，使宋武帝、文帝見之，皆必切齒。蓋不文明譏劉裕，多忌亦誅徐、傅、謝、檀者之所諱也。此序亦賈禍一端也"。此篇則云"事為名教用，道以神理超"。又云"顧己枉維縶，撫志慚場苗。工拙各所宜，終所反林巢"。帝王覽焉，亦焉能悅之。此在謝似略表歸隱之志，在宋帝觀之，則自生彼不欲為其掌控之猜忌矣。事為名教用，只是委屈求全，道以神理超，乃汝真心之流露也。使康樂云"道為名教用，事以神理超"，其義愈圓，語亦愈混，或能稍免雄猜之累。

過始寧墅。"剖竹守滄海，枉帆過舊山"，對仗渾成，文字精粹已若此。"白雲抱幽石，綠篠媚清漣"，如徐熙之花鳥畫，意韻清幽已若此。謝詩之美不勝收多如是。皎然詩式卷一品藻嘗言大謝"明月照積雪，朔風勁且哀"為寒松病枝、風擺半折例。此亦猶徐熙意韻之筆，又進而至於華光和尚之墨梅矣。

富春渚。"宿心漸申寫，萬事俱零落"，似得似失，觀之惘然。此種微妙處，亦唯義山"莊生曉夢迷蝴蝶，望帝春心托杜鵑"一類可以媲之耳。

登池上樓。"潛虯媚幽姿，飛鴻響遠音"，此句特有幽玄之氣。吾少時最喜之。屈子幽玄之味，其傳人在南朝則為康樂，在唐則為柳州。陶渾樸高過謝，而幽玄不能。韓雄健高過柳，而幽玄亦不能。而柳州詩文合體之幽玄，似又青出於藍，轉能凌駕康樂而上。竊謂詩文兩漢以後，平淡元亮第一，雄渾老杜第一，飄逸太白第一，幽玄柳州第一也。如康樂，則雕刻第一也。蓋雕而不失化工自然之妙，亦唯康樂而能。而此正是盛唐人之法髓所在，如太白，其本亦師二謝，而雕刻痕跡，愈泯然無見。以詩法而論，使太白為六祖，則大謝自為達摩，小謝自為慧可。達摩四行觀之文字，又何如壇經之自然輕快、泯然無痕耶。

遊赤石進帆海。"首夏猶清和，芳草亦未歇。水宿淹晨暮，陰霞屢興沒。周覽倦瀛壖，況乃陵窮髮。川后時安流，天吳靜不發。揚帆採石華，掛席拾海月。溟漲無端倪，虛舟有超越。仲連輕齊組，子牟眷魏闕。矜名道不足，適己物可忽。請附任公言，終然謝天伐"。此詩筆調宏闊疏朗，辭采密栗，韻致飄然，用事言理，而無礙其清空，吾最喜之。印人奧修莊子心解，篇首即開演莊子虛舟之譬，殊為精妙。康樂云"溟漲無端倪，虛舟有超越"，輕靈無比，意趣極好，惜奧修恐未得見之。

石室山。"鄉村絕聞見，樵蘇限風霄"，造語極好。

過瞿溪山飯僧。起首"迎旭凌絕嶂，映泫歸澉浦"二句，頓覺驚心。"清霄揚浮煙,空林響法鼓",亦開唐人佛寺詩無數法門者。憶昔初遊峨嵋,夜宿山寺,微雨清寂,頗多康樂詩趣,後亦不可復得。

從斤竹澗越嶺溪行。"猿鳴誠知曙,谷幽光未顯。巖下雲方合,花上露猶泫",體物之細微,又自謝詩一絕。謝詩蓋兼山水、花鳥畫之妙手者。自古山水大家,實皆能妙乎花鳥。而花鳥之巨擘,又往往能精善山水也。(畫道神理如康樂者,亦奇才橫絕為董玄宰、朱耷一流乎。)

石門巖上宿。陳胤倩云"東坡所謂何地無月,何處無松柏。特無如吾二人者耳。東坡幸有兩人,康樂終身一我。悲哉悲哉。晞髮陽阿,傲睨一世"。(見黃節謝康樂詩注。)陶亦一我,而能親野老,而人皆親之。謝則孤傲,人皆遠之。然非此一我,又何能造就謝詩之天地清音也。如東坡之有兩人,於養生固佳,於詩則未必為幸事。

臨終詩。康樂此作絕好,乃具大悲心者,觀之不覺肅然。其末云"恨我君子志,不得巖上泯。送心正覺前,斯痛久已忍。唯願乘來生,怨親同心朕"。(法苑珠林卷九十六捨身篇第九十六記此詩"唯願乘來生"前,又有"既知人我空,何愁心不謹"一句。)情理混融,意蘊深厚無比,感人心肺。較之高人"揮刃斬春風"之灑落,康樂臨終詩乃不失人間煙火味者。送心正覺前,斯痛久已忍,亦正見康樂於實證非無自知之明。唯願乘來生,怨親同心朕,臨亡不失正念如是,亦可貴矣。康樂境界不如淵明通達圓融,然亦自不俗,觀其臨終詩悲心深沉如是,可以知之。斯痛久已忍,不覺為之泫然。

詩畫契理

詩畫契理,自謝康樂山水詩始。皎然詩式文章宗旨嘗論謝言"彼清景當中,天地秋色,詩之畫也。慶雲從風,舒捲萬狀,詩之變也。不然，何得其格高，其氣正，其體貞，其貌古，其詞深，其才婉，其德宏，其調逸，其聲諧哉”。詩之畫云者，誠然的評。參以顧愷之畫雲臺山記，覺其乃似一篇謝詩之釋文。（顧前而謝後，以常理說之，當言謝詩乃顧記之詩本也。）宗炳畫山水序，義趣超妙，亦同大謝。其云“夫以應目會心為理者，類之成巧，則目亦同應，心亦俱會。應會感神，神超理得”。以應目會心為理，此語正為謝詩心法所在。又云“於是閒居理氣，拂觴鳴琴，披圖幽對，坐究四荒，不違天勵之藂，獨應無人之野。峰岫嶤嶷，雲林森眇”，“聖賢暎於絕代，萬趣融其神思。餘復何為哉，暢神而已。神之所暢，熟有先焉”，豈非冥符謝心者耶。王微敘畫云“夫言繪畫者，竟求容勢而已”。容勢二字，亦甚能窺謝詩之妙處，而非陶令所長。又云“融靈而動變者，心也。靈無所見，故所托不動。目有所極，故所見不周”。融靈而動變，豈非即大謝之以應目會心為理耶。蕭繹山水松石格設奇巧之體勢，寫山水之縱橫，刻畫物狀，甚為細微。觀其文語，亦隱然有容勢之形出焉，可以旁通想見謝詩狀物之筋骨。顧、宗、王、蕭，皆東晉南朝人，與大謝相前後。詩畫之理契合也如是，故知大謝之詩，正當時淑氣之所鍾。陶詩則特立獨行，非時好所在也。

卷巳　南朝初唐秀逸脈第六

　　吾有以屈原、杜甫為開闔遂分三世界之說。若以兩大段而論，則又以謝靈運為界限也。謝前是一大段，謝後又是一大段。前一大段有四季，後一大段亦有四季。詩門血脈中，使無南朝初唐之春，必無盛唐之夏。使無盛唐之夏，則亦必無中晚唐之秋也。南朝初唐，春榮也。盛唐，夏茂也。中晚唐，多秋意也。秋有明淨、蕭瑟、清峭之意，中晚唐詩格皆備之。春有元陽、芳穠、綺靡、縱情之性，南朝初唐詩亦皆備之，而一以秀逸貫之。此脈於後世之影響，不能與陶謝、盛唐二脈比，甚者亦不及中晚唐、江西派。然其絕有高華，風韻清綺，又自不可磨滅。故於十二脈中獨立高標，有待於後世人心賞之。唐宋詩縱橫天下既久，人有稍厭之者，必乃有求於此脈。清代選學昌盛，人亦有鍾情於六朝之詩者。近世如章太炎氏，即其人也。

鮑明遠以入世為宗

　　鮑明遠，此春之元陽也。非元陽不足以為春。非明遠亦不足以為南朝詩。鮑氏發唱驚挺，操調險急，雕藻淫豔，傾炫心魂，上挽曹、劉之逸步，下啟李、杜之先鞭，才力標舉，凌厲當年，如五丁鑿山，開世人所未有，前人論之備矣。蕭滌非漢魏六朝樂府文學史亦贊之不遺餘力。（其云"當南朝綺羅香澤之氣，充斥彌漫之秋，其能上追兩漢，不染時風者，吾得一人焉，曰鮑照。鮑氏樂府之在南朝，猶之黑夜孤星，中流砥柱，其源乃從漢魏樂府中來，而與整個南朝樂府不類"。又云"蓋樂府本含有普遍性與積極性二要素，以入世為宗，而不以高蹈為貴。以摹寫人情世故為本色，而不以詠歎自然為職志。謝既出身名門，縱情丘壑，陶亦高臥北窗，安貧樂道，同為一種超人間之生活，本不適宜於樂府之寫作，其內心亦無寫作樂府之需要。至如鮑照，位卑人微，才高氣盛，生丁於昏亂之時，奔走於死生之路，其自身經歷，即為一悲壯激烈可歌可泣之絕好樂府題材，故所作最多，亦最工。陶謝之短於樂府，而照獨以樂府鳴者，斯其故也歟"。所言極是。樂府本含有普遍性與積極性二要素，以入世為宗之說尤為警策。以此吾亦愈體乎孟東野之心矣。東野中唐最工樂府，乃關注人生之普遍性、積極性者，具儒家之宗教精神，而其遭遇又不如明遠，則在此以入世為宗之人，一朝中第春風得意馬蹄疾，亦自然爾。何必譏嘲之為刻論如宋人哉。）明遠以入世為宗，太白學其樂府，而又以寫出世情懷。明遠以摹寫人情世故為本色，太白學之，而又以詠歎自然為職志。此又盛唐人所以能青出於藍，轉陵而上者。明遠樂府生創活法，太白善用其活法，當其神妙入化處，令人忘鮑氏，此正所謂後來者居上也。莊子所言不龜手之藥，其理一揆。太白所以能過鮑照，非僅才能高之，亦正心量恢弘勝之故。惟鮑參軍具此元陽之氣，蕭氏以黑夜孤星譬之，尚未妥帖。南朝綺羅香澤之氣，實與此元陽之氣相通，後人亦不必疾之太過。不悟南齊書文學傳亦言鮑氏雕藻淫豔，傾炫心魂乎。夫春之浮豔，其與元陽，一體也。實不必特為拔之、目為孤迥也。

鮑詩持平論

歷代譽鮑詩過高者亦有之。王船山云"行路難諸篇，一以天才天韻,吹宕而成,獨唱千秋,更無和者。太白得其一桃,大者仙,小者豪矣。蓋七言長句,迅發如臨濟禪,更不通人擬議。又如鑄大像,一瀉便成,相好即須具足。杜陵以下,字鏤句刻,人巧絕倫,已不相浹洽,況許渾一流生氣盡絕者哉"。天才天韻云云是也。迅發如臨濟禪不通人擬議則非。禪擬議即乖,以絕思慮故。鮑詩七言迅發,侵掠如火,氣調之盛,幾上陵操、植,然老曹不動如山之意,鮑亦何能至。其只以氣勢情力奪人。臨濟禪妙機所在,三玄三要,豈只以氣勢情力奪人者所可當耶。鑄大像一瀉便成云云固妙譬也。然行路難諸篇亦多綺麗之風,尚有雕琢之跡,詩雖豪邁,而陰氣略多,陳祚明嘗言其全旨淺近,成書倬亦諷其議論太快,故相好即須具足之說,亦過高矣。(陳、成二氏之說,見錢仲聯氏鮑參軍集注。)許渾一流,固不可與鮑比。至言杜陵字鏤句刻,則人皆知其非公論矣。船山論詩素以曹植、杜甫為敵,吾今則與此老相搏,理應如是,亦自然爾。歷代論鮑詩略低者亦有之。登廬山、望石門、從登香爐峰、從庚中郎遊園山石室諸詩,王闓運云"數首非不刻意學康樂,然但務琢句,不善追神。明遠天才尚如此,無怪明諸子學謝諸作,不能驚人也"。錢仲聯云"康樂五言,山水老莊,打成一片。明遠於此,未窺消息,不僅不善於追神而已"。此皆其一廂情願語。數首奇奧之美,矯騰研煉,何必俱以康樂詩極妙處尺繩之。陳胤倩評登廬山云"堅蒼。其源亦出於康樂,幽雋不逮,而矯健過之。寫景自覺森然"。乃能為持平之說者。玄理浹洽,自讓大謝一頭,堅蒼矯健,則固鮑照之本色。贈故人馬子喬六首其二船山有云"參軍詩愈韜愈遠。其放情刻鏤者,則皆成滯累"。愈韜愈遠四字,絕有見識,然放情刻鏤皆成滯累之論,亦太過矣。如登廬山數首,研煉雕琢之至,而堅蒼矯騰,自覺森然,彼俱以滯累譏之,失之誣矣。(鮑詩和王丞、與伍侍郎別、贈故人馬子喬六首其一、三等堅蒼遠慨,最愜我心,足以與陶謝五言之妙者媲美也。)

顏延年五君詠

　　魏晉人飲，尚有酒德之玄通。陶猶承其遺風，大人先生，神氣超邁。逮至鮑明遠，酒只成澆愁沉醉之具耳。"且願得志數相就，床頭恒有沽酒錢。功名竹帛非我事，存亡貴賤付皇天"。"對酒敘長篇，窮途運命委皇天。但願樽中九醖滿，莫惜床頭百個錢。直得優遊卒一歲，何勞辛苦事百年"。此正又道術分裂之一端。此猶古聖賢以婦人為德化之本，漢人尚存其義，逮至後世，婦人只成縱樂之用，在南朝尤甚。嗚呼。亦可歎哉。顏延年尚不許明遠之頹唐，其好酒疏誕，而五君詠之作，乃能激揚魏晉神氣者。"鸞翮有時鎩，龍性誰能馴"，後人觀之，鮮有不神旺者。史傳謂延之性既褊激，兼有酒過，肆意直言，曾無遏隱。居身清約，不營財利，布衣蔬食，獨酌郊野，當其為適，傍若無人。此真有魏人之高風者。故顏詩不可與陶、謝、鮑氏比，而其人雅度品操，又自高過明遠，無愧為陶潛之儔侶也。

謝玄暉物哀之心

　　鮑明遠還都道中三首云"物哀心交橫，聲切思紛紜"。忽憶本居宣長有物哀之論。其石上私淑言以物哀為和歌之宗旨，哀之一字，兼具悲、欣、愉、奮、愁、驚諸情之交集。其紫文要領以源氏物語並非道德勸懲之書，當以物哀、知物哀為其要訣。宣長嘗云"世上萬事萬物，形形色色，無論乃目之所及，抑或耳之所聞，身之所觸，皆收納於心，加以體味研理，此即是知物哀"。（參王向遠氏所譯之日本物哀一書。吾素謂近世吾國新立國學一詞，以與西學抗衡，乃源本於日人契沖、本居宣長諸家所標舉之國學也。）明遠物哀心交橫，其情狀亦與其說契合。以宣長之說觀之，南朝者，吾國物哀之時代也。而南朝最具物哀之微妙者，並非鮑氏，乃謝朓也。玄暉承謝、鮑之神妙，詩功精純。吾以秀逸目此南朝詩脈，小謝又此脈之最稱秀逸之名實者。人謂其篇什湊密凝練，體制完備，首尾圓合，條貫有序，而落筆遒勁，含義深遠，蘊藉殊為深長，多情韻之渺然，非虛美也。其新體詩在古、近之間，儷偶頗切，音律漸諧，有清綺圓融、精工流麗之勝，誠為盛唐古律、律詩之祖師也。玄暉詩變啟唐風，其為太白傾倒宜矣。（曹融南氏謝宣城集校注前言論之甚備。）吾今取物哀而觀之，玄暉詩中悲、欣、愉、奮、愁、驚諸情之交集亦最深最微。"玉座猶寂漠，況乃妾身輕"一詩，孫月峰云"輕秀入情，自成一格，須看其全在幾虛字中生動"。虛字，誠物哀之微妙處。"大江流日夜，客心悲未央"，"常恐鷹隼擊，時菊委嚴霜。寄言罻羅者，寥廓已高翔"。此物哀之既驚且奮，悲欣交集者。休沐重還丹陽道中，方植之云"觀玄暉自言，見其胸中殊無決志，非徒智及而仁不能守，安在其能戰勝哉。此豈足與陶公同歲而語。恩甚戀閨闥，饗榮之飾詞耳"。此見玄暉所以物哀為多，正在其性情之靈敏而多猶豫柔弱，亦與源氏同也。其告發岳丈反事，為人所議，亦正見之。晚登三山還望京洛，陳胤倩云"一起一結，情緒相應"。成倬雲云"著色鮮妍，自成繽紛古藻，絕去癡肥，亦殊頑豔"。情緒幽微，正小謝之擅長。鍾嶸言其微傷細密。以物哀觀之則正合之。而情緒之轉以頑豔，則入乎物哀之玄奧矣。如源氏物語者，豈非即情緒之轉以頑豔者乎。（日本飛鳥時代前後，實多受吾國南朝、隋代、初唐文化之影響。觀法隆寺及聖德太子之寫經即可以知之。竊謂平安時代紫式部之物哀氣息，實可追溯於飛鳥、奈良時代所融入之南朝氣息也。本居宣長以物哀為東瀛本國特有之氣質，吾說則言其亦本源於南朝貴族階層特有之風氣。詩門如南朝樂府、小謝及稍後之宮體所流露之情緒，皆可於源氏物語窺其相仿佛者。物哀本出於中國之南朝，自李唐一統，體制嚴明，儒佛三教大盛，龍象如雲，法力隆盛，其變化至宋尤甚，幾事事以道德為綱紀，故不容此似有虛無氣息之物哀流行矣。隋雖一統，風氣猶南朝之餘存。故南朝乃漢晉、唐宋間之夾層，自具備獨特而複雜之氣質。在此時期，漢魏儒教經術之精神多已淪落，豪氣消磨，兩晉之家族禮法亦有鬆動，而佛道亦尚未如唐代之通透高明，儒家思想亦尚未如宋明之盛行專擅，加之朝代更迭甚頻，兵禍不止，人生多短促無常，故乃滋生此獨特之物哀之思想。自傳入日本，乃得紫式部諸家張皇幽眇。而日本即一自古以來甚缺安全感、亦不願奉行嚴格之道德禮教之民族。物哀所以能深入其人心，亦自具因緣如是。德川時代，道德禮教最為嚴格，理學盛行，遂有宣長輩始倡物哀之心以解其縛。不知日本學者有此論否。）

沈休文四聲八病說

自四言至於近體，詩體本無尊卑，在遇其人，使達者觀之，依法不依人是也。而沈約諸人四聲八病說，實無得亦無失。鮑照、謝朓南朝大家，自沈隱侯以下，皆難與之比。方植之云"玄暉詩如花之初放，月之初盈，駘蕩之情，圓滿之輝，令人魂醉。只是思深，語意含蓄，不肯說煞說盡。至於音響亦然"。頗能狀小謝風神之美。隱侯詩無其圓滿、思深，而詞氣尚厚，能存古詩遺脈，鍾嶸言其長於清怨，是也。吾婺人，早登八詠樓，知吾邑文脈，沈休文有功德焉。其登玄暢樓詩云"危峰帶北阜，高頂出南岑。中有陵風樹，回望川之陰。岸險每增減，湍平互淺深。水流本三派，臺高乃四臨。上有離群客，客有慕歸心。落暉映長浦，煥景燭中潯。雲生嶺乍黑，日下溪半陰。信美非吾土，何事不抽簪"。玄暢即八詠也。沈乃齊梁才學最為完備之士，史學而外，詩文皆高。南史云謝玄暉善為詩，任彥升工於筆，約兼而有之，然不能過也。實則其詩遜於小謝甚多。竹林詩評謂"沈約、范雲之作，如閭閻疎鐘，建章清漏。不棘不舒，有節有度"。見馬一浮全集越緯，自亦允論。而其影響詩門最深遠者，乃其四聲譜一類，即其與竟陵諸友共創之四聲八病說也。

惟以當時崇古之士觀之，此聲律之興，或乃詩道之墮落。<u>沈</u>、<u>范</u>以迄<u>隋</u>、<u>初唐</u>人，詩人確乎無復如<u>鮑照</u>、<u>小謝</u>者。而不期一朝盛<u>唐</u>諸公飆出，多用此聲律之學而弘達之，四通八闢，人又多頌<u>竟陵</u>諸友之矜創於詩門矣。故知詩道自是詩道，聲律或可以損之，或可以增之，而實俱無涉焉。詩道之根本，實在心體之真妄通塞廣狹，而不在聲律之天然、雕琢也。（此所謂無得亦無失也。）<u>皎然</u><u>詩式</u>明作用云"作者措意，雖有聲律，不妨作用，如壺公瓢中自有天地日月。時時拋針擲線，似斷而復續，此為詩中之仙。拘忌之徒，非可企及矣"。<u>皎然</u>所謂作用，正吾所言心體也。體用不二，其以用說，吾以體詮耳。（<u>王薑齋</u>以通儒靈偉之士，無所不通，而論詩不免為拘忌之徒，此固其戾氣未化盡之障，亦其矯激而有所寄託使然也。）然<u>皎然</u>亦斥"<u>沈休文</u>酷裁八病，碎用四聲，故風雅殆盡。後之才子，天機不高，為<u>沈生</u>弊法所媚，懵然隨流，溺而不返"。見<u>詩式</u>卷一。此亦矯激之說。只可怪後之才子，天機不高，詎能盡遷怒於<u>休文</u>哉？<u>詩式</u>卷一<u>王仲宣</u>七哀其亦嘗許<u>沈約</u>為知詩者。所謂<u>沈生</u>弊法，在盛<u>唐</u>人則轉而為<u>王</u>法，故曰依法不依人。若依人，則斥之曰<u>沈生</u>弊法矣。故亦曉<u>皎然</u>於佛法尚未到家。當日<u>休文</u>諸人共創斯說，本非私人之奇癖，亦乃時代之風氣、有不得不然者。而後盛<u>唐</u>諸公用之而大，亦時代之風氣不得不然耳。<u>唐</u>季宗門大德，多呵斥其門徒抄纂語錄、作編僧傳之風，而不期後世禪宗血脈多受用於此語錄、僧傳也。至<u>宋</u>甚者<u>大慧</u>燒其師<u>碧巖錄</u>，而不期<u>碧巖錄</u>為後世禪門第一書，吾今悟後修行猶覺受用無盡。故知語錄僧傳及如<u>碧巖</u>者，或有損於<u>達摩</u>之宗，或有增於<u>曹溪</u>之脈，而實俱無涉焉。佛道之根本，實在心體之真妄通塞廣狹，而不在文字之學之渾朴、刻畫也。其理一揆如是。近覽<u>葉水心</u>文集，<u>徐道暉</u>墓誌銘有云"蓋<u>魏晉</u>名家，多發興高遠之言，少驗物切近之實。及<u>沈約</u>、<u>謝朓</u><u>永明</u>體出，士爭效之，初猶甚艱，或僅得一偶句，便已名世矣。夫束字十餘，五色彰施，而律呂相命，豈易工哉。故善為是者，取成於心，寄妍於物，融會一法，涵受萬象，狶苓桔梗，時而為帝，無不按節赴之，君尊臣卑，賓順主穆，如丸投區，矢破的，此唐人之精也。然厭之者，謂其纖碎而害道，淫肆而亂雅，至於廷設九奏，廣袖大舞，而反以浮響疑宮商，布縷繆組繡，則失其所以為詩矣。然則發今人未悟之機，回百年已廢之學，使後復言唐詩自君始，不亦詞人墨卿之一快也"。所言亦達矣。依法不依人，實為論詩之圭臬，蓋非此亦不足以高低沈休文也。

江文通摹擬聖手

　　江文通詩才氣在沈之上。其為摹擬聖手，後世詩人言摹擬者，不可不以之祖禰。吾國素有以摹擬為矜創之習。在道術，則有揚雄之摹周易、論語、爾雅，王通又續六經，有元經、文中子諸書。在書畫之道則尤甚。宋元以來大家，其佳作多有為摹擬前人妙品逸品者，如元四家之仿董巨，四王之仿元四家，亦可謂一脈相承。然後人之摹擬，多不能如原作之純正。（後人以揚、王僭經，故二賢之受詆也尤多。二賢皆儒家第一流人物，實不可非。後人之病，即在意見太多。如章實齋之斥子雲，吾素不以為然。書畫則每況日下，董巨降而為四家，四家降而為四王。）故亦唯文通可謂聖手矣。其擬古雜體三十首，仿漢魏、齊梁間名家詩，氣魄甚大，才力可觀，大體皆能遙通原作之神而奪之，極可驚異，於詩史亦空前絕後者。張天如謂雜體三十首"體貌前哲，欲兼關西、鄴下、河外、江南，總制眾善，興會高遠，而深厚不如，非其才絀，世限之也"。允論也。雜體之純正，非天賦复超，亦何能至哉。其又有效阮公詩十五首，亦頗得步兵之神意，有高渾深慨之致，豪壯勁快處亦類之，而辭采清新稍過，氣體略覺單薄，天如深厚不如之說，亦然也。擬古之外，文通詩幽深奇麗處，近於鮑參軍，時如雨過天青，觀之醒然，在南朝最為名家也。

陰何造句師

杜少陵頗學陰何苦用心。陰何自又唐人師也。陰常侍詩氣體之大,固不可與二謝諸大家比,才學亦絀之,而清綺之才,造語益工,錘煉佳句,新警可味,自足獨居一席。中晚唐此等人亦甚眾。蓋其氣體才學,弗能與盛唐人比。晚出新亭"大江一浩蕩,離悲足幾重。潮落猶如蓋,雲昏不作峰。遠戍唯聞鼓,寒山但見松。九十方稱半,歸途詎有蹤"。江津送劉光祿不及"依然臨送渚,長望倚河津。鼓聲隨聽絕,帆勢與雲鄰。泊處空餘鳥,離亭已散人。林寒正下葉,晚釣欲收綸。如何相背遠,江漢與城闉"。渡青草湖"洞庭春溜滿,平湖錦帆張。沅水桃花色,湘流杜若香。穴去茅山近,江連巫峽長。帶天澄迥碧,映日動浮光。行舟逗遠樹,度鳥息危檣。滔滔不可測,一葦詎能航"。誠能於陶鮑二謝後別立一格,而為唐人之式範,較之文通之以摹擬為能,實又優之。其詩才固不及文通之高,文通雜詩之古遒,其謝不能也,而詩思勝之。陳祚明采菽堂古詩選謂"陰子堅詩聲調既亮,無齊梁晦澀之習,而琢句抽思,務極新雋,尋常景物,亦必搖曳出之,務使窮態極妍,不肯直率"。允論也。如晚出新亭,氣息自厚,非眘薄相也。何水部情辭宛轉,淺語俱深,清巧多雋句,境情每融攝,亦開唐人造句之法門。"遊魚亂水葉,輕燕逐風花"、"江暗雨欲來,浪白風初起",如老杜。"薄雲巖際出,初月波中上",如出中唐人手。"夜雨滴空階,曉燈暗離室"、"露濕寒塘草,月映清淮流",則中晚賈島一流也。故知晉末南朝詩人,陶潛是唐人意韻師,二謝是唐人謀篇經營師,鮑照是唐人歌行長句師,陰何則乃唐人造句煉字師也。造句師無微不入,唐人受用自無盡。故老杜贊青蓮亦云"李侯有長句,往往似陰鏗",而不言其似鮑照。何遜詠梅花尤擅名。偶覽白玉蟾詩集,其梅花有句曰"直須何遜為知己,始信張良似婦人"。殊妙也。始信一句，非但為梅花精魄之寫照，亦復為史公謂張良如婦人作妙箋，可謂相得益彰。何水部時尚無此作法，須讓後人一頭地也。

柳　文　暢

東晉士流，猶存漢魏之遺風，以古為則，古妍為新。自謝康樂出，古新一體，雕琢日精，而古氣猶厚。自大謝亡，南朝尚新棄古之潮流興矣。如柳惲精琴道，史謂"初，惲父世隆彈琴，為士流第一，惲每奏其父曲，常感思。復變體備寫古曲。嘗賦詩未就，以筆捶琴，坐客過，以箸扣之，惲驚其哀韻，乃制為雅音。後傳擊琴自於此。惲常以今聲轉棄古法。乃著清調論，具有條流"。以今聲轉棄古法，實為南朝之風氣所在。永明體之尚聲律，不亦非此事耶。柳文暢詩，史謂其"立性貞素，以貴公子早有令名，少工篇什，為詩云，亭皋木葉下，隴首秋雲飛。琅邪王融見而嗟賞，因書齋壁及所執白團扇。武帝與宴，必詔惲賦詩。嘗和武帝登景陽樓篇云，太液滄波起，長楊高樹秋，翠華承漢遠，雕輦逐風遊。深見賞美，當時咸共稱傳"。二詩亦唐人法乳，意味無盡。可知盛唐所以大成，非宋齊梁陳諸代之厚積又何能至焉。陶鮑二謝無論矣，即陰何柳吳一流，往往亦有唐耽吟者夢寐感通中人。文暢江南曲云"汀州采白蘋，日暖江南春。洞庭有歸客，瀟湘逢故人。故人何不返，春花復應晚。不道新知樂，只言行路遠"。天真之氣猶未散。文暢詩、琴而外，又精尺牘、奕棋、占卜、醫術、投壺等。梁武帝嘗謂周舍曰"吾聞君子不可求備，至如柳惲，可謂具美。分其才藝，足了十人"。故知唐太宗所歎虞永興之五絕，實又祖述於柳文暢一流，而永興質地勝之耳。

吳 均 體

　　柳文暢、吳叔庠甚為僧皎然所重，所撰詩式嘗稱之焉。文暢多藝，叔庠博史。叔庠著述，有齊春秋、廟記、十二州記、錢唐先賢傳、後漢書注、續文釋、續齊諧記、文集等，惜皆已亡。吳均私撰齊春秋，而梁武惡其實錄，亦可知其甚具史德，非如昌黎輩憂患天刑者可比。梁書謂"均文體清拔有古氣，好事者或學之，謂為吳均體"。近世同光體，不亦好事者或學之而得名乎。故知好事之於才士，如影之隨形，亦弗可違。吳均體，一言以蔽之，清拔有古氣者也。其樂府古詩，猶有鮑明遠之遺緒。五言如邊城將詩四首、贈王桂陽、贈別新林、詠寶劍、胡無人行等，皆慷慨有古風，而盡多清聳之劍氣。稍後徐孝穆關山月、別毛永嘉之篇，隋初唐邊塞之作，實皆步武於吳均體。自鮑明遠亡，浮靡日盛，皆以清和華麗為主，乃忽有吳叔庠出，使觀者振拔俗韻，時人學之亦宜矣。贈別新林詩云"僕本幽並兒，抱劍事邊陲。風亂青絲絡，霧染黃金羈。天子既無賞，公卿竟不知。去去歸去來，還傾鸚鵡杯。氣為故交絕，心為新知開。但令寸心是，何須銅雀臺"。實為盛唐之元胎。張曲江"草木有本心，何求美人折"。以詩式例之，不亦"但令寸心是，何須銅雀臺"之偷意者耶。叔庠，南人中兼北氣者。安吉之地，近世又有吳昌碩，亦南人而兼北氣。其書畫之溶液金石而散行，古硬中發以姿媚，亦闇本乎南北之道如是爾。

宮體自具玄奧

　　梁簡文帝、徐孝穆、庾子山宮體詩，自盛唐以來，最為人所不齒。然吾前以物哀說之，亦差可得乎忠恕之道矣。宮體清豔，似非詩道之正，然其鍾情於女子之美，自具玄奧，實又有若近世所謂之宗教感情者。後世花間、柳、周之詞學，紫式部之物語，明清說部之金瓶、紅樓，皆延其遺脈而大成者。而詞學之髓本是詩，物語、說部之髓亦然。翁方綱謂杜牧之真色真韻，真悟徹漢魏六朝之底蘊者。見卷申。宮體之底蘊，實亦在此真色真韻四字。詩道本無道，佛法本無法。吾因至情而開悟，悟後而斬情關，亦以密宗修證之故，深體於空行明妃之玄奧。故乃洞悉宮體之奧若此，非刻意立異耳。（源氏物語之精妙，由其意趣。金瓶梅之精妙，由其色相。石頭記之精妙，由其情理。合此三書讀之，宮體之玄奧盡矣，人類於女子之美之宗教感情亦盡矣。）宮體詩人鼻祖，簡文帝也。徐孝穆、庾子山嗣之。孝穆又受敕編玉臺新詠，集梁以前豔體詩之大成。其後影響亦深遠。晚唐多此餘風而詩法靈動，以義山最稱神妙，香奩最號輕薄，如飛卿一流，則詞學亦發矣。宋代理學漸盛，亦難奈時賢儒者填小詞，時有流入清豔者。簡文詠內人晝眠，“夫婿恒相伴，莫誤是娼家”，似褻而實樸，隱有漢人遺味。使道學家睹之即生嗔怒，亦其慈悲心之不足故。徐孝穆才具自高於簡文，詩篇亦非僅宮體而已。惜流傳甚少，不比庾信。關山月、別毛永嘉，格調高爽，筆法勁快，亦為四傑及盛唐人所宗。別毛永嘉一氣呵成，貌似俳偶，實則單行，勁而能疏，唐之巨擘，亦無以過之也。

南朝樂府

蕭滌非書論南朝樂府有云“雖其浪漫綺靡，不足擬於兩漢。舉凡前此所謂移風易俗，莫善於樂，所謂先王作樂崇德，以格神人，通天下之至和，節群生之流散，與夫班固所謂足以觀風俗，知薄厚者，種種傳統觀念與功用，至是已全行打破而歸於消滅。由敘事變而為言情，由含有政治社會意義變而為個人浪漫之作，桑間濮上，鄭衛之聲，前此所痛斥不為者，今則轉而相率以綺艷為高，發乎情而非止乎禮義，遂使唐宋以來之情詞艷曲，得沿其流波，而發榮滋長，而蔚為大園，此固非一二大詩人之所能為力者"。所言不虛，然其意猶未盡。（惟全行打破而歸於消滅云云，失之誇矣。南朝風氣如此，然家族之禮法猶甚森嚴也。）竊謂南朝樂府，乃漢樂府衍發所必至之果實也。吾前論漢樂府有云"析肉還母，肉者楚辭謀篇及句法也，還於屈宋。析骨還父，骨者中和雍穆、思無邪也，還於詩三百。還母還父，遂替之以震蕩、明白、細膩、整齊之格，現本身，運大神力，為父母說法。其語於屈宋曰，詩本性情，不可不以百姓心為心。其語於詩三百曰，當其勃發，不必拘泥於聖人之道德說教"。漢樂府，當其勃發，本已不拘守於聖人之道德說教，則下至南朝樂府輕艷若此，亦自然爾。（樂府詩實代表一種根深蒂固之原始生命，不欲為理智所圍縛者。）兩漢、南朝樂府，只是深淺厚薄之異，究其根蒂，只是一種而已。簡文帝之宮體，實已注入樂府之精神血氣矣。不然，亦不足以為宮體，後人亦不足以知宮體也。（南朝樂府，蕭滌非書論之甚備，今不必贅語也。）

庾 子 山

庾子山為南朝詩坫之殿軍。雖入北朝，心南也。張天如云"史評庾詩綺艷，杜工部又稱其清新老成，此六字者，詩家難兼，子山備之，玉臺瓊樓，未易幾及"。所言甚是。子山之詩，不能如陶鮑二謝，然乃南朝詩格之集成者。綺艷之格，承永明、宮體之脈。清新之格，有小謝、陰何之風。老成之格，典則深厚，蒼涼沉痛，自又有鮑明遠之餘烈，而哀感過之。子山特工於文字，而身世所遭，正造就所詣，鶴立雞群。兼以文筆雄厚，振然為文豪，故以詩文總而論之，自為大家，軒輊鮑謝。詠懷二十七首，其詩之冠冕也。（此題前人多作擬詠懷二十七首。吾取今人之說，去擬字。）其四“楚材稱晉用，秦臣即趙冠。離宮延子產，羈旅接陳完。寓衛非所寓，安齊獨未安。雪泣悲去魯，淒然憶相韓。唯彼窮途慟，知餘行路難”。子山用典雅正，最為妙手，而聯對渾整，唐人亦受用無盡。其十二“周王逢鄭忿，楚後值秦冤。梯沖已鶴列，冀馬忽雲屯。武安簷瓦振，昆陽猛獸奔。流星夕照鏡，烽火夜燒原。古獄饒冤氣，空亭多枉魂。天道或可問，微兮不忍言”。意境微茫，声势悲壮，流星烽火、古獄空亭二联，深慨之至，老杜得其法乳。其十六“橫石三五片，長松一兩株。對君俗人眼，真興理當無。野老披荷葉，家童掃栗跗。竹林千戶封，甘橘萬頭奴。君見愚公谷，真言此谷愚”。学陶而得其率野之气，亦为唐人所效仿。其二二“日色臨平樂，風光滿上蘭。南國美人去，東家棗樹完。抱松傷別鶴，向鏡絕孤鸞。不言登隴首，唯得望長安”。清絕亦復蒼茫，四傑以來，承襲者多矣。子山文字之深厚警策，善用深情，誠大家氣象。然其所短者，意趣也，微玄也。故吾讀其詩，忽甚歎念陶潛、二謝時之不復回也。

隋有盧薛

盧武陽思道、薛司隸道衡，隋代之二傑也。胡元瑞詩藪云“六朝歌行可入初唐者，盧思道從軍行、薛道衡豫章行，音響格調，咸自停勻，氣體豐神，尤為煥發”。張天如論盧云“詩兼工七言，唐玄宗自蜀回，登勤政樓，歌曰庭前琪樹已堪攀，塞北征人去未還，即盧薊北歌詞也。唐風近隋，盧薛諸體，世尤宗尚，含蓄意寡，而音響無滯，自以為昆吾莫邪爾”。俱可見盧薛為南北朝入於唐詩之階級。道衡絕有妙才，惜詩篇灰滅，不能多見其英華。觀楊素贈薛播州十四首，亦可想見其傾仰之意矣。北齊北周以至於隋，乃吾國南北文化交融互攝之時代，氣象一新。其於政治、詩文、佛教、藝術皆然。詩門既出子山、盧薛諸家，關節打通，則轉入唐風，自亦毫無滯礙。此與書道尤甚相似。歐虞書功，俱先已成就於隋，其入於唐，轉出新氣象，亦全不費力也。

王子安家學

自嵇康、郭璞亡，善詩之士多非深於學術之道，如陶謝亦少著述。南朝隋代善詩者，亦唯沈約二三人，堪稱學人，亦只長於史學。陰、何、徐、庾、盧、薛一流，於此愈無可稱者。直至王勃出，詩人學人，兼備一體，其氣體固已迥別於南朝。唐人質地之優勝，自茲即顯。楊炯謂王勃詩文以經籍為心，即此之謂。唐人以經籍為重，其質地自高。夫天資極靈敏之人，多生於家學昌盛之族，近世如劉之有申叔、鑒泉，陳之有寅恪，錢之有默存皆是。在唐初則莫若王子安。其春秋僅二十八，而觀其著述如林，有周易發揮、次論語、千歲曆、顏氏漢書指瑕、平臺鈔略、合論、黃帝八十一難經注、元經傳、舟中纂序、醫書纂要等，僅有殘篇，大體失傳，觀其名錄，亦可駭歎。子安又通釋教之學，釋迦如來成道記，素為後人所稱。（其研究之深度，今未可測，而其學術範圍之廣博，則可知之。癸巳春暮雨中游福州定光寺，觀瓷制清人釋迦如來應化跡圖二百餘幅，其卷首即書子安釋迦如來成道記也。）使河汾王氏無王隆、王通、王績、王福畤諸代之道術傳續，子安亦何能“九歲讀顏氏漢書，撰指瑕十卷。十歲包綜六經，成乎朞月，懸然天得，自符音訓。時師百年之學，旬日兼之，昔人千載之機，立談可見”也。四傑時稱王楊盧駱，楊炯自謂愧在盧前，恥居王後，當時議者亦以為然。其後崔融、張說亦同楊說。竊謂時人所以擢王勃為首者，驚怖其天才而外，亦必折仰敬服於其家聲德望使然也。然此等天資極靈敏之人，又往往非第一等之器具。近世大儒如章、馬，愚意皆圓成深厚於劉、陳，而章、馬之家學，亦何能與諸氏比。王子安亦然。子安詩文高華，時賢多許楊盈川已過之，而皆不及陳子昂能開闢風氣。此論文耳，尚不足道。裴行儉先即以浮躁淺露而論列之矣。而行儉言"士之致遠，先器識而後文藝"，又不啻為劉申叔、錢默存而發者。行儉之有此等見地，自亦唐人質地之優勝之顯現也。（申叔器識不正，默存則回避器識之正論。鑒泉、寅恪器識固高于劉、錢，而弗如章、馬。裴行儉之言王勃者未必盡是，然自有其真知灼見。）

子安詩評

新唐書文藝傳云"唐有天下三百年，文章無慮三變。高祖、太宗，大難始夷，沿江左餘風，綿句繪章，揣合低卬，故王、楊為之伯。玄宗好經術，群臣稍厭雕琢，索理致，崇雅黜浮，氣益雄渾，則燕、許擅其宗。是時，唐興已百年，諸儒爭自名家。大曆、貞元間，美才輩出，擩嚌道真，涵泳聖涯，於是韓愈倡之，柳宗元、李翺、皇甫湜等和之，排逐百家，法度森嚴，抵轢晉、魏，上軋漢、周，唐之文完然為一王法，此其極也。若侍從酬奉則李嶠、宋之問、沈佺期、王維，制冊則常袞、楊炎、陸贄、權德輿、王仲舒、李德裕，言詩則杜甫、李白、元稹、白居易、劉禹錫，譎怪則李賀、杜牧、李商隱，皆卓然以所長為一世冠，其可尚已"。此總而論之者。初唐王、楊為之伯者，言其文章也。王、楊之詩，沿江左餘風而獨有創闢焉。王子安之詩，要為非凡。裴行儉以浮躁淺露論之，吾意乃觀骨相而然，以勃詩觀其心，則殊有道釋瀟然出世之心者。浮而離塵，淺乎世緣，自深沉厚重有器識者觀之，不免或躁或露矣。述懷擬古詩云"僕生二十祀，有志十數年。下策圖富貴，上策懷神仙"。此絕句也，志趣高邁如是。贈李十四云"平生唯與酒，自得會仙家"。子安亦有其叔祖王績之風,學陶喜飲而自樂也。田家三首,正其合作。"回看尋仙子,並是一空虛"。亦可慨歎。子安遊梵寺詩亦多,可見其親近釋教。此子安詩心之玄微者。子安遊仙山水詩,承晉宋以來諸家之風,而文字幽冷,時如雲笈七籤道流之作,真覺其淺乎世緣,蓋與李長吉有相類也。而其最擅五律之新體,煉以出之,面目豁然。尋道觀末二聯云"雲笈三山記,金箱五嶽圖。蒼虯不可得,空望白雲衢"。甚是矯然蒼闊。以五律作送別詩,又子安所優長。送杜少府之任蜀州人皆誦之。別薛華云"送送多窮路,遑遑獨問津。悲涼千里道,悽斷百年身。心事同漂泊,生涯共苦辛。無論去與住,俱是夢中人"。亦已具盛唐氣調。白下驛餞唐少府"下驛窮交日,昌亭旅食年。相知何用早,懷抱即依然。浦樓低晚照,鄉路隔風煙。去去如何道,長安在日邊"。律體雖未盡合,而神閒氣定,自已不凡。相知何用早一聯,回味無盡,真情語也。子安琢句,亦承陰何之風,多新警可人。子安情韻悠長者,尤多見於其五絕。春遊"客念紛無極,春淚倍成行。今朝花樹下,不覺戀年光"。春園"山泉兩處晚,花柳一園春。還持千日醉,共作百年人"。山中"長江悲已滯,萬里念將歸。況屬高風晚,山山黃葉飛"。皆盛唐人所師法者。有詩如此,子安焉能滅沒乎。

楊　盈　川

王子安詩志趣高尚,而清冷太甚,情味深長,而題材過狹。楊盈川所成,在其之上。盈川詩有北朝之氣骨,兼齊梁之肌理,氣體駿發,音響爽亮,又出之以疏朗之風,觀之者或生漢魏樂府之遙想。於子安能見唐人之底蘊,於盈川則能見唐人之豪氣。(唐人之底蘊,三教一致也,遊仙兼濟之心也,學道亦學劍也。)西陵峽"絕壁聳萬仞,長波射千里。盤薄荊之門,滔滔南國紀。楚都昔全盛,高丘烜望祀。

秦兵一旦侵，夷陵火潛起。四維不復設，關塞良難恃。洞庭且忽焉，孟門終已矣。自古天地辟，流為峽中水。行旅相贈言，風濤無極已。及餘踐斯地，瑰奇信為美。江山若有靈，千載伸知己"。疏宕深穩，氣息清雄，若俳偶而實單行，本五言又似樂府，雖子山亦未必能作。從軍行"烽火照西京，心中自不平。牙璋辭鳳闕，鐵騎繞龍城。雪暗凋旗畫，風多雜鼓聲。寧為百夫長，勝作一書生"。劉生"卿家本六郡，年長入三秦。白璧酬知己，黃金謝主人。劍鋒生赤電，馬足起紅塵。日暮歌鐘發，喧喧動四鄰"。驄馬"驄馬鐵連錢，長安俠少年。帝畿平若水，官路直如弦。夜玉妝車軸，秋金鑄馬鞭。風霜但自保，窮達任皇天"。出塞"塞外欲紛紜，雌雄猶未分。明堂占氣色，華蓋辨星文。二月河魁將，三千太乙軍。丈夫皆有志，會見立功勳"。送劉校書從軍"天將下三宮，星門召五戎。坐謀資廟略，飛檄佇文雄。赤土流星劍，烏號明月弓。秋陰生蜀道，殺氣繞湟中。風雨何年別，琴尊此日同。離亭不可望，溝水自西東"。此等豪健之氣，盡唐人之本色所在，由盈川而初發之，而言語簡煉雄快，使少陵在，亦無以加。夜送趙縱"趙氏連城璧，由來天下傳。送君還舊府，明月滿前川"。以直道取勝，而心光燦然。故知楊高於王，非謬說也。然子安情慨深沉之長，自非楊比。後世盛唐諸公橫出，盈川疏宕豪健之優，為其所蓋，而子安情味頹然處，反彌可珍。後人之喜"還持千日醉，共作百年人"，必過於"寧為百夫長，勝作一書生"矣。故曰，此一時也，彼一時也。

盧　昇　之

　　盧昇之照鄰詩剛健疏拔，氣骨亦高，然不能如盈川簡煉雄快，直道取勝。昇之情慨亦深沉，滋味亦悠長，然不能如子安綿密沉醉也。故昇之詩才，得兼楊、王之長，而皆不達其至處。蓋與南史之評沈約甚類。（謝玄暉善為詩，任彥升工於筆，約兼而有之，然不能過也。）然其能兼二人之長，亦極難得，其詩之可觀，可以想見。特擅之作，自又不讓楊、王。又昇之七言，在楊、王上。失群雁、行路難、長安古意、懷仙引，亦太白之先聲。五言律熔蒼豪、清綺於一爐，兼南、北於一體，亦庾信、徐陵之法嗣。惟其所至，終覺遒快不如楊，情深不如王。昇之後染疾，不堪其苦，自投潁水，頗類近世之海明威。聞者歎息。其嘗師事孫思邈，思邈知其疾不可為，而導之以天理。其說圓成，高明之至。不知昇之赴死之際，曾憶其師之言乎。

駱賓王

盧昇之嘗言"喜居王後，恥在駱前"。不失君子雅量也。吾鄉駱觀光賓王，其詩與盧正相當。觀光格局亦闊，志趣亦高，為唐人之血脈，從軍中行路難二首，軒輊昇之歌行，而氣陵之。帝京篇，亦正唐風之典刑。觀光尤擅歌行長篇，為初唐第一人。代女道士王靈妃贈道士李榮，長恨歌一類之濫觴也。五古略多小謝之遺韻，細微處愈動人。月夜有懷簡諸同病"閑庭落景盡，疏簾夜月通。山靈響似應，水淨望如空。樓枝猶繞鵲，遵渚未來鴻。可歎高樓婦，悲思杳難終"。三傑集中未見者。晚渡黃河"千里尋歸路，一葦亂平源。通波連馬頰，迸水急龍門。照日榮光淨，驚風瑞浪翻。棹唱臨風斷，樵謳入聽喧。岸迴秋霞落，潭深夕霧繁。誰堪逝川上，日暮不歸魂"。亦極有味。五律雕鏤過繁，傷其氣體，南朝習氣未盡，蓋非所長。然亦有佳格，以清切勝。送費六還蜀"星樓望蜀道，月峽指吳門。萬行流別淚，九折切驚魂。雪影含花落，雲陰帶葉昏。還愁三徑晚，獨對一清尊"。初秋於寶六郎宅宴"千里風雲契，一朝心賞同。意盡深交合，神靈俗累空。草帶銷寒翠，花枝發夜紅。唯將澹若水，長揖古人風"。在獄詠蟬"西陸蟬聲唱，南冠客思侵。那堪

玄鬢影,來對白頭吟。露重飛難進,風多響易沉。無人信高潔,誰
為表予心"。故以氣味清切峻潔,於四人中獨立一格。小謝之遺
味,賴之以傳。太白當有取之者。賓王五絕,又最可人。於易水送
人"此地別燕丹,壯士髮沖冠。昔時人已沒,今日水猶寒"。傳神無
比。而其七歲所作,則今七歲兒皆能誦之也。初唐四傑,各具本
領,要而論之,王以情長,楊以氣豪,盧以兼善,駱以味清,天造斯
人,並雄一時,此天祐於唐,後世所無者也。(宋初寥落,明初亦爾爾,
亦唯清初近之而已。)

宋 之 問

論至初唐,終不可不表宋沈之風。宋之問品操不可取,詩功則
不讓四傑,氣息尤異於諸人。二人尤有功於律體之精嚴,前人論之
備矣。名篇度大庾嶺"度嶺方辭國,停軺一望家。魂隨南翥鳥,淚
盡北枝花。山雨初含霽,江雲欲變霞。但令歸有日,不敢恨長沙"。
四傑無其幽婉。其意趣觀光差能及,而言語格律又微遜之。冬宵
引贈司馬承禎"明月的的寒潭中,青枯幽幽吟勁風。此情不向俗人
說,愛而不見恨無窮"。四傑無其清雅。緱山廟"王子賓仙去,飄飄
笙鶴飛。徒聞滄海變,不見白雲歸。天路何其遠,人間此會稀。空
歌日雲幕,霜月漸微微"。時賢無其輕靈。渡漢江"嶺外音書斷,經
冬復歷春。近鄉情更怯,不敢問來人"。情微細處不可及也。但凡
之問之幽婉、清雅、輕靈、微細,情懷可人,多為眾人所喜好,兼之其
聲律聯對之能,精密善巧,則其沾溉後人者亦多矣。比来春夜獨酌
醺然,悲眾生之多苦,泫然流涕。忽思初唐之世,四傑品性高潔,王
慕遊仙而早夭,楊有遠志而落拓,盧多憂憤而自沉,駱能舉義而殞
命,而又廁列一品操卑污之宋之問於其中,則此穢德之才人,正昭
示凡聖一體、淨穢不二之大道也。欲深入唐人之心髓者,不可舍此

凡聖一體、淨穢不二之義。文人如李杜韓柳，釋教如曹溪、密教風俗如胡漢之交融，甚者帝王如太宗、武曌、明皇之行事，皆當如是觀。宋儒唐鑒一類，吾所不樂久矣。

秀逸三昧得氣於文

此詩脈最稱秀逸者，首之謝鮑，尾之四傑也。諸家皆能將此二字之神髓，張皇幽眇，淋漓盡致。此脈無陶謝之直超世諦，亦不能如盛唐之中正渾然，而其秀逸絕塵，自又獨步。後世人或天資略淺，不足學陶謝，或養氣未至正大，不能入窺盛唐之法，則自可以此脈為師資。竊謂宋如四靈，元如揭、楊一流，明如竟陵、公安，皆不足學陶謝，亦不能入窺盛唐之法者，使其當日能轉師此脈，其成就或當有進。而四靈只學賈島一派，揭、楊亦纖薄，竟陵、公安標榜性靈，作詩亦不得法，身後竟為牧齋所辱。清人學南朝秀逸者，多於前朝，此清人眼光之優長處。南朝初唐人何以能深入秀逸三昧者，一言以蔽之，其文氣古秀深厚使然也。鮑照、沈江、徐庾、四傑於文章天資極高，皆大手筆，此又其他詩脈所未可比者。小謝哀策文，亦齊世莫有及者。十二脈中詩人文章第一，即此南朝初唐秀逸脈也。其次為中唐脈、北宋之脈。如錢默存嘗謂李義山以駢文為詩。盛唐人則幾純然為詩而生者。鮑照登大雷岸與妹書，彭兆蓀云"古秀在骨。士龍答車茂安書、吳均與朱元思書均不逮也。能仿佛其造句者，水經注而外，惟柳州小記近之"。許槤云"明遠駢體，高际八代。文通稍後出，差足頡頏，而奇峭幽潔不逮也"。所謂古秀在骨、奇峭幽潔者，正此秀逸三昧之注腳。沈江、徐庾、四傑之雄文極多，其高華之氣，靈秀飛逸，亦皆蓋過其詩章。故曰，其何以能深入秀逸三昧者，一言以蔽之，文氣古秀深厚使然也。（此脈之獨特性格即在此。十二脈實皆具其獨特之性格也。）

卷午　盛唐中正脈第七

　　天地以子午為陰陽之變，煉氣者以子午時為關鍵。詩經通樂脈為子，盛唐中正脈為午，則此又詩門之子午時、陰陽之變也。盛唐之為午時，弘闊豪邁，通透兼善，以九五中和為德，而亦以亢龍為鄰。雲笈七籤項子食氣法云"人之才，能靜於三軍之中、虎狼之間，有千人之才。能靜室家之中，有百人之才。能靜於市道旁，有十人之才。靜於山澤之中，有倍人之才"。盛唐人有於三軍之中、虎狼之間修真煉詩之意思，所以才大。如張九齡、李邕、李杜、高岑諸公，皆有此殺入陣中深居虎穴之氣質。可知與李杜同時者為誰氏耶。馬祖道一、石頭希遷也。中晚唐人，降而為靜室家，室家頭緒繁亂，彼此抵詰，亦正難治。不見孟韓柳劉，多有焦頭爛額之時。北宋人，降而靜於市道。如荊公霸氣似能戰，一旦下野，便遁入金陵山中。求其折衷，正與靜於市道相若。以今語而說之，其似一極富有使命感之士，然亦似極不負責任之人。咄咄怪事也。至永嘉四靈，亦僅能靜於山澤而已。陸放翁差有盛唐人靜於三軍之中之遺風，自亦特立獨行。然平日亦有靜於山澤之態。前人論盛唐詩極備，吾所說者，流於吾心肺間者。盛唐諸公氣體極充，真積彌厚，故右丞學陶，能得其胈，青蓮學謝，神力超之，少陵遍師前修，亦真如香象渡河，截斷眾流。截斷既已，渟蓄既深，自泄其新瀾巨潮，至今未絕。非氣體絕為雄渾，亦何能至此。故司空表聖詩品，以雄渾為首篇，宜矣。雄渾者，盛唐人之家法。而盛唐詩又最有空性，非刻意援佛以入詩，乃自然而出之。此又盛唐詩之秘訣，為不可及之處。後世人刻意為之，求其空性，亦往往如東施之效顰。其家法、秘訣如是。後世欲得此家法者，須兼養先天、後天之氣。欲抉此秘訣者，使其人純任天分，不能修行，則吾知其亦將難窺其奧奧。此脈之始陳子昂，武后時人，此脈殿軍韋應物，入於貞元，人非純然盛唐，詩則為盛唐脈。論詩如皎然，與韋應物年相若，其詩式實亦盛唐之心聲。其嘗言"要力全而不苦澀，要氣足而不怒張"，"氣高而不怒"，"力勁而不露"，又斥"以詭怪而為新奇"為詩之迷，而不意其所言者，其後皆成中唐詩之特質，亦不失為預見。故知韋、皎之猶屬盛唐，非可與孟、韓一流為伍。此脈於後世詩學影響最深，不下詩騷，甚者過之。其有王孟體、太白體、老杜體、高達夫體、王龍標體等，老杜又為江西派奉為高祖。同時名人極多，如儲光羲、崔顥、王之渙、常建，各有風神，流宕千秋。吾所舉者，只其犖犖大者耳。

陳子昂先知先覺

盛唐所以得乎中正之象者，儒家氣質之中興使然也。三教一致，而各有長。佛最圓融，道最玄妙，而儒最中正。初唐如王勃，已能以經籍為心，楊炯為文，亦能貫穿典籍，不止涉獵浮華。四庫提要亦嘗贊之。而二人言論行止，又不及陳子昂能具儒家氣象。子昂之學，晁公武郡齋讀書志卷十七言"子昂少以豪俠使氣，及冠，折節為學，精究墳籍，耽愛黃老、易象，尤善屬文。唐興，文章承徐、庾餘風，天下祖尚，至是始變雅正。故雖無風節，而唐之名人無不推之。柳儀曹曰，張說以著述之餘攻比興，而莫能極，張九齡以比興之暇窮著述，而不克備，唐興以來，稱是選而不作者，子昂而已”。子昂之行，盧藏用右拾遺陳子昂文集序云其“諫諍之辭，則為政之先也。昭夷之碣，則議論之當也。國殤之文，則大雅之怨也。徐君之議，則刑禮之中也。至於感激頓挫，微顯闡幽，庶幾見變化之朕，以接乎天人之際者，則感遇之篇存焉”。子昂諫高宗靈駕返長安，備言關中饑饉荒弊之憂。在麟臺正字任，上書言軍國利害三事。武后鑄銅以匭，子昂上諫用刑書。在右拾遺任，上疏論蜀中安危。此皆儒者正士之所為。盧藏用陳子昂別傳云“子昂有天下大名而不以矜人，剛斷強毅而未嘗忤物，好施輕財而不求報。性不飲酒，至於契情會理，兀然而醉。工為文而不好作，其立言措意，在王霸大略而已，時人不之知也。尤重交友之分，意氣一合，雖白刃不可奪也”。亦甚具禮記儒行之古風者。子昂之振作儒家風骨於詩文及政事，正其影響唐人至深處。子昂直接漢魏風骨，與東方左史虯修竹篇之序亦已自道之矣。漢魏風骨之主樞，儒家氣質實之。盧藏用陳子昂文集序言“道喪五百歲而得陳君”。五百年之說，本於修竹篇序。子昂亡於武則天聖曆三年，前推五百年，正建安五年。此正儒家精神漸靡，而道佛方興之際。（子昂之具備此種復興漢魏風骨之自覺，自有天命，蓋類乎宗教家之先知先覺者。故子昂為盛唐中正脈之鼻祖，統領諸公，其餘波今日仿佛猶未息焉。此固非鮑謝四傑所能比擬。四庫提要陳拾遺集云“王士禎香祖筆記又舉其大周受命頌四章、進表一篇、請追上太原王帝號表一篇，以為視劇秦美新殆又過之。其下筆時不復知世有節義廉恥事。今亦載集中。然則是集之傳，特以詞采見珍。譬諸蕩姬佚女，以色藝冠一世，而不可以禮法繩之者也”。此又多後人之偏見。吾前嘗言，論唐人當循凡聖一體、淨穢不二之要道也。宋元以來，其論時或過於拘守於道德倫常，故多成見，吾所不樂道者。實則武則天即位，當時認同其政權之士夫亦極多。豈皆無恥之徒乎。子昂或有媚主之意，然大周受命頌一類，實等乎在職文臣應制之作，今人所謂命題作業耳。下筆不知世有節義廉恥云云，豈持論之忠恕之道哉。歷史問題，不可以道德問題一棒子打殺。歷史問題，合須以中道之論之。中道謂何，凡聖一體、淨穢不二是也。）

張 曲 江

自陳子昂後，有張曲江以儒者而得位，政事忠正不移，有先見之明，論文去華務實，崇風骨之氣，天下人皆仰之。盛唐之脈，飛龍九五之位，藉其神威而成之矣。曲江之文，同時張燕公評之殊允，言其“如輕縑素練，實濟時用”。大唐新語嘗錄之。此最可見曲江去華務實，不涉浮靡。輕縑素練，亦正知其氣質之剛柔並濟，蓋與賦梅花之宋廣平有相類也。（唐人明君賢相名將大臣，一貫以剛柔並濟著稱。如前引鑒人有先見之裴行儉，乃一代名將，亦通文辭，特擅書法。此唐人不可及處。）九齡善山水詩。胡元瑞云其首創清澹之派，盛唐繼起，孟、王、儲、常、韋，本曲江之清澹，而益以風神也。沈歸愚云唐初五言古漸趨於律，風格未遒，陳正字起衰而詩品始正，張曲江繼續而詩品乃醇。皆得之矣。曲江詩結體簡貴，脈理細密，清泠澹遠，圓潤如玉，其佳處自顯。仁者其言藹如，實則仁者其詩亦然。（翁石洲言其委婉深秀，遠出燕、許諸公之上，阮、陳而後，實推一人。然委婉深秀，南朝如小謝一流之所長，故似非允評也）吾觀其詩，氣息多已達乎盛唐，體格亦然，而字句猶或滯於初唐，如五古，若夫才具豐盈，風雲之思，則尚有不如四傑者。大體曲江先天氣略薄，而得後天氣為多。其後巨擘層出，多先天、後天氣兼備者。以詩而論之如此。其名篇感遇昔人誦之已多，吾唯選其名少而佳者嗟賞之爾。將至岳陽有懷趙二“湘岸多深林，青冥晝結陰。獨無謝客賞，況復賈生心。草色雖雲發,天光或未臨。江潭非所遇,為爾白頭吟"。疏朗通氣,高簡之至,似虛明自照,回味亦無盡矣。

復古通變體

夫論盛唐詩,不可不知皎然復古通變體之說。詩式卷五復古通變體所謂通於變也有云"作者須知復變之道。反古曰復,不滯曰變。若惟復不變,則陷於相似之格,其狀如駑驥同廄,非造父不能辨。能知復變之手,亦詩人之造父也。以此相似一類,置於古集之中,能使弱手視之眩目,何異宋人以燕石為玉璞,豈知周客嘘唏而笑哉。又復、變二門,復忌太過。詩人呼為膏肓之疾,安可治也。如釋氏頓教,學者有沈性之失,殊不知性起之法,萬象皆真。夫變若造微,不忌太過。苟不失正,亦何咎哉。如陳子昂復多而變少,沈、宋復少而變多。今代作者,不能盡舉。吾始知復變之道,豈惟文章乎。在儒為權,在文為變,在道為方便。後輩若乏天機,強效復古,反令思擾神沮。何則。夫不工劍術,而欲彈撫干將、大阿之鋏,必有傷手之患,宜其誡之哉"。義絕精妙,如出我心。皎然此文,其妙有四。一曰復變之道。"陳子昂復多而變少,沈、宋復少而變多",則盛唐之詩,復變俱不多亦不少,而得中和之用。如李杜王孟皆是。欲復古者,必有天機,不然,則反令思擾神沮。一曰重變。"變若造微,不忌太過",知皎然重變也。使盛唐人不重變化,又焉能成其盛唐詩。盛唐諸公,實皆甚具變化之性,各顯神通,究其法要,惟變不失正而已。三唐之詩,實皆以變為主,不僅盛唐。中唐之變,愈無忌諱,已將皎然之訓抛之腦後矣。一曰以佛理說詩。"如釋氏頓教,學者有沈性之失,殊不知性起之法,萬象皆真",此以學者喻一味強效復古者,有沈性之失,而使變若造微,則如如來藏性起之法,萬象皆真也。義絕精妙。詩式自為我血脈論之鼻祖無疑。一曰跳出詩外。"吾始知復變之道,豈惟文章乎。在儒為權,在文為變,在道為方便",其義廣大,已非詩學所可籠罩。大乘顯、密之方便道,其義大矣哉。詩學之重變,有類於此方便道也。如此說變,通達之至。此亦予作書史、血脈論時所常引申其義者。論書而不限於書,說詩而不隔於詩。故一覽詩式,甚為傾心如是。

孟浩然清空一氣

浩然晚泊潯陽望廬山"掛席幾千里,名山都未逢。泊舟潯陽郭,始見香爐峰。嘗讀遠公傳,永懷塵外蹤。東林精舍近,日暮空聞鐘"。此蓋與前引曲江將至岳陽詩同一鼻孔出氣者。張詩疏通而澹遠,情深而能從容,孟詩清空而高標,神往而每悠然。施補華評孟此詩云"五律有清空一氣、不可以煉句煉字求者,最為高格。所謂羚羊掛角,無跡可求"。曲江字句猶或滯於初唐,至浩然則俱得熔鑄,出之以清空一氣。曲江先天氣略薄,至浩然則人無憾焉。(浩然先天氣,深厚固不如摩詰、青蓮,然神意高遠,人已忘其淺深矣。)而清空之氣,非修行不易至。羚羊掛角,非妙悟不易會。大謝超詣之至,即受用於釋教玄義為多。其後南朝詩人如鮑、謝、江、沈、陰、何、徐、庾一流,無復深於釋迦之學者,故其詩往往清峻而不空。至王子安,佛學為深,其心固耽樂於道流。故其詩以清邃幽冷勝,然不能純然空性。盧師孫思邈,亦學道。直至浩然、摩詰出,佛詣日化,文字遂如自淨瓶出,空性一片,而又不失和雅之氣,不似子安之時覺幽冷太過也。(浩然雲門蘭若詩云"四禪合真如,一切是虛假"。登總持浮圖云"一窺功德見,彌益道心加"。石城寺禮拜詩云"下生彌勒見,迴向一心歸"。其集關涉佛寺、僧人者極多。浩然修佛也甚明。)故盛唐詩章清空之德化,不可不謂乃藉釋教之心力而成者。非釋教義理妙悟之深入人心，不能有開、寶詩。東坡嘗哂浩然"詩韻高而才短，如造內法酒手，而無材料耶"。王元美諷浩然"第其句不能出五字外，篇不能出四十字外，此其所短也"。吾覺此二人直多事耳。東坡語尤甚。古人曰，得魚忘筌，得意忘言。觀浩然詩，足以得意而忘其得失。既樂其高韻，而復動念計其才之長短耶。所動者，妄念也。如東坡、元美，乃素喜炫其聰慧之人。其言固非無理。惟禪門言，好事不如無。吾今效之云，好言不如無。然吾有時亦如東坡、元美，今日感切此義，亦即以之自誡云耳。

孟詩遇景入韻

　　使唐人無釋教之淪肌浹髓，不能有開、寶神妙之詩歌。使小子未得深入釋教之實證，亦不能有此血脈論之新義。皮日休嘗云浩然之作"遇景入韻，不鉤奇抉異，令齷齪束人口者，涵涵然有幹霄之興，若公輸氏當巧而不用者也"。（見胡震亨唐音統籤孟浩然傳敘。此皮襲美郢州孟亭記中語。）此語極有見地。若公輸氏當巧而不用者，頗能道得盛唐人之本領也。彼非不能雕琢奇異，標新呈巧智，乃不為耳。遇景入韻，是為渾成，佛家所謂隨緣任運，有類於是。無所揀擇，方為妙理。故孟詩遇景入韻，正乃唐人真髓所在。如王摩詰、李翰林一流，亦不異之。而王昌齡之絕句渾成任運處，其妙處又有超之者。降至中唐才士，即斂藏不住，不免專以鉤奇抉異，驚怖世間眼目。浩然之年，約長於摩詰十歲，摩詰又微長於太白，則浩然實為盛唐詩之先鋒，本領高過曲江，而遇景入韻，當巧不用，正其廓清舊習之絕學所在，摩詰、太白皆受益焉。故其素為時賢後輩所敬重，亦宜矣。（摩詰生卒年最有爭議。其晚於浩然三年或十年或十二年。通常言其生於武周聖曆二年，乃晚十年者。）

李 東 川

　　許學夷云“李頎五七言律多入於聖矣”。陳眉公云“新鄉七律，篇篇機宕神遠，盛唐妙品也”。（見唐詩選脈會通評林。）王漁洋云“唐人七言律，以李東川、王右丞為正宗，杜工部為大家，劉文房為接武”。（見詩友詩傳錄。）惡詆者有王船山。其唐詩評選云“盛唐之有李頎，猶制藝之有袁黃，古文詞之有李覯，朽木敗枝，區區以死律縛人”。此孔門所謂遷怒者也。船山慣施以毒攻毒，合時固有藥石之效，不合時亦將自累之而取羞於人。其所以疾東川若蠱者，明七子奉東川為圭臬而不善學之使然耳。船山同時，又有毛西河，亦言多刻露者。其亦嘗詆東川詩膚俗。沈德潛唐詩別裁言其“譏諸子而掃東川，毋乃因噎而廢食乎”。是也。東川歌行、七律俱有高處。孟浩然、李頎、王昌齡生年或未有定論，而其皆長於摩詰、太白，則無可疑，皆吾所謂先鋒也。浩然以五律、五古，東川以歌行、七律，龍標以七絕，各開一面。東川歌行境界甚高，而七律亦正宗，其後乃有王摩詰如大軍至，氣體深厚，才情、功力、格局皆過之矣。而此先鋒殺陣之勳勞，自不可誣。東川意興超遠之妙，摩詰亦無以加之也。

王龍標詩格評

　　唐才子傳言“昌齡工詩，縝密而思清，時稱詩家夫子王江寧”。昌齡以絕句聖，乃時人所公認者。唐才子傳又云“自元嘉以還，四百年之內，曹、劉、陸、謝，風骨頓盡。逮儲光羲、王昌齡，頗從厥跡，兩賢氣同而體別也。王稍聲峻，奇句俊格，驚耳駭目。奈何晚途不矜小節，謗議騰沸，兩竄遐荒，使知音者喟然長歎，至歸全之道，不亦痛哉”。感慨深長。又云“有詩集五卷，又述作詩格律、境思、體例，共十四篇，為詩格一卷。又詩中密旨一卷，及古樂府解題一卷，今並傳”。則龍標亦詩人而喜言詩格者，皎然詩式，或有效法焉。唐人撰詩格之風甚盛，而遺失最多。幸有日僧空海文鏡秘府論，存錄不少，其嘗引龍標之詩格。（空海吾素愛重之。其人兼佛法、密教、文辭、書道、詩學諸科於一體，而皆有精專之能，亦可謂深得乎盛唐之氣體心髓者。乃大唐海外傳心，絕無僅有之人。）龍標之詩格，又稱王少伯詩格，今猶有本在，人或疑之。吾觀其論，精義良多，甚嘆服之。蓋非詩中擒鳳降龍手，不能作也。

　　詩格云“詩有三境。一曰物境，二曰情境，三曰意境。物境一。欲為山水詩則張泉石雲峰之境極麗絕秀者，神之於心，處身於境，視境於心，瑩然掌中，然後用思，了然境象，故得形似。情境二。娛樂愁怨皆張於意而處於身，然後馳思，深得其情。意境三。亦張之於意而思之於心，則得其真矣”。洞悉幽微之至。其說關鍵在用思。物境者，神之於心，處身於境，視境於心，然後用思。情境者，情張於意而處於身，然後馳思。意境者，張之於意而思之於心。豈非幽微之至。大凡詩、騷善於意境，漢魏善於情境。情張於意而處於身，身字極好。身者，血氣之屬也。二謝一流，善於物境。視境於心，瑩然掌中，頗得玄覽之義。非修靜人，難參此物境之妙。其又云“詩有三格。一曰生思，二曰感思，三曰取思。生思一。久用精思，未契意象，力疲智竭，放安神思，心偶照境，率然而生。感思二。尋味前言，吟諷古制，感而生思。取思三。搜求於象，心入於境，神會於物，因心而得”。觀之擊節。愚今作血脈論，體證深矣。當廢寢忘食之日，乃覺萬事皆無所求，亦不必為，自性具足，而此論不可不說，說之不可不暢。或至力疲智竭，放安神思，心偶照境，率然而生，新義出焉。生思二字極好。拙著微有可取者，多在此生思處。尋味前言，吟諷古制，此亦血脈論通常之作法。感思其法最穩健。取思者,神會於物,因心而得。血脈論作於閉關中,心神本自瑩然,一旦會於物,因心而自得之。故時覺寫此論時,如照鑒之取物,不費心力。此取思之驗也。或至力疲智竭,則出生思。或尋味前言,則出感思。或如鑒之照物,則出取思。詩格之說,不亦精微之至乎。又云"詩有三不。一曰不深則不精,二曰不奇則不新,三曰不正則不雅"。妙言也。不深則不精,陶謝之謂也。不奇則不新,鮑謝陰何之謂也。不正則不雅,盛唐人之謂也。詩格詩有五用例又言用事不如用字,用字不如用形,用形不如用氣,用氣不如用勢,用勢不如用神。亦頗有真見。後世如齊己之風騷旨格,當有取之者。使此詩格為龍標之真筆,則其人之風神愈可觀矣。後世皎然、齊己之詩說非不佳,然二人之詩略下,能言而不能行,何能如龍標之完哉。

王　摩　詰

　　自古好潔者易汙。求欲蟬蛻塵壒之外而全善其生者,鮮矣。不然,則如伯夷、靈均殘其生而全其志,乃降而求其次者。摩詰本為盛唐完人,而終遭污辱,悲哉斯人。其志在佛乘,趣尚高潔,而終不能無異議,此其不及陶公處。維摩詰經有至言曰"能善分別諸法相,於第一義而不動"。使善分別諸法相者而有動,未得大證。悟入第一義不動矣,而未能善分別,則尚未圓成。於佛法而論,摩詰尚不能不動也。凝碧池之作,亦正可見其正大剛健之氣未極充實。使修佛者無此真氣在,亦何能得圓證哉。儒佛自一理。於此其質不及顏魯公多矣。然以藝文而論,則能善分別諸法相者,摩詰自為唐一人。其通曉經籍而外,專精詩文、佛理、音律、書畫諸學,皆極有專詣,其詩畫影響尤為深遠。王漁洋編唐賢三昧集,以之為砥柱,董玄宰暢辨畫學南北宗,以之為鼻祖。自有宋蘇、米一流大興,摩詰之詩畫儒佛一體，教化後世多矣。而摩詰諸學，蘇、米大體承之，唯音律一科，宋人多無能焉。此又宋不及唐處。盛唐諸公，各有絕學，浩然以韻高，其妙在簡，摩詰以通才靈明勝，其妙在多。太白以神高，其妙在清，少陵以雄渾廣蓄勝，其妙在濁。（吾言其濁者，蓋言其懸河萬里，泥沙俱下也。清人沈歸愚說詩晬語卷下有云"杜詩別於諸家，在包絡一切，其時露敗缺處，正是無所不有處。評釋家必代為詞說，或周遮徵引以斡旋之，甚者以時文法曲加解釋，斤斤於提伏串插間者，浣花翁有知，定以藤條餉之"。在他人皆求精求善，而老杜時或不恤露敗缺處，實氣主之，非安排而然，故曰其妙在濁。）摩詰詩學，亦善分別諸法相，兼精五古、七古、五律、七律、絕句諸體，較之浩然，其妙自在多矣。既不足真為完人，則盛唐第一通人之名，當無愧色。吾觀王右丞詩集，一種安雅中和氣象，盈滿乾坤之間。頓覺太白逸格，遜其中和，少陵頓挫，少其安雅，宜其軒輊二公，而為盛唐文脈之主將。有子曰，禮之用，和為貴。先王之道斯為美，小大由之。摩詰詩可謂知禮者。其既以通才靈明勝，妙在多，又能以和為貴，以中為美，故不可及。後世如蘇子瞻，靈通多藝弗少之，而遜其中和安雅。孟子曰大而化之之謂聖，聖而不可知之之謂神。右丞之中和，雖未足以擬之，所謂充實而有光輝者，亦極厚矣。此中和之氣，實為唐人之髓。要非右丞，亦何能彰昭其義如此也。

唐人兼備六格

摩詰格局之弘闊，自非陳、張、孟、儲可比。其詩格兼雄渾、清空、老成、雋永、雅潔、澹泊諸美，後來而居上，睥睨群英。自王氏出，唐詩極盛如日中天。文章之道，莊子、史記最兼諸善。二書自具清、雄、雋、老、雅、澹諸格於一體也。詩道屈子而後，數曹子建、陶元亮最全，而子建不能澹泊，清峻而不空，元亮略遜於雅潔，不甚為時人所宗。直至王維、李白出，詩學乃大昌若此。太白亦能兼此六格者，其用之神，尚有過於摩詰處。盛唐巨擘，其理一揆，蓋皆有此涵括萬千之氣象。書道如張旭，狂草雄渾老成，楷體清雋雅潔，如懷素聖母、苦笋諸帖，飛逸之中，亦有澹泊之味。素公苦笋真跡，吾嘗親見。畫道如吳道玄亦然。釋教龍象尤眾，如玄奘其心也清空，其氣也雄渾，其言也雋永，其人也老成，其文也雅潔，其志也澹泊，不亦然乎。孤身求法，振動天竺，雄渾者也。歸而輔祐政教，老成者也。大唐西域記，雋永者也。譯經如海，雅潔者也。拒太宗入仕之請，澹泊者也。入法相唯識之奧，清空者也。故知唐學兼備六格，非後世人所易窺。唐詩亦然。宋人學唐，得失參半，尚不失活法。明人學唐，如前後七子，後世甚不以為然，褒少貶多。明清之際，有陳臥子、錢牧齋、顧亭林、王漁洋學唐甚有得，乃真唐詩之中興時。其後不復覯矣。牧齋不純學唐，其終以老杜為樞紐也。

盛唐蜀人振之

盛唐之脈，蜀人振之。蜀地素多仙逸譎奇之氣，似非善於表中正之道者。然其所以能振作盛唐中正之脈者，曰氣運所鍾使然也。蜀人者誰，陳子昂、李太白也。寓蜀者誰，杜工部、岑嘉州也。"蜀之人無聞則已，聞則傑出。是生相如、君平、王褒、揚雄，降而有陳、李，皆五百年矣"。（魏顥李翰林集序語。）白才逸氣高，與陳拾遺齊名，先後合德。（孟棨本事詩語。）子昂"卓立千古，橫絕頹波，天下翕然，質文一變"。（盧藏用語。）青蓮"三代已來，風騷之後，驅馳屈、宋，鞭撻揚、馬，千載獨步，唯公一人"。（李陽冰草堂集序語。）杜工部則開闢詩界之宇宙，使詩門一大變之人也。其後千二百年，盡不脫其籠罩之內。所謂氣運所鍾者若何。中正之道，氣運所鍾，在東周則魯，在漢則西京、東京，在南北朝則亂，或謂在南，或謂在北，當時人多知在北，後世人多說在南。竊謂中正之道，其要有二。文質之中和一也，王霸之氣二也。使無文質中和，則其道不成。此自內而外、本實而權者。使無王霸之氣，則其道不顯。此自外而內、始權而實者。大唐承其雜緒，西京、東京之地，雖重振中正之氣矣，然已不復兩漢文質之中和，多南朝華靡之風，而南朝之舊地，劉裕以降愈少王霸之氣。故氣運所鍾，忽又在西蜀。自陳、李出，蜀學重顯。變難作明皇入蜀，又使錦官城為南京，若近世之陪都然。唐季僖宗又遁於蜀。陳、李素有王霸之略，蜀地以此亦多其王霸之氣。其後王建、孟知祥興，士庶之富庶安樂，過於他處多矣。明皇僖宗之入蜀，使蜀地之文教愈盛，英物愈萃。晚唐五代宋初之時，蜀地佛法、詩文、書畫、雕版之隆盛，冠冕於全國，直至眉州三蘇出焉。此豈非氣運所鍾耶。（然南宋之末，蒙元火焚昆崗，蜀地震蕩破碎，自此蕭條。明季又多巨難。本一最安樂之地，轉而為最震蕩之邦。此一時，彼一時也。其文氣之重興，還在清末。去歲吾覽大足石刻，殊有歎焉。自宋亡此石刻之役之忽輟，以至張南皮任四川學政創尊經書院，五百九十餘年。其與唐人五百年之說，亦不為遠。愈知古人氣運之說，非盡臆造。抗戰時又以重慶為陪都，巴蜀之地，精英萃聚，一時為中國文化之中心。如馬一浮之在樂山，梁漱溟之在北碚，虛雲之護國大悲法會，太虛之漢藏教理院，錢賓四、陳寅恪諸先生之講學于庠校，皆乃吾國中正之道之所繫者也。）吾二十四歲，寓蜀二載，戶籍灌縣十年。偶亦嘗以蜀人自名矣。浙人入蜀，多福慧之事，古有劍南，近有湛翁。友人亦嘗言吾竟與之矣。

太白七言律

李太白詩才之神，前人陳說已盡。其古體高渾莫測，亦無縫塔，而後人多議其七律。王世貞藝苑巵言云"太白之七言律，子美之七言絕，皆變體，間為之可耳，不足多法也"。陸時雍唐詩鏡云

"太白七律絕無蘊藉"。王嗣奭管天筆記外篇云"青蓮有志復古，故七言律最少"。毛奇齡唐七律選云"太白詩不耐入細，與三唐律法迥異。然其夐兀之氣不可泯也"。趙文哲嬩雅堂詩話云"七律最難，太白不善茲體"。趙翼甌北詩話云"蓋才氣豪邁，全以神運，自不屑束縛於格律對偶，與雕繪者爭長。然有對偶處，仍自工麗。且工麗中別有一種英爽之氣，溢出行墨之外"。然甌北所舉對偶處，多在其古詩，而非七律。其亦云"惟七律究未完善。內有送賀監歸四明及題崔明府丹竈二首，尚整練合格，其他殊不足觀，且有六句為一首者。蓋開元、天寶之間，七律尚未盛行，至德以後，賈至等早朝大明宮諸作，互相琢磨，始覺盡善，而青蓮久已出都，故所作不多也"。觀夫諸家之評，恕而說之，其皆在情理之內，刻而論之，則亦仿佛盲人摸象而已。世貞云變體不足多法，是也，然李杜之變體，唯李杜能作之，他人之才亦何足以法焉。時雍云太白七律絕無蘊藉，似是，然蘊藉之義，並非論七律唯一之準繩。老杜七律聖手，其雄大之篇，亦有不以蘊藉見長者。太白合作如登金陵鳳凰臺，亦何必以蘊藉二字而苟議之。嗣奭云其有志復古，故七言律最少，似得之矣，然太白之復古，並非拘泥於詩體之古式，五律、七絕非古也，而其所作亦多。故知嗣奭之說不立。奇齡云太白不耐入細，然太白詩細微綿密處，又常人所難及。豈真不耐入細乎。文哲云七律最難，或以技藝之嚴整觀之，似也，然技藝猶可淬煉，氣體不可不源自於先天為多，則七古非亦最難乎。如王龍標一派，亦可言七絕最難也。最難二字，亦一糊塗賬本。趙翼云太白不屑束縛於格律對偶，與雕繪者爭長，似也，然太白豈甘於詩道輸於人乎。其自知七律已為世人所重，豈真不屑作之乎。趙翼又云開、寶之間七律尚未盛行，盛行後青蓮久已出都，似也，然觀開、寶間詩人七律之作，其盛況固不可與至德以後比，然不可謂尚未盛行也。或問，諸家之說既模棱如是，當以何言以論定之。曰，亦有人矣。近世黃節詩學云

"七言律非其所長,亦其所不願為也"。此如丹麥童話之髫童,直指皇帝之無裝者。老子曰大成若缺。七律非太白所長,正其若缺所在。既非其所長,則其自不願多為之而取哂於人。其理之簡,亦若是耳。

繫以詩曰,覗面滄溟海,振魄凶江潮。不是謫仙力,何能聞此韶。乘桴適意往,薰風鼓雲霄。授受縱天意,吾只取一瓢。(此日觀瞿蛻園氏校注之太白集,心神如醉,亦嘗作二則已。夜觀歷代白詩總評,賞其偉識,吾之意興,亦頗高邁。睡前有思,當此心神如醉之際,吾每有感應,不知今夕有何奇遇耶。吾以不求而求之。忽夢浮於滄海之上,境極夐闊,孤嶼青碧,遇一老者,骨相清癯,長身而明神,殊覺威嚴。其有產業殷富,欲於身後授之於予。又夢觀錢江潮,其聲極弘美,下至密室,狂潮即在身側,心樂之至。吾雖久居錢塘,未曾觀焉,不意於夢中得之矣。翌日醒寤,遂口占小詩以錄之。)

李杜同時而實為臨界

竊謂太古以至詩經為詩門第一期,直指心意之源。屈、曹、元亮、太白為第二期,乃主格韻之高絕。屈為首而白為殿。杜少陵開闢第三期,乃主氣勁之雄厚,而實以體格之豐饒變化為其圭臬。太白詩格韻之高,絕在少陵之上。中晚唐為白之知音者尚多,為其格韻所折者不少,至宋,則非之者紛至矣。蓋白詩之格高,人愈難追之,兼以厭足而求新變,遂多以老杜為尊。遜齋閑覽云"或問王荊公云,編四家詩以杜為第一,李為第四,豈白之才格詞致不逮甫耶。公曰,太白歌詩,豪放飄逸,人固莫及,然其格止於此而已,不知變也。至於子美,則悲歡窮泰,發斂抑揚,疾徐縱橫,無施不可。故其詩有平淡簡易者,有綺麗精確者,有嚴重威武若三軍之師者,有奮迅馳驟若泛駕之馬者,有淡泊閑靜若山谷隱士者,有風流蘊籍若貴介公子者。蓋公詩緒密而思深，觀者苟不能臻其閫奧，未易識其妙處，夫豈淺近者所能窺哉。此子美所以光掩前人，而後來無繼也。元積謂兼人所獨專，斯言信矣"。（見漁隱叢話。）此為宋人詩論之典刑。荊公之於太白格韻之高，亦僅以其格止於此不知變說之耳。所謂其格止於此，豈能窺太白之閫奧，識青蓮之妙處哉。宋人多不能為第二期之知音。蓋亦根器衰下使然。而杜工部以體格之豐饒善變化而折服之。太白一字訣，格也。而少陵頂門針，變也。太白高，而少陵富。杜詩之以豐饒而大勝，亦猶禪宗之至於宋，變化萬端，為禪詩、禪書、禪畫，至於東瀛，又變為能樂、茶道、花道等。禪宗淪肌浹髓，日用平常，變化使然也，體格之裕使然也。而杜詩兼有平淡簡易、綺麗精確、嚴重威武、奮迅馳驟、淡泊閑靜、風流蘊籍諸體，變化之能事盡矣，故甚合宋後人之根器。宋前人以簡為高，宋後人以多為美。（東瀛之藝文，能守宋前人之遺風者。）李杜同時，而實為二期之臨界。太白獅子嚬呻，收屈、曹、陶、謝之緒，蓋絕唱也，回光返照，其神也最動人。老杜香象渡河，啟韓、歐、蘇、黃之脈，蓋新聲也，截斷眾流，其力也最移人。詩門之至於李杜，亦猶儒門之至於溫公、伊川、東萊、晦翁。溫公、東萊，能承漢唐之脈而殿焉，伊川、晦翁，乃啟闢宋明理學之祖也。自此吾國學術亦大變矣。

宋人非太白者

宋人非太白語最有名者，莫若王荊公、蘇子由，其言也最可哂。荊公編四家詩，太白為末席，而以歐公居太白之上，世莫曉其意。荊公云，太白詞語迅快，無疏脫處，然其識汙下，詩詞十句九句言婦人酒耳。宋人捫虱新語已駁之矣。其理極是。陸務觀老學庵筆記謂其非荊公語。清人潘德輿養一齋李杜詩話第十八條又駁放翁之論，其言辯矣。其末言"夫詩理性情，世俗見地，自宜痛掃。然必摘其全集之微玷，蓋闕終身，儕之淺人，亦無當於論世知人之識矣"。不失為達者之言。然猶不免以之為玷。竊謂荊公以道德自居，而辱太白之酒德，不知所謂婦人酒者，自有古聖賢之玄奧藏焉。太白豈一酒色之徒而已哉。（捫虱新語云"不然則淵明篇篇有酒，謝安石每遊山必攜妓，亦可謂之其識不高耶"。）如伊川一流，亦如荊公以道德自居者，得失可謂參半。其得之者，士人道德學問之自振作也。其失之者，古聖賢溫柔敦厚古法之隱沒也。荊公之非太白，正見其膽欲大而心未小。蘇子由嘗云"李白詩類其為人，駿發豪放，華而不實，好事喜名而不知義理之所在也"。此亦謬甚。宋人韻語陽秋嘗云"太白樂府三卷，於三綱五常之道數致意焉"，亦已駁之矣。使太白為華而不實之人，豈能瞞盡盛唐諸公。當時人傾倒於太白如是，使以子由之言為然，則宋人亦可言盛唐之人皆是華而不實者矣。而宋儒之非議於唐代若此種腔調者，正多其人，亦甚可駭歟。使太白生於兩宋，其將何以自處耶。宋儒駿發豪放如太白者，有吾鄉陳龍川，其即不容於朱子。朱子詆說猛利，影響後世極深。近世朱學霸氣已息，吾人得平情而觀之，龍川之學，非朱子所能遮蓋者。二公之學實俱未圓滿也。太白之詩，亦豈能以荊公、子由之誣而有所損乎。

論杜五則

吾嘗言大謝詩通畫理，神趣冥合。至老杜，則其述畫之作，皆極傳神，又為後世奉為唐人之畫論，甚貴之。如題王宰畫山水，歌韋偃畫馬及雙松，歎馮紹正鷹鶻摹本之殊姿，懷張旭酒德草書之逸氣。老杜之詩，無所不有，於諸藝無所不通，皆以其神筆而形狀之，此亦盛唐氣象所錫之者。蓋一時諸科聖手，如李白、張旭、吳道子、公孫大娘，皆與之同時，觀面相呈，交光互攝，誠所謂路逢劍客須呈劍，不是詩人莫獻詩也。然盛唐之詩人眾多，欲覓深述畫理、書道、歌舞而神采高華如杜詩者，亦無復有。聖者古義，通明之謂。老杜因拙而通，因虛而明，反合天德，凌越時賢。老子曰"窪則盈，敝則新"。竊謂老杜所獨具之一種本領，其曰虛懷若谷。窪則盈，是以能承納盛唐諸科聖手之加持，因虛而明，張皇幽眇。老杜所特受之一種生涯，其曰歎卑嗟老。敝則新，是以能遍嘗江湖風雲人情物性之法味，因拙而通，別出心裁。如太白，天資最高，若有一種釋迦唯我獨尊之氣象，而無此虛拙窪敝之德，故其歌詩亦唯聖乎一我之妙用，而少此交光互攝之微妙。老杜之顇放若卑，而無所不有，無所不通。而太白晚遭永王之事蒙受污名，政其亢龙有悔也。如摩詰，才性第一，奉佛至誠，絕有出塵之氣，然亦如隱士，知足常樂，已有盈滿之意，何能如少陵受用於窪敝老拙哉。是以杜詩乃能綿綿若存，用之不勤。此又老杜所以能后来者居上者。後世以詩聖名之，人多以儒教相贊論，而不知其蓋亦深合於老子之理如是也。（老子又曰"是以聖人後其身而身先，外其身而身存"。老杜於盛唐李、王諸公，真可謂後其身者，而淪落江湖，顛沛流離，真可謂外其身者，而後乃得身先、身存，已非李、王諸公所能逆料。上善若水，老杜其人未必能之，其詩則誠然若水流，利萬物而不爭，處眾人之所惡，乃具此上善。老子曰"渾兮其若濁"，又曰"大成若缺"。吾前言杜詩其妙在濁，泥沙俱下，不亦符契斯旨乎。）

唐五代人多渾厚，故喜太白過於少陵。兩宋人多聰明，故喜少陵過於太白。渾厚者多高簡，直以意超，聰明者多好察，乃以識深。故李宜唐，而杜合宋。宋人察識之能最多，其於杜詩，議論精到者眾矣。宋人聰明而能渾厚者，則尤能賞杜。如山谷即是。荊公、子瞻天資極高，聰明有餘，而俱傷之刻薄，山谷聰明略遜之，而渾厚多之。如禪宗，山谷之著實證悟，即高過二公也。山谷答王觀復書云"熟觀杜子美到夔州後古律詩，便得句法，簡易而大巧出焉，平淡而山高水深，似欲不可企及。文章成就，更無斧鑿痕，乃為佳作耳"。又嘗云"好作奇語，自是文章一病。但當以理為主，理得而辭順，文章自然出群拔萃。觀子美到夔州後詩，退之自潮州還朝後文，皆不煩繩削而自合矣"。竊謂宋人說杜詩，此乃尤能合乎唐人之意格者也。荊公尊杜抑李太甚，絕非古意。子瞻至謂杜詩"發乎性，止於忠孝"，尚在變風變雅之上。其說亦何其誇哉。（見蔡夢弼杜工部草堂詩話第三條。）故涪翁所見甚得中和之旨。"簡易而大巧出焉，平淡而山高水深"，二語神矣。近讀杜集，誠有斯慨。如大曆三年春白帝城放船出瞿唐峽久居夔府將適江陵漂泊有詩凡四十韻一篇，嗟歎久之。其遣詞精工大巧、雕鏤密栗，而實出之簡易天然，其懷抱山高水深、苦思鬱情，而發之談笑若不經意間，愈歎涪翁造語之妙。惟好作奇語，自是一病。少陵語不驚人死不休，乃以病而勝，理得辭順，轉使人盡忘其病。而其本非無病者，不如太白天資超妙，庶乎無病。少陵天資微劣，而善用其病，轉相勝也。如此說杜說李，始合唐人之本心也歟。（近覽養一齋李杜詩話，見盧世㴻論老杜絕句有云"乃恣其崛強之性，頹然自放，可謂巧於用拙，長於用短，精於用粗，婉於用戇者也"。此為極妙之語。吾意杜甫詩才獨絕處如是，寧惟絕句而然哉。吾說其善用其病轉相勝，非即盧言巧於用拙，長於用短者耶。精於用粗，婉於用戇二語尤妙，非我所能言。老子曰反者道之動。少陵於詩學亦用之淋漓盡致矣。

　　無著、世親二聖賢，開瑜伽行派之學說，其本欲學人修行深入使然，而其法相唯識，教理繁密，學人拘守，於後世反生大障礙焉。杜詩亦如之，其開闢新風氣，活法極多，然亦使詩門自生弊端，東坡先已洞見之矣。書黃子思詩集後云"予嘗論書，以謂鍾、王之跡，蕭散簡遠，妙在筆墨之外。至唐顏、柳，始集古今筆法而盡發之，極書之變，天下翕然，以為宗師。而鍾、王之法益微。至於詩亦然。蘇、李之天成，曹、劉之自得，陶、謝之超然，蓋亦至矣。而李太白、杜子美以英瑋絕世之姿，凌跨百代，古今詩人盡廢。然魏、晉以來，高風絕塵，亦少衰矣"。極有見地，唯尚未盡妥。太白詩絕有曹、劉、陶、謝之古法，實乃其詩脈之殿軍，二謝、鮑參軍之功臣。其言杜子美凌跨百代，而魏、晉以來高風衰，則無病矣。然此後世學杜者之過。亦猶唯識宗末流之失，此其人之過，非無著、世親之失也。

　　葉夢得石林詩話以禪喻詩，吾對之自生青眼。其云"禪宗論雲門，有三種語。其一為隨波逐浪句，謂隨物應機，不主故常。其二為截斷眾流句，謂超出言外，非情識所到。其三為函蓋乾坤句，謂泯然皆契，無間可伺。其深淺以是為序。余嘗戲謂學子言，老杜詩亦有此三種語，但先後不同。波漂菰米沉雲黑，露冷蓮房墜粉紅，為函蓋乾坤句。以落花遊絲白日靜，鳴鳩乳燕青春深為隨波逐浪句。以百年地僻柴門迴，五月江深草閣寒為截斷眾流句。若有解此，當與渠同參"。夢得必以杜之字句套雲門三句，失之僵矣。竊謂當以杜之詩格當之。杜詩有函蓋乾坤之格。如秋興八首，雖雕琢精工，而泯然皆契，無間可伺，為近體所未有。此子美最有功於詩藝者。杜詩有隨波逐浪之格。子美詩才，最善變化，志在生新，其隨物應機，不主故常亦最多。長如自京赴奉先縣詠懷五百字、茅屋歌、石壕吏，短如七絕之涉議論者皆是。此子美最有功於詩料者。（如杜詩關涉時事者，後人喜名之曰詩史。名雖不盡愜意，而子美以史為詩，以詩為史，實開闢詩門無窮礦藏也。）杜詩又有截斷眾流之格。其詩情境渾契，義理精妙處，自亦超出言外，非情識所到。如江村、春夜喜雨等皆是。"細雨魚兒出，微風燕子斜"，詎乃情識所到。"江山如有待，花柳更無私"，豈非超出言外。"水流心不競，雲在意俱遲"，性靈渾契之處，雖曹溪老尊宿亦無以易之。此子美頗有功於詩理者。盛唐諸公，王孟一派，得此截斷眾流之意者最多。如太白，得函蓋乾坤之意者最妙。而老杜得隨波逐浪之意也最深，而又能兼備三格皆甚高，故非諸公所能比。"詩應有神助，吾得及春遊"。當老杜之有神助之際,亦正其三格活用之時。老杜既證此雲門三格,自將如馬駒踏殺天下人也。

　　清人邊連寶之病餘長語稿本,近得刊行之。隨園詩人,其書多談藝。卷三有云"朱晦翁論詩,右李而左杜,殊不可解。余嘗謂李仙杜聖,聖可學,仙不可學。學聖縱未必即聖,卻一級一級都是正路。學仙不成,則流為黃白采補之術,如李赤之學李白也。李太白不可學,白樂天不可學。李以氣勝,白以趣勝。學太白者多流為粗豪,學樂天者多流為俚俗"。聖可學,仙不可學,所言甚妙。(明人王穉登已先有此說。)忽憶許渾有詩言"欲求不死長生訣,骨裏無仙不肯教"。李白之詩,骨裏無仙不能學也。然歷代骨裏有仙之人,亦多有之,觀道教可知,實亦不必少見多怪。杜詩可學,一級一級都是正路,然死於康衢中者,亦何其之多也。故學杜又不可不變,正路之外,側徑實可旁通。如江西派學杜即然。邊隨園之說固妙,亦不免略有拘泥於法度矣。且杜詩好作奇語,本非無病,而其善用其病而大成焉,使學杜者未得浣花翁善用其病之心訣,自易先染其病而不自知也。

三　才　說

　　明季徐增而庵詩話說唐詩有云"詩總不離乎才也,有天才,有地才,有人才。吾於天才得李太白,於地才得杜子美,於人才得王摩詰。太白以氣韻勝,子美以格律勝,摩詰以理趣勝。太白千秋逸調,子美一代規模,摩詰精大雄氏之學,篇章字句,皆合聖教。今之有才者輒宗太白,喜格律者輒師子美,至於摩詰而人鮮有窺其際者,以世無學道人故也。合三人之所長而為詩,庶幾其無愧於風雅之道矣。猶未也。學詩而止學乎詩,則非詩。學三家之詩而止讀三家之詩,則猶非詩也。詩乃人之所發之聲之一端耳,而溯其原本,何者不具足。故為詩者,舉天地間之一草一木,古今人之一言一事、國風、漢魏以來之一字一句,乃大而至兩方聖人之六經、三藏,皆得會於胸中,而充然行之於筆下。因物賦形,遇題成韻,而各臻其境,各極其妙。如此則詩之分量盡,人之才能方備也"。其義趣極弘閎通達,深愜吾心,明清人持論,甚罕觀焉。吾今不妨作一文抄公,膽於血脈論中。太白天才無可疑,然太白亦自有聖人之學得會於胸中者,故而充然行之於筆下。於地才得杜子美,地才二字極確,杜詩每多神妙之作,多不同山川地域之異氣激之而然者,開卷遊龍門奉先寺即已然。其得於蜀地者尤多。後世法杜詩者,使其不能得此大地氣,往往不能如意。蘇、黃、簡齋、放翁成就不凡,皆與此相關。後山意趣甚高,終略失之枯槁,亦以不得此氣之大助故。摩詰其人,豐神俊朗,氣雄而性超,少俠而晚佛,兼諸藝之精工,但凡人之氣性智巧之美其皆有之。故曰於人才得王摩詰。妙論也。(摩詰才散於諸藝,故詩天才不如李,以輞川為安樂窩,故地才不如杜。然其可貴獨到處,又非天才地才者所能替代也。)而庵云至於摩詰而人鮮有窺其際者,以世無學道人故。亦是妙說。自宋人道文漸分,理學、儒林亦裂為二矣,程朱視蘇黃為仇,至明其風氣愈劇,道學家多不學詩,詩人多不學道,則摩詰詩學之不傳亦宜也。而庵與金聖歎遊。吾觀唱經堂全集,知聖歎學通佛儒,甚有獨到處,略有天人眼目。而庵有此見地,或亦與之相關。近覽皎然詩式,開卷明勢即云"高手述作,如登荊、巫,覯三湘、鄢、郢山川之盛,縈回盤礴,千變萬態。或極天高峙,崒焉不羣,氣騰勢飛,合杳相屬。或修江耿耿,萬里無波,欻出高深重複之狀。古今逸格,皆造其極妙矣"。登荊巫云者,不即少陵地才之謂乎。高峙不羣云者,不即青蓮天才之謂乎。修江無波云者,不即右丞人才之謂乎。地才之妙,在千變萬態。天才之妙,在氣騰勢飛。而人才之妙,在其往而能反,動而復靜,尚氣而能歸於心性,矯發而能還於寂定也。豈不正如修江耿耿，萬里無波，而實有高深重複之狀耶。皎然只言明勢，並未言其各為三家之形容。使無徐而庵之妙說，吾亦何能豁省此理。故愈知皎然明勢之備三才義矣。

高達夫體

滄浪詩話言有高達夫體。何謂也。竊謂凡為此體有三要。殷璠言適詩多胸臆語，兼有氣骨。此一要也。南宋時天彝少章有云"高常侍詩有雄氣，雖乏小巧，終是大才。"（詩藪雜編卷五。）此二要也。葉燮言高七古為勝，時見沉雄，時見沖澹，不一色，其沉雄直不減杜甫。此三要也。兼之論之，凡詩氣骨沉雄，時見沖澹，多胸臆之直語，而乏小巧，雖質而流動，雖樸而不失風雅之度，即可謂之達夫體也。此體以七古為主。初盛唐人承六朝之風，皆具雕琢之能，豪縱如太白，亦精善辭采，而忽有一直舉胸臆而氣骨崢嶸者出焉，宜乎朝野通賞其文也。甫藝極兼備，亦善小巧，宜與白齊名。達夫之拙直快意而沉雄雅健，正使其廁列巨擘之林而無愧怍焉。吾甚愛此體，其磊落之格，殊有潔淨之風，不似太白歌行，極宕逸處亦極華麗也。亦不似老杜詩藝之極完備。高常侍頗有過人之處。器識其一也。胡震亨云"高適，詩人之達者也，其人故不同。甫善房琯，適議獨與琯左。白誤受永王璘辟，適獨察璘反萌，豫為備。二子窮而適達，又何疑也"。震亨之說未必盡是，然確亦可見達夫器識之大，李杜宜有生敬畏之心。（子美贈適、憶適詩有十餘首之多，觀其情義之深，蓋不僅崇其詩才而已。"歎我悽悽求友篇，感君鬱鬱匡時略"。）學佛其二也。適性豪縱，而能於知天命之年發心佛法，甚為可貴。（據劉開揚氏高適年譜。）此其有轉移氣質之心也。夫詩人而不羈者，奉道可也，行儒可也，而信佛最不易。此種人一旦發願，其心也必大。太白奉道，而多行樂。少陵宗儒，心多憂憤。達夫先亦行樂憂憤，而後能學佛,亦達矣。如同諸公登慈恩寺浮圖詩,同登者如儲光羲之作,筆法宛轉如遊龍,岑嘉州之詩,清健超然絕塵壒,杜工部之篇,氣象崢嶸浩無極,而達夫之筆,神采極旺,力透假名,佛理尤高,其氣體雄豁清蒼,而義趣深究空性,豈非其學佛之徵驗哉。"香界泯羣有,浮圖豈諸相。登臨駭孤高,披拂欣大壯。言是羽翼生,迴出虛空上。頓疑身世別,乃覺形神王"。當此羣有俱泯之際,觀其所悟處,身、世實非分別,只是心神統攝萬相,適與大乘妙諦相合。"宮闕皆戶前,山河盡簷向。秋風昨夜至,秦塞多清曠。千里何蒼蒼,五陵鬱相望。盛時慚阮步,末宦知周防。輸效獨無因,斯焉可遊放"。轉入此地,亦可謂能虛能實,庶幾免乎蹈空之誚。"宮闕皆戶前,山河盡簷向",收攝一切,蓋非盛唐人不能作者。

高岑之異

高岑之邊塞詩,前人言之備矣。以新奇警拔而論,岑自在高上,如白雪歌、熱海行一類,峻峭飛動,前人所未道處。至宋陸放翁獨瓣香之,攝犍為時畫岑公像齋壁,亦可謂以其歌行之法嗣自詡矣。惟詩道尚古,不可盡以新警為尺繩。高七古為達夫體,氣疏直而骨蒼,意味樸厚而深長,實可與李之歌行、杜之七古鼎足而三。摩詰、嘉州、東川等次之。嘉州詩學,唐人杜確已謂其"屬辭尚清,用意尚切,迴拔孤秀,出於常情",其七古實亦以清切奇峭、攝景尚巧勝。中唐如韓、白,欲於七古承諸公之血脈,實未得髓。韓之失也粗豪,而加之以硬語,白之失也巧縟,而加之以芳穠。中唐人學杜、高而未純,乃成其粗。學岑嘉州不善,而成其縟。蓋嘉州七古微傷於巧,而一股悲壯奇逸之氣,完其魂魄。白樂天巧縟流利勝之,而氣體無復此完善。王弇州藝苑巵言云"高岑一時不易上下,岑氣骨不如達夫道上,而婉縟過之。選體時時入古,岑尤陟健。歌行磊落奇俊，<u>高</u>一起一伏取是而已，尤為正宗"。確評也。吾又甚喜<u>達夫</u>五古，亦有潔淨之氣，中正深慨，殊少駢枝。<u>胡元瑞詩藪</u>云"<u>常侍</u>五言古深婉有致，而格調音節，時有參差。<u>嘉州</u>清新奇逸，大是俊才，質力造詣，皆出<u>高</u>上。然<u>高</u>黯淡之內，古意猶存，<u>岑</u>英發之中，<u>唐體</u>大著"。亦非臆語。古意猶存，故能潔淨，<u>唐體</u>大著，則亦易生駢枝。不思<u>弇州</u>言老杜即不無利鈍，終是上國武庫乎。利鈍雜陳，即有駢枝之謂。<u>嘉州</u>五古質力造詣，并不盡在<u>高</u>之上，而其<u>唐體</u>之靈奇處，自非<u>高</u>所能有。惟<u>高</u>之古質，吾愈樂焉耳。如<u>自淇涉黃河途中作十三首</u>，古意而兼<u>唐體</u>，蒼茫渾遠，辭力明潔，非<u>岑</u>所能。其佳篇甚多，<u>達夫</u>體以七古為主，然其五古實亦具所謂<u>達夫</u>體之神骨者，惟典則過之，不似七古直出胸臆耳。如<u>過崔二有別</u>、<u>贈別沈四逸人</u>，甚喜其磊落明淨。<u>岑嘉州</u>之清新奇逸，<u>劉文房</u>與之甚近，至<u>大曆</u>十才子，愈流而為清淺浮逸，至<u>愈郊全賀</u>一流，又變為為澀新奇誦。宜乎<u>洪北江</u>歎曰"詩奇而入理，乃謂之奇。若奇而不入理，非奇也。<u>盧玉川</u>、<u>李昌谷</u>之詩，可云奇而不入理者矣。詩之奇而入理者，其惟<u>岑嘉州</u>乎"。（<u>北江詩話</u>卷五。）<u>嘉州</u>、<u>文房</u>，實開<u>大曆</u>以後風氣者，而<u>達夫</u>古意猶存，實亦成<u>廣陵</u>絕響。（<u>胡震亨唐音癸籤</u>卷十言"岑之敗句，猶不失盛唐。高之合調，時隱逗中唐"。真謬說也。）<u>中唐</u>五言有古意者如<u>東野</u>、<u>柳州</u>，無復其疏直而骨蒼之風。<u>東野</u>、<u>柳州</u>皆宗<u>大謝</u>，素喜雕琢，而質地弗薄，而<u>達夫</u>所尚，乃在<u>建安</u>風骨。故<u>盛唐</u>人神慕<u>建安</u>之筆，自<u>達夫</u>、<u>少陵</u>歿，此風斬矣。

　　繫以詩曰，馬齕枯萁夢未還，誰人獨臥水雲間。青眸一笑焉能測，萬浪堆中猶自閑。（夏日讀<u>岑嘉州</u>集，坦腹入午夢，煙波悠然。醒來即得末二句，後續成之。夢中所覩，恐與白日吟<u>嘉州</u>"藥碗搖山影，魚竿帶水痕"詩相關也。<u>山谷</u>"馬齕枯萁喧午夢，夢成風雨浪翻江"之味，不期仿佛而遇之。此詩可題為<u>五月十六晝寢</u>矣。夢中之人，似我非我，萬堆雪浪中，閑適無比，所乘一葉若虛舟然，澹然一笑，玄秘之至，又若<u>迦葉</u>之拈花，而此境相，或皆由

"魚竿帶水痕"一句意韻幻化而出也。吾詩不如山谷，而自謂夢勝之也。)

元 次 山

　　觀夫歷代之中，當一物極繁盛之時，皆有冷峻之士出而斥之，當世人未必以為然，後世人則多以其具先見焉。當讖緯盛行，有王仲任。魏晉玄學大昌，有范武子。南宋性理隆興，有陳龍川、葉正則。後七子籠罩天下，有歸震川、唐荊川。近世新學熾烈之時，有辜鴻銘。而當盛唐格律體全盛之時，則有元次山出焉。次山幾不作近體，聲律辭采，為其所鄙，而專喜五古為主，人皆謂其質直過之，文采為短。而後世甚高其人，言其文為韓柳古文之先導，其詩為元白樂府之前行，亦不朽矣。其篋中集序云"近世作者，更相沿襲，拘限聲病，喜尚形似，且以流易為辭，不知喪於雅正，然哉。彼則指詠時物，會諧絲竹，與歌兒舞女，生汙惑之聲於私室可矣。若令方直之士、大雅君子，聽而誦之，則未見其可也"。此乃以古道而繩人者。其說於體則乖，於用則達。唐人聲律，自具中正之氣。體之真實，本不拘於形式。而方直、大雅之德，又誠為詩文元氣所同體也。文質之道，既不得兼合，一如釋教之言像、末，則質必在文先，文必以質為歸。甚者欲舍文而保質，如次山。宋儒如二程，深黜文藝，至謂博聞強記者乃玩物喪志。其論實可祖溯於元次山。二程之說，亦於體則乖，於用則達。韓柳之作散體，實源自隋代之李諤。而次山之詩學，亦肇端乎隋世之王通。（文中子天地篇云李伯藥見子而論詩。子不答。伯藥退謂薛收曰"吾上陳應、劉，下述沈、謝，分四聲八病，剛柔清濁，各有端序，音若塤篪。而夫子不應我，其未達歟"。薛收曰"吾嘗聞夫子之論詩矣。上明三綱，下達五常，於是徵存亡，辯得失。故小人歌之以貢其俗，君子賦之以見其志，聖人采之以觀其變。今子營營馳騁乎末流，是夫子之所痛也，不答則有由矣"。）又摩詰智甚圓而行未方，尚有憾

焉。次山智未圓而行能方，不失為豪傑。如子美者，則智甚圓而行
亦方，後人以聖歸之，豈僅詩藝之諸格完備而已哉。

劉文房當以盛唐眼目觀之

劉長卿生年與岑參、賈至相若，而有壽七十餘，歿於貞元六年
後。（據楊世明氏劉長卿集編年校注前言。）前人多以文房、蘇州詩屬中
唐，吾以二人為盛唐、中唐之分界，而俱存盛唐之質地為多，涉中唐
奇奧之氣者略少，故歸諸盛唐脈之殿軍。宋人張戒歲寒堂詩話有
云“隨州詩，韻度不能如韋蘇州之高簡，意味不能如王摩詰、孟浩然
之勝絕，然其筆力豪贍，氣格老成，則皆過之。與杜子美並世，其得
意處，子美之匹亞也。長城之目，蓋不徒然”。所言極是。其言文
房與杜並世，其得意處，子美之匹亞也，此正吾納之於盛唐而非中
唐之所本。前人論詩，如高棅、胡應麟、沈德潛，多於劉詩涉入中唐
氣息者著力，實未能盡其詩學之規模。明人陸時雍云“劉長卿體物
情深，工於鑄意，其勝處有迥出盛唐者”。所舉數句，雖未必如陸氏
所說，其意味自高，非中唐人所能。唐詩歸鍾云“中、晚之異於初、
盛，以其俊耳。劉文房猶從樸入。然盛唐俊處皆樸，中、晚樸處皆
俊。文房氣有極厚者，語有極真者，真到極快透處，便不免妨其
厚”。此語尤能洞悉劉詩之微妙處，他氏莫能及。文房猶從樸入，
氣有極厚者，語有極真者，故屬盛唐，而真到極快透處，便不免妨其
厚，則自為盛唐、中唐之分界。故其氣體，自在盛唐多，在中唐少。
賀貽孫詩筏云“劉長卿詩，能以蒼秀接盛唐之緒，亦未免以新雋開
中晚之風。其命意造句，似欲攬少陵、摩詰二家之長而兼有之，而
各有不相及不相似處。其不相似不相及，乃所以獨成其為文房
也”。其說亦大體以盛唐人眼目，觀劉詩之細微，而不以中晚唐人
習氣，數文房之降格，真不失為篤論。賀裳載酒園詩話又編所論文

房者甚妙，然亦以中唐觀之者，於劉詩之氣弱處，多察察焉致思之，所析雖精，尚未至圓。惟其末言劉詩實溽暑中之一葉落，則誠然弗謬也。（賀黃公以劉詩實溽暑中之一葉落，亦與吾以午時、夏日論盛唐詩，不無暗合也。）

韋蘇州受用於釋教

文房、蘇州，吾稱之劉韋，其詩風不同，其俱為盛唐之殿而不墜入中唐則同也。同時人亦唯二人能堪之。大曆十才子，已為中唐之初，其後亦不能與孟韓劉柳元白比。如錢仲文，亦何堪與文房並稱焉。盛唐諸公即歿，詩門元氣大衰，十才子即當此大衰之世者，直至孟韓一流出，方恢復元氣。惟其所復之元氣，其體量固可與盛唐等，而其質地則不能如其純正。劉、韋當此大衰之際，大體尚能守前賢氣體之純，而另闢蹊徑焉。後人好事，略見其另闢蹊徑，有涉新巧，即疑其墜入中唐，不免太薄於二人。如韋蘇州文字，一覽即知其非盛唐人不能作，韓柳等實迥異之。廣德中洛陽作“生長太平日，不知太平歡。今還洛陽中，感此方苦酸。飲藥本攻病，毒腸翻自殘。王師涉河洛，玉石俱不完。時節屢遷斥，山河長鬱盤。蕭條孤煙絕，日入空城寒。塞劣乏高步，緝遺守微官。西懷咸陽道，躑躅心不安”。盛唐之純。此脈前有孟浩然，末有韋應物。孟也浩然之氣，而發以悠遠，韋也應物之性，而出之清簡。盛唐氣脈，最受用者莫若釋教，孟王是也，高亦皈依，韋亦極親近之，往往寄棲伽藍，鮮食寡欲，所居焚香掃地而坐。故此脈甚得中正之道，實受用於佛法為多。其在老杜，其謁文公上方亦嘗言“願聞第一義，回向心地初。金篦刮眼膜，價重百車渠。無生有汲引，茲理儻吹噓”也。韋詩之貴，在其皆以平心靜氣出之，後人歎其高雅閑淡，奇妙全在淡處。朱元晦至云“其詩無一字做作，直是自在”。古人能為此老讚歎如是者，亦實為不易。韋詩所以能無一字做作，得力於心地也，性體也。使心地性體弗能深入三昧，亦何能平心靜氣若此耶。摩詰當日心地深入三昧，然氣體尚剛，其詩也中正渾然。至蘇州則氣體已稍弱，故其詩也潔淨幽孤。蓋專能於平心靜氣一路致意也。在摩詰乃無所不可，其妙在腴，在蘇州則鮮有所可，其妙在簡。摩詰能得盛唐之腴，蘇州能得盛唐之潔，潔後無復底蘊，故盛唐詩亦止於此耳。蘇州學陶彭澤，後世慕之，開學陶之風氣。竊謂其得陶者真意為多，文字甚少其老成，而愈近乎大謝之清新。此與後世柳州亦兼學陶謝同。唐人血脈，實謝多而陶少。柳州於文字天賦極高，摹擬陶謝之篇，甚得其神形，而究其心地，則多鬱結，非真能直超者。蘇州文字，未必有柳州之功夫，而真意勝之。其以意而自得，亦自不同於中唐奇奧脈之有刻意於文體者。盛唐者，氣體之巨公。中唐者，文體之大匠。晚唐者，為此氣體文體之餘而夾雜之者。宋人天賦所限，得中唐者多，得盛唐者少，深造文體之窮變者為多，直承元氣之直大者為少。明七子欲直承元氣之直大，舉鼎絕臏。亦唯明清之際諸公能無愧。清人宋詩大興，至鄭子尹輩出，其於深造文體之窮變，蓋亦自出新意矣。

卷末　中唐奇奧脈第八

　　清人牟願相小澥草堂雜論詩嘗云"詩到中唐盡。昌黎艱奧盡，東野劌削盡，蘇州柳州深永盡，李賀奇險盡，元白曲暢盡，張王輕俊盡，文房幽健盡"。吾以蘇州、文房歸盛唐之殿，其他皆中唐奇奧脈之主將。盡者，求其極致之謂。一個盡字極妙，甚能道得此脈之質地。殺人刀，活人劍。此奇奧脈不屈膝於盛唐，乃於險處求生，即此盡字訣也。至此令人思唐人傳奇幽玄無盡。奇者，奇崛。孟、韓、島、賀之奇崛毋論矣，古淡如張文昌，荊公亦謂"看似尋常最奇崛，成入容易卻艱辛"。劉、白詩格亦有奇者。柳州則其人其文，皆奇崛者，詩極有古意。奧者，玄奧也。孟之奧也險澀，韓之奧也汗漫，柳之奧也深幽，白之奧也通脫，其他諸家亦各有玄奧之致，為人所難能者。樂天之深通禪機，又甚於前賢之摩詰、蘇州，於開元、大曆之佛風而加奧之。盛唐中正，至此變奇變奧，亦自具完備之體格，非盛唐所能想見。其於後世之影響，亦詎在開元、大曆之下。禪門喜云"智過於禽獲得禽，智過於獸獲得獸，智過於人獲得人"。此脈作家，其於後世，亦可謂獲人無數。孟郊掀出五臟心肝，韓愈如踞地獅子，柳宗元森冷仿佛吹毛劍，白居易亦八面受敵，皆超群拔萃，坐斷今古，詎能不得人乎。樂天又能教化東瀛，斯文盛矣。

深造此脈者，可以變化無盡。然東坡有云"好奇務新，乃詩之病。柳子厚晚年詩，極似陶淵明，知詩病者也"。此脈自有詩病，非如盛唐無病。詩如盧仝月蝕，文如樊宗師之作，皆此脈之窮極而為病者。孫樵與王霖秀才書言月蝕詩等"莫不拔天倚地，句句欲活，讀之如赤手搏長蛇，不施控騎生馬，急不得暇，莫可捉搦"。然此豈詩家所宜專尚。活則活矣，其距喪詩心亦不遠矣。韓愈之失，亦有在此。皇甫湜嘗云"無傷於正而出於常，雖尚之，亦可也"。如盧、樊，恐將亦傷於正。此脈巨手如林，人物之盛，僅次於盛唐。此一大脈，後世又分出韓體、柳體、張文昌五律體、張籍王建樂府、賈姚體、元白樂府、白樂天體、李賀體諸支脈。張文昌體分律詩、樂府，晚唐學文昌近體者甚多，而北宋季年張耒亦嘗學張籍之樂府。此卷人物以生年排序。

孟郊中唐第一人

牟願相小渤草堂雜論詩有云"孟東野瘦骨崚嶒，不幸令人以賈島匹之"。(見張籍集繫年校注附錄)。賈長江固亦高人，而孟東野乃真為大家，其藝尚略勝韓子一籌。要其妙諦，亦豈瘦骨崚嶒四字所能盡耶。東野實為中唐第一人。竊謂東野詩有四絕，皆冠於中唐者。其一曰，古質幽深，獨絕古今。自樂府開卷列女操以迄全書，古質一以貫之。孟氏篤守古道，張文昌贈詩謂其立身如禮經。東野知行恪守儒學，有赤誠之心，其儒教之思想，固不如退之能發以古文，明煌昂藏，而其儒教之實踐精神，則又為素好博塞聲樂之退之所不及者。此古澀貞靜之節，乃東野氣質近於屈子者也。(此種古質幽深即近世所謂之宗教精神之體現也。如擇友、吊元魯山諸詩。吊魯山詩十首有云"君子恥新態，魯山與古終"。秋懷第十四首云"忍古不失古，失古老易摧"。而吾謂之宗教精神，正以唐人喜放達，而彌顯其古賢憂慎之可貴。

而其所敬服之元魯山,誠為唐代儒家踐行精神之典範也。)此種古質,發為歌詩,奇致有莫測者。洪氏北江詩話卷六嘗云"謫仙獨到之處,工部不能道隻字。謫仙之於工部亦然。所謂可一不可兩也。外若沈之與宋,高之與岑,王之於孟,韋之與柳,溫之與李,張、王之樂府,皮、陸之聯吟,措詞命意不同,而體格並同,所謂笙磬同音也"。東野之古質,亦為單出獨一,為足繼李、杜者,其詩品高絕矣。韓昌黎何等推崇孟詩,自見得此。後世以郊、島並稱,實則賈長江非其匹。(東野卒後,張文昌諡曰貞曜先生,非昌黎而為文昌,則孟、張古誼之深厚,超於常人,可以想見。文昌亦窮居而格逸之士,詩品清潔,宜其敬愛東野如是。觀東野戲贈無本二首,乃以峭病跟蹌形容賈詩。此形容長江出家時之詩者。北江不以郊、島同稱,自其亦見得此。)東野詩獨到之處,昌黎不能道隻字。然昌黎獨到之處如陸渾、南山一類,亦恐東野不欲道之者。韓詩雄而不古,孟詩古而能遒,是以勝之。韓詩雄直處,文昌等皆能效之,而不減其風。孟詩古遒處,賈島學之而輕入平澹矣。此孟所以為中唐第一人者。後人心粗,只賞韓之粗豪,不愛孟之簡遒,只知韓子雄直之宜時,不諳孟子古澀之絕響。宋費袞補之梁谿漫志卷七孟東野詩云"自六朝詩人以來,古淡之風衰,流為綺靡。至唐為尤甚。退之一世豪傑而不能自脫於習俗,東野獨一洗衆陋。其詩高妙簡古,力追漢魏作者。政如倡優雜沓前陳,衆所趨奔,而有大人君子垂紳正笏,屹然中立。此退之所以深嘉屢歎而謂其不可及也。然亦恨其太過,蓋矯世不得不爾"。(引自唐才子傳校箋)。所言極善。東野古質脫俗,垂紳止笏,貧而實腴,賤而實貴。劉克莊後村詩話卷一二亦嘗云"唐人以島配郊,又有島寒郊瘦之評,余謂未然。郊集中忽作老蒼苦硬語,禪家所謂一句撞倒牆者,退之崛強,亦推讓之,島尤敬畏,有自從東野先生死,側近雲山得散行之句。以賈配孟,是師與弟子並行也"。亦殊妙。禪家所言一句撞倒牆,政東野古質幽深獨絕處,其中玄秘,真非他人能會也。

其二曰孤清峭麗,餘蘊無盡。東野乃唐賢得大謝真血脈之人,骨氣清蒼,其詩每有空澄悲涼之意,氣象疏闊,為他人所莫能模擬者。韓子作孟郊墓誌,謂其為詩,劌目鉥心,鉤章棘句,掏擢胃腎,神施鬼設,間見層出云云,實不能得其真解。同時人李觀元賓論孟詩曰,“高處在古無上,平處下顧二謝”。雖推崇略過,較之昌黎此語,乃得實際。昌黎送孟東野序亦賞言孟詩“其高出魏晉,不懈而及於古,其他浸淫乎漢氏矣”。孟詩承謝陶之遺軌,孤峭之中,有俊逸不群之妙,如遊適詩卷,皆不奢不促,辭清意高,有古士之風。其餘蘊不盡者,如羅氏花下奉招陳侍御,吾每讀之,即惘然觸根。清絕有高韻如“月明直見嵩山雪”。此種亦蘇子瞻嘗戲稱黃山谷詩如江瑤柱不可多食者。唐詩得大謝真脈者甚鮮,柳州固有高妙之篇,氣韻超然,惜所作不多,不能如東野篇什之富。東野少壯時受皎然之熏陶甚深,其學謝康樂,蓋一往情深者。又困窮親稼穡,其詩又兼陶靖節之風韻。時有措語泰然自若,氣定神高之作。如立德新居第二首。其有云“茲焉有殊隔,永矣難及群”,真陶謝風也。韋應物不及其遒拔,白樂天不及其古厚。豈非獨絕一時。

其三曰具大悲心,感徹肺腑。後世人看孟郊,多只是心小。其詩非一己之哀鳴,實乃具釋教所言之大悲心者。如和丁助教塞上吟云“整頓氣候誰,言從生靈始”。傷時云“勸人一種種桃花,種亦直須遍天下。一生不愛囑人事,囑即直須為生死”。而其大悲之自覺顯露,則為卷七送任載齊古二秀才自洞庭遊宣城詩,其序有云“文章者,賢人之心氣也。心氣樂,則文章正。心氣非,則文章不正。當正而不正者,心氣之偏也,賢與偏,見於文章。一直之詞衰,代多禍,賢無曲詞,文章之曲直,不由於心氣,心氣之悲樂,亦不由賢人,由於時故”。東野實自道其詩歌之奇崛峭厲,並非其心氣如是,其詩之悲欣交集,並非其偏也,皆由於時故。此悲世憫人之大胸懷,後人不識,故多嘲東野登科後詩“一日看盡長安花”者,而不知此等皆性情之自然流露，無可厚非。東野豈貪慕虛榮之人耶。其能作"春風得意馬蹄疾"，正見其坦然無矯情。（晚唐人許棠咸通十二年進士及第，時及知命，嘗曰"自喜一第以來，筋骨輕健，攬轡升降，猶愈於少年。則知一名能療身心之疾，真人世孤進之還丹也"。見金華子雜編下。可參唐才子傳校箋卷九。東野狂喜，正與之同，在唐人本來常見也。）孟詩曰"出門即有礙，誰謂天地寬"。人亦喜譏其促。不知小雅正月已曰"謂天蓋高，不敢不局。謂地蓋厚，不敢不蹐"。說苑敬慎言孔子論詩至於正月"懼然曰，不逢時之君子，豈不殆哉。從上依世則廢道，違上離俗則危身"。後遂引此正月局蹐二句。（參徐仁甫氏古詩別解卷一。）東野詩即其遺意所在。孰謂小雅狹促乎。仲尼之言廢道危身，則尤可為東野悲心之寫照。不逢時三字，已道盡之矣。孟詩悲心特大，亦唐賢所少有者，為杜少陵之流亞。讀其詩，每為其悲心所動，豈一己之私情而已哉。（清初葉矯然龍性堂詩話初集有云"東坡不喜郊詩，比之寒蟲夜號。此語似過。蓋東坡逸才，仿佛太白，太白尚不知飯顆山頭之苦，而謂以文章為樂事者，不厭此愁結肺腑之言哉"。此語甚妙。飯顆山頭謂杜少陵也。郊詩愁結肺腑，亦乃大悲心之一種，略同於老杜，而弗若其能沉雄蒼鬱。太白尚不識老杜，東坡不識東野，亦自然爾。）

　　其四曰窮詰根柢，搖撼乾坤。此近乎昌黎所謂搯擢胃腎，神施鬼設者。作此等詩，東野直如苦行僧，竟探身心真俗之邊際。此乃導源於屈子之天問者也。（如夜感自遣，苦吟鬼神愁，全如宗教之精神，不可以世俗之心測度，其所以能搖撼乾坤，以此之故。不然，亦何能解其詩云"死辱片時痛，生辱長年羞"者也。此豈世俗中落第人之情懷耶。）哭李觀詩云"志士不得老，多為真氣傷"。此句極有力量。東郊此種窮詰搯擢之詩，即所謂真氣傷者。是以讀之有搖撼之感。答盧仝、吊孟殷亦是。吊孟殷其九有云"同人少相哭，異類多相號。始知禽獸癡，卻至天然高。非子病無淚，非父念莫勞。如何裁親疏，用禮如用刀"。此蓋已窮詰儒教別親疏之根本矣。此實亦禮運篇仲尼所歎於大同、小康之異者。而東野詰之云"如何裁親疏，用禮如用刀"。亦已明言人尚不如禽獸性情天然為高也。（吾忽思夫藏地大德米拉日巴傳中，岡波巴明言聽見其鼓聲之人類，反不如聽聞鼓聲之畜生易於成就。蓋修行次第漸道之人，因多生習氣皆在對治及累積福慧資糧上斤斤較量，頗難接受頓入直契之法，故反不易趨入最上密乘也。見張澄基先生譯注。東野之語，實亦有契合者，人類靈性高於禽獸，然以分別心熾盛故，往往反不能如禽獸為天然。故隆欽燃絳巴尊者句義寶藏論亦嘗明言修行者當效法野獸也。）惟東野此種詩易入於陰鬱冷狠、尖澀怪異之失，而為後人所病。李肇國史補卷下敍時文所尚謂元和已後"詩章則學矯激於孟郊"。趙璘因話錄云"時號孟詩韓筆"。成此東野之地位者，即以此種矯激之風也。而後世以郊寒島瘦並稱而愈輕視東野者，亦以此種陰異之氣故。然東野之真面目，卻並非如是。今兼此四絕勝處觀之，庶幾可以得之矣。古賢豈易及哉。（後世多不識東野。王若虛滹南詩話卷一云"郊寒白俗，詩人類鄙薄之。然鄭厚論詩，荊公、蘇、黃輩曾不比數，而云樂天如柳陰春鶯，東野如草根秋蟲，皆造化中一妙，何哉。哀樂之真，發乎情性，此詩之正理也"。如此方為持平之論。東野發乎情性，乃極真者，古質幽深，獨絕古今，窮詰根柢，搖撼乾坤，雖時如草根秋蟲之苦吟，非江海之渾涵雄張，確乎造化之一妙。矧其詩亦多高華，如秋蟲者亦僅其十之三四爾。清曾季貍艇齋詩話亦云，予舊因東坡詩云"我憎孟郊詩"，及"要當斗僧清，未足當韓豪。何苦將兩耳，聽此寒蟲號"，遂不喜孟郊詩。五十以後，因暇日試取細讀，見其精深高妙，誠未易窺，方信韓退之李習之尊敬其詩，良有以也。東坡性痛快，故不喜郊之詞艱深。要之，孟郊張籍，一等詩也。唐人詩有古樂府氣象者，惟此二人。但張籍詩簡古易讀，孟郊詩精深難窺耳。孟郊如遊子吟、列女操、薄命妾、古意等篇，精確宛轉，人不可及也"。篤論也。）

张文昌淡字诀

夫張司業之奇崛乃在其淡，蓋亦奇哉。疇昔讀張文昌與韓昌黎書，歎其耿直狂肆。其願昌黎絶博塞之好，棄無實之談，弘廣以接天下之士，嗣孟軻、楊雄之作，辯楊、墨、老、釋之說，使聖人之道復見於唐，亦可謂直露肝肺。又斥退之每見駁雜無實之説，亦拊几呼笑，是撓氣害性不得其正，非示人以義之道也。觀此則吾昔所想之張司業，乃一排闢異端，性情激烈之士，為趙宋孫泰山、石徂徠一流之先聲者。然近覽其詩集，乃駭而歎之，真實之張文昌，最以平淡而勝，而老、釋之氣淪肌浹髓其間。其與昌黎書乃其三十三歲事，時韓子亦剛過而立之年，文昌略長於昌黎。（據徐禮節、佘恕誠氏張籍譜略。）其壯年意氣激昂之辭，恐亦时代風氣之所在。文昌恐爲當時一種尊儒排佛之論調所熏染，然并非其真性地。當日之司業，尚未能自明其性地也。以日後司業纯熟清静之文字境界觀之，與昌黎書乃矯異拔俗、以期振爍世人之論爾。此與其祭退之詩云“公文為時帥，我亦有微聲。而後之学者，或號為韓張”者，乃同一心態。祭退之又自云“籍在江湖間，獨以道自將”。司業早歲釋褐之前，以道自任，為文高邁，亦欲一鳴而驚人。吾豈匏瓜也哉。而其入仕塗後，漸多流露本色。此與昌黎、大顚之事，亦甚相類。其雖力排浮屠，而多與僧徒往来不绝。退之與大顚三書，歐、朱皆謂其為真。宋僧明教契嵩乃謂昌黎外專儒以護其名，内終默重佛道。其説實不為過。（錢默存氏談藝録第十七條言之極備）。文昌亦然。使其弗默重佛道玄教，其詩何能有此高致。以詩而論，司業一淡字訣，亦中唐奇崛血脉之不可缺者。退之詩云“張籍多古淡”。張籍樂府為唐第一流，古淡多韻，而今言其以淡勝者，謂其五律及绝句也。張籍集繫年校注卷二夜到渔家詩，集評清人史承豫有云“文昌五言多以淡勝”。此皆予説之所本者。鍾惺唐詩歸有云“張文昌妙情秀質，而別有温夷之氣，思緒清密，讀之無深苦之跡，在中唐最為蘊藉”。确爲正論。清人潘德興養一齋詩話卷三乃謂“文昌七律或嫌平易，五律清妙處不亞王、孟，乃愧夢得、義山哉”。而最能識司業之妙諦者，莫如清人李懷民。其重訂中晚唐詩主客圖説有云"余讀貞元以後近體詩，稱量其體格，竊得兩派焉。一派張水部，天然明麓，不事雕鏤，而氣味近道，學之可以除躁妄，祛矯飾，出入風雅"。（又一派賈長江。）論之極是。如思遠人詩，懷民評云"觸景生情，緣情成詩，都無跡象。水部於此等處真得古情古興，世人安得以其輕淺而忽之也"。誠然也。送遠客詩，其評尾聯"明日重陽節，無人上古城"云"難處只是平常而至味"。文昌極淡而見真諦處，懷民嗟嘆之備矣。實為文昌之功臣。而明清人以淺俗俚俳詆之者亦有其人，如何良俊、陸時雍。（見張籍集繫年校注附錄。）文昌絕句具高致亦甚多。如惜花詩云"山中春已晚，處處見花稀。明日來應盡，林間宿不歸"。予亦曾有斯心，故嗟歎不已。七絕高超處尤衆。如哭孟寂云"曲江院裏題名處，十九人中最少年。今日春光吟不見，杏花零落寺門前。"集中最多隱棲閒適之意，與僧道處士交還贈答之作，玄旨清空，如聞鶴唳。一日懶臥於葛嶺巨石之上，手中一編文昌絕句，閑聽山果脫落，敲擊簹屋之聲，亦極清定自在。（偶接一電話，仿佛来自不同世界者。）清人田雯古歡堂集雜著卷二論其七絕云"文昌標致悠閒，宛轉流暢，如天衣無縫，鍼鏤莫尋"。極善也。惟中唐巨手林立，各以奇崛新異之才，噴薄霄漢，而文昌詩乃以古淡自處，似不屑與之競者，亦妙哉。韓、柳、孟、劉，無此淡字訣。明人唐汝詢嘗云"籍詩意遠，語若天成。就一體論，元和間堪執牛耳。恨局於幽細，篇法雷同"。乃極真實語。吾固喜張籍之古淡天成，不樂韓愈之艱奧粗豪。吾亦學道者，觀文昌之詩，彌有不盡之意，而歎梅都官語之為美。梅宛陵云"詩家必能狀難寫之景如眼前，含不盡之意於言外"。而此脈必推張司業爲巨擘。使司業無老、釋之深入玄虛，詎能造此平淡彌遠之境界乎。修行人欲參平常心者，亦可讀其集以悟之也。

唐人大閑適

吾覽張文昌集，廢書而歎，唐人幾人人能閑適，觀其詩篇真氣如是，不僅摩詰、浩然、儲光羲、韋應物、白樂天、張藉、姚合數賢而已。如姚合詩初觀平淡，甚怪此老乃得名如是，久之而彌覺其有味，非虛名也。唐人尤能契此閑適之意者，為寒山、拾得及曹溪宗脈之禪師。觀祖堂集、景德傳燈錄諸籍，此種閑適，油然而生。如祖堂集卷三懶瓚和尚之樂道歌云"世事悠悠，不如山丘。青松蔽日，碧澗長流"，末云"兀然無事坐，春來草自青"。如此等禪門極多。間有逸格之句。惟彼並非世俗所謂之詩人。處世俗而能真閑適者，覓之唐賢亦極多。披覽全唐詩自有斯感。世間最激烈者為朝政，處此洪流之士，最難自在。而有唐忠烈節義之臣，其能閑適者亦多。如韓偓值乾坤翻覆之際，亦能作極清逸之詩。如"漁翁醉著無人喚，過午醒來雪滿船"，"須信閑人有忙事，早來衝雨覓漁師"。（後句作於唐亡後。）此大為不易，亦後世所難及者。北宋詩人能真閑適者，邵康節二三人耳。隱士如魏仲先，清人賀黃公載酒園詩話謂其詩"微有後句而體輕，輕則易率，率則易俗"。觀其詩知其非真閑逸也。文字遜一分，則閑適亦少一分。達士如蘇子瞻，磊落有古意，其和陶詩篇，似真能閑適，然實不能無安排。（其心不能如禪宗所謂真放下也。）宜其心賞柳柳州，謂其發纖穠於簡古，寄至味於澹泊。蓋能知而不能行。東坡題跋又評柳詩云"所貴乎枯澹者，謂外枯而中膏，似澹而實美"。蘇詩不能枯，亦不能澹，而能另立一格。吾觀蘇子言行放達，而心實未空逸。故其弗逮邵康節，可以此逸心，一超直入唐虞地也。（子瞻素有林泉隱遁之心，而一生仕途顛沛，亦惟隨遇而安而已。然此隨遇而後安，並非隨緣而任運。此又何如康節之安樂窩也。而子瞻能以其文字善巧方便，彌補其不足，是以其詩猶多高致，閱之自亦泠然。後覽宋末衡宗武林丹邑吟編序云“靖節違世特立，游神羲、黃，蓋將與造物為徒，故以其澹然無營之趣，為悠然自得之語，幽邃玄遠，自詣其極，而非用力所到。猶庖丁之技，進於道矣，詩云乎哉。坡之高風邁俗，雖不減陶，而抱其宏偉，尚欲施用，未能忘情軒冕，茲其擬之而不盡同歟”。見蘇詩彙評附錄一。此即吾所謂放不下者。姚合詩云“世間杯酒屬閑人”。東坡心熱，本不得閑，幸自謫居黃州以來，後又顛沛海涯，若得閑者，故使其心愈契乎陶先生，而知好奇務新，為詩之病。然終非真閑人。使呂祖遇之，亦必呵之。）要以閑適論，山谷乃高過子瞻。觀其晚年宜州家乘，乃可想見其證量逸致。山谷綺情，早年為法雲禪師所呵。後黃龍山木樨香中得悟而入，乃真能克己復禮者。其詩初亦不能真閑逸，晚境庶幾逮之。（宋禪僧文字，亦弗能靈雋逸格如唐時。雖倡文字禪如汾陽，實無文字。惟如雪竇頌古及如圜悟“金鴨香銷錦繡幃”者，方許為文字爾。）看宋人詩文，可知唐人氣息多淳厚。淳厚之人，乃能閑適。閑適者何。思無邪也。唐詩前後皆有此種無邪無妄之意。宋詩卻總多出一層安排。而漢、晉古賢，格調又自高超。唐賢得此真脈，不愧前輩。宋人無力振作，只可另闢蹊徑。惟北宋不偏遠於大道，南宋以降，詩學乃真大變矣。南宋詩人求閑適者，如放翁、石湖，真實皆不可與唐賢同日語。放翁詩尚有刻意，而石湖詩愈少真氣。以此占之，南宋閑適愈下，蘇黃之風亦無以踵追之。放翁最有閑適之意者，為其入蜀記。可謂百看而不倦，披之神旺者。此得江山之助，其能閑適，獲天地精神之灌頂加持故。（偶讀入蜀記卷四有云“十六日，遇新野夾，有石瀨茂林，始聞秋鶯”。吾心已醉。其後即游黃州東坡一節也。）要而論之，末世二種人有大閑適。唐非末世，末世自宋始。修行證量甚深之人，心物渾契者，其一也。此有智識而無妄心者。野民淳厚，少分別心，其二也。此無智識而有真性者。而世俗之閑適，在此二者之間，下不能下，上不能上，是以漂泊不安定。欲證性地，必須真修，要當勇猛精進。此以智而得福。欲作野民，必得隱遯，自須杜

絕外緣。此以福而得智。智德福德具足，可以語於至道。捨此二
者而能造大閑適者，則非予所能知也。

昌黎詩未醇於勝義諦

昌黎詩名，實因其古文而貴，乃宋人推尊太甚所致。自蘇黃學
韓以文為詩，流派廣衍，而昌黎母以子貴，儼然居李杜之後為宗盟。
實則其詩並非中唐之冠冕，其精絕處不及孟東野、柳子厚，而才氣
恣肆，自創一格而已。（此與宋人論書尚顏體有相似者。）蘇黃不能嗣李
杜之正脈，而祧祖旁出庶行之昌黎，自亦氣運之所致。能識此秘
者，首推陳後山。後山詩話云“退之於詩，本無解處，以才高而好
耳”。可謂要言不繁。又云“退之以文為詩，子瞻以詩為詞，如教坊
雷大使之舞，雖及天下之工，要非本色”。法眼灼灼如是。宋人論
詩，有知氣而不知脈者，其乃為韓詩氣勢所折，而不識其法脈之不
純。後世尊韓者亦然。魏慶之詩人玉屑亦載東坡嘗自言“書之美
者莫如顏魯公，然書法之壞自魯公始。詩道之美者莫如韓退之，然
詩格之變自退之始”。（以今世之語釋之，顏書韓詩，建設性、破壞力兼備
者。後世人師得其創造力，同時亦受其之破壞。所建設者新風，所破壞者古
法。）故當時能繼古詩之正宗者，乃為東野、柳州。張文昌之古法，
猶醇於昌黎。王世貞藝苑卮言云“韓退之於詩，本無所得，宋人呼
為大家，直是勢利語”。言雖刻而中理。有明前後七子，能知而不
能行。雖不能行，其知自有可觀。蔣之翹讀韓集敘說有云“退之不
願作詩人，此論固高。然其所作則似非正派，古詩猶有雅音，律詩
似未脫中晚氣習。嘗怪此老為文，即西京以下不論，而詩卻不能超
脫，殆不可解”。其讀柳集敘說又云“柳子厚才高，他文惟韓可對
壘，古律詩精妙，韓不及也。當舉世為元和體，韓猶未免諧俗”。極
是。吾以釋教之理說之，古法者，勝義諦也，如元和體，世俗諦也。

勝義諦不捨世俗諦，是為中道正見。孟東野勝義諦不捨世俗諦，所以為正宗。韓子、樂天具世俗諦而未醇於勝義諦，柳子醇於勝義諦而未達世俗諦，皆各得其一偏。昌黎於郊極為推崇。後人多所不解。如葉燮原詩只以昌黎樂善好才，中懷闊大解之。實為繆論。昌黎於詩所作不古，而識力極高，其蓋能知東野之真面目者。黃子雲野鴻詩的云"昌黎極有古音。惜其不由正道，反為盤空硬語，以文入詩，欲自成一家言，難矣"。所言極是。姚範援鶉堂筆記謂"韓退之學杜，音韻全不諧和，徒見其佶倔。如杜公但於平日略作拗體，非以音節聱牙不和為能也"。吾亦久有此感，而不甚喜其七古。老杜之真髓，韓子弗能得之。趙翼甌北詩話論之甚為平正詳備，退之之優劣，其已道及。然其謂"詩本性情，當以性情為主。奇警者猶第在詞間爭難鬪險，使人蕩心駭目，不敢逼視，而意味或少焉。坦易者多觸景生情，因事起意，眼前景，口頭語，自能泌人心脾，耐人咀嚼。此元、白較勝於韓、孟，世徒以輕俗訛之，此不知詩者也"，則又落於一邊矣。吾勝義諦不捨世俗諦是為中道之說，似較之為公允。孟韓鬪險，豈不以性情為主。吾且謂東野之性情，猶高於元、白。甌北之說，又不免執於外相。隨園、甌北標舉性情，實皆未識性情之突奧。（喜怒哀樂，直抒胸臆，觸景生情，眼前景、口頭語，性情之粗者是也。如倉央嘉措之情歌。而幽微古質，溝通鬼神，吾所謂類乎宗教精神者，性情之精者是也。如米拉日巴之道歌。）韓、白可相當，而孟必獨絕於當時。近世同光體甚盛，皆以韓、黃為宗師。其論韓詩之創體及句法者已甚備，吾亦不必置喙。韓詩之雄美，吾非不能賞，惟以平常心觀之如是耳。（拙著宋儒忘筌曾創一本能智慧理論。人能自我成就者，分本能型、智慧型二種。所謂本能型，皆元氣充沛，以我為主，而氣質駁雜，多欲，落於意根，多不能消泯我法之執者。於此轉移氣質之處，尚不及智慧型。所謂智慧型，尚靜觀，多妙悟，能克己，善於消泯我法之執，而元氣、創造力又不及本能型。獨善其身可也，而不能兼濟天下。本能型實證開悟後，又能成本能智慧型。在此種人,大體上本能智慧莫二,煩惱菩提是一,本能即智慧體,智慧具本能力。獨善亦可,兼濟亦可。然亦不能無漏,猶失之粗豪。非最上等。智慧型實證開悟後,又能成智慧大悲型。以大悲心故,境界格局擴充至偉,創造力亦大增焉。然亦不能無漏。最上等資質還是深沉厚重、平淡中和,亦非本能,亦非智慧,又俱不離之者。以此而論,韓昌黎直一本能型也。退之論學能排佛,一反時代之習俗。諍臣論攻訐大賢陽城。素好博塞聲妓飲酒,有詩云"銀燭未銷窗送曙,金釵欲醉坐添香",彥周詩話嘗謂殊不類其為人。此皆本能型之所現也。葛立方韻語陽秋卷六言退之作李干墓誌云其自知服食殺人不可計,慕尚者臨死乃悔其為,而退之乃躬自蹈之,以至於死。白樂天所謂退之服硫黃,一病訖不瘥是已。陳後山作嗟哉行,亦謂此也。葛氏之說,本無確據。然此亦退之本能型之所現也。觀韻語陽秋此條之末云"則知服金石者,尤當屏去粉白黛綠之輩,或者用以資色力,其斃宜哉"。或於退之,亦有隱射焉。退之我慢難銷,未開悟也甚明。然退之於古文、歌詩、學術之元氣及創造力特大,故於後世之影響也特深。柳州元氣雖厚,而偏於智慧型,其智高過退之,而創造力亦相當。吾亦本能型,開悟乃創此說。不然,亦何能臆測。吾初甚喜韓詩,而後疏遠之,詩學緣由而外,或亦以此故。)

昌黎古質

韓詩最可嗟歎者,吾意其古質蒼健處是也。蓋與東野同氣脈者。(吾言東野古質幽深,乃類乎今人所謂宗教精神所致者,而昌黎亦然。其於儒教乃稟懷一赤誠激烈之心,後為理學奉為遠祖,此人所皆知者。然韓子之道統論,陳寅恪氏謂其實有自禪宗血脈相承啟迪而來者,則韓子之儒教精神又弗若東野為古氣也。蓋東野極少受禪宗之影響,立身如禮經,乃直從儒教中自然流露出者,故其詩亦更具古民素樸原始之氣息。此又韓子極敬東野之緣由。韓子作詩奇崛恣肆,每欲以原始能量勝之,而實不能如彼之自然。近世發明韓學奧秘最有獨見者,為陳寅恪氏論韓愈一文。其云"退之道統之說表面上雖由孟子卒章之言所啟發,實際上乃因禪宗教外別傳之說所造成,禪學於退之之影響亦大矣哉。宋儒僅執退之後來與大顛之關係,以為破獲贓據,欲奪取其道統者,似於退之一生經歷與其學說之原委猶未達一間也"。所謂宋儒即朱子一流。其文又云"天竺為體,華夏為用,退之於此以奠定後來宋代新儒學之基礎,退之固是不世出之人傑,若不受新禪宗之影響,恐亦不克臻此"。其後遂演昌黎以文為詩乃受天竺偈頌啟迪之說。所謂天竺為體,華夏為用者,自予初證佛法,會通三教,愈知此體用之言之微妙。寅恪以一學者而發之,亦不可思議。雖然,使實證深入,則天竺、華夏之分別亦自銷融矣。)昌黎於詩自具奇才。唐季司空表聖題柳柳州集後先已言之矣。其言韓詩"驅駕氣勢,若掀雷挾電,撐抉於天地之間,物狀奇怪,不得不鼓舞而徇其呼吸也"。(此亦奠定後世尊韓者之基調。然韓詩得於氣而不得於脈者,吾人亦可從表聖之語測之也。)惟昌黎此等詩吾未以為重,吾所欽服者其古質也。使以古質論之,韓子能作而東野未能作者亦有之,如猗蘭操、拘幽操等琴操十首。晁補之謂之云"愈博涉羣書,所作十操,奇辭奧旨,如取之室中物,以其所涉博,故能約而為此也"。東野弗能涉博而約如此。嚴儀卿云"韓退之琴操極高古,正是本色,非唐賢所及"。東野樂府高古,然弗有蒼渾如許具古聖賢氣象者。程學恂謂其有漢魏樂府所不能及者。翁氏石洲詩語至謂其在騷之上。(見韓昌黎詩繫年集釋。)識之者謂之非深於文者不能作。東野不深於古文,自不能作如琴操者。觀者讀韓詩當須深味其古質,使徒為其雄氣虛鋒所振怖而奪魄焉,亦弗能深窺唐詩之氣脈矣。

劉賓客詩得中正脈

中唐傳盛唐中正脈而八面俱鋒者,莫如劉賓客。其識見亦中正無偏頗,實可敬重。如其集卷二十九贈別君素上人并引有云"曩予習禮之中庸,至不勉而中,不思而得,慄然知聖人之德,學以至於無學。然而斯言也,猶示行者以室廬之奧耳。求其經術而布武未易得也。晚讀佛書，見大雄念物之普，級寶山而梯之。高揭慧火，巧鎔惡見，廣疏便門，旁束邪徑。其所證入，如舟泝川，未始念於前而日遠矣。夫何勉而思之邪。是余知突奧於中庸，啟鍵關於內典。會而歸之，猶初心也。不知予者誚予困而后援佛，謂道有二焉。夫悟不因人，在心而已。其證也，猶暗人之享太牢，信知其味而不能形於言以聞於耳也。口耳之間兼寸耳，尚不可使聞，他人之不吾知，宜矣。"吾衡量唐宋人識見中正如何，亦多觀其於佛法之證會之深淺也。其證會深，則其識見自中正。專恃儒家之古義者，雖恒以正道自居，實則不知時之大義，乃真埋沒仲尼之初心，偏於中道而不自知矣。昌黎闢佛之說，不能惑唐賢之心，而能迷宋儒之目，此宋儒自致之也。在唐人中正之見甚普，如劉賓客，即中唐詩人中最多通達之言者。其雖落魄甚久，而道眼甚高。氣體遒健，文辭明達，故予謂之得中正脈者，弗有如禹錫者。非僅其歌詩而已。以昔日盛唐之眼觀之，賓客詩若為中唐第一。楊慎升庵詩話亦有此論。然以達者之心觀之，其詩亦以此故，弗能如孟東野正窮而變，別樹一幟。如禹錫、李益者，盛唐之餘響，絕有高韻，終不能高過李、杜、高、岑。此又正不如變者。詩人玉屑卷十二蔡伯衲詩評有云"劉夢得詩法則既高，滋味亦厚，但正若巧匠矜能，不見少拙。"所譬極是。賓客詩法脈端正，功力深厚，而少拙樸之美，不見變異之態，人故短之。以此而論，東野乃知時者，賓客過守正格矣。而昌黎則又變之太過，正格偏薄。叩其兩端，而可知其中。東野、賓客、柳州，誠為中唐三種詩風各自之巨擘。開、寶間有李、杜軒輊，元和前後，乃孟、劉、柳三雄角爭之局，韓雖雄大，而偏於正則太過，樂天新拔流動，而古意略遜，故未能與三人媲比。近世瞿蛻園氏作劉禹錫集箋證，底蘊深厚，通曉故實，考據精闢。其附錄四餘錄一篇，類乎劉詩之詩話匯評者，頗能顯賓客之神采。王薑齋嘗云"七言絕句，初、盛唐既饒有之，稍以鄭重故損其風神，至劉夢得而後宏放出於天然，於以揚扢性情，馺娑景物，無不宛爾成章，誠小詩之聖證矣"。瞿氏謂王氏雖只就七絕言之，其所謂宏放出於天然者，亦實足以概其全體。誠然弗繆。瞿氏又引洪北江語，言七律至元和始極變化之能事，而元和中尤以七律見長者首推禹錫，而後溫、李承之。亦是篤論。賓客七絕七律，誠為唐詩體式善完之結穴。而此正孟東野所不為者。其幾全不作近體。故予謂之孟、劉二人，截然不同，而又實互補。古體如東野，古賢淳厚高逸之氣體貫通之。近體如賓客，則達士宏放天然之性情縱橫之。使孟、劉合為一人，則必將與老杜等。太白之古體氣體高絕，然不如孟之能幽深。其近體所作未富，宏放天然與劉甚同，而劉詩富之。以劉之宏放天然，濟孟之狷介，以孟之古質幽深，濟劉之浮華，故曰使合為一人，必高過太白。杜詩裂而為孟、劉，各分得一種血脈，而自成一派。其後詩道亦不復有如甫者。

柳州大家材具

論柳之文將作，一夕痛飲，竟大醉而歸，狼藉一地。既醉乃思，寫柳不易，非同凡情。蓋非此醉，不足以通其神靈邃秘。此吾荒湎之事，亦若儀軌，為操翰者不可少之執敬也。世間事相反而實相應者，亦多有之。柳州有離觴不醉至驛卻寄相送諸公詩云"無限居人送獨醒，可憐寂寞到長亭。荊州不遇高陽侶，一夜春寒滿下廳。"吾獨醒人而兼能為高陽侶者，此蓋亦替柳州先生而醉也。吾素以柳文在韓之上，符契吾心者，宋有晏元獻殊，見宋人捫虱新語、元人王若虛文辨二，近世有陳蘭甫澧，其書亦嘗道此意。章士釗氏柳文指要又勿論矣。（唯其說有推崇太過者，亦不可盡信。晏元獻之語云"韓退之扶導聖教，剗除異端，自其所長。若其祖述墳典，憲章騷雅，上傳三古，下籠百氏，橫行闊視於綴述之場者，子厚一人而已矣"。近覽天下才子必讀書卷十二,金聖歎評柳文亦嘗言"柳州人物,高出昌黎上一等","純是上聖至理,而以寓言出之。頗疑昌黎未必有之"。所言甚是。)吾又謂柳詩弗如韓之雄彊,而以精深勝之。詩之真,脈第一,氣其次。韓以氣勝,柳以脈超。以此而論,柳詩脈古氣潔,于韓固為優。唐詩得謝陶之脈者,莫如東野、柳州。而在二人,皆主謝在陶前,學謝而兼及陶。柳之佳什,精切似又超於東野之上,如登蒲洲石磯望橫江口潭島深迥對者零山。周履靖騷壇秘語云"柳子厚斟酌陶謝之中,用意極工,造語極深"。誠然弗繆。此為子厚獨步於當時者。東坡題跋嘗云"詩須要有為而作,用事當以故為新,以俗為雅。好奇務新,乃詩之病。柳子厚晚年詩極似陶淵明,知詩之病者也"。子厚詩品之古,合於正則。蘇子一語道破天機。(此又不啻蘇子晚年學陶夫子自道,蓋其自知早年詩好奇務新,乃有詩病者)。葉矯然龍性堂詩話云"韓柳二家以詩論,韓具別才,柳卻當家。韓之氣魄奇矯,柳不能為,而雅淡幽峭,得騷人之致,則韓須讓柳一席也"。所言極是。喬憶劍谿說詩云"柳韋並稱,五言小詩也,至大篇馳騁,筆力當不在韓吏部之下。顧韓自出規模,柳則運以古詩,韓氣奇,柳氣峻,分路揚鑣,而柳詩品貴"。品貴二字,言之極允。(東坡題跋謂韋、柳發纖穠于簡古,寄至味於澹泊,又謂退之豪放奇險則過之,而溫厲靖深不及也。簡古澹泊、溫厲靖深,皆此品貴二字之妙詮也)。吾論詩以真脈氣血,真脈貴於氣血,脈為中道,而品又微妙於脈者。蓋氣可養,脈可正,而品在可養不可養、可正不可正之間,為自然自顯、不可安排者,所以彌貴。許學夷詩源辯體有云"學韋柳詩,須先養其性氣,倘崢嶸之氣未化,豪蕩之性未除,非但不能學,且不能讀。試觀于鱗、元美于韋柳多不相契"。此深入肯綮之論,而尚未究竟者。柳詩所以品貴,亦正在此。故柳詩兼得楚騷幽玄、陶謝直超二脈之傳,不愧中唐大家材具。惟孟古質而能新,承李、杜之詩膽,柳州嚴守古則而不破,是以略有遜之爾。(程不識威靈法度,終不及飛將軍無法度為高。龍伯高謙和節儉,終不如杜季良憂人之憂、樂人之樂為大。詩人玉屑卷十二蔡伯衲詩評云"柳子厚詩雄深簡澹，迥拔流俗，至味自高，直揖陶謝。然似入武庫，但覺森嚴"。程不識之軍陣，誠應森嚴若是。而飛將軍之軍陣，不可易觀也。）詩自具中道，重古脈，然不破，亦自不立。歷代大家，皆敢於破立，而不離中道正則。劉、柳皆正則之典範，而皆不能破立，所以不能與李杜比。柳詩品貴，又優於劉。東野雖有好奇務新之詩病，然其大體，乃足踵李杜一輩人物，為血脈之正傳也。其詩之品、脈、氣俱善。（昌黎敢於破立，而患於中道過偏，乃與樂天同。）中唐品操最貴者，為孟、柳。一者一貧徹骨，裘褐懸結，未嘗俯首為可憐之色，一者謫窮，懷屈子之厲操卓思，宜其詩品尚矣。

白樂天詩不古而人古

　　元和詩影響後世最深者莫如韓、白，皆非當時極詣。究其緣由有二。韓、白皆不拘一格，稟性直率，亦皆多情欲。其樂府及古詩多質樸，具野人之氣息。孟、柳高風絕響，豈常人所可親近。此其一也。（以拙著宋儒忘筌之說釋之，韓、白皆本能力量甚大而能參智慧者。其詩格不古，而所蘊之創造力甚大。此其倜儻不拘於故轍處。此為正面之緣由。）韓之粗豪，白之淺俚，後人易於效仿，而識者皆知其詩格不正。粗豪似雄渾，學韓似入杜，淺俚似古質，學元、白似窺漢、魏，故風行後世。後人心粗氣浮為多，心粗學韓，氣浮學白，亦自然耳。此其二也。（此負面之緣由也。此種正負面能量之集合體，頗類於波斯瑣羅亞斯德教之善惡二元論。韓、白詩所集聚之兩種力量，其內部必亦有糾結搏擊。吾人只觀韓、白歌詩之自得恣肆，而不知其自信泰然之心，反不如孟、柳也。近世作查拉圖斯特拉如是說之尼采氏，蓋亦韓昌黎一輩人物。其旨趣極高古，而其內心之糾結搏擊也甚烈。其於後世之影響，亦分此光明、黑暗之兩種也。）唐才子傳謂白樂天"公詩以六義為主，不尚艱難"。此正予所謂學元、白似窺漢、魏之注腳。實則以詩而論，樂天之六義，非周、漢之六義。樂天新樂府序云"首句標其目，卒章顯其事，詩三百之義也。其辭質而徑，欲見之者易諭也。其言直而切，欲聞之者深誡也。其事覈而實，使采之者傳信也。其體順而肆，可以播於樂章歌曲也。總而言之，為君為臣為民為物為事而作，不為文而作也"。此雖類乎復古崇聖之心，而實以六義古法為緣飾。所謂為君為事而作，不為文而作者，即樂天自知其文不古之顯證。理與事，文與質，豈可分析而為之哉。風詩六義，豈別理事文質而為之耶。（詩經文質合一，理事莫二）。後世欲效法六義者亦甚衆，其以樂天新樂府為範，亦自然爾。然元、白之樂府，實弗如張籍、王建為正宗，此又其所自知者。右以詩而論如是。以人而論，樂天固吾道一大賢。樂天志忠鯁而行放達，自號醉吟先生，淵明、東皋子之流亞也。其又能信解行證，深入禪宗玄奧，通學小大乘法。五燈會元謂其為佛光滿禪師法嗣，得其心要，又能於佛義鉤深索隱，通幽洞微，蓋能以解行並證，為中唐三教一致之典型。故其詩佳處，即自其心性中流出，有自然若珠貫者。此與其深造於禪，於自性具足體切受用必有相關者。（後世慧業文人奉三教一致者，往往無實證真修。）而如昌黎，乃中唐儒家之首座。其詩博厚處，亦自性情而發，為後世所稱嘆。（後世儒家，又往往不能作詩如彼之蒼渾矯厲。道學家之詩，康節、元晦、白沙皆多道氣，親山林，不如昌黎詩特有原始之能量也。）故韓、白詩不古，而人古。詩不足而以人補之，是故後世譽之中唐二大家也。樂天性靈獨耀，尤見於草堂記。其云"樂天既來為主，仰觀山，俯聽泉。傍睨竹樹雲石，自辰及酉，應接不暇。俄而物誘氣隨，外適內和，一宿體寧，再宿心恬，三宿後頹然嗒然，不知其然而然"。此非莊列中人而誰耶。其記畫云"學在骨髓者，自心術得。工侔造化者，由天和來"。白詩之得骨髓者，亦皆自其心術天和而出也。故曰其詩不古而人古，其筆未純而意純。遂另開一派以心術天和為尚者，重內神甚於氣形,亦如白鶴清唳,聞於九天矣。

元微之非次

觀微之生平,可以非次二字括之。(非次語本舊唐書元稹傳"稹以天子非次拔擢,欲有所立以報上"。)新唐書謂其始言事峭直,欲以立名,中見斥廢十年,信道不堅,乃喪所守。附宦貴得宰相,居位纔三月罷。晚彌沮喪,加廉節不飾云。此非次也。宿敷水驛,内官劉士元後至,爭廳,士元怒,以箠擊稹傷面,執政以稹少年後輩,務作威福,貶為江陵府士曹參軍。此亦非次也。大和三年入為尚書左丞,振舉紀綱,出郎官頗乖公議者七人。然稹素無檢操,人情不厭服。此亦非次也。其後世最聞名者,鶯鶯傳也。趙令時侯鯖錄謂張生即稹。其事始亂之終棄之,其情甚凄惋,而實亦為非次。(鶯鶯傳末張生自云"予之德不足以勝妖孽,是用忍情"。實則中唐非次如微之者出,他人觀之,乃真若妖孽者。以此可卜唐朝之氣數。)大和五年微之暴疾而卒,時年五十三,此亦非次也。較之樂天,非為圓滿。白修佛道,甚精亦誠,元則一生慧業文人爾,其報亦自不同也歟。故吾謂其生平可以非次二字括之。(近世碩儒陳寅恪唐代政治史述論稿論黨派分野,嘗立一假說,分別山東士族舊家與進士出身新興階級二種勢力,後者以浮華放浪著稱。元、白固屬此種新階級者。在舊家觀之,此等新興之士本為非次。故元微之之非次,非僅道德不純使然,實亦為時勢運會及舊派輿論迫之也。其後李義山所遇亦似之。陳文亦言樂天幸生世較早,若升朝更晚,恐亦難倖免也。其文亦言及微之連昌宮詞全篇主旨所在。微之聰慧浮薄,生此特殊時代之夾層中,官至宰相,又每為時人輕笑,才高如許,又常為後賢譏刺。嗚呼,亦可謂非次也。後賢譏刺語,莫如辛文房唐才子傳之論,吾亦弗忍述之矣。其語蓋本宋人敖陶孫詩評。參唐才子傳校箋。宋人喜以道德說教判詩,時覺森嚴有殺氣。此亦可一窺。寅恪氏以詩證史,而予此篇,亦又以史證詩者也。)微之非次如是,其詩亦然乎。自古詩氣脈觀之,元白詩固非次者。

然此新興之詩體，以後世傚法者觀之，又是一山之鼻祖，以非次為次，以非法為法。宋人於道德輕元白，於詩藝則祖禰之。（此又宋人之糾結處。宋代自熙寧後乃成一非次之時代，以非次為次，以非法為法。無論政治、改革、財貨之道，詩文書畫及新興之道學，皆如是也。道學闢佛老，以自為尊，欲得君治國而不能，乃特具攻擊性。其學說有霸悍之風，以非法為法，而後世法之。）以才觀之，微之固亦矯拔當世之人。舊唐書文苑傳序謂“元稹、劉蕡之對策，王維、杜甫之雕蟲，並非肄業使然，自是天機秀絕”。以元之策論為唐文之精華。又謂“元和中，詞人元稹論李杜之優劣，自後屬文者，以稹論為是”，則稹亦一流之詩論家。國史補謂元和已後，學淺切於白居易，學浮靡於元稹，則稹為時尚推重如是。吾讀元稹集，其才情聳動，固無多讓，惟予所獨喜者，乃其七絕。可與劉賓客七絕相媲比。佳篇殊多，筆健語新，勢拔意警，雖直而多情韻。其酬李甫見贈十首有云“杜甫天材頗絕倫，每尋詩卷似情親，憐渠直道當時語，不着心源傍古人”。此又頗可窺微之作詩之真心源，果然天機秀絕也。

李昌谷非鬼才辨

自宋祁言太白仙才、長吉鬼才以來，歷代喜以鬼才評李賀詩。吾甚不以為然。近世錢默存氏談藝錄論及昌谷有八九則之多，極細緻，亦甚輕其詩。究其懷抱，恐亦以昌谷為鬼才者。吾是以愈思夫明季李世熊之言也。李氏昌谷詩解序有云“李賀所賦銅人、銅臺、銅駝、梁臺，慟興亡，歎桑海，如與今人語今事，握手結胸，愴淚漣洏也。賀亦尋常今之人耳。千年心眼，何為使賀獨有鬼名哉。夫唐人以賀赴帝召，共慕之為仙，今千年，學士乃畏之為鬼。以為仙，則賀死而生。以為鬼，則賀生而死矣。然則賀之死不在二十七年之後，乃在二十七年之前也。賀之死又不在借諱錮身，投潰掩名之日，而在千年來疑賀、摘賀、贊愛賀、自以為知賀之人也。劉會孟曰，千年長吉，予甫知之耳。賀所長乃在理外，如惠施堅白，特以不近人情，而聽者惑焉，是為辨耳。夫鬼亦人靈而已。既以外理，又不近人，有物如是者，奚但鬼而已哉。雖然長吉不諱死，亦自知其必復生。唐人已慕之為仙矣。賀自言則曰，幾迴天上葬神仙，又曰，彭祖巫咸幾回死，是謂仙亦必死也。後人既畏之為鬼矣。賀自言則曰，秋墳鬼唱鮑家詩。是謂鬼定不死也。故生死非賀所欣戚也。意賀所最不耐者，此千年來擠賀於鬱督沈屯中，非死非生，若魘不興者，終不能豎眉吐舌，嘔血雪腸於天日之前，是賀所大苦也乎”。（見李長吉歌詩王琦彙解首卷。）所論極是。談藝錄評賀詩甚備，亦不免為千年來自以為知賀之人。唐人慕之為仙，此為實情，鬼才之評，宋人之戲論。杜牧之李長吉歌詩敘有“牛鬼蛇神，不足為其虛荒誕幻”之語，並未言其為鬼才。觀牧之自撰墓銘自言臨死前種種徵兆，又多焚所為文章，則其不能晝見緋衣駕赤虯之人必矣。故知世熊唐人慕之為仙一語，甚有分量。知李賀者莫若唐賢，自宋人興鬼才說，其悖於真實者多矣。滄浪詩話云“人言太白仙才，長吉鬼才。不然，太白天仙之詞，長吉鬼仙之詞耳”。頗為折衷之言。長吉自屬仙類，同於太白。又云“大曆之後，吾所深取者，李長吉、柳子厚、劉言史、權德輿、李涉、李益耳”。又云“玉川之怪，長吉之瑰詭，天地間自欠此體不得”。乃真能知賀者。賀亦平常人，以鬼才薄之者，固非宜，而必以賀詩為詩史，悉取時事附會如姚文燮者，亦過矣。（談藝錄斥之，亦中理。清人馮集梧樊川詩注自序嘗云“注詩之難，昔人言之，自孟子有知人論世及以意逆志之說，而奉以從事者，不無求之過深。夫吾人發言，豈必動關時事”。誠然非謬。）以鬼才薄之者，弗能識賀詩興觀韻致之古則高逸。賀詩自具正脈焉。（明季趙宦光彈雅有云“或問陸放翁曰，李賀樂府極古今之工，具眼或未許之，何也。放翁曰，賀詞如百家錦衲，五色眩曜，光奪眼目，使人不敢熟視，求其補於用，無有也。予謂賀詩妙在興,其次在韻逸。若但舉其五色眩曜,是以兒童才藻目之,豈直無補已乎"。所言極是。趙寒山、李世熊皆明季人。明季人論詩大有真見地,如王蓳齋雖喜偏激,見地自多不凡。)長吉興觀之符契古則,即杜牧之序所謂騷之苗裔者。明人李維楨昌谷詩解序云"騷詣絕窮微,極命庶物,力奪天巧,渾成無跡。長吉則鋒穎太露,蹊徑易見,調高而不能下,氣峻而不能平。是於騷特長於擬議,未臻變化,安得奴僕騷也"。長吉得騷血脈,而弗能等於屈子固矣。然使以太白之歌詩擬於騷,亦將有鋒穎太露,蹊徑易見云者之感。惟深淺有不同耳。(姚文燮昌谷詩註序有云"唐才子皆詩,而白與賀獨騷。白,近乎騷者也。賀則幽深詭譎,較騷為尤甚。後之論定者以仙予白,以鬼予賀,吾又何能不為賀惜"。吾亦同感焉。近覽林琴南畏廬瑣記有云"實則長吉之詩,厚本於騷,出之以頑豔,為楚聲之悲,復為秦聲之亢。情深而文隱,用意所在不易尋覓。若但獵其豔,則成一贗體。故後人學之者寡"。不失為解人也。)李維楨又云長吉"隻字片語,必新必奇。若古人所未經道,而實皆有據案,有原委。古意鬱浡其間,其庀蓄富,其裁鑒富,其結撰密,其鍛鍊工,其丰神超,其骨力健,典實不浮,整蔚有序,雖詰屈幽奧,意緒可尋,要以自成長吉一家言而已"。此評最確,無以易。亦尤可與愚所稱之興觀之古則、韻致之高逸相印證也。(古則者,騷之苗裔、典實不浮、整蔚有序之謂是也。高逸者,其丰神超、骨力健、必新奇之謂是也。)維楨又謂長吉"胸有萬卷書,筆無半點塵"。誠然弗繆。而談藝錄乃云"余嘗謂長吉文心,如短視人之目力,近則細察秋毫,遠則大不能覩輿薪。故忽起忽結,忽轉忽斷,複生傍生,爽肌戛魄之境,酸心刺骨之字,如明珠錯落,與離騷之連犿荒幻,而情意貫注、神氣籠罩者,固不類也。"此不免失之過刻,非篤論也。賀詩神超骨健,典實不浮,具古意,求其情貫氣注者亦有之。錢氏短視人之譬甚新甚奇,然亦近乎謗矣。昌谷壽則短之,視豈短哉。吾評中唐詩,實以古質為第一標準。賀詩古意,亦契斯旨。而談藝錄乃謂"長吉穿幽入仄,慘淡經營,都在修辭設色,舉凡謀篇命意,均落第二義。故李賓之懷麓堂詩話謂其有山節藻梲,而無梁棟"。此又錢氏不識大者。不知李昌谷之古意興觀,超健韻致,正乃中唐歌詩之梁棟所在。李東陽、錢默存只見其山節藻梲,是其為短視人也。李維楨序又云"杜樊川序謂騷之苗裔,令未死,且加以理,可奴僕命騷。未為不知長吉,亦未為深知長吉。詩有別才,不必盡出於理"。所語極是。以騷之苗裔讀賀詩,必不悖乎中道,將使人不復以鬼才擬論。然必以騷相擬,賀詩之自成一家言者,亦將泯沒。故曰未為不知長吉,亦未深知長吉也。(李維楨、趙宧光、李世熊皆明中葉、晚季人,其皆能識賀詩之大體。明中季世詩文,亦每為後人所詆,往往亦目之若有鬼氣者。如李世熊文,即有此瑰詭峭刻之意。其於賀詩能有篤論如是,抑自預先作辯護耶。拙著徵聖錄亦已評之矣。見卷十五李世熊為文。石遺室詩話謂其詩"造語纖澀,似元人之學長吉,時復與黃石齋、倪鴻寶相仿佛,明末風氣,大抵然也"。李世熊論賀詩能得乎中道,亦正為後世人以中道論明季詩文而自先導之也。)

賈詩清嚴中見靈妙

孟、韓、長吉,皆篤情古質之士,不喜作近體,而皆猛利之風。然近體雖至唐乃盛,豈無古質耶。特才性有不同爾。中唐致力於七律者,為豁達之劉、白,致力於五律者,為逸格之張、賈。升庵詩話云"晚唐之詩分為二派。一派學張籍,則朱慶餘、陳標、任蕃、章孝標、司空圖、項斯其人也。一派學賈島,則李洞、姚合、方干、喻鳧、周賀、九僧其人也"。(惟升庵斥彼學張、賈者,真處裈中之蝨。過矣。)清人李懷民重訂中晚唐詩主客圖說亦云"余讀貞元以後近體詩,稱量其體格,竊得兩派焉。一派張水部,天然明麗,不事雕琢,而氣味近道,學之可以除躁妄,祛矯飾,出入風雅。一派賈長江,力求險奧,不吝心思,而氣骨凌霄,學之可以屏浮靡,袪熟俗,振興頑

懦。二君之詩,各有廣大奧逸、宏拔美麗之妙,而自成一家。一緒
所延,在當時,或親承其旨,在後日,則私淑其風,昭昭可考,非余一
人私見"。所言弗繆也。賈浪仙詩,舊著徵聖錄先已論及。今擷其
精華,以圓中唐血脈之規模。

　　唐人近體之興,愚意實與釋教淵源甚深。姑妄而擬之,風雅離
騷之詩,儒家之體也。漢宮房中鼓吹,魏晉游仙之什,道家之體也。
(古詩十九首亦氣體齗通,多道家言。)而唐人律詩則釋家之體是也。蓋
律詩皆內斂中見至大,清嚴中見靈妙,極類律咒禪定後天地,觀其
氣格,若非釋教法度無以成之。(劉禹錫集秋日過鴻舉法師寺院便送歸
江陵詩引所闡之理頗可與愚說相證。其有云"梵言沙門,猶華言去欲也。能
離欲則方寸地虛,虛而萬景入,入必有所泄,乃形乎詞。詞妙而深者,必依于
聲律。故自近古而降,釋子以詩聞于世者相踵焉。因定而得境,故翛然以清。
由慧而遺詞,故粹然以麗"。愚謂非惟釋子,盛唐之五言近體,多有由是出者,
實為風氣所然。蓋彼時佛禪之于世間,淪肌浹髓,有不可思議者。)故律法
之醇,實以信佛之王摩詰為大家,而杜陵植儒門血肉於此法度中,
別具奇宕之力,是以大成。中晚唐之最工五律者莫若賈島,其嘗為
沙門,浪仙集中最工者莫非道流交遊文字。得其根本者,方能精
工。浪仙之以釋教為心源,自與五律神脉相合,其之能成,蓋非偶
然也。略摘其句。山中道士有曰,養雛成大鶴,種子作高松。筆法
神妙。迺與老杜桑麻深雨露,燕雀半生成一脈而下,雋快高奇,愈
顯本色。黃道周榕壇問業有言"格得透時,麟鳳蟲魚,一齊拜舞。
格不透時,四面牆壁,無處藏身"。又曰"賁者仁之色,素者仁之地
也。有此素地,隨他繪出富貴、貧賤、患難、造次、顛沛,如一大幅山
川、草木、鳥獸、蟲魚,屈折動靜,姿態橫生,只見可樂,不見離異
也"。詩人即以此素地繪事者也。賈浪仙讚山中道士有此格透意
思,素地之上,養雛成鶴種子成松,其格調旨意之高妙精微,要非宋
明儒精研性理,幾無可追想矣。(庾子山奉和趙王隱士"短松猶百尺,少

鶴已千年"。或爲浪仙所本。庾詩含蓄,賈語則逌神。錢氏談藝錄嘗引之。)
然老杜之詩猶有蘊蓄歸藏之玄諦,賈詩風骨既出,則無復此意矣。
送田卓入華山二聯有曰,瀑布五千仞,草堂瀑布邊。壇松涓滴露,
嶽月沉寥天。頷聯之奇,李懷民謂之此五丁開山之句也。(據今人
黄鵬氏賈島詩集箋注。)唐人神句既至,不拘格律,誠所謂物物而不物
於物者,其神逸固非後世囿隔詩律者所能知。壇松嶽月,尤能奪
人,此非山嶽中人不得其妙者也。此作有高寒之致,亦賈詩中所常
見者。送無可上人有曰"獨行潭底影,數息樹邊身"。此精深佛典
觸境緣覺之作也。愚曩游雲棲梵徑,洗心池畔,鑑照萬物,身影貫
徹,蓦然有悟。量浪仙此聯,必亦從實境中悟入,自參空假之諦,關
涉性命,非尋常人所能會。臨漢隱居詩話有云"不知此二句有何難
道,至于三年始成而一吟淚下也"。此無足以與語者也。送烏行中
石淙別業有曰,草通石淙脈,硯帶海潮痕。冥合物理之句也。愚游
丘壑名山,於山水草木物理,每有神解。是以知浪仙詩句之妙,誠
其之深諳山水物理使然,非偶合也。此又非粗者所能知。寄無可
上人有曰,穴蟻苔痕靜,藏蟬柏葉稠。狀類瑣細而貞靜自妙。較元
裕之枯槐聚蟻無多地,秋水鳴蛙自一天之蒼涼磊落,愚猶喜浪仙之
縝密圓神,裕之似不免安排矣。洛陽道中寄弟有曰,密雲埋二室,
積雪度三川。生類梗萍泛,悲無金石堅。趨走生計,固有困色。然
猶不失風骨塊磊。音辭亦雄直響亮。題李凝幽居有曰,鳥宿池邊
樹,僧敲月下門。天人之間,極有理趣,豈尋常詩家推敲著意者所
能擬哉。寄董武有曰,孤鴻來半夜,積雪在諸峯。可謂神隽之至。
孤鴻之來,似有洛神消息,峯雪之積,若開荊董之畫境,閱之怡然。
李懷民評曰二句風骨高騫,獨絕千古,為賈集中最高格,非李才江
董所能追。誠然。題山寺井有曰,藏源重嶂底,澄翳大空隅。其境
牢籠天地,暗通靈物,洵非常手段也。送唐環歸敷水莊有曰,地侵
山影掃,葉帶露痕書。瀛奎律髓匯評曰"無中造有者,掃山影之謂

也。微中致著者,書露痕之謂也。人能作此一聯,亦可以名世矣"。然無中造有微中致著之說,猶有安排之意,賈詩之奇致,似安排而實非安排,此後人所不易知者。送厲宗上人有曰,高頂白雲盡,前山黃葉多。亦有孤鴻積雪之妙。雪晴晚望之樵人歸白屋,寒日下危峰,亦近之。送李餘往湖南有曰,岳石掛海雪,野楓堆渚檣,十字轉出天地海嶽消息,義山所謂欲回天地入扁舟者,近之也。而義山江湖白髮天地扁舟之句,徹而多悲,何若浪仙之蘊藉少思慮也。送惠雅法師歸玉泉頸聯有曰,講不停雷雨,吟當近海流。句法奇逸,警耸而出,開後世對仗聯語多少法門。此又非禪力彌真截斷眾流所不能至者。世之刻意著新者,豈能得之。憶江上吳處士有曰,秋風生渭水,落葉滿長安。四溟詩話謂其氣象雄渾,大類盛唐。紀曉嵐言此詩天骨開張,而行以浩氣,浪仙有數之作。沈德潛說詩晬語嘆卑靡時乃有此格。愚謂時之卑靡非人之卑靡也,前已辨之。王靜安處清屋卑靡之世,其詞尤多此格。又常有秋風長安意象,恐亦為浪仙所深攝者。寄朱錫珪有曰,長江人釣月,曠野火燒風。龍性堂詩話初集言"浪仙此聯,與流星透疏木,走月逆行雲,遠天垂地外,寒日下西峯,邊日沈殘角,河開截夜城,峰懸驛路殘雲斷,海浸城根老樹秋,山鐘夜渡空江水,汀月寒生古石樓等語,真堪鑄佛禮拜"。後人拜服如此,迺知李才江非無儔侶。送宣皎上人游太白有曰,得句才鄰約,論宗意在南。約即沈約,南即禪宗惠能南宗之學。實可悟賈詩有由禪化出者。蓋浪仙修佛而返儒,兼能二教之傳,雖非道術專致,而獨精於詩律,亦儒佛交匯肇之也。是以賈詩之鍛煉,庶幾參乎王杜二家之法,所以精絕超塵。愚謂近體為釋家之詩,亦多有此意。若無禪佛之化,儒門之詩似無以致此邃境也。(馬湛翁與洪巢林書有云"公謂讀書作詩,正須用情識,此實不然。讀書到怡然理順、渙然冰釋時,作詩到文章本天成、妙手偶得之時,已非情識境界。此事用力到極處,亦須智訖情枯,忽然轉向始得,直與參禪無異"。浪仙詩高逸

處少有情識，豈非從參禪得力。惟參禪未成，繼以宦業悲苦，其詩境亦未至天
行之境，純合道化，終是情識障礙之。此又世人不可不知者。）

衰世思賈島辨

自唐季李洞念賈島佛以降，歷代學浪仙者多在衰世。宋元之
四靈、方回，明季之鍾、譚，清末之同光體，皆是也。是故前人有衰
世思賈島之說，蓋諷其寒瘦蕭颯，一與氣數世運相終始也。越縵堂
讀書記評羅昭諫讒書有云"余常謂國之將亡，江湖派出，故唐宋元
明之季，皆各有一江湖派，為山林邨野畸仄浮淺之人所託，而唐末
最詭瑣，故五代之亂最甚，文章之徵運會，豈不信哉"。即其類也。
以時勢判詩，固亦有中理者，然或非觀風之鈴鍵，詩教之津梁。彼
季世者，以世而論之，氣數固式微矣，以人而論之，則往往風骨健
峭，嶙峋若不可犯者，外力彌迫則其骨愈出，如此方能窺其奧賾，固
非可以氣數一以蔽之。李洞詩多僻澀卓峭，超拔時流。唐才子傳
言其昭宗時凡三上皆不第。曾獻詩裴公云，公道此時如不得，昭陵
慟哭一生休。其詩誠沈摯卓犖慷慨生哀者。其人固失意而終，要
其志趣懷抱，皆嶙峋有清剛之色。唐末士夫矯厲名行，敦尚氣誼，
豈無得其力者哉。唐季詩人風骨挺聳者多矣，皮陸貫休無論，闇者
若翁承贊、黃滔、徐夤、曹松、李中葦，愚閱其詩，多為盛唐法嗣，氣
象蒸蔚，而能清挺。越縵之說，豈盡實錄。四靈徐璣、徐照、翁卷、
趙師秀皆永嘉人。其詩派雖失之於纖弱，所成未高，然觀詩派中葉
水心劉克莊諸公，皆英邁人物。宋末遺民尤以風節見稱者如謝翺、
真山民、蕭立之者，亦皆承四靈之遺風。江湖詩派之推晚唐，其詩
固未大，其人豈無明爽駿發之氣骨哉。（錢默存先生宋詩選注有譏評
江湖派者，其論葉水心之語甚為尖刻工巧，彈擊古人略無忌憚，且時以奇譬自
喜，而不知自墮惡趣。愚不取焉。實則周草窗浩然齋雅談先已辨之。其有云

"水心翁以抉雲漢、分天章之才,未嘗輕可一世,乃于四靈若自以爲不及者,何耶。此即昌黎之于東野,六一之于宛陵也。惟其富贍雄偉,欲爲清空而不可得,一旦見之,若厭膏粱而甘藜藿,故不覺有契于心耳"。以此而論,江湖詩派之中,水心克莊諸公爲其氣骨,四靈爲其膚理,持論者徒以膚理取之,而忽其氣骨之隱,非篤論也。草窗此論,默存先生談藝錄亦嘗引之,惟先生之性,好以文字枝末繩人,不免于先賢精魄、古人大體,微有不恭之處。其識見或失之過察,矜巧而有損乎道樸。水至清則無魚,高處誠有不勝寒者。猶爲文家習氣,非愚所尚也。當代嚴迪昌先生論清初詩,力推遺民之作,能不爲文字膚理所拘弊,獨重質性,非舊說專尚文詞者所能比也。)明季竟陵體出,鍾惺譚元春二人,本亦以賈詩之瘦硬卓峭濟七子之模古失真,以骨相崎嶔救時調之圓熟俗媚,是爲正行,自有正果。其詩風雖入偏頗,有悖大雅,其精神之獨立誠有益於後世。明季文人氣節之盛,誠亦有得乎竟陵派者。傅青主霜紅龕詩集、倪鴻寶倪文貞集詩皆其法嗣之特異者。倪傅皆卓絕大儒,甚爲竟陵生色。諸大儒之不以竟陵詩格爲非,以其有真氣在。聖人曰質勝文則野,斯人之謂與。而痛詆竟陵爲外道之錢牧齋,雖渾涵澒洞大爲文宗魁傑,身則淪爲貳臣。此又非愚所能知者。乾嘉間,高密三李論詩奉張籍賈島爲主,而朱慶餘李洞以下爲客。高密詩派,多清奇僻苦之辭,以洗藻繪甜熟之習。嚴迪昌先生謂清季清道人猶承其傳。(參見嚴著清詩史第三編第六章。)愚觀李懷民、少鶴昆仲詩,固剛直冷峭之士,非乾嘉時流趨和聖制者所能擬也。至清季同光宣三朝,有宋詩派出。石遺室詩話卷三言,前清詩學,道光以來,一大關捩。略別兩派。一派爲清蒼幽峭,古賢以下,逮賈島姚合陳師道陳與義陳傅良趙師秀徐照徐璣翁卷嚴羽范梈揭傒斯鍾惺譚元春之倫,體會淵微。此一派近日以鄭海藏爲魁壘。又一派爲生澀奧衍,以鄭子尹爲弁冕,近日沈乙庵陳散原實其流派。石遺之說,可謂後世習賈詩之名錄也。實者清蒼幽峭、生澀奧衍,本亦相類,賈島之爲一大禰祖,亦何以撝

之。海日樓題跋亦自言賈集隨行笈，免于灰燼，可知其書之為詩
人護重。愚觀清季詩人，亦凜凜多壯節，非惟其詩派之大之盛，
其人之襟抱風度，實亦能不朽。惜哉鄭海藏黃秋岳之誤入歧途，
是其心術之偏，要非詩派之癥。賈詩之大，亦可見矣。焉能以氣
數世運獨斷之哉。近世柯昌泗語石異同評卷一有云“宋初陶穀
李昉諸人，五代時已擅名碑版，可見當時詞藝，謹守矩矱，不隨世
運爲升降也”。浪仙及後世習賈詩者亦當如是觀也。愚亦喜浪
仙，以為其詩風骨清雋剛奇，實盛唐法脈之餘，何以寒瘦之詞蔽
之哉。故為是說以辨之。（此條亦錄自舊著徵聖錄，頗可為此書之補，
敝帚自珍，一併收入。）

中唐諸賢方便教化眾生

唐譯華嚴經卷六十九言喜目觀察眾生夜神“普詣一切眾生之
前，隨其所應以種種言辭而為說法。或說世間神通福力。或說三
界皆是可怖，令其不作世間業行，離三界處，出見稠林。或為稱讚
一切智道，令其超越二乘之地。或為演說不住生死，不住涅槃，令
其不著有為無為。或為演說住於天宮乃至道場，令其欣發菩提意。
如是方便教化眾生，皆令究竟得一切智”。詩道亦然。自周、漢以
迄盛唐，大家巨匠眾矣，而又有中唐之變化，乃以方便教化眾生故
也。孟東野生，使人知詩道非古質不足立，非生硬不足破。柳子厚
生，使人知詩之終以品格為貴，不可拘迷於聲氣之盛。劉夢得生，
使人知詩脈當以宏放天然，為其乾元之體。韓昌黎生，使人知詩法
之本善變化、有莫可測者。又如白樂天出，人乃悟性靈獨耀，可為
詩之心源。張文昌出，乃悟閒適古澹，似易而實難。賈長江出，乃
悟苦吟亦合聖諦，詩道亦如佛法。李昌谷出，乃悟中正、幽玄之格
外，又有奇特至極之致。詩道善變易其形狀，不可以世間心測度。

中唐諸賢，隨其根性，以種種言辭振拔世俗，誘導學人，是皆詩道之神所變現者。不同之人，亦為其相應之詩所動所化，入於性情之內奧。使達者觀之，當不以吾說為戲論也。

卷申　晚唐高絕脈第九

　　自古性情一體，性中情應，情中性具，惟所發因時，自有不同。盛唐以性爲主，即情即性，中唐性情之間，晚唐情多於性。此脈似微而實著，似浮而實沉。高絕二字，取自杜牧之獻詩啓。其云"某苦心爲詩，本求高絕，不務奇麗，不涉習俗，不今不古，處於中間"。誠然非欺。義山四六，極爲高絕，其詩雖華麗，而詩心亦然。詩僧在意格上力求高絕，亦與貫休十六羅漢圖同。高者高妙，絕者峭絕也。晚唐人爲文險絕逼仄者甚衆，其詩亦有之，如皮、陸之次韻疊唱。吾所謂高絕者，亦自有刻意求高絕之意。惟此晚唐高絕風氣，影響北宋人至深。後世喜晚唐體者，亦不絕如縷。深造此脈者，可以哀感頑艷，情盡還源。此一大脈，後世又分出義山西崑體、許渾體、貫休齊己詩僧體、韓冬郎香奩體、飛卿詩餘諸小脈。又唐詩中晚之分，吾以賈島之卒年會昌三年爲界，此後卒、生者皆屬晚唐也。此卷以卒年排序。

晚唐柔頓義

　　世謂晚唐詩卑弱，吾謂晚唐詩柔頓。其權輿者，中唐之張文昌、白樂天也。柔輭之義何謂。一日觀唐譯華嚴經卷七十有曰"時彼女人聞此經已,則得成就十千三昧門,其心柔輭,無有麤彊,如初受胎,如始誕生,如婆羅樹初始生芽。彼三昧心亦復如是"。吾得之矣。晚唐詩獨有佳處,妙絕古今,柔輭其一也。張文昌最為鼻祖。其格迥異于孟韓而以古淡勝,然古淡二字亦不盡能形容其滋味。觀其詩可以清神,入平等性。樂天之柔輭,亦本受佛力薰陶而成,亦得禪宗感格而至。其造語平易,雖非古則,而獨寫天真。觀其詩可以直心,和光同塵。他如賈島詩,骨甚清臒,多有剛峭之氣,然其佳什,亦多有自然柔輭之妙也。同時又有姚合。唐才子傳謂"島難吟,有清冽之風,合易作,皆平澹之氣。興趣俱到,格調少殊,所謂方拙之奧,至巧存焉"。姚合亦中唐平淡之格之俊彥。興趣俱到,方拙至巧一語,最可為此平澹詩格之注腳。柔輭者,亦此至巧之力也。唐詩經初、盛、中世,樸拙之氣雖衰,而至巧之力彌細,不免靈光四溢。晚唐詩乃具此格。後世只以彼時樸拙之氣大衰而輕之,而不識其詩藝內詣之臻妙,非達論也。晚唐柔輭而入於清綺者,如杜牧之、李義山,柔輭而入於清空者,如鄭守愚、齊己,柔輭而入于華靡者,如溫庭筠、韋莊。而中唐麤彊之病,亦無復見。如昌黎詩之粗豪生硬,樂天詩之率爾俗白,郊、島詩之艱澀偪彊,在晚唐亦已消融矣。故唐季別有風神,不可以盛、中唐之長處而徑斥其短陋。後世喜晚唐體亦甚眾,豈皆其識見卑陋、意格凡俗所致耶。唐季之詩,固亦具詩門之微妙法門,不可薄之。(吾意自詩經通樂脈以迄江西奧衍脈,十二脈皆當以平等觀視之。自江西脈以降,歷代詩乃可以高下尊卑判之也。)加之晚季禪門五宗極盛,降至五代,詩偈法門,亦燦然而放。在此風氣之下,詩人亦安然于此柔輭清澈之詩風矣。蓋辭以達意,本意既到,辭亦不必盡以風雅相準繩。鄭谷讀前集二首有云"風騷如線不勝悲,國步多艱即此時。愛日滿階看古集,只應陶潛是吾師"。彼雖心懷風騷之古道,有好古之心,惟其心境,卻甚微妙，乃以陶為師也。陶非風亦非騷，實乃恬淡柔頓之祖師。惟其柔頓，乃其神光內斂，若入三昧者，又非同于晚唐人易落於外露者。鄭谷自遣詩有云"誰知野性真天性，不扣權門扣道門"。此即其師陶者。而其真所師承，即張、白、賈、姚一流。清秋時節，一日觀明末黃檗宗入日高僧墨蹟展，歸已薄暮，見西湖極淡，而神韻獨出，何讓明麗之時。乃悟張籍、姚合一流平淡者，其趣亦與重拙渾大者等。晚唐學之，適衍一調柔之新詩脈也。

杜牧之真色真韻

杜牧之於晚季橫絕出世，詩接李、杜之正風，文承散、駢之氣骨，亦何所疑哉。其能軒輊盛唐、中唐大家而無愧作者，前修亦言之多矣。翁覃谿石洲詩話謂"小杜之才，自王右丞後未見其比。其筆力迴斡處，亦與王龍標、李東川相視而笑"。又謂其"真悟徹漢魏六朝之底蘊者"。又云"樊川真色真韻，殆欲吞吐中晚千萬篇，正亦何必效杜哉"。真色真韻四字，所評極精。性情詩之極詣，其見於外者，莫過此真色真韻四字也。歷來詩人，其能得之者方足為真大家，不能盡得之而大體能觸通者，如蘇、黃，亦足以豪拔後世。真為道之基。佛之信解行證，儒之內聖外王，皆先以真氣一以貫之。詩道亦然。牧之得此骨髓，自足獨立千古。以氣格說詩者，自內觀之也，以色、韻說詩者，自外觀之也，而皆為一物。有真氣者，自有真色，有真格者，自有真韻。反之亦然。非牧之，不能發明斯旨之微妙。非覃谿妙語，亦不能造此精密。而後人多不識此秘諦，以杜牧恃才縱情為非。升庵詩話云"梁昭明太子序陶淵明集云，白璧微瑕，惟在閒情一賦。杜牧嘗注孫武子，又作守論、戰論、原十六衛，皆有經濟之略，故崔道融讀杜紫微集云，紫微才調復知兵，常遣風雷筆下生，猶有枉拋心力處，多在五柳賦閒情。蓋以此絕句少之"。

崔道融,晚唐入五代時人。唐才子傳喜載杜牧風情頗張之事跡。升庵詩話又謂"杜牧嘗譏元白云,淫詞媟語,入人肌膚,吾恨不在位,不得以法治之。而牧之詩淫媟者與元白等耳。豈所謂睫在眼前猶不見乎"。其蓋不知非此風情倜儻之儇薄,亦不足以成其真色真韻之深摯。(元白之詞語,其流弊確有落於淫媟者。牧之心懷古則,俊邁豪宕,譏之亦宜。薑齋詩話卷二亦嘗言述怨情者,漢、盛唐詩婉孌中自矜風軌。迨元白起,而後將身化作妖冶女子,備述衾禂中醜態。杜牧之惡其蠹人心,敗風俗,欲施以典刑,非已甚也。船山所言得之矣。近覽清人邊隨園病餘長語卷十有云"李太白詩云,玳瑁筵中懷裏醉,芙蓉帳底奈君何。元微之詩云,依稀似覺雙雙動,潛被蕭郎卸玉釵。一種情事,但覺李豪快而元淫豔,何也"。益可為元白淫媟之口實也。惟牧之風情之篇,後人以淫媟而視之,此在牧之,必為不服。其必謂我之風情出乎真心,彼之淫媟流為幻念,我之風情,使人意興,彼之淫媟,使人欲動,楊慎小兒,不識其真幻意欲之別,其說焉能折我乎。)唐音癸籤云"牧之詩含思悲淒,流情感慨,抑揚頓挫之節,尤其所長。以時風委靡,獨持拗峭,雖云矯其流弊,然持情亦巧矣"。吾意持情亦巧,正其色韻真實之自爾流露者,亦可為晚唐柔頓義作一注腳。後人以氣節故,尚拙而卑巧。然以道妙觀之,天下至精者,皆至巧也。牧之持情亦巧,正其天才所在。而陶子閒情賦,雖傷於氣體,古厚漸漓,亦正其真氣真格所出者,持情正巧,露其本色。昭明之論,得失參半者也。

杜樊川具宰相作略

明人胡震亨唐詩談叢有云"杜牧之門第既高,神穎復雋,感慨時事,條畫率中機宜,居然具宰相作略。顧回翔外郡,晚乃升署紫微。堤築非遙,甌裂先兆,亦繇平昔詩酒情深,局量微嫌疏躁,有相才,無相器故爾。自牧之後,詩人擅經國譽望者概少,唐人材益寥落不振矣"。最得樊川之實。其具宰相作略，是以其詩絕有氣度，故深斥元白如是。宋敖陶孫詩評謂其如銅丸走坂，駿馬注坡。(見詩人玉屑卷二。)宰相作略，誠宜如是圓快爽明也。此牧之詩風豪邁之根源所在，非僅因其性情俊逸好綺麗而已。李、杜、王、孟，未聞前人謂其具宰相作略者。胡氏此語，可謂精闢。中晚唐具相才罕，而至相位甚衆，牧之不遇，其情多悲慨。後世具相才、無相器者，又有蘇子瞻。其人其詩之俊邁不羈，豪宕輕倩，亦與牧之等。律詩中特寓拗峭，亦與之類。惟蘇詩句法愈尖新，亦愈率意爾。子瞻局量亦微嫌疏躁。故吾亦愈信夫胡氏之一語中的也。自牧之後，詩人擅經國譽望者概少，誠然。王荊公詩人擅此望者，一旦經國，乾坤震蕩，正邪顛置。晚明錢牧齋、王覺斯詩人欲經國者，不惜變節以遂其願，而終無所成。君上世臣，亦欲不信詩人有經世材矣。元微之為相，可卜唐祚之失次。牧之落拓，可占李氏之不濟。至昭宗朝鄭綮拜相，宗戚詣賀，綮搔首曰"歇後鄭五作宰相，事可知矣"。亦可謂有自知之明也。

古意清新國風遺味

讀李昌谷、杜樊川詩，皆感古意深蘊，而辭采清新，如入名嶽，古蹟茂林，俱為一體，圓月華枝，陳新並秀。中晚唐此種古意清新格，甚為風行，惟在他氏，或古意不如昌谷、樊川之渾，或清新又不如其能警峭輕倩。如許渾，亦名家，清新有餘，而古意不足，如野峯有秀樹而無僊靈。昌谷詩稿，有為其表兄投諸溷中者，故存留未富，所存皆精製。(事見唐人張固幽閑鼓吹。)樊川自為墓銘，悉取所為文章焚之，才屬留者十二三，故亦篇篇可傳，觀之無倦。此又昌谷、樊川詩之所以貴者。樊川敢於取捨，真堪為後世師。使東坡亦能為之，其詩自增神氣不少。此又宋不如唐者。逮至放翁，幾以多為

美，亦愈掉其身價。默存氏談藝錄亦嘗哂之。古意清新格，本不宜
多觀。樊川七律氣格，何讓老杜。其長安雜題長句六首，精光四
溢，辭采高華，然至六首，其意已盡，使作八首如老杜之所喜者，必
損風神。此又牧之自知者明。其具宰相作略，古意之本也，其真色
真韻，清新之源也。許七侍御棄官東歸瀟灑江南頗聞自適高秋企
望題詩寄贈十韻一首有云"蘭畹晴香嫩，筠谿翠影疎。江山九秋
後，風月六朝餘。錦肆開詩軸，青囊結道書。霜巖紅薜荔，露沼白
芙蕖。睡雨高梧密，棋燈小閣虛。凍醪元亮秫，寒鱠季鷹魚。塵意
迷今古，雲情識卷舒。他年雪中櫂，陽羨訪吾廬"。清新之至。此
又晚唐獨絕，為詩門十二血脈不可闕者。雄渾高古為陽之雄，深鬱
清新為陰之潤，陰陽互施而不可離，過崇盛唐而輕季世者，亦將不
識此中和之秘旨。如樊川者，本陰陽中和，而以情多，為晚唐之翹
楚。後人若只看他輕佻儇薄，則全失詩旨矣。他賢詩格，雖不及樊
川，自有妙韻天然入理者。詩人玉屑卷十六陵陽論晚唐詩格卑淺
有云"唐末人詩，雖格致卑淺，然謂其非詩則不可。今人作詩，雖句
語軒昂，但可遠聽，其理略不可究"。此宋人評詩意見中肯者。晚
唐詩格，其不可與開、寶比者甚明，然其亦自具詩中理則。此為平
等性。宋詩之格，高慕杜韓而難得妙理，反不能知晚唐之玄微符則
者。關尹子曰"雲之卷舒，禽之飛翔，皆在虛空中，所以變化不窮。
聖人之道則然"。詩道亦如是。盛唐變化已多，然其餘力尚勃鬱，
須待中唐、晚唐、蘇黃之拓放離奇，方足以盡其變化，乃可止。而中
唐猛力有餘，晚唐詩尤有虛空卷舒之逸致，至北宋則變態窮竭。故
知晚唐微妙如此，微樊川，吾又何能明此底蘊內奧哉。楊誠齋，南
宋有識力者。其序順庵劉良佐詩藥嘗謂晚唐詩有三百篇之遺味。
其文極佳。(亦見詩人玉屑卷十六。)此最可為晚唐正名者。蓋盛唐極
雄，類雅，中唐太奇，類騷，而晚唐古淡而艷逸，多野民之思致，最近
乎國風之味。誠齋之說弗繆也。(詩人玉屑同卷誠齋論唐末李推官咸

用詩有云"蓋征人淒苦之情，讀之使人發融冶之驩於荒寒無聊中，動慘戚之感
於笑譚方懌之初"。此正可為其晚唐詩有三百篇遺味之說之注腳也。)

許用晦自具精神

　　吾言晚唐之高致，柔頓、巧妙、古意、清新、風詩遺味是也，而許
渾詩皆備之。然彼不能豪邁具相才如樊川，博麗多奇趣如樊南。
杜、李為當時大家材具，文辭獨絕，非僅歌詩而已。故晚唐杜、李、
溫、許四家，吾以末席許之。雖然，亦可豪矣。宋季劉克莊後村詩
話新集卷三有云"其詩如天孫之織，巧匠之斲，尤善用古事以發新
意。其警聯快句，雜之元微之、劉夢得集中不能辨"。所評甚是。
(見羅時進氏丁卯集箋證一書附錄。)中唐如郊、賀等，只作古體，而晚季
如許用晦者，則只作近體矣。元和以來，截然不同，乃有此兩種潮
流。前者以古質為尚，務求詩境之圓而神，而終失之深澀。(此派多
有仁義道德之志趣，主儒家之古說。筆意縱恣，昌黎亦與焉。)後者以嶄新
為則，力追格律之方以智，而終失之卑弱。張籍賈島五律尚能格
高，而至許氏，則不免麗密之餘，落於卑弱之調。(此派多親釋道，融
通三教，而耽於苦吟經營，善於對仗。)元初方回以江西遺脈故，力斥姚
合、許渾格卑語陋，固屬偏見。彼蓋不能以平常心讀晚唐詩者，惟
所論亦不必盡廢。用晦之作，誠若織、斲之工巧，求如高華如小李
杜者，確為不多。用晦擅名後世者，自其七律排偶精密及所謂丁卯
句法者。(使詩分本能型、技藝型二種，許渾固為技藝型者。韓愈、李賀固
為本能型者。而李杜兼之，老杜尤能，小李杜亦兼之，故於後世影響尤較同時
人為深遠。張籍、賈島本亦兼此二種而偏於技藝型，轉至姚合、許渾、李洞等，
則純為技藝型矣。許詩，自為此型之代表。惟所謂技藝型，非言其只有匠
意，乃謂其精神貫注於技藝之完善之事也。並非貶義。許學夷詩體辨源卷三
十有云"晚唐諸子體格雖卑，然亦是一種精神所注。渾五、七律工巧襯貼，便

是其精神所注也"。亦與我不謀而合。）後世自放翁以迄四靈、後村，頗
喜許詩，自具勝因，非其無識。（北宋之詩，本能型多於技藝型，南宋之
詩，則反之。大蘇、黃、陳兼之而偏於本能，簡齋、放翁兼之而偏於技藝。其後
詩道，有大轉向者，其力量亦愈靡弱矣。）平情而觀之，丁卯集妙趣四溢，
韋莊題許渾詩卷之作謂其"十斛明月量不盡"，非虛譽也。在此熱
惱世界，閱用晦之詩，誠可令人生清淨之心，入幽玄之域。南宋亦
一熱惱世界，莫怪乎四靈之喜許詩，蓋其皆欲用韜晦而不欲揚厲如
時賢也。（南宋最蹈厲明揚者，莫如朱、陸之理學。其影響吾國文化極深。然
以吾觀之，實亦又添出一種熱惱。參見拙著宋儒忘筌編。永嘉四靈乃永嘉學
派葉水心之後學，即不以朱、陸之學為然者。其詩趣宗唐，學賈學許，亦是自
然。惟其成就不高，亦愧對賈、許。）

用晦不如文昌

　　用晦五律，純從文昌一脈出。留題杜居士云"松偃石牀平，何
人識姓名。溪冰寒棹響，巖雪夜窗明。機盡心猿伏，神閑意馬行。
應知此來客，身世兩無情"。吾開悟以來，勤修噶舉家法。身無情，
幻身也。世無情，離戲也。機盡，平等法性也。神閑，任運隨緣也。
溪冰棹響，耳根圓通也，悟時如是。巖雪窗明，心地安隱也，覺照如
是。松偃，臥睡修法也。牀平，跌坐修法也。何人識姓名，禪也，大
手印也，大圓滿也。吾覽此詩，即生歡喜心，非故作此附會之解。
其自有勝因如是。而文字慧業，自吾之大乘行。其寫杜居士，何等
傳神，得其心意，豈常人無修持者所能作乎。惟此等五律，雜於文
昌集中，在難辨可辨之間。蓋文昌五律，尚能疏闊，每不經意，而用
晦皆密麗肅整，遜此高風。文昌律句，如"長因送人處，憶得別家
時"，"歸客應無數，春山自不知"，"有寺山皆遍，無家水不通"，"早
早詩名遠，長長酒性同"，"猶疑少氣力，漸覺有心情"等，皆蕭然自

得。用晦無此灑落。文昌律句又如"曉日杵臼靜，涼風衣服輕"，"草長晴來地，蟲飛晚後天"，"早蟬庭筍老，新雨徑莎肥"，"化樓侵曉出，雪路向春開"，"夜月紅柑樹，秋風白藕花"，"冷露濕茄屋，晴泉衝竹籬"等，又極清切，句辭新穎。丁卯集欲覓此等清切別致之句，亦不多覯。然用晦自有佳句，得盛、中唐詩脈之真氣者。如"秋色換歸鬢，曙光生別心"，"山形朝岳去，河勢抱關來"，"讀書三徑草，沽酒一籬花"，"谷響寒耕雪，山明夜燒雲"，"身隨一劍老，家入萬山空"，"草閣平春水，柴門掩夕陽"，"停車山店雨，掛席海門濤"，"道直去官早，家貧為客多"，"岸凍千船雪，巖陰一寺雲"，"殘雲歸太華，疏雨過中條"，"樹色隨關迥，河聲入海遙"，皆有高爽之致。其煉句亦多有清切之辭，惟不似文昌別致耳。觀渾五律骨力健處，知其亦學賈浪仙也。許雖未盡得張之傳，而能兼承浪仙之骨，亦折衷之。噫，張文昌之淡不可及也。恐許亦自知之。故其又專攻七律，擅名後世。此則非張之所長。丁卯集有詩云"欲求不死長生訣，骨裏無仙不肯教"。蓋文昌之淡字訣，非骨裏有此神味者，亦何能學成也哉。

李義山最得風人之旨

晚唐得國風之遺味者，莫如李義山。國風實皆無題者，而取詩中之語為題。如關雎、漢廣者，餘蘊無盡。春秋時書如論語，諸篇之名亦然。本不經意，而獨有妙道。莊、荀之時，此義已幾絕。而義山尤得風人之旨者，即其無題詩也。然非其七律，乃七絕。楊升庵唐絕增奇序云"予嘗品唐人之詩，樂府本効古體而意反近，絕句本自近體而意實遠，欲求風雅之仿佛者莫如絕句。唐人之所偏長獨至而後人力追莫嗣者也"。所言深愜吾心。惟升庵此序又云"擅場則王江寧，驂乘則李彰明，偏美則劉中山，遺響則杜樊川"。而未及義山。樊川七絕極妙，而多流於清綺，風人之遺味，實弗如義山之厚也。（又太白之家鄉，舊載在彰明。亦唯楊慎蜀人，乃喜以之號白。在他人亦不知李彰明為誰氏矣。）義山無題云“白道縈迴入暮霞，班騅嘶斷七香車。春風自共何人笑，枉破陽城十萬家”。紀昀玉谿生評說云“怨極而以唱歎出之，不露怒張之態。無題作小詩極有神韻，衍為七律，便往往太纖太靡。蓋小詩可以風味取妍，律篇須骨格老重，方不失大方”。紀氏評詩多刻薄語，然此論卻可取。義山七絕詞微而顯，得風人之旨者甚多。如“夜半讌歸宮漏永，薛王沉醉壽王醒”。何焯評云“此詩次鶉奔於定中之前，微趣也”。梁邦俊小匡說詩評云“詩人之旨要於溫厚和平。然新臺、牆茨列三百篇，終不嫌其猥褻，義兼美刺，無害也”。（俱見劉學鍇、余恕誠之李商隱詩歌集解。）其尤絕者，即賈生也。“可憐夜半虛前席，不問蒼生問鬼神”。此最微而顯，婉而刺者，亦超逸凡筆，若出天睨者。詩經亦多如是，似皆世間人語，又非世間人語。（愚謂晚唐可與賈生媲比者，為溫飛卿之四皓。其詩云“商於甪里便成功，一寸沉機萬古同。但得戚姬甘定分，不應真有紫芝翁。”前人所鮮道。）義山七律無題詩，亦頗多此神味。如“曾是寂寥金燼暗，斷無消息石榴紅”，“直道相思了無益，未妨惆悵是清狂”二首，近人黃侃謂“義山諸無題，以此二首最得風人之旨”。故晚唐之世，義山詩獨樹一幟，即以此風人之旨也。後人雖有嫌其隱僻者，於其得風詩遺味，則庶無異辭。晚唐得此人，可遙想東周渾古之詩脈。盛中唐人為詩正大雄猛，時人共奉為準則，迨至義山，亦可謂全然打破矣。義山不為法縛，乃以玄微隱僻之辭，自寫懷抱，而不意與風人冥符。宋、清人以有傷風教詆之者。如楊枝五首，葛立方韻語陽秋至斥商隱“所謂滅天理而窮人欲者無大於此”。此輩豈知義山及唐人者乎。無題諸詩後世所以能膾炙人口者，豈是阿賴耶識中情業種子為所謂義山輕薄語喚起耶。實乃義山深得風旨，造語微妙，通於人心有以致之也。人人阿賴耶識中，確有此情業種子，讀義山詩而翻轉之愈沉溺者，此讀者自身之業力故，非義山之罪。道力微者，讀無題而又增悲慨，悲心可大。道力大者，讀無題而悟幻身，乃破虛妄一切相，發出離心。此又自因人而異。於此乃能深悟，聖人所謂溫厚和平之旨，要非發菩提心、出離心者，亦不易通達之。義山詩之真妙用在此矣。後人多執著於綱常禮法之敦重，一聞佛說，即恐其毀壞世法，悖棄溫厚中和之旨要，不知佛教袪除其沉滯壅塞，乃適能成就其中庸之道者也。義山詩不循常格，玄微隱僻，不復以盛唐為法，其靈動幻化之妙，亦正可疏解中唐詩作之繁密壅滯。其微妙之用，不可以凡俗心臆測之。（吾人胸中若橫有中正二字，則已不中正矣。古聖之中正，非中正也。金剛經曰，佛即非佛。其理可不一揆乎。唐人李涪撰刊誤，釋怪一條，專詆李義山。義山崇佛者。釋怪云“李商隱為文曰，儒者之師曰魯仲尼。仲尼師聃猶龍。不知聃師竺乾，善入無為，稽首正覺，吾師吾師”。涪乃力辨其無據，於學固非謬。然涪又云“近世尚綺靡，鄙稽古，而商隱詞藻奇麗，為一時之最。所著尺題篇詠，少年師之如不及。無一言經國，無纖意獎善，唯逞章句。因以知夫為錦者，纖巧萬狀，光輝曜目，信其美矣。首出百工，唯是一端得其性也。至於君臣長幼之義，舉四隅莫反其一也。彼商隱者，乃一錦工耳，豈妨其愚也哉”。涪所見甚淺，其不悟釋家之闇能成就儒教之義，道並行而不悖，亦不會義山歌詩微妙之處，豈僅一錦工而已。儒者甚以名教之罪人罵義山，不知義山詩自具除滯徹壅之用，蓋非可以皮相讀之。後世石祖徠作怪說以詆楊大年，言辭激烈，恐即本乎此釋怪而變本加厲焉。又商隱老聃師竺乾之說，乃前人崇釋教之士，懲道教老子化胡說而撰之以敵焉者，並非義山所創。如弘明集正誣論曰“老子即佛弟子也。故其經云，聞道竺乾，有古先生，善入泥洹，不始不終，永存綿綿。竺乾者，天竺也。泥洹者，梵語，晉言無為也。若佛不先老子，何得稱先生”。晉人已有此說。涪以之詆商隱，豈為篤論哉。）嘗於姑蘇，聽評彈人唱義山“東風無力百花殘”詩，不覺魂飛神醉，乃覺昔日實不曾得其真解之一二。吾國之詩，亦唯義山無題，方有此等玄妙也。

溫飛卿評

元和以降，士風儇薄愈甚，然元積猶得作相，杜牧門第高貴，人謂有宰相作略，而李商隱、溫庭筠俱博麗有高才，一入薄行，而愈爲執政所鄙。飛卿尤狹斜狂遊，亦最淪喪失志，蓋亦命歟。晚謫方城尉，唐紀夫送別詩云"鳳凰詔下雖霑命，鸚鵡才高卻累身"。以禰衡擬之，時人多諷誦焉。惟此鸚鵡才人，乃入試押官韻作賦多爲鄰鋪假手者，亦嘗自泄己作菩薩蠻爲主上所喜，甚具今人所謂平民之特色者。不聞禰正平有此風。五代韓熙載、宋人柳耆卿、周美成風流之習，已由飛卿開之矣。尊宋詞者，以飛卿爲鼻祖，辭意高華不可及。崇道德者，以飛卿儇薄汙行失風教。孰是孰非，自當以公心觀之。元、杜、李、溫四人，文辭瑰麗，氣體俱健，當時脫穎，其華靡纖豔之作，皆具元氣之宣泄者。故溫、李之綺語，後世以爲不可及。當時守道德禮法之故家，亦已無此輩之元氣天才。是所謂芝草無根，醴泉無源者。又如唐末士人元氣昂藏者，亦不如僧貫休。禪宗至此極盛，其出休公一輩人物，亦宜然。自宋道學興，理學、文學，幾分道而揚鑣，其論人事藝文，往往冰炭，而實皆非中道。如溫飛卿者，吾人固不賞其佻張無禮，然其一股天真不羈之氣，亦天地間不可少者。而李義山駢體冠絕，獨步三唐，其氣體之高又毋論矣。（溫、李皆中唐興起之進士新階層之代表，一如貫休爲唐末大興之禪宗新階層入世干諸侯之代表者，而理學亦自北宋元祐以迄南宋乾、淳興起之新士人階層也。在此理學階層興起之前，元、杜、李、溫一流，固爲時代之驕子，後人之模範，如西昆體、宋詞人，皆爲其後學，亦一時極盛。宋世釋子效貫休如覺範者亦多。論文藝者，不可以一僵硬固定之標準，如文必周、漢，詩必盛唐，必失之矣。又如必以聖賢道德說教，定其正邪高下之說亦然。論文必隨其心性元氣而演之，不可先有成見如是也。）觀溫氏近體絕句，知其懷抱亦深鬱多慨，有得詩人忠厚蘊藉之意者。觀其乾饌子一書，甚多大度之古風，節義之事跡，振蕩心魄。如竇乂一篇，述其殖貨有端木之遠志，亦史家之遺法，甚為傳神。其書或微傷戲謔。故知專以側豔浮薄攻飛卿者，宋人張戒一流之過也。元微之以詩爲主所喜而驟貴，旋即罷，士論譁然故。飛卿恃才激詭而爲當途所忌，然亦爲時人所樂道，至以鸚鵡才高而擬之。貴賤不同，其名固一。溫氏之樂府古體，爲李長吉之嫡傳，人謂顯于長吉，深於鐵崖。（參周詠棠唐賢小三昧集續集評溫氏錦城曲語。楊鐵崖正元季文士階層綺靡放達之代表也。亦可見李、溫一派影響之深，非僅詩格而已。）飛卿樂府脈絡宛委，辭彩濃麗，陸時雍唐詩鏡謂其"深着語，淺着情，是溫家本色"。蓋亦已入詞格矣。意淺體輕，不如長吉健骨高標。王闓運至謂"專煉句，不必有意，此晚唐之窮處"。（見溫庭筠全集校注卷一張靜婉采蓮曲箋評。）雖然，亦非飛卿不能作。而飛卿最擅者七律，其名篇高過許用晦，不遜于杜樊川，謂之有唐七律之殿可也。其五律及絕句亦皆可觀，非僅"雞聲茅店月"一聯而已。後世才高而落拓不堪者，又有徐渭、汪中、胡天遊等。吾人亦不可以其行止之詭激，而徑絕其人。義山、飛卿亦堪爲此派之真鼻祖也。

繫以詩曰，李氏澤將枯，精華誠未散。今有蒲飲子，酣醉禮法畔。鸚鵡名雖成，詞人身逐竄。英才應未老，又手即揮翰。

晚唐四家七律平議

唐詩品彙總敘有云"開成以後則有杜牧之豪縱，溫飛卿之綺靡，李義山之隱僻，許用晦之偶對也"。此於晚唐四家總而論之者。其皆擅於七律。予讀七緯，忽起興而欲平議之。杜牧詩煌明为盛唐之餘烈，如火。春秋元命苞曰，火之为言委随也。杜委隨開、寶之風，最見興象風骨，廟堂之氣。如早雁一詩，直盛唐人所作者。

（其五古題宣州開元寺，一瓢詩話亦謂其直造老杜门牆，豈特人称小杜而已哉。）許渾詩暢遂細密若天匠，如水也。水之為演也，陰化淖濡，流施潛行。後人謂"許渾千首濕"，適與此說冥符。元命苞又謂水"其立字，两人交，一以中出者为水。一者數之始，两人譬男女，言陰陽交，物以一起也"。此適可為用晦特工偶對之形容。蓋律對之要訣，莫過於陰陽交而以一起也。（不意偶得此妙訣以此。）李義山詩纏綿惻惻，最为隐约，如木。木之为言觸也，氣動躍也。義山之作，其觸動情識者，尤為深切，亦獨步今古。木主生。觀樊南七律，如詩之有摽有梅，青春之生息，若莫可遏者。周禮曰中春之月，奔者不禁。正此之謂。（李詩之哀怨婉諭亦多矣，亦適可以枝蘗之華繁，狀其情識之纏繞糾結也。）溫飛卿七律風秀工整，然佳作多蒼凉穩健而含殺氣，其名篇如贈蜀將、馬嵬驛、過陳琳墓、過五丈原等，皆極感慨，蕭然生哀。溫樂府雖華穠溫柔，而亦喜用死字为韻。豈非即金氣之顯露耶。七絕名句如"侯印不闻封李廣，他人丘壟似天山"，"今日愛才非昔日，莫抛心力作詞人"，皆此類也。（前傷溫德彝，後吊蔡中郎。）内丹道以金、水為精之類，木、火為神之類，以真意即土運之，使元精、元神互結之。晚唐自有真意在。故使杜、李、許、溫盤結深穩，而晚唐詩遂為詩門一大血脈也。（以此推之，杜、李神旺，故易飛揚，許、溫精旺，故易下凝也。）火水交暐，水金互曜，此種氣象，後世亦不復覯矣。觀晚唐詩，又增吾悲心。自著書以来，廢寢忘食，疏於禅定，而道行似退而實進者，何也。此悲心故也。

　　繫以詩云，清吟丁卯桥邊客，浩嘆樊南集裏人。甑裂炊熟應未恨，中郎自許是前身。（溫詩有云"古墳零落野花春，聞说中郎有後身"。）

皮　陸

　　吾論畫學甚喜金冬心，推其骨蒼而有遠韻，題畫記尤出塵，當其合作，弗遜於宋人。昔覽冬心先生集，自序嘗言其詩在天隨、玉溪之間。吾忽歎陸龜蒙之遺韻猶未滅也。天隨子，誠然不虧其名。其躬身農稼，藝茶於顧渚山下，常攜書籍、茶灶、筆床、釣具泛舟往來於太湖，不問朝政，而觀其著耒耜經，編笠澤叢書，研漁具、茶具，則又皆實學。龜蒙疏於政事，而實親於民生。舊日之隱士，稼穡以自存，而如天隨子，則又嘗精研農事之道矣。此又唐之隱士，有別於異代者。其江湖散人傳云"散人者，散誕之人也。心散，意散，形散，神散。既無羈限，為時之怪，民束於禮樂者外之，曰此散人也"。似為虛誕之通言，實則乃以形散而神亦散，一反形散而神定之舊說。然此又晚唐人之變數所在。神散者，上聖取之，即合空性，而中下用之，豈不可畏，故曰是為變數，而知天隨子之自放，亦必有茫然者存焉。以此之故，陸天隨閑逸之詩格，有弗逮孟、韋、白、張之處，似清新而多俗味，多晚唐雕琢巧緻之風，非可與杜牧等比。皮日休其志甚高，咸通中上書兩通。其一請以孟子為學科，言廢莊列之書，以孟子為主，有能通其義者，科選請同明經。其二請以韓愈配饗太學，言文中子之道曠矣，能嗣其美者，其唯韓愈乎。以此甚可知其人，非僅好醉吟而已。陸之精通農事，皮之學尚正宗，皆其本色。天隨農藝可用，消磨自樂，而襲美正宗難達，戲謔為事。皮陸於詩學，最以唱和而聞名，乃開宋人之風氣者。然其和詩多險怪之風，纖巧冷僻，造語往往詰屈，而復以多為美，蓋以筆墨自相娛戲耳。宋人和詩之鬥險韻，逞僻典，競富豪，政以皮陸為其濫觴。永明體之用聲律，似為詩道之罪人，而至盛唐，近體乃為大宗，後世非精專於律對者，不足以為詩豪。而皮陸之酬唱亦然，其詩若為罪人，而其風氣由後世大張之，蘇黃一流，乃以次韻為詩，奇異層出，是為活計，其後遂為江西派之常法，至同光間詩人猶樂之不疲。以此觀之，則皮陸亦晚唐脈不可闕如之席位也。

杜荀鶴體

滄浪詩話有杜荀鶴體，列乎孟東野體、東坡體之間。中唐詩體最多，甚見當時人才思獨絕，各自另闢蹊徑，而晚唐入嚴羽之法眼者，唯李商隱體、杜牧之體、杜荀鶴體耳。所謂荀鶴體，自非其名篇春宮怨之儔，乃唐風集中時世行贈田婦一類。詩曰"夫因兵死守蓬茅，麻苧衣衫鬢髮焦。桑柘廢來猶納稅，田園荒後尚征苗。時挑野菜和根煮，旋斫生柴帶葉燒。任是深山最深處，也應無計避征徭"。滄浪詩話中唐有盧仝體，則晚唐有荀鶴體，亦何可怪。周草窗浩然齋雅談嘗云"水心翁以抉雲漢、分天章之才，未嘗輕可一世，乃于四靈若自以爲不及者，何耶。此即昌黎之于東野，六一之于宛陵也。惟其富贍雄偉，欲爲清空而不可得，一旦見之，若厭膏粱而甘藜藿，故不覺有契于心耳"。當晚唐李杜溫許芳穠清綺之時，皮陸鬥險韻逞僻學之際，忽覩唐風集中平易質硬語，豈非亦若厭膏粱而甘藜藿耶。雖失之枯槁，如山中野茶，足醒人神魄。嚴氏遂以之與小李、杜體相抗。予戲謂之野茶體可也。苕溪漁隱叢話引幕府燕閑錄，言其詩鄙俚淺俗。亦與東坡譏貫休者同。此一時，彼一時耳。東坡之時，先已有梅宛陵，瘦硬蒼澀，亦善作平易質硬語，故東坡焉能復賞晚唐人之質樸淺俗耶。蓋藜藿已飽，但期膏粱。其自有東坡肉在，何冀此山野枯淡之飧哉。

鄭都官文脈所接

晚唐入五代諸家中，貫休氣體最盛，齊己詩格最清，而鄭谷文字功夫最深。以文脈而論，鄭都官自為晚唐之正統。（吾婺胡鳳丹金華叢書重刻禪月集序云"若貫休一方外耳，而乃以悲憤蒼涼之思，寫清新俊逸之辭，忽而虎嘯，忽而鸞吟，忽而夷猶清曠，神鋒四出，又如千金駿足，飛騰飄瞥，驀澗注坡”云云，正可狀其氣盛。亦休公性最剛使然。齊己拜都官一字師，而格清之。胡震亨唐音癸籤卷八嘗云“齊己詩清潤平淡，亦復高遠冷峭，一經都官點化，白蓮一集，駕出雲臺之上，可謂智過其師”。正可與吾說相印證。禪門云，智過其師，方堪傳授。雲臺編，鄭集名也。）都官詩名，盛於唐末五代宋初，自歐、梅詩派興，其名漸晦，後人遂多謂其格卑，不知其意趣深遠，多有古意者。（此宋人一貫之偏見也。可參趙昌平氏鄭谷詩集箋注前言。）兼古意而出清新，是為晚唐詩脈之本色。其始也杜牧之，其終也鄭都官。休公、己公古意，弗若都官之深。賀裳載酒園詩話卷一云鄭谷詩以淺切而妙，然終傷婉弱，漸近宋元格調。所言是也。惟其所以能妙者，乃其古意深遠致之。只落尖新，又何能入妙哉。故賀裳又云“獨絕句是一名家，不在浣花、丁卯之下”。所言不虛。都官七絕，意深而能蒼勁，語拔而能警策，最其精神所貫注者。（沈德潛說詩晬語評定唐人七絕壓卷者，亦謂李益“回樂峰前”、柳宗元“破額山前”、劉禹錫“山圍故國”、杜牧“煙籠寒水”、鄭谷“揚子江頭”，氣象稍殊，亦堪接武。蓋謂諸詩稍遜于王昌齡“秦時明月”、王之渙“黃河遠上”諸作而已。鄭谷詩亦與焉，正可見其七絕之高。禪宗頌古聯珠通集卷第六“二十四祖師子尊者，因罽賓國王秉劍於前曰，師得蘊空不。祖曰，已得蘊空。曰離生死不，祖曰，已離生死。曰既離生死，可施我頭。祖曰，身非我有，何恡於頭。王即揮刀斷尊者首。涌白乳高數尺，王之右臂旋亦墮地。玄沙云，大小師子尊者，頭也不解作得主”。龍門遠禪師頌曰，楊子江頭楊柳春，楊花愁殺渡頭人。一聲羌笛離亭晚，君向瀟湘我向秦。此即用鄭詩為偈頌，益顯其絕妙也。）清人余成教石園詩話言其“七言神韻完足，格律整齊，卻無佳句可摘”。其神韻自不高華，然尚有一團唐詩之渾氣，不比宋詩之支離，故曰完足也。佳句自有之。昔劉後村、許學夷、賀裳諸人皆嘗摘其巧句，不愜吾意。今試擷數句，以憶鄭都官也。五言殊有高致者如“吏人同野鹿，庭木似山林”，“天澹滄浪晚，風悲蘭杜秋”，“俗易無常性，江清見老顏”，“世間書讀盡，雲外客來稀”，“嵐光蓮嶽逼，酒味菊花濃”，“顧念梁間燕，深憐澗底松”，“薄宦渾無味，平生粗有詩”，“溪鶯喧午夢，山蕨止春飢”，“可憑唯在道，難解莫過詩”。七言妙語甚衆，絕句尤愜心。“波頭未白人頭白，瞥見春風灩澦堆”，“江上晚來堪畫處，漁人披得一簑歸”，“春來老病厭迎送，翦卻牡丹栽野松”，“數聲風笛離亭晚，君向瀟湘我向秦”，“閒得心源只如此，問禪何必向雙峰”，“一尺鱸魚新釣得，兒孫吹火荻花中”，“山門握手無他語，祇約今冬看雪來”，“雨後無端滿窮巷，買花不得買愁來”，“推琴當酒度春陰，不解謀生只解吟。舞蝶歌鶯莫相試，老郎心是老僧心”，“人間疏散更無人，浪兀孤舟酒兀身”，“火力不能銷地力，亂前黃菊眼前開”，“攲枕高眠日午春，酒醺睡足最閒身，明朝會得窮通理，未必輸他馬上人”，“不會蒼蒼主何事，忍饑多是力耕人”，“閒披短褐杖山藤，頭不是僧心是僧。坐睡覺來清夜半，芭蕉影動道場燈”。（此似即金冬心心出家庵粥飯僧之號之所本。）“春愁不破還成醉，衣上淚痕和酒痕”，“屈指故人能幾許，月明花好更悲涼”，“重陽過後頻來此，甚覺多情勝薄情”，“風騷如線不勝悲，國步多難即此時。愛日滿階看古集，祇應陶集是吾師”。此皆出於七絕者。都官七絕，實可接武杜牧，俱為晚唐鉅手。七律精巧勝於七絕，而蒼渾不如之。

繫以詩曰，殷璠骨氣昔同驚，鄭谷蒼涼律法明。兀兀梧桐秋雨後，殘星破衲鷓鴣聲。（鄭谷讀前集二首云“殷璠裁鑒英靈集，頗覺同才得旨深”。吾昔亦頗喜殷氏河嶽英靈集也。）

韓冬郎

曩於弘一法師書展，見法師嘗攝影於韓偓墓碑之旁，意境蒼茫。韓致堯早年風情，以香奩集擅名，後歷國難，唐祚覆滅，乃心繫舊主，以節義著，其詩亦愈蒼健沉摯，一反昔年之纖穠也。弘一早歲亦博麗多情，其後亦歷革命之變，風雨飄撼，乃毅然於不惑之前，剃髮為沙門，終以律宗苦行而大成。其書法自心性流出，清逸澹妙，亦一反昔年之剛猛使力。前後判然，蓋與韓偓有相類者。其屬意於此而留影焉，亦必有感喟如是。致堯晚年詩，高過早年甚多。如即目二首之二，亦唐末七律之尤佳者。其末云"攻苦慣來無不可，寸心如水但澄鮮"。亦能表白心志如是。七絕淨興寺杜鵑云"蜀魄未歸長滴血，只應偏滴此叢多"。節義哀慟，盡在此二語中。此等處又勝過鄭都官。又有律句云"但保行藏天是證，莫矜纖巧鬼難欺"，真乃至理名言。都官少此氣魄。（又云"老狂人不厭，密行鬼應驚"。致堯於天人之際，確有深思焉。其詩多哲理，亦開宋調，亦以此故。如句云"刮膜且揚三毒論，攝心徐指二宗禪"，純然如宋人矣。）其天鑒詩作於唐亡後，自云"事歷艱難人始重，九層成後喜從微"。此其自悟語。又有詩云"淮陰市裏人相見，盡道途窮未必窮"。乃為唐亡士人心聲之尤鏗然振作者。其名句又有"謀身拙為安蛇足，報國危曾捋虎鬚"，"禪伏詩魔歸淨域，酒衝愁陣出奇兵"，其氣之剛勁，何讓開元中人。五代之初，致堯七律固是第一。然後世學偓詩者，却喜傚仿其香奩集，乃成艷體之詩脈。歷代學此者極夥，明清說部尤盛行。其詩格自卑，洵非中道，此人皆識者。惟其本不求格高，亦素以側艷為豪，則亦自不屑於世間之議論。"風光百計牽人老，爭奈多情是病身"，開宋詞無數法門。使能得香奩之微妙，而復加以氣骨，則可上溯李義山。使不得冬郎之蘊藉，而只於側艷香穠致意，則入於詩魔語業亦必矣。法雲秀禪師昔曾棒喝黃庭堅、李公麟者，正亦在此。

貫休四種觀

貫休禪月集，使以盛唐詩家觀之，則亦生蘇子瞻、胡元瑞村俗之氣、俚鄙古意盡矣之呵。使以禪家古尊宿觀之，則亦將以其為文字業障，非佛子精進所急務者。南宋人余璨禪月詩集跋有云"若究竟當家工夫，則是編一出，豈但落第二義，衲子毋徒泥焉可也"。所言甚是。然此二種觀，忠而不恕。吾意使以詩中禪性觀之，貫休固是高絕。南宋徐琰跋禪月集云"如唐之李杜，本朝之歐、蘇、黃、秦，中間作者，相繼並出。雖各得其妙，然而了達性真，蓋未多見。如參寥子、洪覺範、如晦、仲殊，或以詩名，或以詞稱，味道之餘，發其所蘊，見於篇章，寓情物理，亦使後人知吾林下之有詩人耳。若夫禪月國師，則又高出一頭地"。（余璨及徐琰语见陸永峰氏禪月集校注。）摩詰詩禪一體，繼其軌者，蘇州、樂天，別有高致，又有賈浪仙，詩律精嚴，而禪趣超逸，雋句殊衆。貫休又續其真脈，詩中禪味幽玄，而氣體高張，以直道行，又高遇賈島。詩不如島，而氣旺之。東坡詆其為村俗之氣，自是一偏之見。蓋以詩中禪論，蘇詩雖清雅可諷，弗如貫休之犀利峭發。禪月學浪仙者，其苦吟詩云"河薄星疏雪月孤，松枝清氣入肌膚。因知好句勝金玉，心極神勞特地無"。子瞻少此微妙。（碧巖錄影響禪門特深遠。其書中見貫休詩處，有第一百則巴陵吹毛劍，巴陵答僧問"如何是吹毛劍"云"珊瑚枝枝撐著月"。又有第三則馬祖日面佛，雪竇頌古"五帝三皇是何物"，皆貫休句。正可見其文字之妙，自透本色，禪林盛傳之，轉手即成禪機矣。）吾又以禪人詩功觀之，貫休固為緇流之雄者。余璨跋亦嘗云"浮屠氏以詩鳴多矣，未若禪月之格高旨遠也"。禪宗祖師詩偈，其於第一義之幽微機用，勝過貫休，而不及其辭采高華，格律精善。宋僧之善文字者，各有妙趣，而不及其猶承中唐，多古意。胡元瑞古意盡矣之論，亦非篤說。貫休語其弟子曇域云"但當吾意而言之，然又不可以微之、樂天、長吉類之矣。吾若與騷人同時，即知殊不相屈"。（見曇域禪月集後序。）貫休懷抱之高，可以窺之矣。設以其法眼觀之，微之無其道性貞明，樂天無其氣體昂藏，長吉無其通達理勝，其自不願廁列其間。然其詩時有粗率瑣碎之病，乃中唐變本加厲者，則又元、白、李三賢所無，後世亦以此而短之，誠所謂君子惡居下流。惟貫休本色，不僅在歌詩，其道行甚高，佛學淹通，而證量亦不凡。此在高僧石霜慶諸門下任知客者，豈是凡庸。其書時號為姜體，黃休復益州名畫錄嘗稱其草書，宣和書譜謂"時人或比之懷素"。其畫亦極擅名，影響至今未衰。觀益州名畫錄、宣和畫譜，可以想見其大體。其十六羅漢圖刻於石者，今藏於杭州孔廟之中。吾盤桓已久，於其神味，亦已親近無間。禪月之通內外，合釋儒，兼達詩歌書畫諸藝，而皆脫穎於當時。前世亦惟王摩詰，後世亦惟蘇子瞻，始有此多能善巧。吾亦婺人，鄉閭鄰於蘭溪，常過焉。貫休遺跡難覓，而觀吾性有與之相類者。五代孫光憲北夢瑣言卷二十休公真率謂其"行止真率，誠高人也，然不曉時事，往往詆訐朝賢"。又謂其"通衢徒步，行嚼果子，未嘗跨馬"。此非高僧之威儀也。唐才子傳謂"休一條直氣，海內無雙，意度高疎，學問叢脞，天賦敏速之才，筆吐猛銳之氣，樂府古律，當時所宗。雖尚崛奇，每得神助，餘人走下風者多矣。昔謂龍象蹴踏，非驢所堪，果僧中之一豪也。後少其比，前以方支道林，不過矣"。所評甚高，振然有聲。可見辛文房之心許阿師也。吾無高才，然如行止真率、詆訐善怒、一條直氣、學問叢脞、行嚼果子云者，確如其遺風。吾友臥霞山人、鼾、澄二道人，使其聞吾此言，必莞爾不以為忓矣。（胡元瑞亦蘭溪人，惜其論貫休詩尚未盡允。然拙著血脈論與其詩藪、徵聖錄與其少室山房筆叢，俱有暗契之處，旨趣亦有相近。而吾得其書甚晚，未嘗學之也。以此而論，則吾鄉貫休、東萊、元瑞之遺風，吾皆略有之，非安排而得。山川鄉土氣體之遺傳也如是哉。）

禪月集妙趣

壬辰秋盡，滬瀆觀范寬雪山樓閣圖真跡，若癡若醉。忽思貫休即遁棲此種寒巖峻壑、老木茅簷之中苦吟其詩篇者。宜乎孫光憲白蓮集序云"議者以唐末詩僧,惟貫休禪師骨氣混成,境意卓異,殆難儔敵"。而骨氣混成、境意卓異二語,又正可為宋初范中立此圖之形容也。吾固曰,宋畫之畫山水,實皆畫人爾。禪月集有妙趣,試摘數語,以娛神爾。

讀離騷經云"我恐湘江之魚兮,死後盡為人。曾食靈均之肉兮,個個為忠臣"。釋教中大菩薩舍身功德,貫休蓋秘植於此。其語似俚,而意甚慈悲。屈子自沉,以後人觀之,乃以一身之死,度化萬世之人心者也。

上留田古樂府,悲心甚大,特為感人。古意"乾坤有清氣,散入詩人脾。聖賢遺清風,不在惡木枝。千人萬人中,一人兩人知"。可為詩道血脈語,誠宜傳誦萬古。使詩人無此清氣,而皆貪泉惡木之流,豈可為知者。而古謠、詩三百渾渾然,不可方物,楚騷、漢、魏至唐,渾清夾雜而為一體。自宋以降,以清為主矣。貫休詩正其分界。(元遺山陶然集詩序嘗引貫休"乾坤有清氣"、"千人萬人中"四句也。)

還舉人歌行卷云"蜀機鳳鶵動蹩躠,珊瑚枝枝撐著月"。後句成禪語,見碧巖錄。貫休造句奇警如是。

漁家云"前山腳下得魚多,惡浪堆中盡頭睡"。句俚而有異致,為東坡之前導。貫休詩字俚而意不俚。(其嘗自言"我有白雪琴,樸斲天地精。俚耳不使聞,慮同衆樂聽"。又云"夜雨山草滋,爽籟生古木。閑吟竺仙偈,清於嚼金玉"。正可觀其高潔。)

經曠禪師院云"憶昔十四五年前苦寒節,禮師問師楞伽月。此時師握玉麈尾,報我卻云非日月,一敲粉碎狂性歇"。此正可見休公之禪悟也。狂性自歇,歇即菩提。

寄大願和尚"瀑布千尋噴冷煙,旃檀一枝翹瘦鶴"。極清,頓覺心寥廓。

送僧入馬頭山云"更有叟,獨往來,與我語。情無剛彊,氣透千古,竹笠援補,芒鞋藤乳,北風倒人,乾雪不聚,滿頭霜雪湯雪去。湯雪去,無人及,空望真風江上立"。此等詩正為東坡、稼軒詞之先調。後世如金冬心題畫記意趣,似亦自此出也。

聞前王使君在澤潞居云"德變人性靈,筆變人風土"。德變以質化之,筆變以文化之。至言也。周孔之道,在質在文。質在真修實證,文在經史禮樂也。

近體晚泊湘江作云"煙浪漾愁色,高吟似有鄰。一輪湘渚月,萬古獨醒人"。有高風。吾嘗笑謂休公夢中人,多乃屈子、謝康樂、太白、東野、浪仙諸人,而非達磨、惠能、馬祖一流也。惟其畫羅漢圖,亦嘗於夢中得其形狀云爾。

讀劉得仁賈島集二首其二之"伊余吟亦苦,為爾一眉顰"。浪仙闢五律苦吟詩派,代不乏人。李洞、休公為首座。

天台老僧云"白髮垂不剃,青眸笑更深"。脫然如在眼前。吾嘗見大德老宿,其神意為後五字道盡。明慧之體,全在此阿堵物灼照透視中。

寄天台道友云"賢聖無他術,圓融只在吾"。禪門本色,至言也。

讀孟郊集云"東野子何之,詩人始見詩。清剗霜雪髓,吟動鬼神司。舉世言多媚,無人師此師。因知吾道後,冷淡亦如斯"。正可見其詩學之師承。休公蓋亦自占其詩將為後世所冷淡,不幸為其所言中。

寄宋使君云"空廊人畫祖,古殿鶴窺燈。風吼深松雪,爐寒一鼎冰"。深得賈髓。吾素研畫史,其空廊畫祖一語,在吾眼觀之,極有意韻。集中如此等五言甚夥。如懷武昌栖一二首云"病愈囊空後,神清木落初"即是。"得句先呈佛,無人知此心"。深有禪機。此正可為吾所謂釋道心性脈、禪詩一體之學添作頰上毛者。

送人歸夏口云"貌不長如玉,人生秖似雲"。此又賈島未道者。

休公七言近體亦多佳氣。如酬張公見寄,老健清新。"閉戶不知芳草歇,無能唯擬住山深"。甚見止心之境。

道情偈云"獨坐松根石頭上,四溟無浪月輪孤"。境意卓異。

道中逢乞食老僧云"赤梭欄笠眉毫垂,柱柳栗杖行遲遲。時人祇施盂中飯,心似白蓮那得知"。此絕句最可嗟歎。俗目不識真人多如是。此可作一禪畫看,必出梁楷、雪舟輩筆也。疇昔於滬上靜安寺前,雨中親見一乞食老漢,年不可知,其行遲遲,意態古拙,而神明莫測,凜然不可犯,拙荊亦駭歎之。蓋極類休公此詩中人。以此愈知其詩之妙。

休公名句如"一缾一缽垂垂老,萬水千山得得來"。殊有高致,已開宋詩句法。(又如晚唐唐彥謙有名句曰"耳聞明主提三尺,眼見愚民盜一杯",為宋人所津津樂道,皆為蘇、黃江西詩法之前躅。蘇子瞻詩"買牛但自捐三尺,射鼠何勞挽六鈞",即學彥謙者。見葉夢得石林詩話。)又如"夢入深雲香雨滴,吟搜殘雪石林空"。此正范寬圖畫之意境。"數閣涼飈終日去,滿懷明月上方還"。佳氣蔚然。又如"青山萬里竟不足,好竹數竿涼有餘"。此又為宋調之先聲。宋人律句有自此出者。(東坡名句"身行萬里半天下,僧臥一庵初白頭",恐亦自休公此類詩意及"頭白山僧自扞茶"化出也。)又如"薄俗盡於言下泰,苦心唯到醉中閑",亦清切如宋賢。苦心唯到醉中閑,聖賢濟世度人之悲心,方至如是。吾誓作悲苦人,不為自了漢。

其集卷二十三山居詩二十四首,雖不盡好,亦其壓軸,可與大謝山居賦比。"詩理從前欺白雪,道情終遣似嬰孩",涉入理趣,又為宋詩之前軌。要之論之,休公七律七絕,非同於杜、李、溫、許之高華麗密,而別具特格,亦學盛、中唐而能變者,已開宋詩律對之先聲。置諸詩史,誠為唐宋之際承上啟下之人物,亦如書史之楊少師。惜後世人耳食,不細讀其集,使其明珠千斛,隱而不發。世間習佛禪喜詩歌書畫者,禪月集中靈光堆裏,正可希心理味也。

齊己自得

孫光憲白蓮集序云"議者以唐來詩僧，惟貫休禪師骨氣混成，境意卓異，殆難儔敵。至於皎然、靈一，將與禪者并驅於風騷之途，不近不遠也"。蓋已明言貫休在三僧之前。孫氏乃有眼目者。而吾亦愈哂紀昀輩之無識。四庫全書總目云"唐釋能詩者衆，其最著者莫過皎然、齊己、貫休。然皎然稍弱，貫休稍粗，要當以齊己為第一人"。不知皎然稍弱而古意彌厚，貫休稍粗而骨氣混茫，四庫所論，僅為皮相。詩道所貴，在渾成也。故知孫氏之言弗繆，而齊己乃同於皎然，共驅於風騷之途也。唐末五代，乃有休、己二僧颷發，釋家詩教之盛，非皎然、靈一、靈澈時可比。（唐末詩僧之秀者又有尚顏、虛中、乾康等，皆有才致。）此必與禪家之大興相關也。己公為溈山靈佑之高弟，仰山慧寂之同門。二人為溈仰宗之開山祖師，道行高深莫測。己公參禪之境界亦可想見。休公之師石霜慶諸，亦當時高僧，為道吾智禪師法嗣，亦嘗為洞山所許可者。五燈會元謂其弟子有長坐不臥，屹若株杌，天下謂之枯木衆。休公亦嘗為此枯木衆之一員耶。（石霜枯木衆，其於南宋曹洞正覺禪師默照禪法影響甚深。）觀石霜頌洞山五位王子七律五首，亦可見其詩學之根柢。休、己在此直見心性之宗門中，正值溈仰、曹洞、臨濟極盛之時，其了悟甚深之法要，激振自性之具足，性光獨耀，囊錐畢露，施諸詩歌，自有一種勃勃英氣，不可遏制。其詩乃受佛力加持如是，自能別開生面。二僧於禪雖非巨匠，於詩則自闢一格，謂之禪人詩派之真鼻祖可也。宋世參寥、覺範一流，皆其子孫。近世八指頭陀，亦其遠裔。其脈亦自長遠，而為吾詩門釋道心性脈一大分支也。（述其流派歷代傳燈，則在詩門血脈論外篇。）禪家唯我獨尊，貫休得之尤深，其作振拔有

勢,人亦有傲氣,不屈於權霸。當時人物咸折服之。時或詆訐太
過,失之崖岸。齊己無此粗豪,而詩格愈清,元氣遜於休,而清切蘊
藉勝之。齊己聞貫休下世詩云"吾師詩匠者,真個碧雲流"。詩匠
謂其精工諸體,碧雲流謂其元氣遒飛。齊己所擅,在五律七律,不
似休公又長古樂府、古體。己公五律,已無浪仙險峭之意,意韻多
天然,不見苦吟痕跡。骨澹神恬,夷然自得,筆力清蒼,閱其白蓮
集,真可忘世。休公氣渾而心揚,喜謁諸侯,而己公愈多衲子本色。
所憾者,特妙句甚鮮,不能如賈島之警拔。七律亦然,辭皆清雅,少
弘健之氣,故其成就,又不如鄭都官能蒼勁。惟齊己又作風騷旨
格,乃晚唐詩論之雋者,啓人神智甚多,吾甚喜之。此詩論中之禪
者,又不同於司空表聖之詩品、張為之主客圖。蓋亦詩禪一體之寧
馨兒,對之每眼青也。

晚唐談藝即詩即理

晚唐論詩最精者,司空表聖二十四詩品及齊己風騷旨格是也。
二書皆詩理一體,即詩即理。此又非皎然詩式之舊例。風騷旨格
首六詩條云"一曰大雅。詩曰,一氣不言含有象,萬靈何處謝無
私"。非謂所引詩即為大雅,乃謂詩之理趣合乎大雅之意旨也。下
皆同。其法亦與禪門以詩喻現量境界或機鋒妙用者無異。禪僧天
柱崇慧唐乾元初創寺於天柱山,喜以詩句對答,亦禪家倡此風氣之
甚早者。問,如何是天柱家風。師曰,時有白雲來閉戶,更無風月
四山流。問,如何是道。師曰,白雲覆青嶂,蜂鳥步庭花。蓋皆如
此。風騷旨格之體甚為相似。其絕妙處甚夥。如"正風。詩曰,都
來銷帝力,全不用兵防"。此正風所以淳厚者,帝力銷,則民任自
然,鼓腹含哺,無機心,自不用兵防。如詩有十勢。"猛虎投澗勢。
詩曰,仙掌月明孤影過,長門燈暗數聲來"。用杜牧早雁句。此句

神采,在迭蕩有動勢,偶對似疏闊,而實遒勁,正可喻虎投遠澗之聲勢也。如詩有二十式,"二十曰兀坐。詩曰,自從青草出,便不下階行"。較之濂溪不除窗前草又高矣。以此句喻詩式中兀坐不動之意,亦妙哉。詩以出入進退為美,高逸達變為尚,李、杜皆然,而齊己又能標舉兀坐之式,亦其禪僧善悟所造者。當枯木衆兀然高坐,其意亦不可測。使詩人能會此式,亦可不戰而屈人之兵矣。又如詩有六斷,"二曰背題。詩曰,尋常風雨夜,應有鬼神看"。此甚微妙。義山作賈生,飛卿作四皓,有若背題者,而俱驚心觸目。故曰,尋常風雨夜,應用鬼神看。風騷旨格末言詩有三格,上格用意,中格用氣,下格用事。亦為高妙之論。詩三百最善用意,李杜最善用氣,蘇黃江西詩派,往往於用事之格獨領風騷。然亦可豪矣。唐人之作,自以盛唐意最高,中唐氣最奇,晚唐用事最瞻富。溫、李亦俱精駢賦。皮、陸亦填塞古事為能。己公法眼灼灼如是。(此文既成,夜夢中參悟詩道妙義,忽有妙諦焉。吾昔嘗以平空鬆坦四字喻證量,今用諸詩學亦合。詩之微妙有在極平澹處,如素縑委地,全不費心力。講風骨者,固屬高格,對之不免崢嶸有安排。吾夢中所悟者,不即己公所謂上格用意者乎。得用意之髓者,舒卷自如,變化陰陽,可剛可柔,而實平空鬆坦,不費心力。吾之平澹,非言其字面平澹,乃言其用意自若,雖內富波瀾,而若平澹全無動心者。吾修佛時夢中亦修亦證,不意著書時亦然。)惟旨格一書,所用句皆他人及己作之既成者,以此又遜於表聖詩品皆精心自撰者。其皆四言詩,語殊圓活,而理趣甚高,辭采雅致,而意格自妙,若出自然,無斧鑿痕。表聖此作,詩理一致,符契莫二,亦於禪宗得力甚深,方有此種手段。其啟迪後人以禪喻詩者弗淺。宋人滄浪詩話,所承者實為司空表聖之衣鉢也。滄浪詩話中詩法有云"不必太着題,不必多使事",又云"下字貴響,造語貴圓","意貴透徹,不可隔靴搔癢。語貴脫洒,不可拖泥帶水","須參活句,勿參死句","及其透徹,則七縱八橫,信手拈來,頭頭是道矣"。此等皆可形容表聖詩品文字境界之高妙。朱舜水嘗言歐陽永叔不能四六,非不能也,蓋以圓活為難耳。(參拙著書史卷五六一居士條。)唐賢文字,最能圓活,如二十四詩品者,即其典範。自宋人專習韓、柳散體,氣格遒上矣,而圓活愈為難,子瞻能活,勝於諸家,然亦無復唐賢圓道三昧。幸南渡後有嚴儀卿一類人物,著書深得唐賢之旨意,而使吾國之詩學,留此圓活之血脈。惜南宋吟壇學唐賢者,其詩作不能與此詩話稱之爾。四靈不足為詩,而滄浪猶足為詩話。詩亡而春秋作。其理詎非一揆乎。(阮芸臺廣陵詩事卷二言"焦太學蕙有課兒劄記二卷,嘗論唐之詩人人卓行傳者,惟司空表聖一人。戒子弟云,學詩者宜讀詩品,尤宜學作詩品者之品"。此亦可資談助者。蓋非光明皎潔如表聖者,亦弗能有詩品之文字必矣。)

晚唐詩畫相即

詩畫契理,自謝康樂山水詩始。前已道之。然當時詩道畫道皆未極盛。畫至唐極盛,逮至五代、宋初,猶不衰也。此又不同於歌詩。自董、巨、李、范諸大家亡,宋畫始變,山水畫氣格漸下,文士喜尚,亦轉入米家之墨戲矣。唐季五代,亦畫學隆盛之時。當此之際,詩畫相印,詩人兼諳畫理,繪家多通聲韻。如貫休者,最為典型。鄭都官詩云"江上晚來堪畫處,漁人披得一簑歸"。集中又有詩題曰"予嘗有雪景一絕為人所諷吟,段贊善小筆精微,忽為圖畫,以詩謝之"。贊善為段文昌之孫輩。觀此最可知當時詩畫互通之風氣。朝直又云"孤峰未得深歸去,名畫偏求水墨山"。益知水墨山水,晚唐已多流傳。韓致堯詩云"景狀入詩兼入畫,言情不盡恨無才"。此俱詩人而諳畫理者。後世宣和畫院以詩試題,自承此五代之風者。今世所存題畫詩之最早者,或為徽宗之花鳥畫。然想五代西蜀、南唐之士,俊彥如林,詩客畫手,宴遊情交,當其興起,題畫之作出，亦自合理。惟少實物耳。如南唐後主通達諸藝，兼善詩詞、書畫，詞為大家，書畫之長，皆載於宣和書譜、畫譜之中，其揮翰之際，詩畫相印，亦自然爾。（可參拙著書史卷四南唐後主。）溫飛卿有題李相公勑賜錦屏風云"豐沛曾為社稷臣，賜書名畫墨猶新"。言唐帝賜屏風畫於李德裕，又書字以名畫。則當時已有在畫中題字者。而時人題之以詩，亦在情理中。今觀晚唐諸家詩料，多梅雪鷓鶴野寺仙山一類，而皆為後世山水、花鳥畫意。五代畫家因詩而發興，兩宋繼之，則詩之盛，亦衍伸於畫學。晚唐詩道衰，而畫道彌盛，詩之精魂，亦由畫而傳。壬辰秋觀李營丘真蹟晴嵐蕭寺圖於滬上，但覺一股仙氣氤氳，群峯欲飛，驚愕久之。觀其意趣，當非盛中唐詩不能相稱者。詩之精魂，由畫而續載，吾以此為內證。與營丘同時之詩人，無此風神峻異久矣。故詩畫相印，殊有玄奧。一時通人如貫休者，擅羅漢畫，復擅狂草，而踔屬於歌詩。其中秘義，後人難窺。繼其軌者李煜，絕有高華。惟其墨跡淪落已久，不能如休公猶有畫跡可考。宋世續此脈者，為文與可、蘇子瞻，貫通詩文書畫之道。元又有趙松雪、倪雲林，明、清其脈弗絕。自明中葉印學漸興，鄧完白之後，詩書畫印為一體，亦近世風雅之大體。此脈為風雅所繫，乃自晚唐五代開出，休公堪為祖師，摩詰則遠祖也。（後世又開出畫家之詩一小脈。近世大匠如吳昌碩、齊白石、黃賓虹、潘天壽等皆工於詩，有格度。白石翁至謂己作詩書畫印中詩為第一，蓋學徐天池也。外篇當述此小脈，人物亦衆矣。）

宋詩胎息於晚唐

　　歐、梅、蘇、黃以降，宋詩卑視晚唐，而不知宋詩實胎息於晚唐也。西崑毋論。南渡後永嘉四靈亦宗賈島、許渾一流。宋詩一頭一尾，皆師晚唐。中段為梅、歐別逆脈及蘇、黃江西派。（故知南宋詩學演至永嘉四靈，乃欲回歸主流而已。其不許江西派以側鋒勝出，故寧淺而毋偏，寧薄而毋側。）而如梅都官，其學於中晚唐者亦甚明。又有王半山，七絕七律，俱造晚唐之堂奧。蘇、黃、二陳所演之江西派，究其手段句法，亦有以晚唐人為師者。前已言及子瞻詩"買牛但自捐三尺，射鼠何勞挽六鈞"，本於晚唐人唐彥謙句"耳聞明主提三尺，眼見愚民盜一杯"。（見石林詩話。）山谷詩"翁從旁舍來收網，我適臨淵不羨魚"。此江西派常用之點鐵成金術，實為翻案法。而此又正是晚唐人之故伎。義山、飛卿俱善此翻案法，造語奇異，而意彌深長，後竟成江西派之家法矣。江西派以筆調清蒼勝，多出新意，不知清新正自晚唐之本色。惟此派變本而加厲，手段愈衆耳。觀山谷集句如晚唐格調者亦甚夥。山谷詩"持家但有四立壁，治病不蘄三折肱"，其句法自與韓偓"刮膜且揚三毒論，攝心徐指二宗禪"相似，而山谷三折肱更活。（宋曾季貍艇齋詩話云"東坡詩云，公是主人身是客，舉觴登望得無愁。用樂天心是主人身是客"。其意又轉不如樂天也。）苕溪漁隱叢話後集卷三十四云"鄭谷等共定分體詩格，一進一退韻，如李師中送唐介七言八句是也。子蒼於五言八句近體詩亦用此格"。韓子蒼固江西詩派中人。江西派陳師道以老杜為法，而其硬峭之處，又學中唐之孟郊。蓋不出中晚唐之籠罩。故吾素謂唐、北宋詩只為一體，一脈相承，亦不必如前人論詩強分唐、宋若楚、漢者。南宋、金代，氣體大衰，放翁、遺山而外，亦無足以繼北宋，遑論唐詩哉。

卷酉　釋道心性脈第十

　　垂釣四海，只釣獰龍。格外玄機，為尋知己。王輔嗣云"得魚忘筌，得意忘言"。此釋道心性脈之圭臬也。此脈不以筌、言為意，自為詩門教外別傳。其要以釋以道為體，而以詩以詞為用。體用莫二，歸於心性。如寒山、拾得詩非不妙，終以佛道為歸宿，不欲以文而自耀。最著者為禪宗，天機燦爛。然其詩偈乃是禪，不可言為詩，而亦為詩。此脈超於世間詩學之上，又不脫世間詩學。故最為離奇，亦最平常。臨濟道，路逢劍客須呈劍，不是詩人莫獻詩。此脈中人，真可謂詩劍一體者。詩作劍，劍作詩，詩為文字而脫文字障，劍是般若而不作般若解。其造化是現量內自證，不可以世間思惟心度量。然以文字境界論，其中亦自有變。寒、拾可勿論。禪偈真變為禪詩，自龐居士始，其後風氣愈盛。白玉蟾嘗有詩曰，詩竊禪關事一家。誠然也。逮此脈漸衰，其後學貪戀文字，束縛般若，本蠲戲論而戲論重生，本離塵根而塵根反增，蓋亦悖矣。降至元世，高僧如中峰明本，寫百梅詩，其綺語又勝於文人。明本證量縱高，亦以此遜於其師高峰和尚。雖然，代有其人，嗣其真脈而不偏。張紫陽、王重陽，亦承古風，以詩詞發明道門玄奧。或能遊戲三昧，周旋於道文之間，如邵康節者，乃不愧其老祖陳摶。此固不可與世間詩僧之流派等。詩僧以詩爲主,此脈只是一心。釋道中人,但凡以文而自耀,有與世間詩人較短長、競風騷者,如參寥子、惠洪覺範,皆不在此脈之列。明季大德達觀石門文字禪序贊覺範文字禪爲瞿曇所傳,禪與文字有二乎哉。此以明人觀之如是耳。竊謂惠洪之書,禪與文字已二矣。惠洪只合作貫休傳人。元遺山陶然集詩序云“詩家所以異於方外者,渠輩談道,不在文字,不離文字。詩家聖處,不離文字,不在文字。唐賢所謂情性之外,不知有文字云耳”。所言極妙。然不知此釋道心性脈之聖處,則全已忘孰爲詩家,孰爲方外矣。真性之外,不知有詩,不知有道。此脈之變化,至圜悟、王重陽大體已盡。大慧、丘長春自亦附驥尾而入。當其之衰,蓋與山谷二陳江西脈之盛行同時。內篇止於是。天童正覺、白玉蟾、無準、中峰、張三丰以迄虛雲、來果,見於外篇。此脈後世有禪詩、道詩、理學詩、道教扶鸞詩諸分支。道學家理趣詩,雖自號儒者之作,實自此脈而出。大儒如王船山,亦作愚鼓詞,乃屬內丹道流之習也。扶鸞雖涉靈異,其固是詩,亦偶有佳作如出唐人手者。清人趙吉士寄園寄所寄卷四言“乩詩雖涉怪誕,當其揮灑錯落,頗有出人意表者”。亦異哉。

支 道 林

　　釋教此詩脈自支遁始。道林之才思文辭,超逸當時,而其所求者,佛法也,真諦也,故不與世間之趣向同。其人固不凡。高僧傳言其“幼有神理聰明秀徹。初至京師,太原王濛甚重之曰,造微之功不減輔嗣”。王濛識力亦自不俗。高僧傳又言“年二十五出家。每至講肆善標宗會,而章句或有所遺,時爲守文者所陋。謝安聞而善之曰,此乃九方堙之相馬也,略其玄黃而取其駿逸”。陶淵明讀書不求甚解,此最可與之媲美。謝安爲吳興,與遁書曰“人生如寄耳。頃風流得意之事殆為都盡，終日慼慼觸事惆悵。唯遲君來以晤言消之。一日當千載耳"。人所畏懼者虛無，消此虛無者莫若懸解。能懸解謝安之惑，非斯人而誰耶。僧衆時或有墮者，道林為著座右銘以勗之。其有曰"人生一世，涓若露垂。我身非我，云云誰施。達人懷德，知安必危。寂寥清舉，濯累禪池。謹守明禁，雅翫玄規。綏心神道，抗志無為。寮朗三蔽，融冶六疵。空同五陰，豁虛四支。非指喻指，絕而莫離。妙覺既陳，又玄其知。婉轉平任，與物推移。過此以往，勿思勿議。敦之覺父，志在嬰兒"。文辭清雅，意蘊高妙。後世如僧璨信心銘者，皆以此為濫觴。人嘗有遺遁馬者。遁愛而養之。時或有譏之者。遁曰"愛其神駿聊復畜耳"。此亦妙悟所在。南泉斬貓，未必不從是出。豈世僧娛玩所宜自託者。孫綽喻道論云"支道林者，識清體順而不對於物，玄道沖濟與神情同任。此遠流之所以歸宗，悠悠者所以未悟也"。此種詩脈，亦文人悠悠者所以未悟者也。高僧傳末言"遁有同學法虔，精理入神，先遁亡。乃著切悟章。臨亡成之，落筆而卒"。此較之晦翁亡前數日猶改後世聚訟之大學章句，真有仙凡之異。支遁詩歌，包含銘、讚，猶存三十餘首，多在廣弘明集中。今覽其詩，理趣玄奧，辭采警切，誠為大謝之先聲。拙著微聖錄卷十七嘗論寐叟詩有元祐元和元嘉三關說。寐叟云"康樂總山水莊老之大成，支道林開其先。此秘密生平未嘗為人道，為公激發，不覺忍俊不禁，勿為外人道，又添多少公案也"。然真又添公案。錢氏談藝錄六九嘗評寐叟題跋與此函類似文字，言支道林存詩篇篇言理，呆鈍填砌，子培好佛學，故論詩蠻做杜撰，推出一釋子，強冠之康樂之上，直英雄欺人耳。其語殊傖直，讀之忍俊不禁。寐叟所謂支道林開其先，言其已先有此種作法在，已顯於文字，施影響於士流，而待康樂經訓菑畬，總山水莊老之大成。所作存世甚寡，然其濫觴之功自不可忽。且錢氏不知支道林存詩篇篇言理，正其詩脈所在，本不必以世間詩法而繩之也。道林詩亦有靈動之趣。如詠山居云"五岳磐神基，四瀆涌蕩津。動求目方智，默守標靜仁。苟不宴出處，託好有常因。尋元存終古，洞往想逸民。玉潔其巖下，金聲漱沂濱。捲華藏紛霧，振褐拂埃塵。跡從道蠖屈，道與騰龍伸。峻無單豹伐，分非首陽真。長嘯歸林嶺，蕭條任陶均"。矜重清奇，自有高致。述懷詩有云"翔鸞鳴崑崿，逸志騰冥虛。惚恍迴靈翰，色肩棲南嵎。濯足戲流瀾，採練銜神疏。高吟漱芳醴，頡頏登神梧。蕭蕭椅明翮，眇眇育清軀。長想玄運夷，傾首俟靈符。河清誠可期，戢翼令人劬。"讀之神往，如飲玉露。錢氏呆鈍填砌之評，不亦謗乎。痲叟之言，無以易也。道林本不求工，而達高標如是，自其精進，鬼神所親也。

寒山拾得

深秋一日，偶過寒巖，丹楓爛然，不覺莞爾。蓋寒山、拾得之詩心，此際冥符矣。自寒山、拾得出，此詩脈漸得大盛。寒、拾之年，或謂在貞觀。其據在訪封干、寒山之閭丘胤為貞觀年間人也。所據者為唐道宣續高僧傳卷第二十五釋智巖傳中載"昔同軍戎有睦州刺史嚴撰、衢州刺史張綽、麗州刺史閭丘胤、威州刺史李詢"。或謂在先天。出於贊寧宋高僧傳。其言封干於先天年中在京兆行化，知閭丘、寒山、拾得俱睿宗、玄宗朝人。或謂在中晚唐。亦出於贊寧宋高僧傳。其言大溈靈祐於憲宗朝遇寒山子指其溈潭，仍逢拾得於國清。知三人唐季葉猶存。宋高僧傳曹山本寂傳且謂其復注對寒山子詩，流行寓內。寒山傳亦云閭丘太守"乃令僧道翹尋共遺物。唯於林間綴葉書詞頌，并村墅人家屋壁所抄錄得二百餘首。今編成一集人多諷誦。後曹山寂禪師注解，謂之對寒山子詩。以其本無氏族越民唯呼為寒山子"。三說孰是。贊寧自云"奈何宣師高僧傳中閭丘武臣也，是唐初人。閭丘序記三人不言年代使人悶焉。復賜緋乃文資也。夫如是乃有二同姓名閭丘也"。"寒、拾也先天在而元和逢。為年壽彌長耶。為隱顯不恒耶。易象有之，小狐汔濟。其此之謂乎"。吾觀寒山詩多俗語，洞達人情，言語圓通，境界非凡，為古詩所未曾有者。又能為典雅之體，文字功夫甚深。其七絕如白樂天。如"一住寒山萬事休，更無雜念掛心頭。閑於石壁題詩句，任運還同不系舟"。"千年石上古人蹤，萬丈巖前一點空。明月照時常皎潔，不勞尋討問西東"。"自從到此天臺境，經今早度幾冬春。山水不移人自老，見卻多少後生人"。其七律又自中晚唐風味，乃許渾一路，一看即知。如"久住寒山凡幾秋，獨吟歌曲絕無憂。蓬扉不掩常幽寂，泉湧甘漿長自流。石室地爐砂鼎沸，松黃柏茗乳香甌。饑餐一粒伽陀藥，心地調和倚石頭"。"丹丘迥聳與雲齊，空裏五峰遙望低。雁塔高排出青嶂，禪林古殿入虹蜺。風搖松葉赤城秀，霧吐中巖仙路迷。碧落千山萬仞現，藤蘿相接次連谿"。故其元和猶存，宜然也。貞觀之人，詎能作中晚唐詩耶。佛門以俗語作詩明理，莫先於六祖慧能及所謂王梵志者。壇經又有無相頌等。慧能貞觀十二年生，玄宗開元元年圓寂。王梵志不知何時人，或謂乃隋末唐初人，或謂其詩非一人所作，有作於晚唐者。寒山詩天機爛漫，詩藝之高，超于壇經、永嘉證道歌。王梵志詩質野，寒山出語通暢過之。其人當在慧能、永嘉、王梵志之後。貞觀年間人，恐其尚不能作文字如此通透空靈也。故吾取贊寧說，寒、拾也先天在而元和逢。先天元年至元和元年九十四年也。自古高僧壽過百餘歲者甚多。其先天在而元和逢，以世間思惟計量之，亦非必不能。寒山子證道極深，出語瑩徹，理趣之妙，不下永嘉證道歌。（證道歌深入禪宗三昧。今日亦為藏地寧瑪、噶舉派高僧所讚嘆，謂其得大圓滿之真髓者。）"吾心似秋月，碧潭清皎潔。無物堪比倫，教我如何說"。（大師境界至高，自不可言說。略有證量如我輩，亦已會得甚微妙處教我如何說也。）盛唐人五絕，方能如此通透。"眾星羅列夜明

深，巖點孤燈月未沈。圓滿光華不磨瑩，掛在青天是我心”一絕，又
頗與李翱贈藥山高僧惟儼詩神似。（詩曰“煉得身形似鶴形，千株松下
兩函經。我來問道無餘話，雲在青天水在瓶”。“選得幽居愜野情，終年無送
亦無迎。有時直上孤峰頂，月下披雲嘯一聲”。李翱元和年間人。雲在青天
水在瓶，藥山惟儼機鋒語也。）寒山詩有禪宗風味，亦當作於南宗盛行
之時。南宋吳宏獨醒雜誌嘗云“黃山谷喜寒山詩，曰此淵明之德亞
也”。要非如寒山者，亦不足以配陶靖節也。

　　拾得詩格旨趣皆與寒山子同，惟文字功夫不如之，所傳亦不如
寒山詩為多。拾得詩云“從來是拾得，不是偶然稱。別無親眷屬，
寒山是我兄。兩人心相似，誰能徇俗情。若問年多少，黃河幾度
清”。最能見二人情形。拾得詩極有機鋒者，如“若解捉老鼠，不在
五白貓。若能悟理性，那由錦繡包。真珠入席袋，佛性止蓬茅。一
群取相漢，用意總無交”。求佛者不在法多，不在學富，只在超相，
一門直入，自得其所。故真珠入席袋，佛性止蓬茅。法多學富之
人，取相而不超，多與實相失之交臂。此亦與禪宗符契。拾得詩又
云“我詩也是詩，有人喚作偈。詩偈總一般，讀時須子細。緩緩細
披尋，不得生容易。依此學修行，大有可笑事”。此最可為釋道心
性脈之宗旨者。此脈之詩，多喚作偈。詩即是偈，偈即是詩，總為
一般。讀時不可同於世間文字，故須子細參悟，亦不得生容易輕慢
之心。然又以此乃修行之秘訣，則又大可笑事。修行之真訣，豈文
字所能傳哉。

王　梵　志

　　王梵志，不知何許人。晚唐馮翊子桂苑叢談史遺云其生於隋，
“作詩諷人，甚有義旨，蓋菩薩示化也”。僖宗時人范攄雲谿友議卷
十一玄朗上人云“或有愚士昧學之流，欲其開悟，則吟以王梵志詩”。

中唐時圭峯宗密禪源諸詮都序云"或降其跡而適性，一時間警策羣迷，志公、傅大士、王梵志之類"。（參項楚氏王梵志詩校註前言。項楚氏言其詩非一人所作。）則其生於圭峯之前必矣。圭峯至以志公、傅大士比擬之，則梵志道行，亦高深莫測者。其詩全用俗語，不比寒山能兼正體。且其所用之俗語，尤有當時巷諺口語。蓋與雅言之詩全然背道而馳者。其詩如針芒，驚心觸目，令人深思。皎然詩式跌宕格二品，亦嘗援引其道情詩，以為駁俗之品之典刑。竊謂釋教苦集滅道四諦，王梵志詩專明苦諦集諦，痛陳四大皆空、生死無常、六道輪回之義，不似寒山拾得乃喜言滅道二諦，自述其得道寂滅之樂也。故玄朗上人云"或有愚士昧學之流，欲其開悟，則吟以王梵志詩"。愚士昧學之流，識字無多，遑論三藏，其讀王梵志詩，正可樹立出離心。觀景德傳燈錄卷第三十志公、傅大士所傳之作，深入三昧第一義，其與王梵志詩，固非一類。志公、傅大士可為禪門之先導，梵志則非。然皆以行止奇異，警策羣迷，而使迷者殊途同歸，則圭峯並而許之亦宜矣。（梵志或非禪宗。然其道情詩末云"還你天公我，還我未生時"，亦絕有禪機。）當志公、傅大士之時，信佛者以貴胄士大夫為主，志公、傅大士所化者，當時國主一流也。當王梵志之時，信佛者盈於華夏，而黎庶黔首之數多於貴胄士夫，則梵志詩專用口語，其教化功德自亦應乎時機也。至中晚唐五代禪門極盛，本亦喜用俗語開示應對者，梵志詩亦自與之合流。今人失學，多不諳古文，使其讀梵志詩，亦當生恐懼心，發出離之志也。

懶瓚高城

禪宗之初，偈多詩少。三祖信心銘、壇經六祖無相頌、六祖弟子永嘉證道歌，義理至圓，為無上法寶，然少詩味。（信心銘乃得佛祖心髓者，文字亦嫻美。如"一種平懷，泯然自盡"。吾嘗於茶道參悟此言，略窺要領。開悟後甚得其微妙,受用無盡。今覽高城和尚歌云“但能當境無情計,還同水面本來平”。吾所得覺受即此。今人或疑信心銘為後人所撰。此非吾所能知者也。)禪偈有詩味,北宗自南嶽懶瓚和尚始,南宗自馬祖大師弟子高城和尚、龐居士、丹霞和尚始。祖堂集卷三言懶瓚為北宗神秀法孫。懶瓚法名明瓚,又號懶殘和尚,即以所啖芋之半以授李鄴侯者。宋高僧傳有其傳。傳云“釋明瓚者,未知氏族生緣。初遊方詣嵩山。普寂盛行禪法,瓚往從焉。然則默證寂之心契,人罕推重,尋於衡巖閑居。衆僧營作我則晏如,縱被詆訶,殊無愧恥。時目之懶瓚也。一說伊僧差越等夷,或隨衆齋餐,或以瓦釜煮土而食。云是彌陀佛應身,未知何證驗之。一云好食僧之殘食,故殘也。或隨逐之,則時出言語,皆契佛理。事跡難知。”亦如志公、傅大士、王梵志、寒山、拾得一流。寒、拾作老叟之貌,瘡痍可惡,疥癩堪嫌。而懶殘亦被詆訶,邋遢自得。僧人喜為詩偈者,此五人為首,加懶瓚為六人,皆不可測之人。亦奇哉。益可見詩道之神妙方便,而為此神異之流所樂道也。景德傳燈錄卷第三十有南嶽懶瓚和尚歌。(據祖堂集卷三,此歌名樂道歌。姚合詩亦嘗自稱其精心奉北宗也。)樂道歌有云“我不樂生天,亦不愛福田。饑來喫飯,困來即眠。愚人笑我,智乃知焉。不是癡鈍,本體如然。要去即去,要住即住。身披一破衲,腳著孃生袴。多言復多語,由來反相誤。若欲度衆生,無過且自度。莫謾求真佛,真佛不可見。妙性及靈臺,何曾受熏鍊。心是無事心,面是孃生面。劫石可移動,箇中無改變。無事本無事,何須讀文字。削除人我本,冥合箇中意。種種勞筋骨,不如林下睡”。“世事悠悠,不如山丘。青松蔽日,碧澗長流。山雲當幕,夜月為鉤。臥藤蘿下,塊石枕頭。不朝天子,豈羨王侯。生死無慮,更復何憂。水月無形,我常只寧。萬法皆爾,本自無生。兀然無事坐,春來草自青”。後世如唐伯虎桃花庵歌一類,豈非從是出乎。懶瓚生於盛唐詩歌極盛之際,必亦為時風所熏染,出語不復為藏教偈語舊法所束縛矣。

據祖堂集，高城法藏和尚嗣馬祖大師。師有歌行一首頗長，甚有氣勢。其首云"古人重義不重金，曲高和寡勿知音。今時志士還如此，語默動用跡難尋。所嗟世上歧路者，終日崎嶇枉用心。平坦啨檀不肯取，要須登險訪椿林"。此與盛唐人歌行氣息無異。其後備狀其理趣微妙。其末云"應耳時，若幽谷，大小音聲無不足。什方鐘鼓一時鳴，靈光運運常相續。應意時，絕分別，照燭森羅長不歇。透過山河石壁間，要且照時常寂滅。境自虛，不須畏，終朝照燭無形對。設使任持浮幻身，運用都無舌身意"。其句法、押韻，亦甚靈活。中唐之士以議論為詩，或亦得啓於此耶。寅恪氏只言韓愈受佛經偈頌之影響，尚未言其亦受當時盛中唐禪人詩之啓迪也。

龐 居 士

龐居士、丹霞天然，此詩脈之關鍵也。祖堂集卷十五居士因問馬大師"不與萬法為侶者，是什摩人"。馬師云"待居士一口吸盡西江水，我則為你說。"居士便大悟，便去庫頭，借筆硯，造偈曰"十方同一會，各各學無為。此是選佛處，心空及第歸"。竊謂禪偈真變為禪詩，自此作始。懶瓚高城之作，無此灑落。此詩理趣通透，而技藝之妙，以為心空比及第，文字空靈，亦不可思議。蓋心空只是禪家破初關，亦猶進士及第只是仕宦之入門。此譬喻可謂事理兼備，如天衣合縫者。此盛中唐高手五絕之水平也。祖堂集謂龐居士"不變儒形，心遊像外。曠情而行符真趣，渾跡而卓越人間。寔玄學之儒流，乃在家之菩薩"。祖堂集所收其詩偈甚多，自弗能盡如前作之妙。偈曰"看經須解義，解義始修行。若依了義教，即入涅槃城。如其不解義，多見不如盲。緣文廣占地，心牛不肯耕。田田皆是草，稻從何處生"。心牛之譬喻，亦甚活潑。後世十牛圖等，未必不從是出也。

丹　霞

　　丹霞天然嗣石頭希遷，與高城和尚、龐居士為同輩。詩空靈不如龐居士，而功力勝之。景德傳燈錄卷第三十有丹霞和尚翫珠吟二首，祖堂集卷四有孤寂吟、驪龍珠吟等。詩皆甚長。如丹霞，可謂詩興甚濃者。其最佳者為孤寂吟。頗見唐僧之氣息功力，乃當時詩僧如皎然所不能為者。“時人見余守孤寂，為言一生無所益。余則閑吟孤寂章，始知光陰不虛擲。不棄光陰須努力，此言雖說人不識。識者同為一路行，豈可顛墜緣榛棘。榛棘茫茫何是邊，只為終朝盡眾喧。眾喧不覺無涯際，哀哉真實不虛傳。傳之響之只不聞，猶如燈燭合盂盆。共知總有光明在，看時未免暗昏昏。昏昏不覺一生了，斯類塵沙比不少。直似潭中吞鉤魚，何異空中蕩羅鳥。此患由來實是長，四維上下遠茫茫。倏忽之間迷病死，塵勞難脫哭愴愴。愴愴哀怨終無益，只為將身居痛室。到此之時悔何及，雲泥未可訪孤寂。孤寂宇宙窮為良，長吟高臥一閑堂。不慮寒風吹落葉，豈愁桑草遍遭霜。但看松竹歲寒心，四時不變流清音。春夏暫為群木映，秋冬方見鬱高林。故知世相有剛柔，何必將心清濁流。二時組糠隨緣過，一身遮莫布毛裘。隨風逐浪往東西，豈愁地迮與天低。時人未解將為錯，餘則了然自不迷。不迷須有不迷心，看時淺淺用時深。此中真珠若采得，豈同樵夫負黃金。黃金亨練轉為真，明珠含光未示人。了即毛端滴巨海，始知大地一微塵。塵滴存乎未免僭，莫棄這邊留那邊。直似長空搜鳥跡，始得玄中又更玄。舉一例諸足可知，何用喃喃說引詞。只見餓夫來取飽，未聞漿逐渴人死。多人說道道不行，他家未悟詐頭明。三寸刺刀開曠路，萬株榛棘擁身生。塵滓茫茫都不知，空將辯口瀉玄微。此物那

堪為大用，千生萬劫作貧兒。聊書孤寂事還深，鍾期能聽伯牙
琴。道者知音指其掌，方貴名為孤寂吟"。意境蒼涼，陳情深摯，
筆力何讓昌黎。惜隱沒鮮為歷代論詩者所知。故詩甚長，而吾
皆錄之云耳。

岑和尚

南泉禪師有一弟子岑和尚，在湖南，趙州大師同輩也。祖堂集
云未睹實錄，不決化緣終始。其甚擅長禪詩。勸學偈曰"萬丈竿頭
未得休，堂堂有路少人遊。禪師欲達南泉去，滿目青山萬萬秋。"誡
斫松竹人偈曰"千年竹，萬年松，枝枝葉葉盡皆同。為報四方參學
者，動手無非觸祖翁。"皆絕句清新者。偈曰"虛空問萬象，萬象答
虛空。何人得親問，木叉丫角童"。殊為靈動。有偈曰"百尺竿頭
不動人，雖然得入未為真。百尺竿頭須進步，十方世界是全身"。
此為禪詩之名篇也。人問"教中有言，色不異空，空不異色。未審
教意如何"。師以偈答曰"礙處無牆壁，通處勿虛空。若能如是解，
心色本來同"。吾室甚隘，禪定處前數尺即牆壁。然不礙也。心空
時礙處自無牆壁。而岑和尚今又示我通處勿虛空也。受教受教。
趙州和尚自大宗師。其人機鋒粲發，偶出語亦得此詩偈三昧。如
師見大王入院，不起，以手自拍膝云，會麼。大王云，不會。師云，
自小出家今已老，見人無力下禪床。此二句又勝過丹霞百句矣。
又如師因在檐前立，見燕子語，師云，者燕子喃喃地，招人言語。僧
問，未審他還甘也無。師云，依稀似曲纔堪聽，又被風吹別調中。
俱見趙州錄。此二句為高駢夜聽風箏詩，絕有風味，意韻悠然，趙
州驀地道出，竟妙合禪機如是。雖非己作，亦政見其深諳詩偈之
道也。

道　吾

　　景德傳燈錄卷第三十道吾和尚樂道歌云"樂道山僧縱性多，天迴地轉任從他。閑臥孤峰無伴侶，獨唱無生一曲歌。無生歌出世樂，堪笑時人和不著。暢情樂道過殘生，張三李四渾忘卻。大丈夫，須氣概，莫順人情無妨礙。汝言順即是菩提，我謂從來自相背。有時憨，有時癡，非我途中爭得知。特達一生常任運，野客無鄉可得歸。今日山僧只遮是，元本山僧更若為。探祖機，空王子，體似浮雲沒隈倚。自古長披一衲衣，曾經幾度遭寒暑。不是真，不是偽，打鼓樂神施拜跪。明明一道漢江雲，青山綠水不相似。稟性成，無揩改，結角羅紋不相礙。或運慈悲喜捨心，或即逢人以棒閛。慈悲恩愛落牽纏，棒打教伊破恩愛。報乎月下旅中人，若有恩情吾為改。"禪門傑作也。五燈會元言關南道吾始經村墅，聞巫者樂神云識神無，忽然省悟。後參常禪師，印其所解，復遊德山之門，法味彌著。住後，凡上堂，戴蓮華笠，披襴執簡，擊鼓吹笛，口稱魯三郎神"識神不識神，神從空裡來，卻往空裡去"。便下座。有時曰"打動關南鼓，唱起德山歌"。則詩中"不是真，不是偽，打鼓樂神施拜跪"一語，正落實處。道吾戴笠執簡，擊鼓吹笛而上座開示，亦奇異事。在禪門亦無足怪。然道吾奇特，確有過人者。此等人物，往往喜好詩歌之道，與前賢同。古來奇士而不為詩者，蓋亦鮮矣。其一缽歌極長，甚為少有。然無特佳處。"有時塵市并屠肆，一朵紅蓮火上生"。獨喜此句爾。

洞　山

　　洞山良价會稽人，曹洞鼻祖，為大宗師，亦晚唐時禪詩之大家。

禪流即詩即偈，未有如洞山者。稍後雪峰義存、香嚴智閑出。吾以三人為禪偈之大宗師，而各屬一宗派。雪峰後學開雲門、法眼，香嚴為溈山弟子，仰山師弟。四宗詩偈之風，傳承不息。臨濟待宋初汾陽善昭出，詩偈之學亦極盛。至此則五宗皆在其籠罩之中矣。大正藏筠州洞山悟本禪師語錄洞山歌頌寶鏡三昧歌，乃信心銘之後四言又一傑作也。其有云"如是之法，佛祖密付。汝今得之，宜善保護。銀碗盛雪，明月藏鷺。類之不齊，混則知處。意不在言，來機亦赴"。銀碗盛雪，明月藏鷺一語，形容絕美，純為詩法，而契妙理。信心銘未有之。又云"動成窠臼，差落顧佇。背觸俱非，如大火聚。但形文彩，即屬染污"。但形文彩，即屬染污一語，旋即破前之語說。銀碗明月，豈非文彩乎。告誡學人，切不可落入文彩也。又云"正中妙挾，敲唱雙舉。通宗通途，挾帶挾路。錯然則吉，不可犯忤"。正中妙挾，敲唱雙舉，遂開宋代代、別、頌古禪風。如碧巖錄等，皆敲唱雙舉者。錯然則吉，不可犯忤，此能所謂不犯正位者。又云"羿以巧力，射中百步。箭鋒相值，巧力何預。木人方歌，石女起舞。非情識到，寧容思慮"。玄奧以隱喻形容之，文字飛動。故歌頌寶鏡三昧歌可為詩偈，而信心銘弗能。蓋洞山已自知但形文彩，即屬染污矣。信心銘尚無此分別意識。以義理圓通、不費心力而論，吾自以信心銘高過洞山之作。寶鏡三昧歌固妙，然已不能如前人不著痕跡矣。

　　洞山文字之妙，尤見玄中銘并序。序云"竊以絕韻之音，假玄唱以明宗。入理深談，以無功而會旨。混然體用，宛轉偏圓。亦猶投刃揮斤，輪扁得手，虛玄不犯，迴互傍參。寄鳥道而寥空，以玄路而該括。然雖空體寂然，不乖群動。於有句中無，句妙在體前，以無語中有，語迴途復妙。是以用而不動，寂而不凝。清風偃草而不搖，皓月普天而非照。蒼梧不棲於丹鳳，澄潭豈墜於紅輪。獨而不孤，無根永固。雙明齊韻，事理俱融。是以高歌雪曲，和者還稀。

布鼓臨軒，何人鳴擊。不達旨妙，難措幽微。儻或用而無功，寂而虛照。事理雙明，體用無滯。玄中之旨，其有斯焉”。玄中銘云“大陽門下，日日三秋。明月堂前，時時九夏。森羅萬象，古佛家風。碧落青霄，道人活計。靈苗瑞草，野父愁芸。露地白牛，牧人懶放。龍吟枯骨，異響難聞。木馬嘶時，何人道聽。夜明簾外，古鏡徒耀。空王殿中，千光那照。澂源湛水，尚棹孤舟。古佛道場，猶乘車子。無影樹下，永劫清涼。觸目荒林，論年放曠。舉足下足，鳥道無殊。坐臥經行，莫非玄路。向道莫去，歸來背父。夜半正明，天曉不露。先行不到，末後甚過。沒底船子，無漏堅固。碧潭水月，隱隱難沈。青山白雲，無根卻住。峰巒秀異，鶴不停機。靈木迢然，鳳無依倚。徒敲布鼓，誰是知音。空擊成聲，何人撫掌。胡笳曲子，不墮五音。韻出青霄，任君吹唱”。此文中理語全無，意蘊玄奧，而不涉說教，前所未有。無韻或韻，亦不可測。日本白隱慧鶴禪師，真高僧也，尤以自創之只手之聲公案聞名，似為中土所無者。玄中銘云“空擊成聲，何人撫掌”。五燈會元或問“如何是生機一路”。洛浦曰“敲空有響，擊木無聲。”蓋已隱含只手之聲之禪機矣。

　　曹洞宗創君臣五位說。洞山以七絕指其奧義。功勳五位頌云“淨洗濃妝為阿誰，子規聲裡勸人歸。百花落盡啼無盡，更向亂峰深處啼”。（此是“臣奉君一色”，乃指“偏中正”。五位中第二位。）文字境界之高，置之於中晚唐，亦可謂出類拔萃。以子規聲裡勸人歸形容偏中正之階級，極善也。又云“枯木花開劫外春，倒騎玉象趁麒麟。而今高隱千峰外，月皎風清好日辰”。（此是“君視臣功”，乃指“正中來”。五位中第三位。）亦佳，氣如盛唐人，不愧為正中來之證量也。洞山正中來頌云“正中來，無中有路隔塵埃，但能不觸當今諱，也勝前朝斷舌才”。亦妙句也。又云“頭角纔生已不堪，擬心求佛好羞慚。迢迢空劫無人識，肯向南詢五十三”。（此是“君向臣功功”，乃指“兼中到”。五位中最圓滿亦最不可思議之第五位。）此位最難用語言形容之。使在大乘佛典，亦只可用不可思議功德演極圓融義諦而說之。如華嚴經。而洞山乃謂"迢迢空劫無人識，肯向南詢五十三"。明言華嚴經之說亦多事。蓋本無人識，又何必識之。故曰擬心求佛好羞慚。至此已全然實證，無佛可作，無道可修矣。即是大圓滿法髓。不意洞山能以此種文字功夫以七絕詩而顯露之。此種文字功夫，自非藏地大宗師如隆欽燃降巴尊者所能者。奇哉。

　　筠州洞山悟本禪師語錄尚有新豐吟，文字典雅，才情甚高。自誡云"不求名利不求榮，只麼隨緣度此生。三寸氣消誰是主，百年身後謾虛名。衣裳破後重重補，糧食無時旋旋營。一個幻軀能幾日，為他間事長無明。"七律也。此為出世人本色。藏地米拉日巴尊者道歌中常有此意。頌二首云"未了心源度數春，翻嗟浮世謾逡巡。幾人得道空門裏，獨我淹留在世塵。謹具尺書辭眷愛，願明大法報慈親。不須洒淚頻相憶，譬似當初無我身"。"巖下白雲常作伴，峰前碧障以為鄰。免干世上名與利，永別人間愛與憎。祖意直教言下曉，玄微須透句中真。合門親戚要相見，直待當來證果因"。此正可以與其名篇辭北堂書、後寄北堂書參看。禪林文獻如辭北堂書者，鮮矣。其母復書云"子有拋孃之意，孃無捨子之心。一自汝住他方，日夜常洒悲淚。苦哉苦哉。今既誓不還鄉，即得從汝志。不敢望汝如王祥臥冰，丁蘭刻木。但如目蓮尊者度我，下脫沈淪，上登佛果。如其不然，幽譴有在，切宜體悉"。唐代女子之氣度，多不凡如是也。

香　嚴

　　丹霞之後，禪詩風氣大興。其後晚唐又有香嚴智閑出。此道之大家也。景德傳燈錄卷第二十九有香嚴襲燈大師智閑頌一十九首，祖堂集所錄亦甚多。授指云"古人骨，多靈異。賢子孫，密安置。此一門,成孝義。人未達,莫差池。須志固,遣狐疑。得安靜,不傾危。向即遠,求即離。取即急,失即遲。無計校,忘覺知。濁流識,今古偽。一刹那,通變異。嵯峨山,石火氣。內裏發,焚巔嶷。無遮攔,燒海底。法網疏,靈焰細。六月臥,去衣被。蓋不得,無假偽。達道人,唱祖意。我師宗,古來諱。唯此人,善安置。足法財,具慚愧。不虛施,用處諦。有人問,少呵氣。更審來,說米貴"。文字靈動無比。似偈非偈,似詩非詩,觀之神悅。使不喜禪宗者讀之,亦當無厭惡之情。後世<u>三字經</u>之體,恐曾受禪門此體之影響。<u>開悟頌</u>云"一擊忘所知,更不假修持。動容揚古路,不墮悄然機。處處無蹤跡,聲色外威儀。諸方達道者,咸言上上機"。<u>達道場與城陰行者</u>云"理奧絕思量,根尋徑路長。因茲知隔闊,無那被封疆。人生須特達,起坐覺馨香。清淨如來子,安然坐道場"。<u>顯旨</u>云"思遠神儀奧,精虛履踐通。見聞離影像,密際語前蹤。得意塵中妙,投機露道容。藏明照警覺,肯可達真宗"。皆餘六朝玄學詩遺味。(動容揚古路,不墮悄然機。此句絕好。得悟之人,當皆歷此境地。非動容不足以言開悟,然已墮悄然機者,又非真開悟也。)<u>發機頌</u>云"語裏埋筋骨,音聲染道容。即時才妙會,拍手趁乖龍"。<u>寶明頌</u>云"思清人少慮,風規自然足。影落在音容,孤明絕撑觸"。<u>與學人宗教宗如</u>云"滿寺<u>釋迦</u>子,未詳<u>釋迦</u>經。喚來試共語,開口雜音聲"。皆五絕之有高致者,有旨玄奧而不落理窟。<u>與鄧州行者</u>云"林下覺身愚,緣不帶心珠。開口無言說,筆頭無可書。人問香嚴旨,莫道在山居"。<u>寄法堂頌</u>云"東間裏入寂,西間裏語話。中間裏睡眠,通間裏行道。向前即檢拔,向後即隱形"。筆似率而意甚高,亦與<u>白樂天</u>體有相似者。<u>指古人跡頌</u>云"古人語,語中骨,如雲映秋月,光明時出沒。句裏隱,不當當。人玄會,暗商量。唯自肯,意不傷。似一物,不相妨"。輕快自在。<u>與董兵馬使說示偈</u>云"宿靜心意到山中,為求半偈契神蹤。向道卻思思不得,卻被尋思礙不通"。七絕甚妙。後人效仿此體者甚多。贈同住歸寂頌云"同住道人七十餘，共辭城郭樂山居。身如寒木心芽絕，不話唐言休梵書。心期盡處身雖喪，如來弟子沙門樣。深信共崇缽塔成，巍巍置在青山嶂。觀夫參道不虛然，脫去形骸甚高上。從來不說今朝事，暗裏埋頭隱玄暢。不留蹤跡異人間，深妙神光飽明亮"。詩格不在貫休之下。觀香嚴智閑之作，禪詩之體，已極嫻熟。後之繼者，亦甚難超越也。（唐宣宗未即位前，曾剃度在香嚴門下。曾與師遊廬山。香嚴吟詩云"穿雲透石不辭勞，地遠方知出處高"。宣宗續云"溪澗豈能留得住，終歸大海作波濤"。香嚴方知彼非尋常人也。此詩由師弟二人聯成，亦禪詩庫藏之一異寶也。）

雪峰鏡清

雪峰和尚嗣德山，為晚唐巨匠，其後學開雲門、法眼二宗。雪峰尤喜以詩偈應接來人，此種風氣自亦傳於二宗開山者。雪峰為書狀頭造偈云"苦屈世間錯用心，低頭曲躬尋文章。妄情牽引何年了，辜負靈臺一點光"。此最可為世間文人不事心性者誡。有俗士投師出家，師以偈住之云"萬里無寸草，迥迥絕煙霞。歷劫常如是，何煩更出家"。語簡而意透。雙峰辭師雪峰，造偈與師云"暫辭雪嶺伴雲行，谷口無關路坦平。禪師莫愁懷別恨，猶如秋月月常明"。師和云"非怛拋僧去，雲嶺不相關。虛空無隔礙，放曠任縱橫。神光迥物外，豈非秋月明。禪子出身處，雷罷不停聲"。禪宗師生唱和風氣至此已開。此又自世間習俗而來者。雙峰絕句甚佳，雪峰五言尤瀟灑出塵。"雷罷不停聲"別有玄機，後成禪語，啟發後學性靈甚多。（可參伊藤古鑑氏茶和禪一書。）雪峰共雙峰行腳，遊天台過石橋，雙峰造偈云"學道修行力未充，莫將此身險中行。自從過得石橋後，即此浮生是再生"。師和云"學道修行力未充，須將此身險中行。從此過得石橋後，即此浮生不再生”。乃翻案之法。後至江西派，此法遂大用之。有僧辭，師問“什摩處去”。僧曰“浙中禮拜徑山去”。“忽然徑山問汝，向他道什摩”。對云“待問則道”。師打之。師問鏡清“者個師僧過在什摩處”。清云“徑山問得徹困也”。師笑云“徑山在浙中，因何問得徹困”。清云“不見道遠問近對”。師頌曰“君覓路邊華表柱，天下忙忙總一般。琵琶拗捩隨手轉，廣陵妙曲無人彈。若有人能解彈得，一彈彈盡天下曲”。七古手法，盛唐人常用之。一彈彈盡天下曲，雪峰和尚真無敵也。

　　鏡清和尚承其師風，詩偈甚妙。歎景禪吟云“歎汝景禪去何速，雖不同道當眼目。個今永卻不曾虧，地水火風還故國。好也好，也大奇，忙忙宇宙幾人知。瑩淨寧閑追路絕，青山綠嶂白雲馳。歌好歌，笑好笑，誰肯便作此中調。難提既與君湊機，其旨無不諧其要。格志異，氣骨高，森羅咸會一靈毫。雖然亦作皆同電，出岫藏峰徒思勞。希奇地，劍吹毛，脫罩騰籠任性遊。此界他界如水月，幾般應跡妙逍遙”。悟玄頌云“有路省人心，學玄者好尋。旋機現體骨，何用更沉吟。莫嫌淺不食，猶勝意思深。魚若有龍骨，大小盡堪任”。旋機現體骨，何用更沉吟，以誠好事勤求者。莫嫌淺不食，猶勝意思深一句，尤有高義，真為至理名言。世人或貪多，或務深，貪多者不透，務深者不通，皆失之矣。

玄沙靈雲

　　玄沙和尚嗣雪峰。祖堂集卷十玄沙問靈雲“那裏何似這裏”。雲云“也只是桑梓，別無他故”。師曰“何不道也要知”。雲曰“有什摩難道”。師云“若實便請道”。靈雲偈曰“三十來年尋劍客，葉落幾回再抽枝。自從一見桃花後，直至如今更不疑”。師云“靈雲也什摩生桑梓之能”。雲曰“向道，故非外物”。師云“不敢，不敢”。

又云"靈雲諦當甚諦當，敢保未徹在。"雲曰"正是。和尚還徹也無"。師云"若與摩即得"。雲曰"亙古亙今"。師云"甚好"。雲曰"諾。諾"。師作一頌送靈雲曰"三十來年只如常，葉落幾迴放毫光。自此一去雲霄外，圓音體性應法王"。此不啻雪峰雙峰之重現也。靈雲和尚開悟詩，乃禪詩之名篇，詞語清新，全已脫落於理窟之外。以文字論，他人甚難企及。玄沙應和之，亦增光輝。吾開悟時亦有偈云"逢佛殺佛臨濟禪，提刀四顧卻茫然。自從邂逅佳人後，方知無相可攀緣"。蓋亦與靈雲和尚不謀而合。吾偈諦當甚諦當，敢保未徹在。正是正是。開悟只是破初參。重關重重，險峻難下。終有牢關，為菩薩設。

雲門惟勁

雲門和尚、惟勁禪師皆嗣雪峰。雲門宗脈頌曰"如來一大事，出現於世間。五千方便教，流傳幾百年。四十九年說，未曾怍出言。如來滅度後，付囑迦葉邊。西天二十八，祖佛印相傳。達摩觀東土，五葉氣相連。九年來面壁，唯有吃茶言。二祖為上首，達摩回西天。六祖曹溪住，衣缽後不傳。派分三五六，各各達真源。七八心忙亂，空花墜目前。苦哉明眼士，認得止啼錢。外道多毀謗，弟子得生天。昔在靈山上，今日獲安然。六門俱休歇，無心處處閑。如有玄中客，但除人我山。一味醍醐藥，百病悉皆安。因緣契會者，無心便安禪。"可見五代時宗脈意識愈為顯露矣。詩雖平平，其所述之題材，亦不多見。惟勁禪師詩才勝之。其述象骨偈曰"象骨雄雄舉世尊，統盡乾坤是一門。詞鋒未接承當好，莫待言教句裏傳。擬議終成山海隔，擗面渾機直下全。更欲會他泥牛吼，審細須聽木馬嘶"。統盡乾坤是一門，所言極是。擗面渾機直下全一句，力量甚大也。一頌最為名作，云"學道如鑽火，逢煙且莫休。直得金星現，歸家始到頭"。乃不遜於龐居士之心空及第歸者。

法眼牡丹頌

　　文益和尚餘杭人，開法眼宗，為大宗師。景德傳燈錄卷第二十九大法眼禪師頌十四首，可見其文字功力。其詩甚有清淺之妙。夫禪詩最畏者深澀也，而文益能以清淺出之，雖淺而益妙。庭柏盆蓮云"一朵菡萏蓮，兩株青瘦柏。長向僧家庭，何勞問高格"。正月偶示云"正月春，順時節。情有無，皆含悅。君要知，得誰力。更問誰，教誰決"。寄鍾陵光僧正云"西山巍巍兮聳碧，漳水澄澄兮練色，對現分明有何極"。瞻須菩提云"須菩提，貌古奇。說空法，法不離。信不及，又懷疑。信得及，復何之。倚筇杖，視東西"。牛頭庵云"國城南，祖師庵。庵舊址，依雲嵐。獸馴淑，人相參。忽有心，終不堪"。街鼓鳴云"鼓鼕鼕，運大功。滿朝人，道路通。道路通，何所至。達者莫言登寶地"。全無費力，而皆可觀。如瞻須菩提，後世題畫詩效之者多矣。因僧看經云"今人看古教，不免心中鬧。欲免心中鬧，但知看古教"。似為諧謔，而實含至理，亦正法眼家風所在也歟。文益禪詩最妙用者，為其牡丹頌。吾游福州鼓山，古刹中得蓮池大師緇門崇行錄節本。其書忠君之行第五云"後晉江南李後主召法眼禪師入內庭。時牡丹盛開，主索詩。師乃頌云，擁毳對芳叢，由來迴不同。髮從今日白，花是去年紅。豔異隨朝露，馨香逐晚風。何須待零落，然後始知空。主歎悟諷意。贊曰，味詩意，忠愛油然，溢於言表。惜後主知而不用，終不免夢裏貪歡之悔耳。彼號為詩僧者，品題風月，敝精推敲，而無裨於世。以此較之，不亦黃金與土之相去耶"。蓮池之贊甚是。惟敝精推敲之詩僧，亦間有大德具高行證量者，不可一概而蔑之。偶覽宋初黃休復茅亭客話，卷三味江山人唐求贈僧七律末聯曰"長說滿庭花色好，一枝紅是一枝空"。不亦與<u>法眼</u>禪師閉門合轍乎。要以時推之，<u>法眼</u>作牡丹頌，當在<u>唐求</u>之後，抑禪師嘗讀此詩耶。此不可知，亦不必知也。

洛浦神劍歌

<u>洛浦元安</u>深諳詩道，觀<u>五燈會元</u>中其每以詩句應接來人，一片天機，通達無比，可知之矣。<u>祖堂集</u>卷九有其神劍歌云"異哉神劍實標奇，自古求人得者稀。在匣謂言無照耀，用來方覺轉光輝。破猶預，除狐疑，壯心膽兮定神姿。六賊既因斯剪拂，八方塵勞盡乃揮。斬邪徒，務妒孽，生死榮枯齊了決。三尺靈蛇覆碧潭，一片晴光瑩寒月。愚人志劍克舟求，賓士濁浪徒悠悠。拋棄澄源逐渾派，豈知神劍不隨流。他人劍兮帶血腥。我之劍兮含靈鳴。他人有劍傷物命，我之有劍救生靈。君子得時離彼此，小人得處自輕生。他家不用我家劍，世上高低早晚平。須知神劍功難紀，懾魔威兮定生死。未得之者易成難，得劍之人難卻易。展則周遍法界中，收乃還歸一塵裏。若將此劍鎮乾坤，四塞終無陣雲起。"氣勢頗高也。

同安十玄談

<u>景德傳燈錄</u>卷第二十九同安察禪師十玄談并序乃禪詩七律之傑作。其序云"夫玄談妙句，迴出三乘。既不混緣，亦非獨立。當臺應用，如朗月以晶空。轉影泯機，似明珠而隱海。且學徒有等，妙理無窮。達事者稀，迷源者衆。森羅萬象，物物上明，或即理事雙袪，名言俱喪。是以慇懃指月，莫錯端倪。不迷透水之針，可付開拳之實。略序微言，以彰事理"。駢體小文，輕快流利。<u>同安</u>禪師<u>五代</u>時人。十玄談七律一組與同時<u>呂洞賓</u>七律，開<u>宋</u>、<u>明</u>人七律

組詩論道之風氣。其佳者如達本云"勿於中路事空王，策杖還須達本鄉。雲水隔時君莫住，雪山深處我非忘。尋思去日顏如玉，嗟歎迴來鬢似霜。撒手到家人不識，更無一物獻尊堂"。晚唐風調，感慨亦深。還源云"返本還源事已差，本來無住不名家。萬年松逕雪深覆，一帶峰巒雲更遮。賓主穆時全是妄，君臣合處正中邪。還鄉曲調如何唱，明月堂前枯樹華"。賓主、君臣一聯尤為警策，是所謂本來無住不名家也。一色云"枯木巖前差路多，行人到此盡蹉跎。鷺鷥立雪非同色，明月蘆華不似他。了了了時無可了，玄玄玄處亦須訶。殷勤為唱玄中曲，空裏蟾光撮得麼"。後刻意以禪門口語結句，自露馬腳，亦自可喜。惟此非可與俗人語者。他如"萬法泯時全體現，三乘分別強安名"。旨趣甚高。吾論佛學，亦不喜分別三乘也。（可參拙著宋儒忘筌編之近思錄首二篇緒言。）"丈夫皆有衝天志，莫向如來行處行"。亦是禪門大機鋒，使學人能自此悟入，可以登堂也。

延壽山居詩

入宋禪詩變化多端，大體兩種。其一曰北宋頌古體，以汾陽善昭為權輿，雪竇重顯、圜悟克勤又繼之，籠罩天下。其一曰高僧文人詩，如延壽山居詩六十九首，後世高僧亦有為之者，如元僧中峯明本。此與釋教中詩僧一流所作，差無間隔，惟以其為證境深妙之大德，世人並不以詩僧視之爾。詩歌乃其閒暇遊戲三昧，非如詩僧欲與文人之雄者競風騷也。（貫休、覺範即是詩僧。）汾陽、雪竇等皆好作詩，實亦入於此流。故二種又自一種。永明延壽禪師，巨匠也。著述浩繁，尤以宗鏡錄聞名。山居詩七律六十九首，純然文人之格。"此事從來已絕疑，安然樂道合希夷。依山偶得還源旨，拂石閑題出格詩。水待凍開成細溜，薪從霜後拾枯枝。因茲永斷攀緣意,誓與青松作老期"。第一首也。其餘亦此晚唐詩格,皆學鄭谷一派七律者。佳作如"心地須教合死灰,藏機泯跡絕梯媒。芳蘭只為因香折,良木多從被直摧。寒逼花枝紅未吐,日融水面綠全開。支頤獨坐經窗下,一片雲閑入戶來"。藏機泯跡,吾當師焉。家舍為我關房。寒逼花枝紅未吐,日融水面綠全開。真妙句也。雖寒逼花枝,而紅未可輕吐。待日融水面,則綠影自然全開。意蘊極好。後世理學家喜作此等喻理詩,如"萬紫千紅總是春","為有源頭活水來",其手法實皆自禪林中來。佳句如"似訥始平分別路,如愚方塞是非門","任老豈知頭頂白,忘緣誰覺世間春","舉世豈懷身後慮,誰人暫省事前空。門開巖石千山月,簾卷溪樓一檻風","榮來只愛添餘祿,春過誰能悟落花","道直豈教容鬼怪,理平唯只使魔愁","偃仰不拋青嶂裏,往來多在白雲中","巖燈霧逼寒光小,石像塵昏古畫微","數片雲飛書案上,一條泉路臥床頭",言語清新,而多有妙意。(六十九首七律中有數首仄韻詩。亦是近體中別體。)惟禪林詩素為後世所諷之蔬筍氣,延壽亦為作俑。六十九首,使當日能芟夷一半,自愈精妙。吾論杜牧時固嘆宋人之貪多。延壽語錄又有金雞峰、峨眉峰、積翠峰、凌雲峰、白馬峰、偈一首、舟中、閒居、野遊、同於秘丞賦瀑泉諸詩,皆文人詩而入宋初之格者,無甚精華。禪林至此,文字漸繁。而文字之障礙亦漸大生。積翠峰云"翠壓群峰地形直,落日猿聲在空碧。天風吹散斷崖雲,古松長露三秋色"。尚不失晚唐英氣也。

北宋頌古體

　　禪林頌古之興,參禪逼之爾。禪道幽微,不可方物,古德橫行,亦不可測。至五代宋初,五宗燦爛,巨匠如海,法門齊備,然又不可執,據為典要,非是宗風,模仿者死,自悟者活。如何自悟,須人啓發。頌古、拈古、代語、別語之體，自寫其靈心，專啓人發悟者。其中唯頌古為韻文，為禪詩也。諸體之大師自汾陽善昭始。其後名手如雪竇重顯、投子義清、丹霞子淳、宏智正覺、圜悟克勤、大慧宗杲、萬松行秀等，俱有手段。（圜通圓。圜悟又寫成圓悟。）教化功德大矣哉。而禪林文字遂亦枝蘗無盡，南渡之後，識者已知禪宗之將變也。南宋沙門法應集、元代沙門普會續集之禪宗頌古聯珠通集，宋僧頌古之集大成者，計三十五萬字。如卷首世尊機緣，共收三十四家禪師、居士頌古之作，眩目無比。宋僧善巧文字，可謂神通廣大。惟時或有如兒戲者，亦不知其詩有何機鋒。普會禪宗頌古聯珠通集自序云“夫鼻祖西來，不立文字直指而已。時門人又有所謂不執文字不離文字而為道用，已向第二機矣。故有汝得吾皮之記。道不在言也審矣。子以為何如。曰非也。道雖不在於言，言而當終日言，於道庸何傷。否則一語猶以為贅也。爰自一華敷而五葉聯芳，方世傳而兩派支衍，機緣公案五燈燁，如諸祖相繼。有拈古焉。有頌古焉”。此禪僧為頌古文字禪自辯者。雖然，亦無能圓通。道不在於言，宋僧言多而必傷。吉人之辭寡。宋人頌古，失之多矣。（以世間法觀之，宋代禪林文字成就極高。以第一義觀之，此禪道衰微之表現也。惟宋禪林中高人尚不少。明清而後，乃愈為罕觀。）清初沙門淨符集成之宗門拈古彙集，為拈古之大書，亦三十五萬言，若與普會通聲氣者，亦望而生畏。禪之優勝，本在直指人心。如今頌古拈古如海深，使禪人必專研之而後為能，亦與俗儒白首窮經何異。

汾陽天分所限

　　汾陽頌古百則，在汾陽無德禪師語錄頌古代別卷中之中。其禪甚高，詩則多不佳，天分所限，甚少靈動。“香嚴初開堂。溈山令僧送書并拄杖。嚴接得便哭。僧問，和尚哭什麼。嚴云，不是哭，只為春行秋令"。汾陽頌云"拄杖將來便徹心，淚流不覺思沈吟。春行秋令人驚怪，絕後光前越古今"。此詩尚有味。春行秋令，泯沒古今。此哭非哭，亦確可哭。"溈山與仰山摘茶。次溈云，終日只聞子聲，不見子形。仰山撼茶樹。溈云，子只得其用，不得其體。云某甲只恁麼和尚作麼生。溈山良久。仰云，和尚只得其體，不得其用。溈云，放子三十棒"。汾陽頌云"摘茶更莫別思量，處處分明是道場。體用共推真應物，禪流頓覺雨前香"。詩語略有生趣。然溈仰玄妙，並未道徹。汾陽禪詩佳什，在汾陽無德禪師歌頌卷下。此卷所收汾陽詩極多，亦禪林所少見。細讀其作，乃知其於歌詩用力甚苦，而所造不高，天分所限。如因見古德翫珠吟乃述翫珠歌，乃學丹霞和尚者。擬寒山詩、南行述牧童歌，乃學寒山詩者。因讀又玄集，可知其深研唐詩者。又玄集為唐人詩集，晚唐韋莊編選於光化三年，共三卷。韋莊自序言選才子一百五十人，名詩三百首。所選詩，五、七言古、律及歌行均有之，所錄釋子詩十家，婦女詩十九家。汾陽喜讀之，亦自然爾。其可觀者有山僧歌。歌有云"萬年松上，高聳一枝，千聖林中，明懸孤月。蹉跎於宇宙之間，蹭蹬於湘江避拙。是以巖阿凝定，身心而自在，俱間雄峰宴坐，神靜而清虛總歇。或策杖而經行，或逢人而指訣。寶光影裏，願作明燈，玉軸函中，長為擊發。軟如縣硬似鐵，一片真心常皎潔"。行腳僧云"五湖四海盡曾遊，自在縱橫不繫舟。今日忽因屏上看，人人總持用機籌"。坐禪云"閉戶疏慵叟，為僧樂坐禪。一心無雜念，萬行自通玄。月印秋江靜，燈明草舍鮮。幾人能到此，到此幾能甄"。示眾云"春雨與春雲，資生萬物新。青蒼山點點，碧綠草勻勻。雨霽長空靜，雲收一色真。報言修道者，何物更堪陳"。書懷云"寄跡五湖外，萍蓬四海間。鳳棲桐樹穩，鶴憩古松閒。雨潤香樓漬，莓苔怪石斑。吉祥天獻草，方稱老愚頑"。皆晚唐清淺之風，微傷脆薄。其因讀又玄集詩云"因讀又玄集，堪嗟錯用心。不除三惑苦，總被

四知侵。獻寶虧家寶，求金失自金。幾多迷路者，不解自推尋。"豈
自道其學詩之艱辛耶。獻寶虧家寶，求金失自金。亦自悔學步而
失步耶。此種詩作，亦已與世間文人之苦吟無異矣。

雪竇詩功自第一流

　　雪竇頌古百則文字高過汾陽甚多，碧巖錄本之而成書。其第
一則圜悟贊雪竇頌云"且據雪竇頌此公案，一似善舞太阿劍相似，
向虛空中盤礴，自然不犯鋒芒。若是無這般手段，才拈著便見傷鋒
犯手"。此尤可見雪竇禪悟之徹，詩偈手段之高超。非兼此雙美，
不能作頌如是。後世亦唯天童正覺者，方足可頏頡之。然南宋禪
林於此異議又生矣。禪林寶訓心聞曰"教外別傳之道，至簡至要，
初無它說。前輩行之不疑，守之不易。天禧間，雪竇以辯博之才，
美意變弄，求新琢巧，繼汾陽為頌古，籠絡當世學者。宗風由此一
變矣"。禪林寶訓於汾陽雪竇頌古素甚持貶斥，然亦可見雪竇之
才。(禪林寶訓萬菴曰"由是互相謳唱，顯微闡幽，或抑或揚，佐佑法化。語
言無味，如齧木札羹，炊鐵釘飯，與後輩咬嚼，目為拈古。其頌始自汾陽。暨
雪竇宏其音，顯其旨，汪洋乎不可涯。後之作者，馳騁雪竇而為之。不顧道德
之奚若，務以文彩煥爛相鮮為美，使後生晚進，不克見古人渾淳大全之旨。烏
乎。予遊叢林，及見前輩。非古人語錄不看，非百丈號令不行。豈特好古。
蓋今之人不足法也。望通人達士，知我於言外可矣"。如心聞、萬菴，亦可謂
矯枉過正。頌古自禪宗之新血脈，真實不虛，功德無量，不可以弊端而盡斥責
之。惟汾陽之頌古，較之雪竇，不免有齧木札羹、炊鐵釘飯之嫌矣。)雪竇明
覺禪師祖英集中詩歌，多於汾陽。(於品質、數目，俱勝之甚多。)其文
字境界甚是不凡。雪竇真乃有宋禪詩之第一大家也。

　　送寶相長老其首有云"奧域靈區存物外，獨標台嶺為絕概。掩
勝潛奇列作屏，堆青寫碧深如黛。彤霞暖影生巖壁，香桂茂陰籠蘇

石。赤松子也浪虛閑，白道猷兮大輕擲。曹溪有叟歸其中，風從虎
兮雲從龍。乘興正值二三月，坐斷還依千萬峰"。可見錘煉功夫之
深。送法海長老其首有云"常愛裴相國式芳塵，斷際高風慕要倫。
擬欲事師為弟子，不知將法付何人。常愛李相國垂列星，藥嶠深源
宅性靈。我來問道無餘說，雲在青天水在瓶。緬想當時二台輔，出
鎮藩維訪諸祖。寥寥浮幻輕百年，落落宏規照千古"。有唐人遺
法。（忽憶拙詩遊宣城敬亭山雙塔寺此地乃石濤舊隱之地也亦嘗想及裴相
國出鎮藩維訪黃蘗也。詩格亦與雪竇相類。拙詩云"憶寂寥乎小謝之樓臺，
盡多是廛肆之塵埃。徑行敬亭山下去，覓我霜清月霽好樗材。不期廢寺雙塔
屹，人道當日黃蘗開。又有狂僧大滌子，居茲十載沒蒿萊。黃蘗雷音吼萬里，
振肝顛肺人偓哉。且悲狂僧子，只可於筆墨聽霆雷。雙情俱下信機至，斬茅
窺籬侵莓苔。叢木芬鬱幾難辨，雞犬相聞空徘徊。荒庭浮屠殊秀峭，寒瘦猶
似華光梅。森然已是千歲身，魯殿靈光自此囘。偶逢老翁結廬住，自言厭世
乃歸來。蒔花弄禽野屋下，杖藜好看碧藍堆。萊妻適從荊棘出，贈我一枝桂
蕚若瓊瑰。雖不遇禪林古尊宿，亦難覩清湘真畫才。得此一枝木樨韻，浩然
無復有心灰。供之塔下瓣香意，入山再覓詩仙杯。"）送文政禪者有云"秋
光澄澄蟾印水，秋風蕭蕭葉初墜。送君高蹈誰不知，如曰不知則為
貴"。妙甚。寄白雲長老純如唐人筆。"八紘雲靜明寥沈，夜永松
堂對寒月。凋殘片葉墜虛庭，冷寂何人立深雪。因憶錢唐部禪者，
十載巖栖曾未下。分飛誰謂絕相同，遠念冥冥欲奚寫。忽聞赴請
之仙都，聲光藹藹登清途。孰云天驥驟方外，自笑大鵬離海隅。乾
坤窄，乾坤窄，湛盧潛射斗牛白。茫茫無限未歸人。到必為時除點
額"。七古最其擅長。亦精五律。送諸方化主云"空巖暖律回，極
目望還普。數點方外雲，幾處人間雨。寥寥滄海月，依依少林祖。
去必示勞生，清風立千古"。烏龍和尚云"空巖清夜坐，蘚徑積深
雪。瞑目思古人，徹曙落殘月。童敲石磬寒，猿掛枯枝折。杳杳無
限情，分明向誰說"。送僧云"知方流古意，雲樹別諸鄰。月不澄微

水，山應立是塵。靜空孤鶚遠，高柳一蟬新。欲究勞生問，歸思莫
厭頻"。送簡能禪者歸仙都云"荷策下丹嶂，紛紛雪正飛。浮生誰
未到，舊國自重歸。雲背猿聲斷，天遙鶚影微。蓮城古風月，又得
振清機"。詩骨清聳，煉句精工，學賈島而不落冷澀。七言絕句，亦
其手握靈珠。送寶月禪者之天台云"春風吹斷海山雲，別夜寥寥絕
四鄰。月在石橋更無月，不知誰是月邊人"。玄沙和尚云"本是釣
魚船上客，偶除鬚髮著袈裟。祖佛位中留不得，夜來依舊宿蘆華"。
(祖佛位中留不得，夜來依舊宿蘆華。似世間語，又非世間語。妙不可及。非
汾陽所能夢見者。)送崇己闍梨歸天台云"石橋雲瀑冷相侵，蘇徑蘿龕
入更深。卻羨揩筇遠歸去，半千尊者是知音"。漁父云"春光冉冉
岸煙輕，水面無風釣艇橫。千尺絲綸在方寸，不知何處得鯤鯨"。
七律最少。和曾推官示嘉遁之什云"少微星出古風還，匝地聲光不
掩關。三館峻遷同陌路，九華高臥是蓬山。巖莎步入祥麟穩，海樹
飛來白鳳閑。只恐致君休未得，蒲輪重到薜蘿間"。此首最佳，亦
學晚唐而能祛其孱弱者。

　　要而論之，雪竇作詩，天才特出，固非囿於禪林。論宋詩者，亦
當與之一席地。四庫全書別集類鐔津集後收雪竇祖英集，提要云
"其詩多涉禪宗，與道潛、惠洪諸人專事吟詠者蹊蹺逈稍別。然胸
懷脫灑，韻度自高，隨意所如，皆天然拔俗"。又云其五言綽有九僧
遺意，七絕風致清婉，琅然可誦，固非概作禪家酸餡語也。所評甚
允。雪竇之詩，鐔津之文，固為有宋釋教文字又雙璧。然雪竇有詩
如此，其本心正不在此。使其心亦眷此，禪宗傳燈者誰耶。(後世推
重之者，莫若大慧宗杲。大慧普覺禪師語錄讚佛祖卷第十二雪竇明覺禪師云
"太湖三萬六千頃之渺茫，即師之口也。洞庭七十一二朵之巍峭，即師之舌
也。不動口不搖舌，已說現說當說，無少無剩也。回狂瀾起既倒，活必死之疾
於膏肓，即師荷擔大法，而主盟此道也。至於飛鯤鵬於藕絲竅中，置須彌盧於
蟭螟睫上，而無寬曠迫隘之量也。我生師之後，而不識師。今睹師之遺像，而

作是言者。蓋欲一類闡提毛道凡夫與夫敗善根非器衆生，使其知有吾門單傳直指之妙而已也”。大慧實亦極推崇雪竇之詩筆。萬松行秀從容錄寄湛然居士書亦嘗謂“吾宗有雪竇、天童，猶孔門之有游、夏，二公之頌古，猶詩壇之李、杜”。以宋代禪林之詩藝而論，天童或不能如杜少陵，雪竇誠能當李太白也。）

禪林艷詩偈

高僧作文人詩，如延壽山居詩，人已覺風氣已變。雪竇頌古，後學已以美意變弄，求新琢巧之語刺之，謂後之作者，馳騁雪竇而為之，不顧道德之奚若，務以文彩煥爛相鮮為美，使後生晚進，不克見古人渾淳大全之旨。惟此亦非忠恕之說。至五祖法演、圜悟克勤師弟，則又有艷詩之偈出焉。禪林譁然，亦自然也。嘉泰普燈錄卷第九言有人問佛法大意，法演曰，不見小艷詩云“頻呼小玉元無事，只要檀郎認得聲”。使者惘然。圜悟旁侍，竊聆，忽大悟。立告祖曰“今日去却膺中物，喪盡目前機”。圜悟述偈曰“金鴨香囊錦繡幃，笙歌叢裏醉扶歸。少年一段風流事，只許佳人獨自知”。乃為法演所印可。此即艷詩偈也。以舊派觀之，此婬褻之語，何能表道。然此亦是禪宗新命脈之所托。少年一段風流事，只許佳人獨自知，其所形容者，幽微難知，究竟是禪。指月不必看指，看月即是。於理固然如是，然當時禪林風氣又變，則必矣。南宋枯崖和尚漫錄云臨安府淨慈肯堂充禪師，餘杭人，嗣顏萬庵，風規肅整，望尊一時。頌即心即佛云“美如西子離金闕，嬌似楊妃下玉樓。終日與君花下醉，更嫌何處不風流”。（枯崖和尚亦號圜悟，頗易與克勤混淆。杜繼文、魏道儒氏中國禪宗通史第六章論雪竇頌古曾言及此條，惜未細辨。）肯堂禪師即淨慈彥充。彥充嗣東林卍庵，卍庵為大慧宗杲之法嗣。則彥充頌有此艷體，亦可謂秉承祖風，無可厚非也。禪宗頌古聯珠通集卷第二世尊機緣佛鑑懃有頌云“美如西子離金闕，嬌似楊妃下玉樓。猶把琵琶半遮面，不令人見轉風流"。佛鑑慧懃亦法演弟子，圜悟師弟。彥充此偈，前二句全襲佛鑑頌，後二句乃自出機杼，韻乃同也。佛鑑蓋亦得法演、圜悟艷詩偈之傳者。（佛鑑慧懃年小於圜悟，燈錄謂曾受其誘導也。）男女情投，其微妙處，乃能混融無間，如痴如醉，此人皆所體認者。以此微妙，譬喻即心即佛之符契無二，亦何不可。故亦與圜悟偈相同，不可以輕薄相詆。藏地寧瑪、噶舉二家，至論法義精微，於此男女之秘，往往不諱。漢地自古禮教甚嚴，故法演、圜悟、佛鑑、彥充艷詩偈出，甚招物議。法演、克勤有此活計，正見禪門元氣，泉之汩汩，不擇地而流。當此之際，蘇子瞻黃山谷輩，用禪宗之天機變化，使詩文書畫，如俊鶻拔空，道道有新奇之氣象。時人嘗言子瞻為五祖戒禪師之後身。使其果然，抑戒禪師之修證，開悟通達，已入菩薩初地以上，然猶有心魔未銷，至其轉世，則放達娛情、專以不戒法門銷融此心魔為務耶。不知子瞻之後身，又至何種境地。自古道愈墮時，藝文亦愈燦發，如東周即是。抑戒禪師之轉爲子瞻亦然乎。此皆不得而知者。（近世淨土宗印光大師嘗專以戒禪師轉蘇子瞻之事貶斥禪門，勸人棄禪宗，歸心淨土，如復翟智淳居士書，固有其方便善巧，然終非聖人忠恕之道，與禪林寶訓斥責雪竇頌古同也。印光大師之說，易使學人不能以中正心看禪宗。禪林寶訓之說，易使學人不能以中正心看頌古也。）艷詩偈，大善知識用之，即生般若，小境界者玩之，適增無明。禪門本來險峭，至頌古玩文字禪，愈險愈峭，而到此艷詩關頭，壁立萬仞，達者虛空粉碎，失者身心粉碎也。偶覽陳師道後山談叢卷六有云"巖頭、雪峰、欽山同行，至湖外，詣村舍求水，舍中獨一女子，見山愛之，為具熟水，而山蓋中有同心結。山諭意而藏之，遂稱疾而留。巖、峰既行，復還訪之，則已與女納昏，是夕成禮。乃誘出之，投之棘叢，展轉鈎掛，而不能自出。忽大呼曰，我悟矣。遂棄去。既出世，每升座即曰，錦帳繡香囊，風吹滿路香。大眾還知落處麼。眾莫能對。久之，傳至巖頭，巖教之曰，汝往,但道傳語十八子,好好事潘郎。僧既對,山曰,此是巖頭道底。僧又無語。余為代曰,熟處難忘"。如此則禪林艷偈之真鼻祖在欽山、巖頭也。(法演、圜悟當亦知此事。欽山以此緣由而開悟,則吾偈"自從邂逅佳人後,乃知無相可攀緣",亦正可為其落處。)

圜　悟

圜悟詩功深厚,為北宋季世禪林之大家。其文字非弟子大慧所能及。圜悟佛果禪師語錄中佳作頗衆,唯如艷詩偈者,不復有第二首。七古如送慧恭先馳之平江云"一句單提越祖佛,痛劄針錐窮徹骨。出門便作師子兒,敵勝驚群資返擲。平江古來豪俠窟,去去先通箇消息。此行不作等閑來,八面清風起衣裓"。送安首座回德山云"使乎不辱命,臨機貴專對。安禪捋虎鬚,著著超方外。不惟明窗下安排,掇向禪床拶嶮崖。拈槌豎拂奮雄辯,金聲玉振猶奔雷。九句落落提綱宗,衲子濟濟長趁風。解黏去縛手段辣,驅耕奪食尤雍容。夏滿思山要歸去,了卻武陵一段事。勃窣理窟乃胸中,行行不患無知己。臨行索我送行篇,栗棘蓬裏金剛圈。短歌須要數十丈,長句只消三兩言。金毛師子解翻身,箇是叢林傑出人。不日孤峰大哮吼,五葉一華天地春",皆非文人意,而豪氣如唐人。七絕如示擇言禪人三偈有云"紅塵有底論成道,寒谷無人可作春。苟識拈華微笑意,一番拈弄一番新"。送梵思禪老皖山住庵云"脫去羈羅徹響銜,了無毫末可容參。馬駒兒踏誰禁得,皖伯臺前去住庵"。俱俊朗有神氣。七律體尤奇特。舉民公充座元有偈曰云"休誇四分罷楞嚴,按下雲頭徹底參。莫學亮公親馬祖,還如德嶠訪龍潭。七年往返遊昭覺,三載翱翔上碧巖。今日煩充第一座,百華叢裏現優曇"。此正體也,雅健老成。為平仄故,易德山為德嶠。示衆云"辦道應須辦自心,心真觸處是通津。直明格外無生忍,端作區中解脫人。吸盡西江龐老口,搏將妙喜淨名身。八風五欲莫能轉,解向塵中轉法輪"。頷聯、頸聯二對奇巧。梵思維那請讚云"單提臨濟正法眼,當機密付要瞎驢。無位真人乾屎橛,棒頭喝下絕名模。當年海會大蟲咬,今日歐峰舉似渠。圓悟不惜兩莖眉,洪爐焰裏綻芙蕖"。禪人寫真求讚云"紅爐焰裏著點雪,夜明簾外剔金燈。萬丈寒潭冰徹底,妙高峰頂玉稜層。等是渠儂遊歷處,萬機普應初不曾。圓悟老來垂隻手,為問何人似我能"。七律說理能至此地,亦可豪矣。文士說理之作,無此膽氣。

大慧利中鈍

圓悟禪宗巨擘,碧巖錄盛行天下,啓牖悟證,而弟子大慧焚之,終亦焚不去。至此禪林糾結已多,而皆會於大慧一身。大慧慮碧巖錄使學人不明根本,專尚語言,以圖口捷,故焚之,欲祛繁撥劇,救其弊端。此甚見其作風之猛烈。然此非達者所為。碧巖錄之弊,乃學人自弊之耳。學人聰明者,讀經律論三藏,亦將專尚語言,以圖口捷,則三藏亦須焚之乎。(吾嘗戲謂大慧焚書,乃其行為藝術也。)大慧又力排默照禪為邪,諍論大生。而宏智正覺默照禪,枯木堂中冷坐,確亦為曹溪真血脈。較之大慧之焚碧巖錄,其宗風行門,乃更能樸實沉著。故大慧力排默照為邪,亦似非達者所為,而若顢頇人。然如大慧者,乃專以不達為達者也。故大慧普覺禪師自讚趙通判請讚云"謂汝是善人耶,嫉惡之太甚。謂汝是惡人耶,好賢而樂善。而於善惡兩塗之間,了無遺恨。咦。好箇自是漢,高談無畔岸,成佛作祖且緩緩。這一則公案,分付趙通判"。參政請讚云"不知有底冤讎,一向興災作禍"。亦自知之矣。自讚儲大夫請讚云"雲門妙喜真,雲臺居士畫。利鈍不相資,展向虛堂挂。妙喜利中鈍,鈍得顢頇。雲臺鈍中利,利得脫灑。如今利鈍都挂壁,師子飜身絕蹤跡。蹤跡無便塗糊。一時分付儲大夫。唵摩尼達里悉利蘇盧"。其自謂利中鈍，鈍得顢頇。予所謂以不達為達者，皆此顢頇一類。故三教老人碧巖錄序云"圜悟之心，釋氏說經之心也。大慧之心，釋氏諱說之心也。禹、稷、顏子，易地皆然，推之挽之，主於車行而已"。此不失為達論。近世高僧太虛少壯時頗顢頇魯莽，吾昔嘗怪之，似非中正，今日觀之，其亦與宗杲同一鼻孔出氣耳。（大慧語錄中押韻之偈，雅語俗言參半，然最見神采者，還數其自讚三十四則。他如送超僧鑑云"桶底脫時大地闊，命根斷處碧潭清。好將一點紅爐雪，散作人間照夜燈"。乃最文從字順者。）

繫以詩曰，這個闍黎是非纏，指東畫西號老禪。閑即自讚寫真像，當時可賣許多錢。

頌古佳製

禪宗頌古聯珠通集中琳琅滿目，試摘若干佳製，以見兩宋禪師詩學之功力也。雪竇頌云"一見明星夢便回，千年桃核長青梅。雖然不是調羹味，曾與將軍止渴來"。天童覺頌云"一段真風見也麼，元元化母理機梭。織成古錦含春象，無奈東君漏泄何"。寶峯照頌云"拂拭瑤琴月下彈，調高雪曲和還難。五侯費盡平生志，從此詩書懶更看"。石門易頌云"坐擁羣峯覆白雲，鶯啼深谷不知春。巖前華雨紛紛落，夢覺初回識故人"。石室輝頌云"平生不願佛相逢，十指尖頭現紺容。夾路桃華風雨後，馬蹄無處避殘紅"。蘿月瑩頌云"溪山盡處夕陽斜，溪上冬風雪滿沙。便是江南舊行路，和烟隔水見梅華"。白雲端頌云"堂堂露柱久懷胎，長下孩兒頗俊哉。未解語言先作賦，一操直取狀元來"。佛心才頌云"雲收空闊天如水，月載姮娥四海流。慚愧牛郎癡愛叟，一心猶在鵲橋頭"。朴翁銛頌云"瘦藤拄到風烟上，乞與遊人眼界寬。不知眼界寬多少，白鳥去盡青天還"。天目禮頌云"不汝還者復是誰，殘紅流在釣魚磯。日斜風定無人掃，燕子啣將水際飛"。冶父川頌云"山堂靜坐夜無言，寂寂寥寥本自然。何事西風動林野，一聲寒鴈唳長天"。佛慧泉頌云"霜風刮地埽枯荄，誰覺東君令已回。唯有嶺梅先漏泄，一枝獨向雪中開"。南華昺頌云"舉華示衆誰相委，迦葉頭陀獨破顏。無限白雲藏不得，又隨流水落人間"。徑山杲頌云"拈起一枝花，風流出當家。若言付心法，天下事如麻"。萬年閑頌云"雪壓怪松露，風高野渡橫。將謂衆生苦，更有苦衆生"。孤峯深頌云"遇著山中人，便說山中話。六月賣松風，人間恐無價"。咦菴鑑頌云"尊者何曾得蘊空，罽賓從自斬春風。桃花雨後亂零落，染得一溪流水紅"。

玄教詩學

道教源流極古，導源於黃帝，發明於老子時，至於秦漢，號黃老道，密傳於世，而支系甚衆。今人謂道教創於後漢季世之張道陵五斗米教與張角太平道，非篤論也。（如太平道，只是一支。太平經，本於西漢齊人甘忠可天官曆包元太平經，而甘忠可之學又承自戰國齊地之學如鄒衍者。鄒衍之學，自又有其淵源。）玄教詩學之祖，莫若老子。道德經有韻者，皆可以詩目之。自漢末三國，道教大興，歷於魏晉，各派人物，雲蒸霞蔚。同時竹林玄學亦大興，詩人之作，往往契合玄教之理趣。如王羲之等，皆為道徒，蘭亭詩者，豈非即是道詩。然世間不許之。道士之詩，自南朝梁隱居始得而言之也。羽流自葛洪以來，素多學問，文筆優長，隱居亦然。若以學問文筆之精博論，李唐之前，道士自高過沙門。雲笈七籤卷九十六至九十九，分別為讚頌歌、歌詩、詩讚辭、讚詩詞諸體，皆漢魏晉南朝隋唐間仙人之五言古詩也。其作與東晉人玄學詩同風，清超靈逸，辭彩雅正，而教氣愈重，亦有佳篇。其皆即詩即玄，符契吾心性詩脈之理。然作者皆太微天帝君、太帝君、太微玄清左夫人、紫微王夫人一類,吾不能等之於寒、拾者宜矣。至唐道教極盛,英才輩出。如孫思邈、成玄英、李榮、王玄覽、司馬承禎、吳筠、李荃、張萬福、施肩吾、杜光庭一流,俱有高才。吳筠、施肩吾、杜光庭詩最佳,而以肩吾為第一。然其詩多不能別異於世間文士之作。晚唐女道魚玄機詩亦然。道門詩自成氣骨,自唐末內丹道呂巖及華山陳摶始。觀呂洞賓之作,脫盡六朝文字舊習,道氣清拔,飄然不作他想。玄教詩脈,自此乃有獨到之氣象。吾髫時見壁上華山圖,即生向慕之心。幼即嘗自號九陽真人,少時讀老莊而得悟。蓋與道門有緣。今述玄教詩脈,忽憶兒時幽懷遐志如是,亦甚可嘆也。

雲笈七籤

雲笈七籤佳作甚眾,如西王母授紫度炎光神變經頌三篇。其篇章最多者為雲林右英夫人哆楊真人許長史詩二十六首。不讀此等詩,亦不能解唐人之有李太白者。(太白亦道徒,其歌詩甚受道教詩學之影響。)紫度炎光神變經頌其一云"嘯歌九玄臺,崖嶺凝淒淒。端心理六覺,暢目棄塵滓。流霞耀金室,虛堂散重玄。積感致靈降,形單道亦分。倐欻盼萬劫,豈覺周億椿"。其三云"騰彎控朗暉,宴景洞野外。流浪尋靈人,合形慶霄際。手披朱島戶,朗若神沖泰。金闕鬱嵳峩,清景無塵穢。解衿玄闓臺,適我良願會。脫屍三塗難,保煉固年邁"。觀之神飛。騰彎控朗暉,宴景洞野外。境界空廓,文辭精煉,不下大謝。流浪尋靈人,合形慶霄際,其妙處亦不可言。流浪如我,略得吉慶,故看此句,怡悅無比。郭四朝常乘小船遊戲塘中叩船而歌四首其一云"清池帶靈岫,長林鬱青蔥。玄鳥翔幽野,悟言出從容。鼓枻乘神波,稽首希晨風。未獲解脫期,逍遙丘林中"。其二云"浪神九垓外,研道遂全真。戢此靈鳳羽,藏我華龍鱗。高舉方寸物，萬吹皆垢塵。顧哀朝生蟪，熟盡汝車輪"。太白亦不過是。未獲解脫期，逍遙丘林中，使獲解脫，亦不必貪戀於林泉矣。高舉方寸物，萬吹皆垢塵。氣象甚大，而義理超群。雲笈七籤卷九十九錄有唐人詩。李公佐仙僕詩一首云"我有衣中珠，不嫌衣上塵。我有長生理，不厭有生身。江南神仙窟，吾當混其真。不嫌市井喧，來救世間人。蘇子跡已往，頤蒙事可親。莫言東海變，天地有長春"。詩風與寒山同。惟道教中人詩鮮有如王梵志者。（道教中人，多從山林中來，尚清泠，尚玄寂。佛教中人，喜從市井中來，能野俗，能潑辣。自道教內丹大興後，仙人有此風漸多，如張三丰。）靈響詞五首有云"此響非俗響，心知是靈仙。不曾離耳裏，高下如秋蟬"。"存念長在心，展轉無停音。可憐清爽夜，靜聽秋蟬吟"。即詩即玄，此五絕亦自唐人本色也。

　　繫以詩云，高道每清潔，異僧多邐邁。黑白孰為美，兩個都不合。

陶　隱　居

　　道教此詩脈自陶隱居始。南史卷七十六隱逸下言其始從東陽孫游嶽受符圖經法，徧歷名山，尋訪仙藥。身既輕捷，性愛山水，每經澗谷，必坐臥其間，吟詠盤桓，不能已已。謂門人曰"吾見朱門廣廈，雖識其華樂，而無欲往之心。望高巖，瞰大澤，知此難立止，自恒欲就之"。又言其"為人員通謙謹，出處冥會，心如明鏡，遇物便了。言無煩舛，有亦隨覺。永元初，更築三層樓，弘景處其上，弟子居其中，賓客至其下。與物遂絕，唯一家僮得至其所。本便馬善射，晚皆不為，唯聽吹笙而已。特愛松風，庭院皆植松，每聞其響，欣然為樂。有時獨遊泉石，望見者以為仙人"。如許人物，詩文出塵亦自然。（南史又言其曾夢佛授其菩提記，名為勝力菩薩。乃詣鄮縣阿育王塔自誓，受五大戒。則道教人物之融通三教亦自陶隱居始也。傳宋初內丹南宗之祖張伯端後亦入佛門也。）惜貞白先生為當時最博學之士，著述鴻富，而所留文字未多。詩文尤少。詔問山中何所有賦詩以答云"山中何所有，嶺上多白雲。只可自怡悅，不堪持贈君"。此一小詩，後世盛唐巨匠所為，亦不能過。寒夜怨云"夜雲生，夜鴻驚，淒切嘹唳傷夜情。空山霜滿高煙平，鉛華沈照帳孤明。寒日微，寒風緊。愁心絕，愁淚盡。情人不勝怨，思來誰能忍"。沈德潛古詩源評云"音節近詞。空山七字卻高"。自見其才氣。惟此等非此脈所重者爾。

吳　貞　節

吳筠貞節高道，倡內丹，為先導，秉性方剛，又得與太白為友，其詩焉得不佳。所作多五古，承襲六朝道教游仙之作，亦可觀。秋日彭蠡湖中觀廬山云"泛舟太湖上，回瞰茲山隈。萬頃滄波中，千峰鬱崔嵬。涼煙發爐嶠，秋日明帝臺。絕巘凌大漠，懸流瀉昭回。穹崇石梁引，岈豁天門開。飛鳥屢隱見，白雲時往來。超然契清賞，目醉心悠哉。董氏出六合，王君升九垓。誰言曠遐祀，庶可相追陪。從此永棲托，拂衣謝浮埃"。乃窺二謝之法髓，語意雍容，胸襟空廓。其五古長者乃盛唐人意度，有偉岸之風。其覽古十四首有詩云"聖人垂大訓，奧義不苟設。天道殃頑凶，神明祐懿哲。斯言猶影響，安得復回穴。鯀瞍誕英睿，唐虞育昏孽。盜蹠何延期，顏生乃短折。魯隱全克讓，禍機遂潛結。楚穆肆巨逆，福柄奚赫烈。田常弒其主，祚國久罔缺。管仲存霸功，世祖成詭說。漢氏方版蕩，群閹恣邪譎。謇謇陳蕃徒，孜孜抗忠節。誓期區宇靜，爰使凶醜絕。謀協事靡從，俄而反誅滅。古來若茲類，紛擾難盡列。道邈理微茫，誰為我昭晰。吾將詢上帝，寥廓詎躋徹。已矣勿用言，忘懷庶自悅"。其詩學功力固甚深。

施 肩 吾

施肩吾中唐才子，吾浙所產，本以詩歌擅名，晚年入道勤修，號栖真子。其詩高過貞節，為有唐道士詩功第一流。呂洞賓於道能過之，詩於樂府、七絕則略遜之。（然洞賓能兼長七律、七古，氣體高邁，甚者凌駕肩吾而上。）肩吾七絕在中唐亦第一流，僅略後於劉賓客，軒輊元、白可也。觀肩吾詩作，雖多時調風流，乃天然近道者。樂府如雜曲歌辭古曲五首有云"憐時魚得水，怨罷商與參。不如山支子，卻解結同心"。"紅顏感暮花，白日同流水。思君如孤燈，一夜一心死"。佳人覽鏡云"每坐臺前見玉容，今朝不與昨朝同。良人一夜出門宿，減卻桃花一半紅"。此種哀感艷頑之作，在吾觀之，自是天然近道者。蓋修道之人，證無情之境界，而非無情之人。情愈大者，其根器愈妙。如佛法所謂大悲心者。吾嘗以此許孟東野矣。肩吾之情根亦妙。然使不能得法悟入，則情根大是業根。情愈大者，業障愈深。蘭渚泊云"家在洞水西，身作蘭渚客。天晝無纖雲，獨坐空江碧"。瀑布云"豁開青冥顛，寫出萬丈泉。如裁一條素，白日懸秋天"。空靈磊落，此亦近道之資也。秋洞宿云"夜深秋洞裏，風雨報龍歸。何事觸人睡，不教蝴蝶飛"。不教蝴蝶飛，喻理趣而了無痕跡。其七言尤妙。雜曲歌辭少年行云"醉騎白馬走空衢，惡少皆稱電不如。五鳳街頭閑勒轡，半垂衫袖揖金吾"。宋僧頌古之作，具天分者最喜效仿此種體勢。楊柳枝云"傷見路傍楊柳春，一枝折盡一重新。今年還折去年處，不送去年離別人"。亦極有味。頌古之作如此者亦甚多。晚春送王秀才遊剡川云"越山花去剡藤新，才子風光不厭春。第一莫尋溪上路，可憐仙女愛迷人"。此首亦不妨作艷詩偈觀之。夜嚴謠云"夜上幽巖踏靈草，松枝已疏桂枝老。新詩幾度惜不吟，此處一聲風月好”。玩友人庭竹云“曾去玄洲看種玉，那似君家滿庭竹。客來不用呼清風，此處掛冠涼自足”。春日餐霞閣云“灑水初晴物候新，餐霞閣上最宜春。山花四面風吹入，為我鋪床作錦茵”。夏日題方師院云“火天無處買清風，悶發時來入梵宮。只向方師小廊下，回看門外是樊籠”。安吉天寧寺聞磬云“玉磬敲時清夜分，老龍吟斷碧天雲。鄰房逢見廣州客，曾向羅浮山裏聞”。皆風神清遠。晚唐以來，後世學之者亦多矣。清人金農，骨格清奇，絕句亦喜此體。山中送友人云“欲折楊枝別恨生，一重枝上一啼鶯。亂山重疊雲相掩，君向亂山何處行”。洞山大師功勳五位頌云“淨洗濃妝為阿誰，子規聲裏勸人歸。百花落盡啼無盡，更向亂峰深處啼”。似從此詩化出也。肩吾長洞山二十餘年，不知洞山可曾讀到此篇否。使未見，亦可知中唐人作詩機杼之合轍。訪松嶺徐煉師云“千仞峰頭一謫仙，何時種玉已成田。開經猶在松陰裏，讀到南華第幾篇”。憶溫飛卿有名句“悔讀南華第二篇”，必自肩吾此處轉出。惟肩吾不擅古體，以此不能和孟、韓並列爾。

呂　純　陽

施肩吾詩雖好，終屬才人本色為多。呂純陽道人本色，又擅才情，乃聖人所謂文質彬彬者，此後遂創一詩脈一詞派，若釋教之有禪詩者，影響深長，非僅為内丹道之鼻祖而已。（吾以證道為質，外學為文。）晚唐禪宗，亦出詩人，然自呂祖詩行，自已失色。證道吾弗能論，從來道士能文，沙門有所不及。其緣由亦明，如陶隱居本學問蓋世，施肩吾登進士，吳筠、呂巖俱落第者，其才學文字固非沙門所及。沙門證道入菩薩地，使有神通力，亦不能使自家文字，頓入李杜門庭。以此而論，文字自具真實相。純陽名篇，唐才子傳已摘數首。如"三入岳陽人不識,朗吟飛過洞庭湖"者,亦已膾炙人口。純陽擅長七絕,蘊藉清空微不如肩吾,而詩有劍光,膽氣豪放勝之。呈鍾離雲房云"生在儒家遇太平,懸纓重滯布衣輕。誰能世上爭名利,臣事玉皇歸上清"。絕句云"肘傳丹篆千年術,口誦黃庭兩卷經。鶴觀古壇松影裏,悄無人跡戶長扃"。絕句云"莫道幽人一事無,閑中盡有靜工夫。閉門清晝讀書罷,掃地焚香到日晡"。牧童云"草鋪橫野六七裏,笛弄晚風三四聲。歸來飽飯黃昏後,不脫蓑衣臥月明"。題永康酒樓云"鯨吸鼇吞數百杯,玉山誰起復誰頹。醒時兩袂天風冷,一朵紅雲海上來"。六言云"春暖群花半開,逍遙石上徘徊。獨攜玉律丹訣,閑踏青莎碧苔。古洞眠來九載,流霞飲幾千杯。逢人莫話他事,笑指白雲去來"。皆神氣輕健,理趣亦深,讀之入煙霞供養。集中佳句琳琅,如"白酒釀來緣好客,黃金散盡為收書",甚可喜也。(最爲流傳者,又有警世云"二八佳人體似酥,腰間仗劍斬凡夫。雖然不見人頭落,暗裏教君骨髓枯"。直指學道大礙所在,世間觀之無變色者,吾知其終墮下根矣。而詩法奇巧,前未曾見。蓋似直非直,似隱非隱,似雅非雅,似俗非俗。呂祖詩學創造之能,尤見於此種小詩及其七律也。)

　　呂祖七律專論丹訣奧秘,開後世道教風氣者,深澀隱僻之處,非世間人能解。然亦有佳作。"浮名浮利兩何堪,回首歸山味轉甘。舉世算無心可契,誰人更與道相參。寸猶未到甘談尺,一尚難明強說三。經卷葫蘆並挂杖,依前擔入舊江南"。"誰識寰中達者人,生平解法水中銀。一條挂杖撐天地,三尺昆吾斬鬼神。大醉醉來眠月洞,高吟吟去傲紅塵。自從悟裏終身後,贏得蓬壺永劫春"。"萬卷仙經三尺琴,劉安聞說是知音。杖頭春色一壺酒,爐內丹砂萬點金。悶裏醉眠三路口,閑來遊釣洞庭心。相逢相遇人誰識,只恐沖天沒處尋"。皆對仗工穩,晚唐風調。"舉世算無心可契,誰人更與道相參"一聯句法巧妙,為宋人所仿效。"寸猶未到甘談尺,一

尚難明強說三”一句,尤堪警策。贈羅浮道士云“羅浮道士誰同流,
草衣木食輕王侯。世間甲子管不得,壺裏乾坤只自由。數著殘棋
江月曉,一聲長嘯海山秋。飲餘回首話歸路,遙指白雲天際頭。”自
其名作。純陽又擅七古,如贈劉方處士、敲爻歌,前首尤好。(敲爻
歌吾初讀之,甚為驚奇,其義蘊極深,乃性命雙修秘旨所在,實與藏密雙運法
第三灌頂法要有相契者。其詩有云“也飲酒,也食肉,守定胭花斷淫欲。行歌
唱詠胭粉詞,持戒酒肉常充腹。色是藥,酒是祿,酒色之中無拘束。只因花酒
誤長生,飲酒帶花神鬼哭。不破戒,不犯淫,破戒真如性即沈。犯淫壞失長生
寶,得者須由道力人。道力人,真散漢,酒是良朋花是伴。花街柳巷覓真人,
真人只在花街玩。摘花戴飲長生酒,景裏無為道自昌。一任群迷多笑怪,仙
花仙酒是仙鄉。”又云“性須空,意要專,莫遣猿猴取次攀。花露初開切忌觸,鎖
居上釜勿抽添”。末云“只修性,不修命,此是修行第一病。只修祖性不修丹,
萬劫陰靈難入聖。達命宗,迷祖性,恰似鑒容無寶鏡。壽同天地一愚夫,權物
家財無主柄。性命雙修玄又玄,海底洪波駕法船。生擒活捉蛟龍首,始知匠手
不虛傳”。秘旨乃以歌詩而行之。此又釋道心性脈之大功德也。)

　　觀清人劉體恕匯輯之呂祖全書,所錄尤多。不辨真偽者,亦有
之。不必細辨。呂祖所開,又有詞派,後張伯端、王重陽亦喜為之,
藉以張大宗風。(後世扶鸞詩,多有托於呂祖之名者,則呂祖亦為此道之
鼻祖耶。)唐才子傳呂巖傳末辛文房有論極好。錄之不為多也。論
曰“晉嵇康論神仙非積學所能致,斯言信哉。原其本自天靈,有異
凡品,仙風道骨,迥淩雲表。歷觀傳記所載,霧隱乎巖巔,霞寓於塵
外,崆峒、羨門以下,清流相望,由來尚矣。雖解化一事,似或玄微,
正非假房中黃白之小端,從而服食頤養,能盡其道者也。不損上
藥,愈益下田,熊經鳥伸,納新吐故,無七情以奪魂魄,無百慮以煎
肺肝,庶幾指識玄戶,引身長年,然後一躍,頓喬、松之逸馭也。今
夫指青山首駕,臥白雲振衣,紛長往於斯世,遭高風於無窮,及見其
人,吾亦願從之遊耳。韓湘控鶴於前,呂巖驂鸞於後,凡其題詠篇
什,鏗鏘振作,皆天成雲漢,不假安排,自非咀嚼冰玉,呼吸煙霏,孰

能至此。寧好事者為之,多見其不知量也。吳筠、張志和、施肩吾、劉商、陳陶、顧況等,高躅可數,皆頡頏於玄化中者歟"。

　　繫以詩云,頻呼小玉事元無,二八佳人體似酥。若個真如味嚼蠟,滔滔醉客可知吾。(吾昔亦以此為樂事,豪縱不羈,後悟入初體極喜,樂空雙運,乃遺境相而覩真心,大樂在心空,以欲為鉤牽耳。昔日之樂亦不過如是。蓋昔日以鉤牽境相為樂,不知真心,所樂亦如露如電。)

陳　希　夷

　　唐才子傳陳摶傳言"摶少有奇才經綸,易象玄機,尤所精究。高論駭俗,少食寡思。舉進士不第,時戈革滿地,遂隱名,辟穀煉氣,撰指玄篇,同道風偃。居華山雲臺觀。每閉門獨臥,或兼旬不起。周世宗召入禁中,試之,扃戶月餘始啟,摶方熟寐齁齁。覺即辭去,賦詩云,十年蹤跡走紅塵,回首青山入夢頻。紫陌縱榮爭及睡,朱門雖貴不如貧。愁聞劍戟扶危主,悶聽笙歌聒醉人。攜取舊書歸舊隱,野花啼鳥一般春"。蓋與呂祖贈羅浮道士詩格神似。傳言"後鑿石室於蓮華峰下,一旦坐其中,羽化而去"。吾遊西岳,嘗一謁其地,後至避詔崖,時巨峯之間,山霧迷離,老樹峭勁,一如其格。(其謝表有云"況性同猿鶴,心若土灰,敗荷制服,脫籜裁冠,體有青毛,足無草屨,苟臨軒陛,貽笑聖朝。數行丹詔,徒教彩鳳銜來。一片野心,已被白雲留住"。體有青毛等,蓋與米拉日巴尊者同也。)呂祖作詩,貪多亦求好,希夷似俱懶之。其妙處在真。絕句云"花竹幽窗午夢長,此中與世暫相忘。華山處士如容見,不覓仙方覓睡方"。贈种放云"事不關身皆是累,心源未了幾時閑。須將未了並身累,吩咐他人入舊山"。辭上歸進詩云"三峰千載客,四海一閒人。世態從來薄,詩情自得真。乞全麋鹿性,何處不稱臣"。詩情自得真,夫子自道也。華山遊云"華陰高處是吾宮,出即凌空跨曉風。臺殿不將金鎖閉,

來時自有白雲封”。名篇也。他如喜睡歌、勵睡詩、糊塗歌，乃是俗
體，在寒山、王梵志之間。道教作詩素典雅，其不以典雅為意者，自
摶始也。

邵 康 節

唐才子傳陳摶傳言“如洛陽潘閬逍遙、河南种放明逸、錢塘林
逋君復、鉅鹿魏野仲先、青州李之才挺之、天水穆修伯長，皆從學先
生，一流高士，俱有詩名”。邵堯夫，李之才之弟子也。堯夫象數之
學，導源於希夷。堯夫之詩，亦自晚唐道流化出者。以正統之詩學
觀之，邵詩多落理窟，已非昔日風雅之體，歷代譏之者也多。不知
康節自有其詩脈也。（即吾所謂釋道心性脈者也。）邵子後世雖以北宋
理學五子而聞名，究其根底，實為道教潛脈，亦不闢佛者。（呂本中
師友雜志有云“邵子文云，先人非是毀佛，但欲崇立孔氏之道爾”。子文即邵
康節之子伯溫。）在邵子道儒合一也。伊川擊壤集以擊壤為題，則其
懷抱蓋與摶祖不二。一因亂世而靈嶽隱身，一以清平而城肆息焉，
遯跡者自行其素，市居者折衷儒教，亦自然爾。其道則一。四庫全
書提要非皆精當，然論擊壤集甚得平情，其有云“北宋自嘉祐以前，
厭五季佻薄之弊，事事反樸還淳。其人品率以光明豁達為宗，其文
章亦以平實坦易為主。邵子之詩，意所欲言，自抒胸臆，原脫然於
詩法之外”。是弗繆也，第恐其不知五季亦正詩門釋道心性脈興盛
之時爾。擊壤集亦正為道教新詩脈之傳燈，其固脫然於詩法之外，
然自有其詩法。陳白沙有詩云“子美詩中聖，堯夫更別傳”。別傳
二字，亦傳神矣。釋道心性脈自是詩門教外別傳。（後世儒者讚邵詩
者，有明人唐荊川。荊川與王遵巖參政有云“三代之下，文莫過曾子固，詩無
如邵堯夫”。觀荊川云三代之下文莫過曾子固，則荊川乃以宋明理學之眼光
觀之爾。不然如韓昌黎，子固亦高不過。以此推之，則詩無如邵堯夫之說，亦

自理學家之偏嗜也。然以詩脫然於詩法之外而能天機燦爛而論，確乎莫有如康節者。荊川本善悟，抑其亦有此意乎。抑明儒好奇之過使之乎。）

　　伊川擊壤集實為詩門晚唐風調與道教心性脈之集成。集有詩三千餘首，唐五代禪子道流詩今存者之總數恐亦不過此數。吾嘗言呂祖作詩，貪多亦求好。則康節之貪多求好，乃真變本加厲者。（吾亦嘗言宋人作詩貪多，如東坡、放翁，今又增一康節。）然邵詩雖多而不濫，皆見其懷抱，間涵至理，啓人神智，可傳者頗夥。其得晚唐風調之作極多，惟晚唐詩尚略存蘊藉，至邵詩則多直抒胸臆，意態已新。有句云“幽人自恨無佳句，景物從來不負人”，又詩云“風月滿天誰為主，林泉遍地豈無人。市沽酒味難醇美，長負襟懷一片春”。大體如是。然皆蕭然自得，物情通透，觀之如坐清風，怡悅無比。亦如冰鑑，映照萬靈，舒捲自若，而一種平懷，自然不動。文字蘊藉不如晚唐，襟度又勝於晚唐而上。邵詩潛氣內轉，變化機巧，自得力於道教詩脈。其說理詩最著名。首尾吟七律一百三十五首，為巨製，乃自呂祖等轉化而來者。呂祖律詩猶多道訣氣，而堯夫情理交融，益見滋味。詩首尾句皆同，自是圓相，中分平仄對仗，為陰陽兩儀，則首尾吟七律直為一太極圖也。而太極圖亦陳摶老祖所創，由其後學傳於濂溪者。雖然，以詩而論，此百首七律微傷於薄，亦皆學晚唐而未得其髓者。呂祖之作骨力又高之。呂祖豪氣，堯夫亦得其七分，而轉以綿密勝。摶祖俗白之語，亦化入其中，使其詩清和簡易，仿佛白樂天。堯夫明道二先生，自此乃為後世道學家理趣詩之祖禰矣。（吾為塾師十年，嘗授千家詩。昔童子即知有邵康節先生也。）擊壤集學道者觀之，可參其任運隨緣、周遍廣大，領會天道空靈秘旨。（自性本空，體性任運、大悲周遍，乃大圓滿阿底瑜伽三大法要也。）學詩者觀之，可師其直抒胸臆，句法靈巧，而得情融理洽之法。易學為內，堯夫又外演詩學、儒學。河嶽之靈，非斯人而誰歟。

張　伯　端

　　張伯端平叔，吾不以紫陽稱之者，喜其名也。又以伯端，非僅為內丹南宗之初祖，其亦即道即佛，道佛一體，為兩宋三教一致之開風氣者，故又非紫陽真人之名所能限也。平叔承呂祖詩、詞之體，悟真篇以二體書之，為後世玄教著述之典範。平叔悟真外篇，則亦學佛門禪子之偈，而自不同於康節。平叔者，蓋可謂匯合釋、道兩詩脈者。悟真篇佳作如"雪山一味好醍醐，傾入東陽造化爐。若過昆侖西北去，張騫始得見麻姑"。"藥逢氣類方成象，道在希夷合自然。一粒靈丹吞入腹，始知我命不由天"。"不求大道出迷途，縱負賢才豈丈夫，百歲光陰石火爍，一生身世水泡浮。只貪利祿求榮顯，不覺形容暗悴枯。試問堆金等山嶽，無常買得不來無"。"陽裏陰精質不剛，獨修一物轉羸尪。勞形按引皆非道，服氣餐霞總是狂。舉世謾求鉛汞伏，何時得見龍虎降。勸君窮取生身處，返本還元是藥王"。玄義勿言。其文字功夫，嫻熟流利。悟真外篇，如采珠歌、禪定指迷歌、無心頌等，皆禪宗風。讀雪竇禪師祖英集歌云"曹溪一水分千派，照古澄今無滯礙。近來學者不窮源，妄指蹄窪為大海。雪竇老師達真趣，大震雷音椎法鼓。獅王哮吼出窟來，百獸千邪皆恐懼。或歌詩，或語句，叮嚀指引迷人路。言辭磊落意尚深，擊玉敲金響千古。爭奈迷人逐境留，卻作言相尋名數。真如寶相本無言，無下無高無有邊。非色非空非二體，十方塵剎一輪圓。正定何曾分語默，取不得兮捨不得。但於諸相不留心，即是如來真執則。為除妄想將真對，妄若不生真亦晦。能知真妄兩俱非，方得真心無罣礙。無罣礙兮能自在，一悟頓消歷劫罪。不施功力證菩提，從此永離生死海。吾師道高言語暢，留在世間為榜樣。昨宵被我喚將來，把鼻孔穿放杖上。問他第一義何如，卻道有言皆是謗"。

益可見伯端即道即佛，道佛一體者。吾觀其詩歌功力，當在雪竇禪師之下。伯端詞亦甚妙。後全真教興，歌行、近體已不及前輩，則彼又在長短句上發力亦自然爾。

王 重 陽

重陽全真集共十三卷，而詩只四卷，餘皆詞也。重陽教化集、分梨十化集亦以詞居多。詩又多六言。道教詩脈至此大變矣。金人范懌重陽全真集序云"重陽憫化妙行真人，博通三教，洞曉百家，遇至人於甘河，得知友於東海，化三州之善士，結五社之良緣，行化度人，利生接物。聞其風者，咸敬憚之，杖屨所臨，人如霧集。有求教言，來者不拒。詩章、詞曲，疏頌、雜文，得於自然，應酬即辨，大率誘人還醇返樸，靜息虛凝，養亙初之靈物，見真如之妙性，識本來之面目，使復之於真常，歸之於妙道也"。重陽天機燦爛，不拘一格，其偏喜於活潑之長短句，亦合其時宜也。重陽詩亦多詞格，皆清淺，不如康節多矣。可賞者如遊興慶池云"信腳閑遊興慶池，元來只是這些兒。兩飜荷葉珍珠迸，風卷筍梢珮玉枝。春綠夏宜紅菡萏，秋澄冬顯碧琉璃。琉璃清徹源流處，問著源流總不知"。修行云"自從一得見天真，今日方知舊日人。離俗復為雲外客，脫塵不作土中賓。蓋緣往昔擒朱汞，全是當初定水銀。一點靈明歸靜界，圓光裏面轉金輪"。詩非其所長，又多口語入詩者，所長在詞體。唯七絕尚有古風。自畫骷髏云"此是前生王害風，因何偏愛走東西。任你骷髏郊野外，逍遙一性月明中"。甘水鎮留題云"誰識終南王害風，長安街裏任西東。閑來矯首滄溟上，釣出鯨鯢未是雄"。甚可想見其英氣。誠可謂流浪尋靈人，合形慶霄際者也。

丘 長 春

　　一日忽悟，釋道高人好作歌詩，蓋與今世藏地高僧好灌唱片同也。其為經咒而和以俗樂，其似鄭音而皆入莊嚴，即咒即樂，和光同塵，凡聖一體而不離。吾聞今世白瑪奧色上師之歌，初不甚喜其樂音之華靡，後漸入佳境，感應其大慈悲心，於佛法受益多矣。全真之轉尚於詞體之流傳，亦是自然。當時必有於宮觀塵肆唱之者。今之道士，猶多通音律也。丘長春精工文學，詩詞俱佳，勝過乃師。吾至嶗山上清宮，嘗拜其詩刻遺跡。宮後山行，瀑聲松風，俱為一體，兩澗天籟，妙不可詮。此當日真人信步處也。後至明霞洞，嵐霧漫飛，渾茫一體，紫薇老樹，明燦若霞，吾女尚幼，不解道妙，亦甚樂此也。（其絕句有云“修真野客非才子，行到鼇山亦有詩。只欲洞天觀海日，不勞雲雨待青詞”。嶗山丘長春易名為鼇山。）磻溪集佳作如道友邀遊磻溪太公廟以詩辭之云“自無狂興不追遊，識破諸餘萬事休。誰向磻溪消鬱悶，閒居嚴壑且淹留。昔達海上三千裏，魯涉途中二十州。看盡名山無限景，大都身外沒堪酬”。易州西山耿公堂云“高高雲外耿公堂，閃閃雲霞照洞光。千仞峰巒排左右，萬株松柏互低昂。山翁不解談今古，野客時來講混茫。休道一生空打坐，也勝塵世走忙忙”。頸聯大妙。山翁不解，原是真野，野客大講，回復混茫。七古亦好。逍遙吟云“十州三島兮巨海之中，瓊樓絳闕兮參差半空。松陰密鎖兮無畏日，執扇不搖兮有清風。流金熱，佩玉真仙未嘗說。水晶宮殿開，寶座星辰列。碧虛懸象繞樓臺，清淨化身非骨血。本來身，自通神，談笑忽驚天上人”。豈尋常語哉。

　　繫以舊詩云，佛堂今夜我囈呻，殿閣森然若有神。忽覺高聲傾吐後，已驚兜率天中人。（不意與長春句有合者。）

卷戊　北宋別逆脈第十一

　　北宋之初，詩風承中晚唐之餘緒，學義山，學樂天，學賈姚，所為多如雞肋。當西崑體極盛之時，北宋別逆脈之萌蘖生矣。別者，橫鷔別驅，別出一脈，每出意表之外。逆者，不拘於正格，亦猶書家善用側鋒。近人馮煦嘗言同光體"祧唐祖宋"，實謂其尊崇宋詩，而將唐詩置入祧廟。此於事理似順，而於詩理實逆。此固導源於宛陵、東坡、山谷、後山一輩人物，在其本不欲僵守唐人之廟堂矣。故吾所言之逆者，亦即今人所謂逆反期之逆也。宋學之於唐，直以別逆爲主。儒道徂徠逆楊大年，歌詩梅歐逆西崑體，風氣漸盛。其後徂徠一流，演為道學，排斥佛老，輕視漢唐。梅歐一流，衍成蘇黃江西派，唐詩而外，自闢門庭。當梅歐之際，自有一種氣象，在極熟、極生之間。西崑雖學義山，於句法篇章之錘煉，已為後世宋調奠定根底。以西崑為此別逆脈之最先機，亦不為過。王荊公詩學唐人，氣調最正，近體深入晚唐內奧，又此別逆脈中一異數也。此一大脈，後世又分出宛陵體、半山體、蘇體諸小脈。熟生之間，別有風趣。以江西派太過又不欲蹈襲唐賢文字者，可專學此脈諸家也。惟蘇子瞻渾涵萬千，不可方物，兼此別逆脈與江西脈，乃為特例爾。

根器降而別逆生

宋詩之為別逆，緣由諸多，蓋亦與根器之利鈍明晦相關也。唐人佛門、詩學、書畫中人，根器佳者，可謂無處不在。經五季之喪亂，宋初士林凋弊已久。後雖振作，亦大不如前。江西派巨手陳師道後山談叢卷三有云"唐人根利，一聞千悟，故大梅才得馬祖一言，入山坐庵。諸老之門既悟，亦曰，得坐披衣，向後自看。不復學也。今人根鈍，聞一知一。故雪竇以古人初悟之語，為學者入道之門，謂之因緣，退而體究，謂之看話，更無言下悟理之質矣。復取古法而次第之，以為悟後析理之門，謂人陶汰。天衣宗之，而圓通非之，致用臨濟教門，蓋用古責今也，而其徒多不見諦，後悔，亦復故云"。後山洞悉微密。（此條殊有史料之價值也。）圓通禪師以雪竇之因緣、陶汰法為非，乃復臨濟古法，終未能造就作者，又還其故轍，此禪林之事也，而詩壇亦然。唐詩法度已備，經五季震荡之後，宋初潘逍遙、魏仲先、林和靖、九僧、寇平仲皆晚唐體，後西崑又起，而識者已知此等作法不復能成家，自別于唐賢，故梅蘇盡變崑體，亦猶雪竇之興因緣、看話，詩風禪風，甚為相類。又有人乃覺梅蘇歐尹一派詩法不古，而欲歸於唐賢法度，終亦無大成。（後世永嘉四靈疾江西派即是。）稍後於梅歐者為王半山，其於唐詩功力頗厚，近體取法中晚唐甚深，亦能作梅、歐體者，在當時亦可謂詩道之折衷派。其不盡以梅歐為然，而心儀唐律，又復取新派之拗折硬峭，為己之優長，亦猶圓通之知古法不復大用，亦不可不參用新式也。故知宋人根器之明銳，遠弗及唐，故禪法詩法俱變。（吾素謂人之根器本無自性，古今根器亦為一同，惟習氣蔽之，使其有利鈍明晦之別爾。）唐詩歷代高人甚多，絕少庸調。至宋求如梅、蘇者，實已罕覯。吾血脈論作唐、晚唐卷，皆易獲七八賢能，立其大體，而遺漏已多，當時俊彥，未盡網羅。

而論宋詩，究其三百年，可當吾血脈論中一席者，亦不過八九人。
（拙作內篇除釋道一脈外，所收人物皆能確立自家面目者，故以此為準繩。）
宋詩人之數甚多，而其質地實不可與唐同日語。此蓋亦與書學同。
歐陽永叔、張文潛亦嘗自道之矣。（張文潛集評書有云"唐世秉筆之士，
工書者十九。蓋魏晉以來，風俗相承，家傳世習，故易為工也。下及懿、僖、
昭、哀，衰亡喪亂，宜不暇矣。接乎五代，九州分裂，然士大夫長于干戈橫尸血
刃之間，時時有以揮翰知名于世者，豈又唐之餘習乎。如王文襄之小篆，李鶚
之楷法，楊凝式之行草，皆足以成家自名。至羅紹威、錢俶，武人驕將，酣樂于
富貴者，其字畫皆有過人。及宋一天下，于今百年，學者優游之時，翰墨不宜
無人，而求如五代時數子者，世不可得。豈其忽而不為乎。將俗尚苟簡，遂廢
而不振乎。抑亦難能而至乎"。此种議論，先由永叔集古錄跋發之，時人有共
鳴焉。）使宋詩不別逆，自行其道，吾國詩脈亦將墮盡，亦猶使禪宗
不有頌古、看話之新禪法出，傳燈亦將無人矣。（當今之際，中國禪
宗、詩道亦幾斷絕。欲使其慧命無絕，須有新禪法、新詩派之產生也。新禪法
謂何。竊謂曹溪禪與藏密大圓滿、大手印之融合者。亦猶元、明、清之新禪
法，乃為禪淨合流。新詩派謂何。唐宋體詩之回復心性之微妙者也。性自攝
情，而為一體。今日之物象，過繁過碎，興象之道易迷。今日之士節，已隳已
頹，宋人超拔之道難成。故自同光體死，詩道萎靡已久。當今詩脈，使詩人不
能回復心性之微妙，而以唐宋故法，事夫外象時事，必迷塗矣。）

西崑體

西崑體實亦醞釀宋詩，非晚唐之殘照而已。陳蝶菴與王普瞻
書有云"坡公之詩未易讀，彼其傀儡古人，調和衆味，命意使事，迥
出意表，蓋從義山一派，窺出三百篇荇菜、瓶罍、匏葉、冰泮微意，風
雅正派，正在於此"。（見清初葉矯然龍性堂詩話初集。）若謂坡詩為風
雅正派所在，人必多訾議，然其言坡公詩技蓋有從義山一派窺得
者，則確有眼光也。義山一派，實即西崑體一流也。其影響於宋詩

者甚大，若宛陵、永叔以來盡變之者，實皆曾受其之陶冶。西崑尚雕章麗句，用典使事，詠古詩皆熔鑄事跡，裁對工巧，王荊公七律，自亦嘗汲其精華，而祛其糟粕。子瞻亦然。在大家雖自吐胸臆，兀傲出格，亦自本於此種功夫。龍性堂詩話初集亦云"子瞻七言好用典實，自是博洽之累。或曰其源實本之義山，良然"。西崑體好用典實，至於坡公，則可以愧儷古人，調和衆味，命意使事，迴出意表矣。而蘇詩有時鬭韻炫異，失於小巧，求真得淺，頗覺瑣碎，而此病在西崑體亦先已具之。西崑宗義山，兼學晚唐唐彥謙。東坡即嘗效仿彥謙之句法。（參卷申論宋詩胎息於晚唐。後山詩話云"魯直謂荊公之詩，暮年方妙，格高而體下。然學二謝，失于巧爾"。荊公詩失于巧，所謂巧者，亦正西崑之習氣也。）謝榛四溟詩話嘗云，許彥周曰"作詩淺易鄙陋之氣不除，熟讀李義山黃魯直之詩，則去之"。譬諸醫家用藥，稍不精潔，疾復存焉，彥周之謂也。以謝榛之眼觀之，黃魯直詩，其與效法義山之西崑體固暗有脈絡相連者。蓋皆重錘煉，而尚精潔。又清人圍爐詩話有云"蘇黃以詩為戲，壞事不小"。而以詩為戲之風，又先導源於西崑也。當時館閣中人文娛酬唱，豈非即後世蘇黃之常習耶。惟蘇詩琢煉入細，承自西崑，西崑尚以不說破為貴，而東坡則全然不以收蓄為美。緷齋詩談言其"任意布筆，故無收斂渟蓄，一泄而盡"。亦正言中其病痛。楊億、劉筠輩固無大成，然其猶有古意也如是。一泄而盡，絕有微意。吾國歌詩上古以來先天真氣，大體在東坡處消耗殆盡，黃、陳正當此轉折，而以錘煉見長，自此詩人以後天養氣勝矣。內篇遂止於此。

梅宛陵別逆之先

唐詩極圓熟，開、寶間乃為純陽之體，晚唐五代已屆陽九，群龍無首，至西崑之際，履霜堅冰至矣。唐詩、宋詩，以氣體論，乃乾、坤二卦之分也。宋詩傳自宛陵以下，總有一種陰凝之氣。此陰氣非貶義，猶陰陽之陰也。如江西派點鐵成金手段，以吾觀之，初皆隱秘之法，不復唐人光明磊落、無所依傍之氣象。宋調又為唐詩之別逆，蓋不欲復為前人所囿隔，縱力猶未充，或失傖野，亦將自立門戶，脫其籠罩而不顧。（此猶世間有人生於世事顯著、禮法敦明之家，其終也成一逆反兒，改弦易轍。如近世無錫錢基博學識中正，尚有舊日法度，逮至其子鍾書輩，又值變革之時代，則皆不復能稟承家學，且懷疑其家學舊法之精神。而其終亦自成一路，特立獨行，亦吾所謂別逆之子也。）宋詩之真別逆，自大家梅宛陵始。宛陵，唐詩平淡之別逆也，其詩而成硬峭之體。宛陵本欲學平淡者。唐賢三昧，平淡亦其真髓所在。如王、孟、韋、白之學陶令，太白之學小謝，張文昌、賈浪仙、姚少監、許用晦之以澹為妙。後世豈不傚慕之。南宋葛立方韻語陽秋卷一有云"陶潛、謝脁詩平淡有思致，非後來詩人怵心劌目彫琢者所為也。老杜云陶謝不枝梧，風騷共推激。紫燕自超詣，翠駁誰翦剔是也。大抵欲造平淡，當自組麗中來，落其華芬，然後可造平淡之境，如此則陶、謝不足進矣。今之人多做拙易語，而自以為平淡，識者未嘗不絕倒也。梅聖俞和晏相詩云，因今適性情，稍欲到平淡。苦詞未圓熟，刺口劇菱芡。言到平淡處甚難也。所以贈杜挺之詩有作詩無古今，欲造平淡難之句。李白云，清水出芙蓉，天然去雕飾。平淡而到天然處，則善矣。"所言極是。東坡與二郎姪書云"凡文字，少小時須令氣象崢嶸，采色絢爛，漸老漸熟，乃造平淡。其實不是平淡，絢爛之極也"。（見蘇軾佚文彙編卷四。而歐陽永叔作梅聖俞墓誌銘謂其"初喜為清麗閒肆平淡，久則涵演深遠，間亦琢刻以出怪巧，然氣完力餘，益老以勁"。正可為吾說相參證也。）宛陵學平淡不成，而專入生硬峭直之格，巧怪而老勁，遂自闢一塗。聖俞詩自嘗云"作詩無古今，唯造平淡難，譬身有兩目，瞭然瞻視端。邵南有遺風，源流應未殫，所得六十章，小大珠落槃"。陶謝及唐賢之平淡，源流自二南出。宛陵所以學平淡不成者,以葛氏、東坡之說觀之,乃當自組麗絢爛中來,宛陵無此階級,故亦無此刊落繁華、去雕琢功夫,自難以造之也。(如世間豪家子已值衰世,無復如先輩氣足神完,腴潤華麗,則自亦不能繼其家聲於弗墜。其質樸而具靈機者,自可新謀活計,雖不復舊日之盛,勝於頹然頑守者多矣。)宛陵詩轉入古硬拗折,亦不得不然。後世陸放翁讚之云"李杜不復作,梅公真壯哉。豈惟凡骨換,要是頂門開。鍛煉無遺力,淵源有自來"。然亦過矣。凡骨換有之,謂頂門開則未。恐宛陵亦不曾以己詩頂門已開矣。(放翁詩見劍南詩稿卷六十讀宛陵先生詩,亦可見放翁之學宋詩,非僅江西也。)宛陵凡骨既換,振撼士林,宋調遂立,後世尊為開山,亦宜矣。惟梅詩先天氣未為醇厚,不比唐賢,多見其後天氣之爐冶,刻意深蓄,遂亦令宋體詩自其初造之際,即有此先天氣不足之隱疾。其後大家如蘇、黃,氣體充腴過之,然亦不能盡鎔此憾,回復開、寶、大曆天然元陽之體。此亦不得不然。(宋調既已別逆,無復今世所謂回頭路者。逮至四靈真欲走回頭路。然其終已迷塗,自家面目亦失。故知亦不得不然。)

梅詩真功力

宛陵學詩,未得唐髓,後遂崛然,自開一路。雖然,其學晉唐人,功力甚深,非後世人易及也。南宋汪伯彥云"聖俞公之詩簡古純粹,華而不綺,清而不癯,涵泳於仁義之流,出入於詩書之府"。(見紹興本宛陵先生詩集序。引自朱東潤氏梅堯臣集編年校注迻錄。清人曾季貍艇齋詩話有云"梅聖俞一日曲極佳。又謁薛簡肅墓及大水後田家二詩等,極高古。大抵聖俞之詞高古"。此可為所謂簡古者之注腳。高古即簡古。豈有高而不簡者哉。)簡古純粹,前修多以形容陶詩。華而不綺,多謂魏晉間人者。清而不癯,亦自二謝之流所有。而梅詩略得參入其意,使伯彥乃有此嘆。明人宋儀望云"有宋繼興,文總往代,歐蘇曾王,最稱大家,然論其詩,求所謂唐人之音,蔑如也。予在弱冠,覽歐陽公所序梅聖俞詩,未嘗不太息想見其為人。既購其集讀之,陶寫性靈,名狀物理,辭清而興逸,頗與宋調殊致"。當明人深黜宋詩、蔚然成風之時,儀望此論,亦可謂平實無偏。(惟王半山確能深入晚唐者,不宜並黜也。)聖俞辭清性靈,詩中清切雅健之體亦多,此為唐人血脈餘緒,亦自無疑。觀其五言古近體,初皆有清冷幽邃之氣,乃學韋柳賈姚一類者。至晚年此體愈為矯厲不羣,而其氣或愈清峭逼寒,或愈老健磊砢,但凡涉敘說、議論為詩者,皆頗老到,亦已欲與杜、韓、青蓮為敵手矣。此非西崑、林逋、王禹偁輩所能作也。(其欲與杜、韓抗手者,見卷二十六讀邵不疑學士詩卷詩。其中年有句云"岸痕生舊水,馬跡踏春泥","浩露同一色,澄澈寒鑑裏",皆具此清寒之氣者。)此在欲持中道者觀之,此正是宛陵之優勝處。蓋其詩在熟生之間,別有清奇之趣。然自尊江西者論之,則非是。近世夏敬觀氏梅宛陵集校注序云"朋曹約於陳后山逝日設祭法源寺,座間論及宋代之詩,予舉宛陵為冠。羅子掞東、楊子昀谷不韙予言,昀谷且賦詩為辨,有宛陵僅造一關之語"。如羅、楊者,奉江西一祖三宗者。君子和而不同,政此之謂。(放翁於梅詩推崇備至,自亦與宛陵猶存唐風相關。陸詩亦學江西而重唐法者也。)竊謂宋詩以辭氣之純粹簡煉論,宛陵為冠,猶勝於後山,山谷於此尤遜。後山雖亦苦硬蒼渾,然學詩如學道,苦吟太過,又弗如宛陵天然。以氣度之掞邁、思致之靈活而論,蘇黃俱為第一流,他氏莫能及。而皆不能全擅。夏氏推尊梅詩,自非妄論。宛陵晚年,功力愈發精湛,其文字之深警老成,吾觀之甚嘆服之。讀蘇黃之集無此感也。後世論梅、黃語尤妙者,莫若邵子文。邵氏聞見後錄云"晁以道問予梅二詩何如黃九。予曰,魯直詩到人愛處,聖俞詩到人不愛處"。山谷詩亦尚氣骨峭拔,然究其實,乃欲求圓話如轉丸。故其詩妙處多可愛。而宛陵則直拗剛硬,觀其此類詩,則全然無意於圓融三昧矣。山谷為通才,為禪子，詩法奇特，而以渾融為心旨。宛陵為窮儒，為奇士，詩氣既張，則一任其恣肆而無忌。二人之異也如是。梅之生，黃弗及。而黃之熟，又非梅所有。梅逆西崑之熟而為生，黃又變梅之生而為熟。梅氏生中有熟，黃子熟中有生。至此則江西詩派，乃成氣候。至陳後山，又轉在生熟之間，自創一格。故宋詩二脈，實皆不脫此生熟二字。

　　繫以詩曰，自古風騷天授受，莫將窮達議詩魂。宛陵讀罷忽呈句，雪夜深山自閉門。（吾論宛陵之際，夜忽夢隱棲寒林，暮對大山，鍵破戶而自讀。宛陵固窮，誠宜從容若是。以窮達論梅詩者自永叔始，非篤論也。）

梅詩比郊島

　　吾讀宛陵集，即知其為孟東野後來人。後觀卷二十五依韻和永叔澄心堂紙答劉原甫詩，乃知堯臣亦嘗以孟郊自擬也。（其詩云"張籍盧仝鬬新怪，最稱東野為奇瑰"，又云"石君蘇君比盧、籍，以我擬郊嗟困摧。公之此心實扶助，更為有力誰論哉"。梅以歐擬韓也。韓之推孟，亦同歐之贊梅，故詩有扶助之語。聖俞依韻和丁元珍見寄亦嘗自云"平生景慕者，邂逅出天幸"。聖俞豈真窮者哉？惟言張籍鬬新怪，則為誇大之辭。張文昌實以平淡勝，開中晚唐五律之風者。宛陵名言"作詩須狀難寫之景於目前，含不盡之意於言外"，實亦與文昌詩甚有淵源也。）宛陵詩孟者，多在古體，七言多於五言。其詩法賈者，亦在近體，五言多於七言。宋人能上比郊、島如梅者，亦無第二人。故時人王文康謂"二百年無此作矣"，非過譽也。（宛陵集卷一詩天聖九年作，上推二百年，正賈島之晚年也。）孟東野硬語盤空，然內多情韻，如西漢人律法森明，而其血性，沛然莫禦。宛陵以議論入詩，語愈刺硬，其心境亦愈艱辛少溫潤。孟詩溫潤之作尚多，而此即葛立方所謂之組麗華芬之餘腴者也。梅承孟風而復加焉，其於賈詩亦然。賈浪仙專攻五律，以苦吟為事，骨清意峭，而達微妙之詣，與玄理符契。宛陵近體，學其清峭森幽，而加巧怪譎奇，境愈冷矣，而少其微妙玄逸。宛陵能兼郊、島之勝，而俱未臻其極詣，亦可豪矣。使置諸晚唐，亦足軒輊杜、李，陵駕溫、許。（後覽錢氏談藝錄四九云"東野五古佳處，深語若平，巧語帶朴，新語入古，幽語含淡，而心思巉刻，筆墨圭棱，昌黎志墓所謂劌目鉥心，鉤章棘句者也。都官意境無此邃密，而氣格因較寬和，固未宜等類齊稱。其古體優於近體，五言尤勝七言。然質而每鈍，厚而多顢，木強鄙拙，不必為諱"。所論東野佳處，極為精到。都官意境無其邃密，弗繆也。然木強鄙拙之評，不免尖刻。世間有兩種人，其一眼中多是他人之優點，其一則反之，眼中多是他人之缺點。宋儒如朱子，是後一種人，而洞察力之天賦極好。錢氏亦自屬後一種人，而洞察力之天賦亦極好。談藝錄四九又嘗笑朱子之評宛陵河豚詩云"詩固不佳，然朱子何必發風動氣，疾言厲色，至於此極，殆酷嗜河豚者歟"。此五十步笑百步者。錢氏又嘲宛陵云"竊謂聖俞以文為詩，尚不足方米煮成粥，衹是湯泡乾飯，詎語於酒乎"。亦惡謔如是。使一洞察力之天賦極好之人，又能眼中多是他人之優點，則境界必愈圓滿矣。）又元初方虛谷瀛奎律髓卷二十三有云"若論宋人詩，除陳、黃絕高，以格律獨鳴而外，須還老梅五言律第一可也。雖唐人亦只如此，而唐人工者太工，聖俞平淡有味"。此亦似是而非之語。陳、黃五律絕高者，吾意並未高過宛陵，梅律骨氣特異故也。又謂唐人工者太工，此豈為唐詩之短。聖俞平淡有味，自其風骨所在。然唐賢五律之三昧，其尚隔一塵。唐人亦只如此一語，正可見方虛谷宗派之見。宛陵七律佳者亦渾成，不似山谷多以巧妙勝也。

蘇子美天賦奇高

蘇子美滄浪亭，至今猶存，雖非宋構，洵可懷思其人。吾過姑蘇，遊棲多矣。大凡開闢風氣之士，皆為豪雋之人。豪者，膽力氣魄，雋者，精思奇致也。子美古文，學韓愈，為北宋之先鋒，歐陽永叔蘇學士文集序嘗謂"子美之齒少於予,而予學古文反在其後"。
(歐公學古文亦在尹洙之後。歐公學蘇、尹而陵邁之。)子美歌詩,人謂發
其憤懣於斯焉,其體豪放,往往警人。(為晁公武語。)一時並稱梅、
蘇。子美又善草書,酣醉落筆,頗有唐世遺風,同時諸賢,亦微遜於
蔡君謨爾。故子美通才,兼乎詩文書法之勝。(南宋人楊俟氏又嘗言
"子美詩文字畫,善絕一時"。見沈文倬氏校點蘇舜欽集所附之李星根蘇子美
集跋。子美畫跡,今無可考矣。)其後如蘇黃輩,繼其先軌,闢文人書畫
之新風,衍流至今,猶未熄焉,則其脈絡,遠可追溯諸唐之摩詰、貫
休,近自以子美、永叔為權輿也。(而舜欽滄浪亭,又為文士造園之典
範。)故蘇子於後世之影響,又不遜於宛陵。清人宋犖蘇子美文集
序云"子美詩磊落自喜,文章雄健負奇氣,如其為人,以之妃晁儷
張,殆無媿色。顧晁、張繼起於古學大盛之日,而子美獨崛興於舉
世不為之時,挽楊、劉之頹波,導歐、蘇之前驅,其才識尤有過人者。
學者論宋初古文,往往以子美與穆伯長並稱,其實伯長不及也"。
所評極是。劉克莊後村詩話前集卷二謂"其歌行雄放於梅堯臣,軒
昂不羈,如其為人。及蟠屈為吳體,則極平夷妥帖。"(吳體者,七律
拗體變格之謂也。四庫提要引此言,而吳體二字作近體。)所論弗繆也。子
美詩,永叔論之已備。六一詩話云"子美筆力豪雋,以超邁橫絕為
奇。聖俞覃思精微,以深遠閒淡為意。各極其長,雖善論者不能優
劣也"。實則梅、蘇之優劣甚明。宛陵詩骨,承中唐而來,文字品格
高潔,其後愈蒼勁老健,作法亦愈直肆潑辣,蓋非覃思精微二語所
可限也。究其極處,詩骨天成,亦非覃思雕琢所能至。子美古體,
無梅之古硬生峭,幽深巧怪,近體無彼之思精格清,純粹入骨,唯七
律及絕句勝之。其佳處在超邁橫絕,固為允論。子美風度高華,自
宛陵一窮儒所少者。惜天不予壽,子美詩變化之妙,未得盡其材
具。使其亦得宛陵之年,則二人優劣固難論矣。(宛陵四十一歲後
詩,正其漸入佳境者。使以梅詩四十一歲前者與子美較勝負,不及也。)子美

天賦高過宛陵、永叔，出語磊落，有唐人遺味，氣象蟠闓，振動世俗，奈何天不右之，以使其盡其窮變，故又待子瞻、魯直輩以極致之爾。舜欽集詩文所存雖少，今日讀之，猶覺有龍吟虎嘯之氣。其稟賦之豪雋，孰能及之。子瞻先天之氣亦佳，不下子美，然終以後天功夫勝。子美遜此功力，又不壽，宜其詩名，後世不復當日之赫赫。子美七律最可味，亦非平夷妥帖四字所能盡。其皆氣健神高之作，觀之懾動。宛陵七律，妙在渾成，子美妙處，則在神意高朗，而能法度妥帖。此子美學鄭都官句法對仗，而能自樹一幟者。鄭谷云"詩無僧字格還卑"。觀子美佳作，亦多道佛二家清拔蕭疏之氣。名篇如春睡，皆如是。故舜欽七律，承晚唐之餘習，而意氣超之，自北宋一高人也。蘇、黃句法，典實煉造勝之，意度弗能過之。吾觀子美稟賦如是，使如呂巖、陳摶者遇之，必勸其學道矣。然觀其行狀，亦僅以詩酒自豪，未遇點撥，即侘傺而死。蓋亦命夫。

歐陽永叔自負其詩

永叔詩天賦不及子美，亦不若宛陵，而以後天氣力勝，蓋一善學之老成人也。其古文、書法之天賦，亦僅中駟，不能同於介甫、子瞻。永叔以通博獨步，非以精深揚名。其詩學實以摹擬而見長。（如摹太白之歌行，仿少陵之造句。）袁子才隨園詩話美永叔善言情，而東坡不能。所言甚是。用情之長，固永叔一優勝處。然此老自負殊高，邵博聞見後錄卷十八謂永叔自要作韓退之。永叔亦嘗極讚己作廬山高、明妃曲之高妙。（見葉氏石林詩話卷中。惟乃其酒後之言，為極真，亦為極假，觀者自取之爾。）近世陳石遺宋詩精華錄評斷雋快，謂其滄浪亭詩云"此詩未免辭費，使少陵昌黎為之，必多層次而無長語"。少層次，故失之平衍。有長語，非不美，便見斧鑿痕。評雲夢館詩云"其最自負廬山高、明妃曲三篇，未識佳處"。其於歐詩評價未高。歐公天分限之，而能養氣轉勝，其佳句自有之。石林詩話云"歐陽文忠公詩始矯昆體，專以氣格為主，故其言多平易疏暢。律詩意所到處，雖語有不倫，亦不復問"。惟其氣格硬峭不及梅，豪拔不及蘇，究其妙詣，在自出胸臆，又復能自圓其說耳。歐公詩欲法李白、韓愈，抱負高遠，而才具囿之。學唐人未成，亦足以搖撼俗調，鼓吹新聲。人喜其夷愉豐潤，以為天地間淑氣所鍾，亦不為過。（吾嘗笑謂門生云，宋之才士中最善變化且喜攻訐者福建子。呂、章、二蔡毋論，如朱子大儒也，學術亦喜變化，攻訐時賢甚屬。可參拙作宋儒忘筌編之呂東萊粹言疏證緒言。最能自負而失之過剛者江右人。如王荊公之以聖賢自處，歐公之儼然以韓自居，而荊公之治國、歐公之闢佛，俱失之剛愎，皆非於中正之道。近世政客鄭孝胥、梁鴻志，為福建子之遺毒，學者如宜黃歐陽竟無，亦正江右人之餘緒。而最能言功利而自命不凡者浙東人，如永嘉學派、陳龍川。其說自有古義不可非，然其學問亦太硬氣，不能通融博大。近世浙人之尚功利、往而不返者亦多矣。抑地氣使然耶。惟曾子固、黃魯直亦江右人，乃能撝謙服人。蔡君謨亦福建子，乃能篤厚守直。吾說固非正論。吾且復有思焉，禪門五宗諸大師，閩地、江右又得人尤盛，則此善攻訐、能自負之天性，在禪門又自根器之所重者，善用之亦可謂轉煩惱為菩提矣。使學人不自負，何能自信是佛，使其不善變化、攻訐，又何能呵佛罵祖。此又自有妙理在焉。惟南人輕躁，使邵堯夫天津橋上聽杜鵑生如許太息者，亦非妄說。吾以兩宋之際為中國文化之大分水嶺，康節實能預占之。吾亦生浙東，為南人，故引此說以為大誡。幸予京師五載，略得北地渾樸之氣。不然，益不堪矣。使南人不能兼得北方之氣，吾國亦必難大興也明矣。國朝之定都北京，理勢之所必然也。）偶覽佛祖統紀卷四十六宋僧良渚曰"歐陽氏號稱大儒而無通識，以故立論時有乖戾，而為當時君子之所見攻，如議追尊濮王為皇考，誤英宗承大統，無人子禮。謂見在佛不拜過去佛，誣太祖、真宗不為佛敬。削唐太宗戰士建剎之詔，失史官記事之實。謂河圖、洛書為怪妄不足信，與易繫辭、論語相反。至若著本論，斥佛法為中國患。而晚年敬明教，服圓通，稱居士，讀華嚴，竟自畔其前說，猶韓退之始排佛而終信服。至哉。子瞻之論曰，韓愈之於聖人之道，蓋亦好其名而不樂其實也，其論至於理而不精，往往自畔其說而不知。今觀歐陽之始卒，當亦不逃子瞻之論"。所言甚是。號稱大儒而無通識，歐陽氏無以逃之矣。王元美藝苑卮言卷四有云"永叔不識佛理，強闢佛。不識書，強評書。不識詩，自標譽能詩"。此古來論永叔語最辛辣者，似過苛而皆非誣也。（永叔闢佛，最是武斷，又自與昌黎不同。吾意昌黎所闢者為佛之諸教，其於禪宗實不闢。觀大顛事可知。以諸教之熾盛，有害於社稷故。昌黎所得於宗門者也甚深。陳寅恪氏亦嘗考之矣。而永叔闢佛，教宗俱闢之，乃尤無理者。元美謂之不識佛理，亦是。昌黎闢佛，而實識佛理。永叔於書法有專著，然乃金石學。其書功不深，遠弗逮蘇子美，更無論蔡君謨矣。）周草窗浩然齋雅談卷上有云"水心翁以挟雲漢、分天章之才，未嘗輕可一世，乃於四靈，若自以為不及者，何耶。此即昌黎之於東野，六一之于宛陵也。惟其富贍雄偉，欲為清空而不可得，一旦見之，若厭膏粱而甘藜藿，故不覺有契於心耳"。水心翁於四靈如何可毋論，其謂昌黎之於東野云者，真謬說也。東野、宛陵于詩，確高過韓、歐，其為二人所挹揚，宜矣。以詩格而論，富贍雄偉，實不若清空平淡為可貴。後世只知韓歐，不識孟梅，詩道之墮愈甚，亦無可怪。此與今人只賞老曹之慷慨，而未諳子建之清妙，亦甚相類。老曹終是異數，子建乃是正宗，亦猶孟梅方是正宗之脈而變化者，韓歐才高，然俱弗若其能高貴也。世俗之見，適反之爾。

王荊公詩為大家

古文八大家，宋居其六。若論詩亦以此數，則宛陵為先，荊公次之，蘇黃再次之，後繼為後山，不愧前脩，而以放翁為殿。此予所謂有宋詩壇六大家也。文、詩六家兼之者半山、東坡。此二人有宋文士天才最高者。荊公之人，吾論之多矣。(以荊公之精神及行止而論，其乃為北宋最大之別逆派，同此原型者，南宋又有朱子。可參拙著宋儒忘筌編之呂東萊粹言疏證緒言。)今獨論其歌詩，其才學之淡邁，實可驚嘆焉。其純甫出僧惠崇畫要予作詩有句云"頗疑道人三昧力，異域山川能斷取。方諸承水調幻藥，洒落生綃變寒暑"。吾讀荊公詩集，亦頗疑介甫具三昧力而斷取風物古今，鎔冶一體。其所調幻藥為何術，正須吾儕窮研之。介甫常飄然有出世之意，文辭功底深於歐公，博學強識又甚於梅、蘇，故出語典實，又復燦然吐靈舌，詩乃少苦硬之味，多圓轉之趣。招約之職方並示正甫書記詩末云"荒乘儻不倦，一畫敢辭卜。雖無北海酒，乃有平津肉。翛翛仙李枝，城市久煩促。寄聲與俱來，蔭我臺上穀"。頗可窺其功力。荊公古詩，氣體皆茂，觀其流瀉無倦，方圓俱至，學人亦可養氣矣。易傳有圓神方智之說，古人用筆有圓方之別，詩道亦然。荊公詩圓處能圓，方處能方，多以圓勝，而圓中有方。宛陵反之，多以方勝，而方中有圓。故俱為大家。荊公五古長篇善押險韻，詩人之恃才鬥富，至此亦別開生面。其後亦為江西派所師法。近世同光體如沈寐叟，亦可於荊公詩中覓其神解矣。如再用前韻寄蔡天啟"載車必百兩，獨以方寸攝。微言歸易悟，疾若髭赴鑷"。此鑷字韻，前人所未想。險韻之別生奇姿以此。不必病此技，其自有詩味。才學與性情，為一而莫二。境界高者，才學即性情，性情即才學。如荊公者，即已達此詣矣。觀其詩多，愈覺歐公才薄。豈介甫學佛甚深，得其微妙加持，而歐公排佛，未獲其陶鑄乎。此戲論耳。(昌黎實於禪宗受用多矣。歐為韓所謾。)贈彭器資云"放言深入妙雲海，示我仙聖本所寰。楞迦我亦見仿佛，歲晚所悲行路難"。歐公詩中，即少此種跳宕凡聖之氣。偶書云"惠施說萬物，盤特忘一句。寄語讀書人，呹呹非勝處"。盤特見楞嚴經。荊公有此理趣妙悟，而永叔少之。荊公又擬寒山拾得二十首，作俗體詩，文字靈巧，得其法訣，而氣勢甚大，義趣亦深沉警策，其悟力亦可謂敏捷矣。惜荊公能知而不能行，其參禪當未開悟，更未透出重關，不為當時大德所印可。惟其總有脫落文字之心，超拔之意，故其詩自生不羈之意，如永叔者，望塵莫及也。荊公近體，學唐功力極深，弗遜於聖俞。聖俞脫胎於賈、姚，介甫則多取法於二樊。（樊川、樊南也。）歲晚頸頷二聯云"俯窺憐綠淨，小立佇幽香。攜幼尋新菂，扶衰坐野航"，深入晚唐門庭。涉寺之題，間亦法賈浪仙。其辭采麗密處仿佛小杜，淒清幽婉處亦如義山，然不免刻意求好，多斧鑿痕。（後山詩話云"詩欲其好，則不能好矣。王介甫以工，蘇子瞻以新，黃魯直以奇。而子美之詩奇、常、工、易、新、陳，莫不好也"。眼光亦可謂毒辣。）荊公七律，亦精熟如許渾，氣格清新，工巧無比，亦學晚唐而能得其筋骨者。筆力蒼勁，用事精嚴，聯對工整，而氣息不斷，蘇黃於此亦無以逾之。故子瞻亦唯視半山為生平勁敵。（其於魯直詩，尚多諷語。）詩人不參禪，何能使文字燦爛如是。禪道善破人執相，善使人悟反者道之動，善誘人親巖林氣，善使人脫文字縛，破理障，如荊公、子瞻、魯直、後山者，皆於禪宗得力多矣。（魯直謂後山"學詩如學道"。觀後山談叢，所述禪宗掌故頗多，觀其所論，知後山亦深於宗門，時有傾慕之意，偶亦為作代語。見禪林艷詩偈。）觀荊公七律，絕無懈筆，蘇黃懈筆不少，非能至此。其才學之高，時賢後人焉能不驚嘆之哉。

詩曰，文字脫落時，方為造化工。此老略參究，竟得作詩雄。吾說血脈論，萬人皆已空。偏激非我樂，法脉惟執中。嗟哉得斯者，乃足談雕龍。

荊公絕句

宋人於諸體皆有聲勢，唯於小詩殊無自信。宛陵大家，絕句最非其所長。子美佳作有之，最聞名者，如"晚泊孤舟古祠下，滿川風雨看潮生”，亦從唐人化出者。其作多失之直露，乃學白樂天太過，非不佳，然非最上乘。歐公七絕尤妙者為夢中作。其云“夜涼吹笛千山月，路暗迷人百種花。棋罷不知人換世，酒闌無奈客思家”。極工，而皆唐人故語，殊少新意。竊謂當時絕句之真高手，多是禪林之中作頌古者也。其人於二十八字中擒龍縛虎，豈士夫所能想見。宋詩俟荊公至，小詩方有起色。五絕已見其健筆出塵，實多得力於禪偈。病起過寶應云“執手乍欣悵，霜毛應更新。依然舊童子，卻想夢前身”。詩因禪理而矯健。春怨云“掃地待花落，惜花輕著塵。游人少春戀，踏去卻尋春”。實亦通禪理，諷人不識自家寶藏而外求也。荊公七絕，或謂宋人第一，其神采有過人者。七律雖老成，不能脫晚唐畦町，而七絕妙處，已成宋人別逆之體。東皋有句云“肘上柳生渾不管，眼前花發即欣然”。唐人不如是出語也。窺園云“董生只被公羊惑，肯信捐書一語真”。唐人不如是使事也。蔡寬夫詩話云荊公嘗言“詩家病使事太多，蓋皆取其與題合者類之，如此乃是編事，雖工何益。若能自出己意，借事以相發明，變態錯出，則用事雖多，亦何所妨”。此夫子自道也。歸庵云“稻畦藏水綠秧齊，松鬣初乾尚有泥。縱塞尋崗歸獨臥，東庵殘夢午時雞”。唐人又無此生新者。荊公筆力勁健，思致活脫，意雖多涉蕭散虛茫，骨力則剛。其自嘗云“道骨雖清不畏寒”。是之也。亦唯氣骨如此，方有句如“一水護田將綠繞，兩山排闥送青來”，衝襟而出也。

荊公詩清而耀直而激

　　近世高步瀛氏唐宋詩舉要卷四有云“王介甫之思深韻遠，尤獲我心。然偉麗變為清新，渾厚淪於鏤刻，有宋一代之詩遂與唐分道揚鑣矣”。所言極是。荊公詩不失為大家，然氣已不古，實驚怖之有餘，嗟歎之不足。邵康節嘗言傅堯俞“清而不耀，直而不激，勇而能溫，是爲難耳"。今則謂王荊公清而耀，直而激，勇而悍，故其為特異之人。吾昔有言，惟荊公此種穿鑿創意之氣質，施諸政治，固多生僭亂之事，用諸詩文書法，則盡為新警之意。故荊公之真能引人入勝者，在此不在彼。其我執太大，故參禪不高，不能通透，而適可以成詩趣，成文字之禪悅。政事降而為文藝，吾國儒者之事，亦幾以荊公為分限。荊公之前，儒者成事者亦多能成文藝。荊公之後，儒者成事者多不能成文藝，成文藝者多不能成事。荊公書法，為蘇、黃所讚，若以無法為法者。宋張邦基墨莊漫錄有云"王荊公書，清勁峭拔，飄飄不凡，世謂之橫風疾雨。黃魯直謂學王濛，米元章謂學楊凝式，以余觀之，乃天然如此"。此荊公於書學之新警也。清而耀，直而激，勇而悍，亦可形容其書法。蘇、黃之書實亦同其風標，可以此九字評定之也。（蘇、黃之詩，乃異於荊公，然其氣質，亦不離此語之籠罩。此蓋宋代文化之普遍氣質也。）荊公七古，有承梅蘇直激勇悍之風者，故其甚賞王逢原。荊公七律近體語意典實，而氣格清拔，對仗精奇，亦甚難蘊藉。七絕最著名。而瀛奎律髓卷四評宛陵魯山山行詩時乃云"王介甫最工唐體，苦於對偶太精而不脫灑。聖俞此詩，尾句自然，熊鹿一聯，人皆稱其工，然前聯尤幽而有味"。如此則荊公近體亦難逃此清而耀之論也。故荊公詩為大家，而其病亦不免如是。而唐詩之神妙處，即在清而不耀，直而不激，勇而能溫者，皆可於盛唐詩人之作及如皎然詩式之論驗之也。至中唐已變，逮梅蘇出，幾窮矣。故宋詩實為中唐詩變裂以來之窮極。至南宋江西詩派盡，則不復能變。所變者亦不過如楊誠齋體耳。詩門十二大脈，至此畢矣。

王逢原懷抱闊大

王廣陵二十八歲即歿，則子美四十一亦多壽矣。莊生齊物，固為達論，然詩道精微，政須人扶持不輟。使子美有年，何讓宛陵。廣陵有年，則又何讓半山。此種人才，不可惜乎。吾人在世間，亦本若浮塵，苟且延齡，徒增業障。然仁者亦祈得長壽法，以盡其悲願，實其修證也。吾不能使子美、廣陵復生，今自合論其詩章，以略慰其神靈。廣陵詩宗韓孟，甚有所成，筆力豪放，惟陳言之務去，不蹈襲前人，又若李長吉能為鬼神語者，故篇章骨氣蒼老，天才若荊公亦推服之。韻語陽秋卷十八辨荊公廣陵之間事，言逢原寄介甫詩識度之遠，又過荊公矣。此律絕瑰偉，全詩渾健，以議論貫之，唐所未有，亦即吾所謂別逆者。（清人何文煥歷代詩話考索論此條云"按當日朝政國勢，未為甚失。措辭乃爾，大是背逆，詩句惡劣，又無論矣"。此清人極可笑之說，正可見清人氣格之卑弱也。）逢原粗豪不羈，心懷孔孟之道，睥睨塵寰，絕有高風。其調雖失之粗，其人則為乾坤之正氣。較之荊公執政後剛愎用小人，誤入歧道，逢原無壽，亦自全其節操矣。使當時猶在，荊公必欲用之行新法，其亦將從之乎。觀其文氣高張，恐其亦將不屈於恩公矣。歷來寒畯之士素多，而逢原尤少福澤，然其詩篇至今不滅，吾人披覽，亦自驚歎之。在逢原則此氣已斬，在天地則此氣猶未滅也。

詩家三寶論

予嘗言王半山折衷舊新，其後子瞻、魯直、後山面目一新，不似半山近體一看即知法乳晚唐者。子瞻學太白、少陵，中晚年師陶靖節，此其詩功所在也。子瞻蜀人，遍覽寰區，自謫黃州以降，歷境愈奇，聞見愈廣，而感慨亦愈深，悟道亦愈妙，此詩人之礦藏，待煉至精金耳。此其詩眼所在也。子瞻論詩云，梅止於酸，鹽止於鹹，飲食不可無鹽梅，而其美常在鹹酸之外。又云，發纖穠於簡古，寄至味於澹泊。皆若以禪論藝者。此其詩心所在也。東坡具此詩功、詩眼、詩心，其終卓然能成大家，亦無足怪。王臨川不如子瞻者，詩眼也，心相當，而功略過之。梅宛陵不如子瞻者，詩心也，不能如其廣大超妙，能方便善巧於諸體文字。山谷詩功、眼、心皆與蘇相當，故後世並稱蘇 黃，子瞻以年優兼師友在前爾。後山詩眼遠弗及焉，而心法高超，功力下苦頭陀行，又轉勝於涪翁，後世崇陳過於黃者亦有其人。此吾詩家三寶論是也。子瞻詩功，在通不在精。論文字精奇，不如梅、王，而以文字之通透勝之。子瞻之通，得益於學問。王漁洋帶經堂詩話卷一有云"子瞻貫析自家，及山經、海志、釋家、道流、冥搜、集異諸書，縱筆驅遣，無不如意，如風雨雷霆之驟合，砰礚戞擊，角而成聲，融然有度，其用實處多，而用虛處少，取其少者為佳"。此最可見其通透秘訣，乃博覽強識煉出。若以文字純粹而論，吾以梅 、王高過大蘇也。子瞻之詩眼，妙處在情趣。昭昧詹言卷十一有云"山水風月，花鳥物態，千奇萬狀，天機活潑，可驚可喜，太白、杜公、坡公三家最長"。又云"雜以嘲戲，諷諫諧謔，莊語悟語，隨興生感，隨事而發，此東坡之獨有千古也"。故東坡詩眼之訣在此。後放翁眼界亦極開闊，然其訣卻不到此。子瞻之詩心，上承唐季司空表聖之玄旨，下啟滄浪詩話之宗風，誠為關挍所在。王、蘇、黃、陳，皆以參禪而逸致橫生。荊公好禪，屢為禪門大老所呵斥。山谷亦嘗譏之為龍而無角，為蛇而有足。坡公參禪，縱已破初參，亦未得破重關之境界，然其受用亦極多矣。山谷參禪，晚年高過二人，自又其非凡處。後山雖不知其證量如何，其敬重高僧，深諳禪語故實，亦啟其悲心大願矣。子瞻稟性忠直，又以此禪心鍛造，其詩遂跳宕變化，不可拘於形狀，古人豪縱之格，至坡公而愈爛漫。使詩人參得心源如是，自可以學坡公詩。不然，所師於蘇者，亦將遺其菁華，僅能學其皮相，稍有不慎，變爲散漫輕浮，其病深矣。

蘇詩妙評

歷代挹揚子瞻詩者甚夥，而譏其詩病者亦多。吾摭其尤有見者數條，以為評蘇詩之圭臬。明人謝榛靜居緒言有云“讀坡、谷詩，如讀華嚴、內景諸篇，隨心觸法，便見渠舌根有青蓮花生，華池有金丹氣轉，不可以人世語言較量。故須另具心眼，得其玄解，乃知宋詩妙處。一以唐人格律繩之，卻是不會讀宋詩”。所言極是。宋詩自具別趣，乃類乎脫胎於禪法者，使另具隻眼，得其玄解，自可於唐人之外別見洞天。所謂別逆者固是，然其亦自成一脈。後人好以唐詩至則繩之，理固未繆，而非恕論也。論藝須有忠恕之道。王世貞書蘇詩後論子瞻云“彼見夫盛唐之詩格極高，調極美，而不能多有，不足以酬物而盡變，故獨於少陵氏而有合焉。所以弗獲如少陵者，才有餘而不能制其橫，氣有餘而不能汰其濁，角韻則險而不求妥，鬥事則逞而不避粗，所謂武庫中器，利鈍森然，誠有以切中其弊者。然當其所合作，亦自斐然而不可掩”。元美之論，實甚中肯。其謂蘇詩才有餘而不能制其橫，氣有餘而不能汰其濁，絕有高識，吾甚佩焉。所謂橫者，蘇詩其才橫放傑出，解縱繩墨之外，前人所濫言者，橫掃一盡，創變體格，意態新妍，時失之尖新，亦別逆太過，而不復收汰者。宋人尚橫，持論多激烈，如道學之排佛老，學人之疑古經義，皆是也。（一個橫字，道盡蘇詩妙處，亦大露其不妙處。新唐書韓愈傳贊曰“刊落陳言，橫鶩別驅，汪洋大肆，要之無抵梧聖人者”。蘇詩之橫，蓋亦祖於昌黎也。）蘇黃雖學禪，其習氣濁滯之處，卻較唐賢為重。子瞻元氣淋漓，然未足以般若性，化盡濁滯。故元美之語，極為中肯。此二則皆明後七子中人語，而精闢無比。吾固謂七子乃能知而不能行者，其論斷知見，確乎不凡。世人不可因其詩未能踐其言而盡輕之也。故曰須有忠恕之道。許學夷明季人,其名著詩源辨體後集纂要卷一云"韓、白、歐、蘇雖各極其至,而才質不同。韓才質本勝歐,但以全集觀,則韓太蒼莽,歐錄入較多而警絕稍遜,然不免步武退之。白雖能自立門戶,然視其全集,則體多冗漫而氣亦屢弱矣。至於蘇,則才質備矣,造詣兼至,故奔放處有收斂,傾倒處有含蓄。蓋三人本無造詣,而蘇實有造詣也。總四家而論,蘇為上,韓次之,白次之,歐又次之,而元不足取"。此說亦不盡然。如謂三人本無造詣云者,即過矣。然頗能見蘇詩之長處,才質備美,收放有致,氣體亦剛健,非白所比。吾血脈論本不甚推重韓、白、歐,然許氏謂蘇實在三人之上,亦為不必。蘇子氣象高華,不能過韓、白,而以詩藝之完備巧妙勝之。前人論詩鮮有及此者,許氏乃能為蘇詩正名如是。北宋別逆之脈,先有宛陵、半山二大家,成就卓拔,而略顯侷促,至東坡而門庭愈廣闊,後遂有江西詩派之縱恣粹煥。此東坡功德所在。其作出,乃使詩道無所不用其極,雖流弊多,而創變之功不可沒。船山薑齋詩話詆子瞻野狐禪,過激之語,吾所不取。蘇詩開後世無數方便法門,亦使宋調唐詩,若楚漢之別異。詩之道固無增減,而詩之器則大異。蘇詩之道,在歷代人觀之,多謂其為唐音之裂,不如古之作者,然蘇詩之器特大,以公心論之,正使詩道極變而生新,門庭彌廓,亦天地間本然噴薄變態如是,蘇詩正合契此時機者。吾謂唐宋詩若陽陰二卦。李杜陽之純,郊島陽中陰,至蘇子出而陰至厚,黃陳又為陰中陽。自此陰陽之格盡備,十二脈至此亦至矣。易曰地勢坤,君子以厚德載物。又曰,先迷失道,後順得常。蘇子之謂也。故蘇詩自為詩門一關鍵所在也。(蘇詩妙處,清人趙氏甌北詩話述之尤詳備。甌北快人快語,亦見其性情,宜其詩藝之能成。吾喜甌北詩,勝於袁、蔣、張諸家也。)

子瞻亦涉禪詩脈

甌北詩話備讚蘇詩之妙，又言"東坡旁通佛老。詩中有仿黃庭經者，如辨道歌、真一酒歌等作，自成一則。至於摹仿佛經，掉弄禪語，以之入詩，殊覺可厭，不得以其出自東坡，遂曲為之說也"。此是昔人之偏見，實則子瞻詩亦涉禪詩心性脈，並非遊戲也。甌北詩話此條又云，如錢道人有"認取主人翁"之句，坡演之云"主人若苦令儂認，認主人人竟是誰"。又云"有主還須更有賓，不如無鏡自無塵。只從半夜安心後，失卻當年覺痛人"。過溫泉詩"石龍有口口無根，自在流泉誰吐吞。若信衆生本無垢，此泉何處覓寒溫"。和柳子玉詩"說靜故知猶有動，無閒底處更求忙"。答寶覺詩"從來無腳不解滑，誰信石頭行路難"。記夢詩"圓間有物物間空，豈有圓空入井中。不信天形真個樣，故應眼力自先窮。連環易解如神手，萬竅猶號未濟風。稽首問公公大笑，本來誰礙更求通"。題榮師湛然堂詩"卓然精明念不起，兀然灰槁照不滅。方定之時慧在定，定慧照寂非兩法。妙湛總持不動尊，默然真入不二門。語息則默非對語，此話要將周易論。諸方人人把雷電，不容細看真頭面。欲知妙湛與總持，更問江東三語掾"。此等本非詩體，而以之說禪理，亦如撮空，不過仿禪家語錄機鋒，以見其旁涉耳。惟書焦山綸長老壁云"法師住焦山，而實未嘗住。我來輒問法，法師了無語。法師非無語，不知所答故"。又聞辨才復歸上天竺詩云"寄詩問道人，借禪以為詼。何所聞而去，何所見而回。道人笑不答，此意安在哉。昔年本不住，今者亦無來"。此二首絕似法華經、楞嚴經偈語，簡淨老橫，可備一則也。（見甌北詩話卷五。）實則坡云"主人若苦令儂認，認主人人竟是誰"，甚有禪機微妙，而甌北自不識耳。（主人若苦令人認，而實不苦，自性具足故也。認主人人，已非主人，主人自知，何須認哉。）

其他皆類此。"只從半夜安心後,失卻當年覺痛人"。此仿佛東坡之開悟偈也。記夢詩殊覺眼熟,忽悟近世大儒馬湛翁七律有專學此體者。東坡此等詩偈,是詩體,亦非詩體,然確乎爲其心得語,並非所謂仿禪家機鋒以見其旁涉者而已。其略涉戲謔處固有之,然不可以此輕詆其詩。甌北詩話蓋不以吾所謂釋道心性脈爲詩體者。此固予異於前人處。(甌北學問博大,而不能深入禪佛,見地亦終不圓。)以此而論,北宋別逆詩脈,非僅破蒙於西崑體諸家,亦有導源於唐季五代之釋道詩脈者。日僧蘭山昶和嘗言蘇黃"且參佛印、晦堂諸老,爲護法之屏翰,其所著文字,關係乎吾道,僅十一二"。(見石門文字禪蘭山昶和野州大雄廓公禪師注文字禪題辭。)雖僅十一二,亦足見宋詩之血脈,有此釋道之心源也。

蘇詩之失

論蘇詩之失者,自陳後山始。後山詩話言詩欲其好,則不能好矣,王介甫以工,子瞻以新,而子美莫不好者,前已引之。又云"蘇詩始學劉禹錫,故多怨刺,學不可不慎也。晚學太白,至其得意,則似之。然失于粗,以其得之易也"。(引自曾棗莊氏蘇詩彙評附錄。下同。)子瞻學劉賓客。張戒歲寒堂詩話、後村詩話前集卷一亦言之。曲洧舊聞卷九參寥亦嘗專論之,乃于後山有微辭者。然謂其失于粗以得之易,則爲有眼光語。後山苦吟,知得之易者不足以爲至寶。(在世間觀之,其說自無病。以出世觀之,則反之。天下至寶,皆得之易者,得之難者,皆非至寶。太白真謫仙才,其詩得之易者爲極致,子瞻未換骨,其詩得之易則易粗耳。)苕溪漁隱叢話後集卷三十三引張舜民言蘇詩"如武庫初開,矛戟森然,不覺令人神悚,仔細檢點,不無利鈍"。妙評也。後世人仔細檢點,其詩利鈍亦昭然。捫蝨新話上集卷六云蘇和陶詩"語亦微傷巧,不若陶詩體合自然"。所評弗繆。唐子西文錄云"東坡云，敢將詩律鬥深嚴。余亦云，律傷嚴，近寡恩。大凡立意之初，必有難易二塗，學者不能強所劣，往往捨難而趨易，文章罕工，每坐此也。作詩自有穩當字，第思之未到耳"。子西之論甚平恕，然其詩律傷嚴近寡恩之說，真啓人神智不淺。蘇律作有太深嚴者，已損古人渾成潤澤之意。蔡絛詩評云東坡詩"凡古人所不到之處，發明殆盡"。又云"然頗恨似方朔極諫，時雜以滑稽，故罕逢蘊藉"。詩少蘊藉，正道中宋詩之病痛，非僅東坡如是。宋詩別逆脈之通病，即罕逢蘊藉也。（朱子語類卷一百四十五"蘇才豪，然一滾說盡，無餘意"。其意亦正相類。）李之儀與孫肖之書論及陶詩云"此境界難入，如東坡篤好之，然所和只是其詩加閒放爾，了無一點氣格"。此評過苛，有輕視蘇詩之意。然靖節境界確難入，其氣格不易得，亦唯唐賢學陶，略能窺之爾。張戒歲寒堂詩話嘗云"蘇、黃用事押韻之工，至矣盡矣，然究其實，乃詩中一害。使後生只知用事押韻之爲詩，而不知詠物之爲工，言志之爲本也，風雅自此掃地矣"。此是復古守舊派，不以別逆、江西爲然者語，亦猶禪林寶訓之斥責雪竇頌古之類。然所言亦中江西末流之病。嚴羽作滄浪詩話云"近代諸公乃作奇特解會，遂以文字爲詩，以才學爲詩，以議論爲詩，夫豈不工，終非古人之詩也。蓋於一唱三歎之音，有所歉焉"。儀卿不知其以禪論詩，實亦源自蘇、黃而來，觀二公之題跋，可以知之。二公非不知滄浪之意蘊，第詩脈之新氣運逼之爾。儀卿以古責今，以禪喻詩，貌若排擊蘇、黃江西詩，實亦同一鼻孔出氣。（儀卿言於一唱三歎之音有所歉焉。而白石道人詩說乃云"東坡云言有盡而意無窮者，天下之至言也。山谷尤謹于此。清廟之瑟，一唱三歎，遠矣哉"。白石詩功甚深，非嚴可及。亦孰爲可信耶。）儀卿答吳景仙書云"坡、谷諸公之詩，如米元章之字，確筆力勁健，終有子路未事夫子時氣象"。以子路喻元章，見于宣和書譜，然儀卿可知，書譜此譬，實又本於黃山谷語也。儀卿之詩話，其論固高妙，終未至聖人詩教三昧，尊唐抑宋，弗能忠恕俱至，其豈非亦未事夫子之子路耶。（子路最所歡者，恕道也。）
宋人竹莊詩話卷一論及東坡詩云"余以謂圓熟多失之平易，老硬多
失之枯乾。能不失于二者之間，則可與古之作者並驅耳"。蘇失之
平易者有之，梅失之枯乾者亦有之。然北宋別逆脈，實已不宜用古
之作者相繩墨。蓋其本已有別逆之心，縱羨古人，而更重己意。此
亦彼世禪宗之爛熟致之者。然如山谷佳什，圓熟而不平易，後山合
作，老硬而不枯乾。竹莊之評，驗諸二人矣。右皆宋人評蘇詩之失
者。元遺山跋東坡和淵明飲酒詩後云"東坡和陶，氣象只是坡詩"。
明人謝茂秦靜居緒言言蘇子之才云"瞻于學術而放乎性靈，睥睨一
世而擺落萬象，然不免貪多務博，良楛互見，元遺山所謂蘇門若有
忠臣在，肯放坡詩百態新也。東坡嘗曰，好奇務新，迺詩之病。此
老尚未飲上池水三十日，而欲藥人，不亦惑矣"。此亦子瞻能知而
不能行者。詩人務好，自荊公始，後乃有王漁洋。詩人貪多，自大
蘇始，後乃有朱竹垞。後世論蘇詩之失者，蓋不能出宋人之論之籠
罩也。

卷亥　江西奥衍脈第十二

　　使無釋道心性脈密煉在先，必無此江西奥衍脈流動在後也。奥者謂深奥，點鐵成金，其技外人不易洞悉。衍者流衍變化，亦謂此脈儼然宗派奉行，為詩壇前所未有之事。唐季李洞拜賈島佛，誠若詩人之教宗，然未聞真有一宗派具圖譜者。至此則一詩派真若成一宗矣。復齋漫錄云韓子蒼嘗言“作詩文當得人印可，乃自不疑，所以前輩汲汲于求知也”。亦全如禪門矣。江西詩派多學道人，其詩法旨趣，有自禪宗參出化用者。而方虛谷碧巖錄序乃云禪宗頌古行世，“其徒有翻案法，呵佛罵祖，無所不為，間有深得吾詩家活法者”。此最顛倒之論。江西詩翻案法，於晚唐已有之，其活法實又多自北宋高僧之頌古領悟而来者。本未倒置如此。然自饒德操削髮入道，禪林亦添詩匠。江西詩有明一代皆晦焉，而特盛於清季之同光體。吾意蘇詩亦與江西為一體，而明季清初及同光體時，蘇詩亦皆有知己甚衆，則其於後世之影響亦甚大。然此脈亦十二脈中最具諍議者，毀譽參半，同於蘇詩。欲學此脈者，參禪而外，又須其才學甚具腴厚之氣。汪蛟門敘吳藺次宋金元詩選云“余嘗論唐人詩如粟肉布絲、金犀象珠，足以利民用而濟其窮，誠不可一日無。若宋元諸作，則異修奇錦、山海罕怪之物，味改而目新。學之者必貴家富室，無所不蓄，然後間出其奇，譬舍紈縠而衣布素，卻金玉而陳陶匏，其豪侈隱然見也。倘貧寠者，驟從而放效之，知形其酸寒可笑而已"。所言自不虛。見廣陵詩事卷五。故後世學此江西派而佳者，才學皆甚厚也。方虛谷所謂一祖三宗，僅黃豫章為江西人。其最盛傳於兩宋之際。此派之極端，至南宋變爲陸放翁、楊誠齋。故以二家為此脈之尾。放翁詩自江西後學曾幾出，後亦參法唐人，不為江西所限。誠齋亦自成體。吾以二家為殿，之與別逆脈以西崑體為首，其理為一揆。詩道至此十二大脈之格局已成，日後再無大變化，只是在各脈之下各自翻出新意爾。逮近世白話詩之產生，則格局乃復大變。吾說十二脈，唯東坡兼在兩脈，此又最奇特之處。

一泄而盡遂有黃陳

血脈論卷九嘗引絸齋詩談言蘇詩"任意布筆，故無收斂渟蓄，一泄而盡"。西崑尚以不說破爲貴，而東坡則全然不以收蓄為美。一泄而盡四字，絕有微意。吾國歌詩上古以來先天真氣，大體在東坡處消耗殆盡，黃、陳正當此轉折，而以錘煉見長，自此詩人以後天養氣勝矣。如山谷精熟四部、禪籍，以智巧遣詞造句之，頗得瀏利新奇之妙，非即煉後天氣而優者耶。元遺山論詩絕句云"只知詩到蘇黃盡，滄海橫流卻是誰"。詩到蘇黃盡，使以予說觀之，實則正謂古詩先天真氣之將盡，東坡導之，稍後黃、陳遂愈轉向句律之密煉，學問之熔冶，而別樹一以後天氣為主驅之詩派也。一旦江西詩派極盛，詩歌變化已盡。識者皆知弗得先天氣，不能成真詩。詩壇遂又有復古學唐之趨向出焉，其勢起於南宋，興於元人，而極盛於有明一代。然如一氏百年家業先前已蕩盡，後嗣欲赤手空拳而中興之，何其難也。永嘉四靈，最見其勢單力薄，為寒家氣。遺山云"滄

海横流卻是誰”，實正是此種心聲之所在。當時亦唯遺山之詩可以
當之耳。翁覃谿石洲詩話有云“宋人精詣，全在刻抉入裏，而皆從
各自讀書學古中來，所以不蹈襲唐人也。然此外亦更無留與後人
再刻抉者。以故元人祇剩得一段豐致而已，明人則直從格調為之。
然而元人之豐致，非復唐人之豐致也。明人之格調，依然唐人之格
調也。孰是孰非，自有能辨之者，又不消痛貶何、李始見真際矣”。
今忽見此言，乃正可與吾說相參照者。永嘉寒家，歷宋季、元、明初
之積蓄，至明中葉，稍有氣力，故學唐人之格調，非無得者。李滄溟
之詩，吾實喜之。格調之美，確有唐賢真氣之一體。然前後七子，
竭情窮力，一旦得意，家底復將耗盡，明季清初之詩，不得不變之以
宋調矣。黃、陳大家，詩功深湛，非他人可比。然其皆不能如東坡
恣肆橫放，亦自知先天氣體有弗若焉。後山仿佛寒畯之士，淪落下
僚，尤可傷也。第觀後山詩話、談叢，則知其實不欲屈於蘇黃之下。
其於二公又有微詞焉。陳似微弱於黃，然觀其歌詩、筆記，見其人
亦卓犖孤高之流，非僅工於詩文格律而已。

大蘇亦江西派一宗

　　方虛谷江西派一祖三宗說，以杜為祖，而以黃及二陳為三宗。
吾素未愜焉。愚意東坡亦開江西宗派者，亦為大宗，此吾一祖四宗
之說也。必以三宗之數，則陳簡齋詩藝雖佳，沾溉後世甚少，且亦
為後輩人，不足以配同時之黃、陳。以子瞻易簡齋，而居山谷之前，
則為予之三宗說也。近覽高步瀛氏唐宋詩舉要卷五亦嘗言“簡齋
蹩躠，竭才以追，才力稍弱，有時近俗，一祖三宗之號弗克膺也”。
所言亦不期與我殊途同歸。或謂，既以蘇、黃、陳為三宗，蘇為魁
首，如何可名江西派。對曰，亦猶洞山、曹山師徒也，後人不曰洞
曹，而曰曹洞，則不曰蜀派，而名江西，亦宜也。蓋至山谷，此派宗

風乃愈明焉。蘇黃二人本爲一體，而君子和而不同。山谷本蘇門四學士之一，而當時人並稱蘇黃者，江西諸子推之故。江西諸子，以黃次蘇之後，非即以蘇亦堪爲江西之開派而與黃同耶。但凡江西派之家法，皆已見於蘇詩矣。如次險韻、琢句律、通禪理、尚意格。蘇詩近體琢句法亦甚精。惠洪冷齋夜話卷一嘗云"用事琢句，妙在言其用，不言其名耳。此法唯荊公、東坡、山谷三老知之"。後村詩話前集卷二云"元祐後，詩人迭起。一種則波瀾富而句律疏，一種則鍛煉精而性情遠，要之不出蘇黃二體而已"。實則黃雖鍛煉，意蘊波瀾亦富，蘇雖雄快，近體鍛煉亦精。黃或失之局促，蘇或失之粗放，此其難盡美者。要其合作，則皆兼波瀾、鍛煉之善者。蘇黃詩之異，前人辨之已多。惟蘇黃詩之和同，亦正昭然。兩宋之際江西宗派既定，蘇詩黃體若分道焉，此宗派之習使之然。實則蘇黃本亦一脈，非爲二流。最與吾意暗契者，遍搜羣籍，爲建炎中吳坰所撰五總志中語。其言黃山谷"始受知於東坡先生，而名達夷夏，遂有蘇黃之稱。坡雖喜出我門下，然胸中似不能平也。故後之學者因生分別，師坡者萃於浙右，師谷者萃於江右。以余觀之，大是雲門盛於吳，臨濟盛於楚。雲門老婆心切，接人易與，人人自得，以爲得法，而於衆中求腳根點地者，百無二三焉。臨濟棒喝分明，勘辯極峻，雖得法者少，往往嶄然見頭角，如徐師川、余荀龍、洪玉父昆弟、歐陽元老，皆黃門登堂入室者，實自足爲名家。噫，坡谷之道一也，特立法與嗣法者不同耳。彼吳人指楚人爲江西之流，大非公論"。所言極善，其理殊為深切。江西派不認子瞻爲宗，宗派習氣使之然。實可據此爲佐證。坡谷之道一也，蘇黃詩實爲一體。只因涪翁詩特重鍛煉句律，猶北宋臨濟宗之勘辯分明，亦自成法度可循，學人易得要領，故其得人反多，後遂有宗派之目。（惟吳坰氏譬引雲門，謂其接人易與，卻並非雲門之眞相。雲門實本以機鋒峻烈著稱，非盡如吳氏所說者。恐其爲喻蘇公之易與人，而特作此語耳。）今日邁超宗派之見，自可立一新說，以蘇、黃、陳爲江西派之真三宗。惟子瞻氣雄筆快，橫放不羈，涵蓄洪大，不拘一格，故子瞻時亦逸於江西詩之外。陳鵠耆舊續聞卷二論東坡云"廣備衆體，出奇無窮"。論山谷云，極風雅之變，包括衆作，本以新意。其一曰出奇，一曰新意，奇、新極相類。惟奇能新，惟新能奇，只是手法略有不同。子瞻以盡才逞學而出奇，豫章以鍛煉句律而作新，子瞻先天元氣，略厚於豫章，豫章後天功夫，稍精於子瞻。後天不如先天爲貴。後人謂蘇高於黃者略多，亦宜矣。而後山詩話謂"蘇子瞻以新，黃魯直以奇"，則又與陳鵠之說互換矣。故愈可知蘇黃爲一類，其皆用新意爲金剛杵，方便善巧，而奉奇特之宗風而轉法輪者。其法皆新意，故能風靡一時，而其道則多奇詭，教外別傳。此亦其所以爲詩門十二脈之殿者也。

蘇黃聯手提挈

翁覃谿論宋詩極精。石洲詩話有云"談理至宋人而精，說部至宋人而富，詩則至宋而益加細密，蓋刻抉入裏，實非唐人所能囿也。而其總萃處，則黃文節爲之提挈，非僅江西派以之爲祖，實乃南渡以後，筆虛筆實，俱從此導引而出。善夫劉後村之言曰，國初詩人如潘閬、魏野，規規晚唐格調。楊、劉則又專爲昆體。蘇、梅二子，稍變以平澹豪俊，而和之者尚寡。至六一、坡公，巋然爲大家，學者宗焉。然二公亦各極其天才筆力之所至，非必鍛煉勤苦而成也。豫章稍後出，會粹百家句律之長，究極歷代體制之變，蒐討古書，穿穴異聞，作爲古律，自成一家，雖隻字半句不輕出，遂爲本朝詩家宗祖。按此論不特深切豫章，抑且深切宋賢三昧。不然而山谷自爲江西派之祖，何得謂宋人皆祖之。且宋詩之大家無過東坡，而轉桃蘇祖黃者，正以蘇之大處，不當以南北宋風會論之，舍元佑諸賢外，宋人蓋莫能望其肩背，其何處而祖之乎。呂居仁作江西宗派圖，其時若陳後山、徐師川、韓子蒼輩，未必皆以為銓定之公也。而山谷之高之大，亦豈僅與厭原一刻爭勝毫釐。蓋繼往開來，源遠流長，所自任者，非一時一地事矣"。吾說稍異於覃谿者，乃謂其總萃處，則由蘇子瞻、黃文節聯手提挈之，二公非僅江西派以之為祖，實乃南渡以後，筆虛筆實，俱從此導引而出也。其云"正以蘇之大處，不當以南北宋風會論之，舍元佑諸賢外，宋人蓋莫能望其肩背，其何處而祖之乎"，則亦未免誇大其詞，太高擡東坡矣。子瞻之詩，豈如此難得效法耶。子瞻縱橫逸才之作，謂之莫能望其肩背固可，其雕琢奇巧、次韻鬪險之篇，力作頗夥，自亦同於江西，豈不可得而步武哉。蘇、黃仿佛洞山、曹山，自是一體。離之兩傷，合之雙美。蘇粗中有細，黃細中有粗。刻抉入裏，智巧紛呈，蘇得之於韻腳之活，黃得之於句法之奇。蘇詩粗中細，如其墨戲淋漓寫意畫，亦帶文湖州畫竹法。黃詩細中粗，如其書學用筆金錯刀，已涵蓄瘞鶴銘閎廓古拙之意。蘇使事見其精切，亦多疏漏，黃使事見其奇巧，時覺量過。或皆駢文四六習氣太深，轉吐泄於此道。自李義山以駢文為詩，宋人多受其薰染也。為巨篇如六朝唐人者，氣體已患不足，置諸小詩逸筆，則雋永可味。多看亦甚覺其賣弄滑頭，少一段古人沉著之氣。然後人樂其智巧輕靈，操翰仿效，一發不可收拾。蘇所善實中用虛，妙處多在實處，黃所善虛中用實，妙處多在虛處。學實處者，易患充塞，故蘇詩濟之以疏宕。學虛處者，易患空洞，故黃詩濟之以有物。此即覃谿所謂南渡後筆虛筆實，俱從此導引而出者也。

山谷詩妙評

後山奇異士，言論迥出俗流。其答秦觀書云"僕之詩，豫章之詩也。豫章之學博矣，而得法於少陵。其學少陵而不為者也。故其詩近之，而其進則未也。故僕嘗謂豫章之詩如其人，近不可親，遠不可疏，非其好莫聞其聲。而僕負戴道上，人得易之。故談者謂僕詩過於豫章。足下觀之，則僕之所有，從可知矣"。此評極妙，他人莫能為。山谷其人，近不可親，學道甚誠、後摒聲色故。遠不可疏，忠讜正直篤友道故。非其好莫聞其聲，清高遠志若翔鷥棲食必擇故，自又不同於子瞻之渾渾。黃詩近不可親者，詩筆蒼峭，清雅如寒巖中老梅，要非俗眼所可褻玩，又復作法生熟俱雜，用事繁密。遠不可疏者，意趣圓轉，拗折之後，自有奇致深奧喜人。非其好莫聞其聲者，亦作詩以心意為源本，不在心意之外求之，蓋非一味貪多者比。故後山自謂己詩如負戴道上者，易得同人之相尚，不似黃詩超軼多巖壑曲折之異觀，常人鮮能同其悲欣。後山妙語，亦如頰上之毛，山谷之韻度，三句盡之矣。（惟後山自謂如負戴道上者，乃是巧智之說。張文潛贈李德載詩云"黃郎蕭蕭日下鶴，陳子峭峭霜中竹"。晁无咎有詩云"黃子似淵明，城市亦復真。陳君有道學，化行閭井淳"。見能改齋漫錄。山谷天分絕高，後山弗逮，而以學力勝之。以陳詩高過黃者，喜學力尚錘鍊者耳。吾則非是。黃陳軒輊，各有所優。）三宗以先天元氣論，蘇一黃二陳三，而論以後天學力、苦吟鍛煉之功，適反之爾。山谷俱居其中，亦正與吾書史論右軍相類。（此最可見山谷於宋詩所處之獨特之地位。）歷代評山谷詩者甚夥，惟稱意者未多。清季詩匠袁爽秋昶山谷外集詩注評點評山谷次韻謝子高讀淵明傳云"以枯淡語吸取神髓，調謇吃而章渾圓，如書家北宗，以側鋒用抽掣翻絞法取平直體勢"。（見黃寶華氏黃庭堅選集。）此譬尤傳神。黃涪翁所獨造而為江西派所承襲者，以唐詩之正統觀之，皆側鋒翻絞之法，故奇恣橫出，常恐失於險譎。然山谷奉老杜為正宗，秉性直方，復能深入曹溪之門庭，懲忿窒欲，類乎古克己復禮之士，故其詩乃終能取平直體勢，語意亦多圓活，不求畸異枯槁之形狀。涪翁之書法，亦同此格，筆雖涉偏頗，而意不離瘞鶴銘。近世書家北宗者如清道人，亦嘗參悟山谷之用筆，而造其顛掣之法。故知非清季有此書學，袁氏亦弗能造此妙論也。然吾近觀山谷草書廉頗藺相如傳真跡，亦頗覺其七古與之甚同，皆勁力稍弱不渾，意趣圓轉清新，而冗長汗漫之失，亦有類之。涪翁之書，不可與顛張倒素同日語，而其七古大篇，亦已不復與杜韓相匹矣。

山谷七律體

　　愚觀山谷內集、外集、別集，斑斕光潔，真一大錦緞也。此亦唐人之絕學所在。盛唐氣骨陵建安，天網恢恢，疏而不漏。然自中唐白、元、劉諸家出，詩集篇什，爛然如錦緞，晚唐李杜一流嗣焉。黃詩造語渾成，不及古人，乃自刻意錘煉，此祖師禪降而為如來禪者。惟其氣象圓潤，筆意清靈處甚多，仿佛自中晚唐一脈相承而來。蘇黃之次韻，要以白元之酬唱為襧祖。又如白樂天詩曰"香塵擬觸坐禪人"，"恐是天魔女化身"，而山谷乃曰"花氣薰人欲破禪"，"八節灘頭上水船"，則意趣亦承襲而出新焉。其七絕具道氣者，亦有若唐人施肩吾一流。"胸次九流清似鏡，人間萬事醉如泥"，則為其戲效禪月大師者。山谷不會唐賢至簡易之祖師禪，然其如來禪先修後悟，亦有令祖師瞠目者，即其獨闢之七律體也。為後世開無窮法門。亦此江西奧衍脈之脊樑所在。使以盛唐人七律眼目觀涪翁之作，或殊覺無圓成渾樸之妙，音響亦非弘雅。然不知山谷本不欲蹈襲矩矱，乃處處覓偏鋒，若許詢之難王苟子。唐人四聯一氣圓渾，而山谷崎嶇跳岩，若不相貫。唐人屬對求天然之體，而涪翁刻意以智巧，化用典實，非不密栗。唐人純熟而自生，所謂熟後生，而黃則生造而欲熟，亦自有神意孤高，不可泯沒。唐人多謹守詩律聲音，而山谷乃專效老杜拗體，不恤多犯律焉。世說言嵇、阮、山、劉在竹林酣飲，王戎後往。步兵曰，俗物已復來敗人意。王笑曰，卿輩意，

亦復可敗邪。使唐人以降格敗興黜黃，黃之辯必可如王戎者。唐
詩自是唐詩，圓成自得，宋詩偏鋒，自成蹊徑，詎能敗亂其法度意
格。故須容山谷體在唐詩後，猶戎之在四賢後也。山谷生而熟尤
佳者，如題落星寺四首。其一曰"星宮遊空何時落，著地亦化為寶
坊。詩人晝吟山入座，醉客夜愕江撼床。蜜房各自開戶牖，蟻穴或
夢封侯王。不知青雲梯幾級，更借瘦藤尋上方"。首句六字俱平，
二句五字皆仄，頷、頸聯亦拗折甚，以音審焉，全非律詩之體。而
頷、頸聯對仗精切，蜜房蟻穴一聯神采尤奇，出思議外，老杜所未道
者。此又是律體。若古若律，即人謂之古律者乎。此種古律，亦生
亦熟，人觀之，亦愛亦嗔，人味之，亦酸亦甜。山谷道人即以此亦愛
亦嗔、亦酸亦甜之詩格，獨步古今也。其二曰"巖巖匡俗先生廬，其
下宮亭水所都。北辰九關隔雲雨，南極一星在江湖。相粘蠔山作
居室，窾鑿混沌無完膚。萬敨春撞夜濤湧，驪龍莫碎失明珠"。雖
亦拗體，音律稍整齊。頷聯不脫前代，而頸聯迥拔凡思，又奇於蜜
房蟻穴。各自開戶牖，或夢封侯王，乃道眾生相。而此聯又破眾生
相，直抉根底，露其窾鑿混沌無完膚矣。驪龍失明珠，必耳。頸聯
作法孤迥詭異，道魔之間，要在其人用之如何。学之善，常流嗟歎，
學之不善，自入魔道。其三曰"落星開士深結屋，龍閣老翁來賦詩。
小雨藏山客坐久，長江接天帆到遲。宴寢清香與世隔，畫圖妙絕無
人知。蜂房各自開戶牖，處處煮茶藤一枝"。小雨一聯觸手成春，
輕快新異。江西詩派拗折峭健之中，喜出平易靈活之語，彌見神意
清奇者，要自山谷此等詩始。如後山即最能於平易處，見其精神氣
骨。而楊誠齋亦自此處悟出，而變本加厲焉，乃成其誠齋體也。

涪翁理趣得失

董香光容臺別集卷一禪悅曰"五經、論語之外，子史文集所有

議論，不過互相祖述，改頭換面，無甚精微之言鑿破混沌者，而內典宗門之書間有之”，後舉德山、玄沙對答語，又曰“此等言語，皆非子史諸集所有，覺晉人玄談敷淺無味矣，正是蘇玉局文字得力處”。宋人文字靈奇別側，善得兼互之煉，多盜法宗門。五宗七派，非惟釋教之中興，實亦吾國言語之新洞天也。大抵臨濟、潙仰之前，是一世界，汾陽、雪竇之後，又是一世界。雪竇手段絕高，泂一關捩子。子瞻、涪翁，掇拾殘瀋，翻煉變化，乃為士大夫之文字，新闢蹊徑焉。蓋禪門老師，一橫一豎，十字打開，欲雅則雅，將俗則俗，言語圓轉無忌若輪焉，士夫則必取文辭雅道，兼尚音響，故二人乃盜法老師之智巧，因俗為雅，取別側入正宗，復泯其盜法之跡，若自五經子史所出者。涪翁證道深入，勝過子瞻，此香光與我無異撰者，則其詩文理趣高妙，或有在東坡之上，亦自然爾。山谷詩集卷十一頤軒詩六首並序，皆五言四句，若偈非偈，玄理甚高，文字亦雅。唐人雅則純雅，多風人之旨，奚必太露理趣如是。偈則真偈，亦何必古雅整齊若此。固不屑作此等詩。雖然，自成一宋格。後世摹之者甚眾。惟其序高過其詩。序有曰“養虎者不以全物與之。牧羊者去其敗羣，視其後者而鞭之。養鷹者饑之。是謂觀其所養，盡物之性也。庖丁不以肯綮嬰其解牛之刀。痀僂丈人不以萬物易蜩之翼。匹夫之志，不可奪於三軍之帥。是謂觀其自養，盡己之性也。詩云，如切如磋，如琢如磨。求盡性而已”。此似自莊子、孟子而出，實則非深於禪理者莫辦。為文深造此道，適得其通達善巧。為詩過逞此趣，則亦有損乎詩體之性天。詩文之學，固又不同。其詩使典實、翫理趣，不免掉書袋，其間頗有輕靈而深致者，亦往往復歸於禪師俗語之故智耳。如贈高子勉四首有云“妙在和光同塵，事須鉤深入神。聽它下虎口著，我不為牛後人”。幸涪翁中晚年後性地愈光潔，差有以運幹其典實文藻，偶出佳篇，自能圓轉清切。後世學之者，亦多尾大不掉矣。其有詩寄黃龍禪師曰，一天月色為誰

好，二老風流只自知。涪翁自亦有一種風流只自知，後人摹擬其跡
焉，難免畫虎不成。故知江西派自具心法，即在此一種風流處。悟
入此心法者，方得登堂入室。不然，將染得滿身習氣難銷。後山、
子蒼、德操、簡齋諸人，乃從此心法打入打出者。如後山，是何等見
地。愈知江西派真如禪也。

陳後山硬語

王船山古詩評選卷一有云"宋末齊初始尚遒勁之句。雅俗漸
移，作者方自標勝地，不知其已降也"。言殊警策。吾論書史，嘗以
之狀歐、虞之筆。而宋人瘦硬峭厲筆，畫又先於詩。如傳李營丘之
寒林策驢圖即是。嘗觀其真跡，用筆中鋒，而峭聳銳發，營丘以此
硬筆，別於唐五代畫。營丘宋初人，其後乃有梅宛陵、陳後山之硬
語出。梅、陳皆與郊、島有相契者。四庫提要亦謂陳五古"出入郊、
島之間，意所孤詣，殆不可攀，而生硬之處，則未脫江西之習"。宋
人卻掃編云"陳參政去非嘗語人言，本朝詩人之詩，有慎不可讀者，
有不可不讀者。慎不可讀者梅聖俞，不可不讀者陳無己也"。（引
自冒鶴亭氏後山詩注補箋卷首。）此固簡齋一家之見，而益知梅、陳二
人氣類有相近者，簡齋必為之辨。吾觀李成畫筋骨翻滾，不涉虛
筆。宛陵詩似之。後山則有涉虛筆處，此學黃體使然。又觀元人
姚廷美模郭熙雪山圖，飛瀑墜處，一團渾氣，谷深莫測，欲究其形狀
而不能，觀之嘆服。郭氏原作，當愈混茫。後山詩雖不比宛陵翻
動，亦頗有此種氣象，其微妙混茫處，正亦不易測也。後山詩蓋能
枯中見腴，巧裏出渾，此固非宛陵所能具。唐才子傳言賈島云"元
和中，元、白變尚輕淺，島獨按格入僻，以矯浮艷。當冥搜之際，前
有王公貴人皆不覺。遊心萬仞，慮入無窮"。後山之蒼硬枯腴，冥
搜入僻，不以富貴攖其心，亦足以當之。歐、蘇、坡、谷詩，固皆力斥

西崑，然猶存五代宋初浮艷之風，觀坡、谷之詩文及行止，俱甚明也。山谷後已自懲之。至後山出，乃真以骨格勝，以矯浮艷矣。江西派至此方至明至備，後山之功也。故後山真可當島。葉少蘊石林燕語卷八有曰"蘇子瞻嘗稱陳師道詩云，凡詩，須做到眾人不愛可惡處，方為工。今君詩不惟可惡卻可慕，不惟可慕卻可妬"。極有眼力。後山之古硬質勝，非即令眾人不愛可惡者耶。而反為後學所仰歎如是。子瞻之說，若釋教之授記，後山將傳此脈法衣者。山谷二祖，師道三祖。要非子瞻老祖獨具隻眼，亦不能有此語也。

覃谿論後山之偏

石洲詩話云"後山贈魯直云，陳詩傳筆意，願立弟子行。又云，人言我語勝黃語，扶堅夜燎齊朝光。此其所以為人敘入宗派之圖者。任天社云，讀後山詩，似參曹洞禪，不犯正位，切忌死語，非冥搜旁引，莫窺其用意深處"。乃為作注。而敖器之亦謂後山如九皋獨唳，深林孤芳，沖寂自研，不求賞識。昔漁洋先生嘗疑天社之語未盡然，而謂後山終落鈍根，視蘇、黃遠矣。按詩林廣記云"後山之詩，近於枯淡。愚觀宋詩之枯淡者，惟梅聖俞可以當之，若後山則益無可回味處，豈得以枯淡為辭耶。若黃詩之深之大，又豈後山所可比肩者。蓋元佑諸賢，皆才氣橫溢，而一時獨有此一種，見者遂以為高不可攀耳"。覃谿亦小覷後山矣。後山風骨高峭，苦吟入深微之地，豈庸手所易窺焉。自古詩道，尤重性地之粹然，如詩、騷、陶、謝，而弗貴才藻之英華，後山乃得深入此義。覃谿學富五車，論藝甚精，而詩功不深，恐未能見古人沉著痛快之妙。其未心會後山之獨絕，本無足怪。至謂元佑諸賢皆才氣橫溢，而一時獨有此一種，見者遂以為高不可攀，亦可笑矣。（使後山僅以此而擅名，後居然尊為三宗之一，豈非大幸事。然世間何來此等大幸事也。乃其真功力自致之

耳。)後山之枯淡，又自異乎梅聖俞。宛陵之枯淡，志在郊、島，而内
蓄豐潤。吾觀郊、島之心，皆甚豐潤者，寒瘦非真實相。後山則直
以枯淡為法訣，實内以矯然古直為高，外以瘦硬拗折為美，亦自立
一格。覃谿之說，自不可信。惟其石洲詩話又云“後山極意仿杜，
固不得杜之精華，然與吞剥者終屬有間。即以中間有生用杜句者，
亦不似元遺山之矯變，亦不似李空同之整齊，蓋此等處尚有樸拙之
氣存焉。求之杜詩，如吾宗老孫子一篇，是其巔頂已”。所言非繆。
抑自察前論後山語太刻，而作此持平之說乎。此等處尚有樸拙之
氣存焉一語，尚不失眼力。

後山眼力獨到

　　後山眼力獨到，語出往往驚人，而多無可厚非。後山詩話云
“退之以文為詩，子瞻以詩為詞，如教坊雷大使之舞，雖極天下之
工，要非本色”。後人不解之者多矣。如復齋漫錄即為蘇詞辯，以
其說為謬。(復齋漫錄又云，晁无咎貶王山，過彭門，而無己廢居里中，无咎
出小鬟舞梁州佐酒，無己作木蘭花云，娉娉嫋嫋，芍藥梢頭紅樣小。舞袖低
垂，心倒郎邊客已知。金樽玉酒，勸我花前千萬壽，莫莫休休。白髮簪花各自
羞。无咎云，人疑宋開府鐵心石腸，及為梅花賦，清駃豔發，殆不類其為人，無
己清適，雖鐵石心腸，不至於開府，而此詞清駃豔發，過於梅花賦矣。亦見苕
溪漁隱叢話。觀厲操節義如後山者作詞尚如是，則自知其不許蘇詞為本色
也。)放翁渭南集跋後山居士詩話至謂“談叢、詩話皆可疑。談叢尚
恐少時所作，詩話決非也。意者後山嘗有詩話而亡之，妄人竊其名
而為之”。亦乃臆測之詞，失之獨斷。吾觀同時人李公麟之孝經圖
真跡，而益覺後山詩話之可親也。李龍眠當蘇黃米蔡之書橫恣之
世，孝經圖題字一反其時流，效鍾元常之書體，古意深厚，不覺屏息
斂衽，觀之嘆服。頓悔書史未曾為其立傳，後當彌補之。而後山當

歐王蘇黃諸家聲譽隆盛之時，而能獨操冷眼，雙目如電，亦可豪矣。（清人曾季貍艇齋詩話有云"東坡之文妙天下，然皆非本色，與其它文人之文、詩人之詩不同。文非歐曾之文，詩非山谷之詩，四六非荊公之四六，然皆自極其妙"。亦正可與後山之說相參證也。）如詩話又云"詩欲其好，則不能好矣。王介甫以工，蘇子瞻以新，黃魯直以奇。而子美之詩，奇常、工易、新陳莫不好也"。此何等語。其皆道中三賢詩不及古人處。詩欲其好則不能好，可謂至理名言。詩三百、陶淵明即詩不欲好而自好者也。詩話又云"退之於詩，本無解處，以才高而好爾"。吾素有此說，觀後山語而愈自信焉。後山談叢亦多可觀，眼力獨到，愈見後山之不凡。唐季李洞鑄賈島像而以佛禮之，先已駭其狂熱。自後山出，詩學乃真若成宗教矣。苕溪漁隱叢話卷三十三有云"履常絕句云，此生精力盡於詩，末歲心存力已疲。與溫公進呈資治通鑒表云，臣之精力，盡於此書之話，共相吻合，豈偶然邪"。溫公以史學為聖賢血脈，後山以詩學為斯文命門，其皆竭盡其力，自非偶然。然後山雖狂熱於作詩，眼光卻甚為冷峻，有自家之真知灼見，師法蘇、黃，而不迷執偏信之。黃豫章正以有此種弟子，其詩門方能大張。不聞宗門常語"資不過師，不堪傳授"乎。後山天賦不及豫章，而識力恐能勝之也。

涪翁五甥

江西詩有種性。後山詩話云"唐人不學杜詩，惟唐彥謙與今黃亞夫庶、謝師厚景初學之。魯直，黃之子、謝之婿也。其于二父，猶子美之于審言也。然過于出奇，不如杜之遇物而奇也。三江五湖，平漫千里，因風石而奇爾"。南宋人許顗彥周詩話云"又黃公諱庶，魯直之父，作大孤山詩云，銀山巨浪獨夫險，比干一片崔嵬心。人傳溫公家舊有琉璃盞，為官奴所碎，洛尹怒，令糾錄聽溫公區處。

公判云，玉爵弗揮，典禮雖聞於往記。彩雲易散，過差宜恕於斯人。又魯直作詩，用事壓韻，皆超妙出人意表，蓋其傳襲文章，種性如此”。此亦甚奇者。而後魯直又得朋、芻、炎、羽四洪及徐俯五甥，豈江西派自有種性乎。此詩派，非獨若禪門宗派之傳燈，亦兼有血統之脈。益奇哉。此頗類吳仲圭纂文湖州竹派所見者。魯直與洪朋書云“龜父所寄詩，語益老健，甚慰相期之意。方君詩，如鳳雛出殼，雖未能翔于千仞，竟是真鳳凰爾”。亦仿佛老禪之厚望於高弟。五甥所成尤最高者，為徐師川、洪龜父、洪駒父。石洲詩話云徐俯詩“亦清逸，在龜父、無逸之上”。師川晚年詩風漸老，乃能平易出之，是為難也。洪駒父晚節不貞，竄海島，詩有曰“煙波不隔還鄉夢，風月猶隨過海身”。乃為陸放翁所稱許。亦全無悔意耶。

韓子蒼不樂辨

韓子蒼尤有異致焉。石洲詩話云“韓子蒼詩，平勻中自有神味，目之曰江西派，宜其不樂。遊赤壁七律，直到杜、蘇分際”。子蒼實為詩社之棟梁。登赤壁磯曰“緩尋翠竹白沙遊，更挽藤梢上上頭。豈有危巢尚棲鵲。亦無陳跡但飛鷗。經營二頃將歸老，眷戀群山為少留。百日使君何足道，空餘詩句在江樓”。周紫芝云“大抵子蒼之詩極似張文潛，淡泊而有思致，奇麗而不雕刻，未可一言盡也”。此恐非篤論。如九絕為亞卿作有曰“更欲樽前抵死留，為君徐唱木蘭舟。臨行翻恨君恩雜，十二金釵淚總流”。又曰“世上無情似有情，俱將苦淚點離罇。人心真處君須會，認取儂家暗斷魂”。又曰“君住江濱起畫樓，妾居海角送潮頭。潮中有妾相思淚，流到樓前更不流”。亦已有取於後山，情味深沉，要非文潛之格。宋詩鈔陵陽詩鈔言其詩“密栗以幽，意味老淡，直欲別作一家。紫微引之入江西派，駒不樂也”。子蒼自是與江西詩相關者，其不樂入江西派，竊謂乃不喜詩學亦作宗派習氣故，似非自鳴得意，不欲屈尊於涪翁、後山之門也。張泰來江西詩社宗派圖錄言子蒼“為徐師川友，遂受知於山谷。周益公題山谷與子蒼帖曰，士大夫少負軼才，其詩章固已超絕，然須經前輩題品，乃自信不疑，如參禪雖有所得，猶藉宗師之印可耳。子蒼嘗言我自學古人，庶乎於山谷近之矣”。益公所言極是。子蒼詩雖不直師山谷，而受山谷之題品印可，乃得真自信，其入宗派圖，不亦宜乎。永嘉玄覺，無師自通，其至曹溪，亦只一宿而已，即受印可，後亦錄為六祖之直系法嗣。當年子蒼受知於山谷，亦必非僅一宿而已。此理子蒼當自知之。且宗派圖錄卷末又云“南渡以來，老成間或彫謝，又遇陵陽韓子蒼僑寓臨川，復執牛耳，一時倡和之樂，如曾裘父、錢遜叔輩，又不下十數人，四方傳為盛事”。故曰彼實詩社之棟梁。子蒼之不樂，非不欲屈尊於涪翁之門，乃不以宗派習氣為然耳。

饒　德　操

饒德操，予尤喜者。許顗彥周詩話云“饒德操為僧，號倚松道人，名曰如璧。作詩有句法，苦學副其才情，不愧前輩。尤善作銘贊古文”。德操詩功，不若韓子蒼、徐師川，然吾尤喜之者，在其能學道真修，不為世間文人習氣所縛也。魯直與方蒙書云“頃洪甥送令嗣二詩，風致灑落，才思高秀，展讀賞愛，恨未識面也。然近世少年，多不肯治經術及精讀史書，乃縱酒以助詩，故詩人致遠則泥。想達源自能追琢之，必皆離此諸病，漫及之爾”。當時文人習氣，可見一斑。而德操能脫落之，毅然入道，而不廢詩篇。呂本中紫微詩話云“汪信民革，嘗作詩寄謝無逸云，問訊江南謝康樂，溪堂春木想扶疏。高談何日看揮塵，安步從來可當車。但得丹霞訪龐老，何須狗監薦相如。新年更勵於陵節，妻子同鋤五畝蔬。饒德操節見此詩，謂信民曰，公詩日進，而道日遠矣。蓋用功在彼而不在此也”。德操謂信民詩日進，而道日遠，乃真靜友。詩進而道遠，豈是風騷之正格。德操有道心，是其彌足貴者。如近世同光體沈寐叟有道心，迥出於常流之上。紫微詩話又云“江西諸人詩，如謝無逸富贍，饒德操蕭散，皆不減潘邠老大臨精苦也。然德操為僧後，詩更高妙，殆不可及。嘗作詩勸余專意學道云，向來相許濟時功，大似頻伽餉遠空。我已定交木上座，君猶求舊管城公。文章不療百年老，世事能排雙頰紅。好貸夜窗三十刻，胡床趺坐究幡風”。君猶求舊管城公、文章不療百年老二語，正是勸喻紫微處。惜紫微參禪未深得，後又為大慧宗杲所抨擊也。黃山谷開江西派，本是禪子，體道甚深。此等社中亦唯饒氏方足以傳之。學道，誠可謂江西詩之一大門風也。如洪駒父，後以污行穢節，死於流所，亦已愧對其舅及如璧和尚矣。（清曾季貍艇齋詩話云“饒節德操，撫州人，祝髮名如璧，號倚松道人，住鄧州香巖寺。有一僕曰詹榮，亦撫人，璧攜之以行。一日，因打木魚先悟道，作頌云，木魚原來無肚腸，聲聲喚我出鑊湯。佛法元來無多子，王婆頭上戴丁香。遂亦祝髮，名如珪云。璧反於其僕處有省”。此饒節僕真有唐人意者。其偈詩亦本是釋教心性之脈。宋人中求此古意者亦鮮矣。德操，江西詩派之名家，乃士夫參禪能棄浮華而入道者。其僕先其開悟，其事亦極可味。故知證量利鈍，不在知識文學之厚薄。唐人蕭穎士，為一時文豪，有僕杜亮奴事穎士十年，笞楚嚴慘，或勸其去，答曰，非不能，愛其才耳。見北夢瑣言。杜亮能賞其主之才，雖笞楚而不去，而如珪能先其主而悟，亦祝髮而不去也。此後世所不難及者。）

呂氏宗派圖辨

　　吾婺陳巖肖氏庚溪詩話有云“本朝詩人與唐世相亢，其所得各不同，而俱自有妙處，不必相蹈襲也。至山谷之詩，清新奇峭，頗造前人未嘗道處，自為一家，此其妙也。至古體詩，不拘聲律，間有歇後語，亦清新奇峭之極也。然近時學其詩者，或未得其妙處，每有所作，必使聲韻拗捩，詞語沚，曰江西格也。此何為哉。呂居仁作江西詩社宗派圖，以山谷為祖，宜其規行矩步，必踵其跡。今觀東萊詩，多渾厚平夷，時出雄偉，不見斧鑿痕，社中如謝無逸之徒亦然，正如魯國男子善學柳下惠者也”。（此東萊為大東萊，即呂本中也。）陳氏生處兩宋之際，見證詩事如是。社中奇才，又有呂本中、謝無逸。本中學禪不成，曾為大慧禪師所喝，學詩亦未甚成，非可與徐、洪、韓、饒比。然江西詩社宗派圖之撰，竟為黃陳之功臣。論詩有活法說，沾溉後世亦深焉。雖學禪不成，乃以禪家事比附詩學，宗派、活法俱然，而人多悅其新穎。後世莫雲卿、董玄宰，以禪家南北宗事，比附畫學，人亦多悅焉。何宗門之陰魂不散也。古人之糟粕，比附何益。何如直抉其精神耶。清人張泰來撰江西詩社宗派圖錄，宋商邱序言其徧覽羣籍，錄其與居仁宗派圖相關者，各自小傳，且推原作圖之意。予觀泰來叙詩社二十五人頗詳，且考辨居仁宗派圖得失甚多。諸人非皆江西人，亦非皆師法山谷，而師法山谷者，亦多有未入宗派者，居仁之作疏漏自多。然有宋呂氏之學，學行俱高，代有聞人，居仁出此源流，自亦不凡。使置諸詩人中，則高其學識之深廣，於學人間，則露其詩才之出羣，宜其新說既出，即得風行也。予嘗言南宗禪，傳入東瀛，乃滲透其國一切物事中。降至近世柳宗悅氏論民藝，猶然也。在吾國則北宋以來，禪以無間入有厚，亦幾滲入一切物事中，藝文之道尤然。禪之糟粕，一轉手而成精華矣。蘇黃之詩法，梁楷、牧谿之畫，有承自禪者。居仁活法之說，亦本自禪門。傳燈錄中如一宗派之高僧，往往遍參各山尊宿，各自有悟入處，不盡出於其本宗、直系之師授焉，宗派圖效仿傳燈錄，則宗派圖諸人非皆江西人，亦非皆師法山谷，亦何足怪哉。宋商邱序言“居仁之名山谷，殆以一流小之，非尊之也。而自附於一流,抑又自小之甚矣"。使其言弗謬,則濟、洞、溈、雲、眼之名宗,亦以一流小之,非尊之也。此豈是古人之意乎。

陳簡齋以渾健勝

宋人葛勝仲陳去非詩集序乃謂"詩非惟不能窮人,且能達人",而陳公殆其一也。此最能見簡齋與聖俞、後山不同處。使去非不覯國難,亦不過軒輊宗派中人而已。四庫提要云"至於湖南流落之餘,汴京板蕩之後,感時撫事,慷慨激越,寄託遙深,乃往往突過古人。故劉須溪後村詩話謂其造次不忘憂愛,以簡嚴掃繁褥,以雄渾代尖巧,第其品格,當在諸家之上"。近世巨擘馬湛翁,亦以國難,避地西南,而詩境大進,其高處竟逼近老杜閫奧,故與簡齋有相類者。使在清平之世,逍遙林泉,陶謝之意,固可瓣香,而老杜雄深,不能逼近也。劉須溪極推去非,至謂其品格在黃、陳之上。四庫提要則謂"庭堅之下,師道之上,實高置一席無愧也"。吾意皆涉溢美,去非弗能高過黃、陳。去非詩俊朗雄健處,更類老杜,外人觀之,固驚嘆之,以為品格高古,似非元祐諸人所能為。不知蘇、黃、陳所立之江西脈,本不求與古人同,乃學杜而不刻意為杜者。予嘗言,詩道尤重性地之粹然,如詩、騷、陶、謝,而弗貴才藻之英華。故去非之渾健,其品實又在黃之矯拔、陳之老硬之後。後村之論,不可盡信。而大蘇兼有渾健、矯拔、老硬、尖新之體,又豈去非可軒輊之者。劉後村、方虛谷等推重簡齋詩,實亦欲使南渡後詩脈有此一種法髓不絕,高舉去非,正為本朝南渡後詩人壯氣。然不知兩宋之異,實已懸隔,學術、禪宗、書畫詩文之道,皆為大變,南宋大體,不復汴京古意多矣。去非處兩宋之間,高宗朝參政,據顯要,宜為後人所推尊。近人馮煦增廣箋注簡齋詩集序云"近世作者,鑒於中晚之失,往往桃唐祖宋,於回所稱三宗者,奉為泰斗,爭相攀附。蓋其一種蕭寥逋峭之致，譬之繚碉邃壑，絕遠塵壒，既非若七寶樓臺，拆下不成片段，又非若繩樞甕牖，貌朴古而實寒陋，無惑乎世之踵武而趨也"。所譬甚妙。七寶樓臺喻滄浪、漁詳所倡之風者，繩樞甕牖，喻一味摹古而標舉漢魏者，而自標宋詩派以蕭寥逋峭之格。惟此詩格之鼻祖，實在蘇、黃、陳，去非繼其先軌，變以己意。去非天分既高，用心亦苦，思力彌摯，工於變化，有兼黃、陳之長處者，宜其合作，遠超凡俗。然多能不如獨詣。詩道亦然。去非能兼諸長，而黃、陳之獨詣，其弗能至焉。後人不識，妄謂其高過後山，不知後山高節奇異士，在黃亦嘗嗟咨其詩文不已。顯達如去非者，無其高風。後山詩自具秘密藏，去非未必能窺見之。

詩云，子蘧子，語如珠，本非讞言惟自道，孰知竟折偉丈夫。我嘆福慧雙修是，無壽何能探驪珠。仲尼七十從所欲，子輿耄耋真氣腴。但勸眾人惜眼下，荒忽莫使骨髓枯。詩人亦非極究竟，學道安能止一隅。待到帝力不到處，點雪恰鎔太虛爐。（蘧伯玉嘗言吾五十而知四十九之非。真聖人之言也。觀陳去非傳，忽見其卒死年四十九，頗生感觸如是。後山卒年，竟亦與之同。）

陸　務　觀

予勤修禪密時，晝夜一體，夢中多佛義所幻化者。今撰詩門血脈論，夢中多騷人詩學之應。微末如我，誠至亦有斯事，則陸放翁任職蜀地，夢裏多收復中原、一洗腥羶之功，亦自然爾。放翁入蜀後詩，渾若唐時邊塞之士，忠肝義膽，筆調磊落，全以雄快為格，有宋未有此種文字。其跋岑嘉州詩集嘗自言自少時絕好岑詩，攝犍為，畫公像齋壁，又雜取公詩八十餘篇刻之。如此則放翁之歌行，自又有直承唐人氣調筆勢者。當黃、陳之時，學詩如修道，詩律自學道參禪中悟入，八面俱鋒。陳簡齋值靖康之難，類乎老杜，其詩律自慷慨蒼涼中造境，遂有奇詣。再至陸務觀，當南宋戰守糾結之時，其詩律乃自主戰忠魂受用，而不復斤斤於句法奇技之矜秘。其所以能繼蘇、黃而為大家，即此直從血脈得法之故也。此江西派之第三、四代，而乃脫然於舊法故轍，獨開一大境界。其九月一日夜讀詩稿有感走筆作歌自述詩學云“我昔學詩未有得，殘餘未免從人乞。力屠氣餒心自知，妄取虛名有慚色。四十從戎駐南鄭，酣宴軍中夜連日。打球築場一千步，閱馬列廄三萬匹。華燈縱博聲滿樓，寶釵豔舞光照席。琵琶弦急冰雹亂，羯鼓手勻風雨疾。詩家三昧忽見前，屈賈在眼元歷歷。天機雲錦用在我，翦裁妙處非刀尺”。其言詩家三昧忽見前，即吾所謂直從血脈得法者。江西派學詩如修道，故放翁亦以禪家常語而形狀之，三昧見前，一超直入也。此其詩法之開悟偈也。雖然，陸詩之大成，直從氣受，與參禪實無甚關涉。但凡詩訣，其要有二，或從心入，或自氣受，亦如達摩之言理入、行入也。黃陳多從心入，放翁多自氣受，東坡兼之。從心入者，品性多高超。自氣受者，抱負每宏遠。黃陳晚境，養氣已厚，正補其闕，放翁晚境，日入平淡，心法亦熟，是以足抗黃陳，俱為大家，而與子瞻軒輊同列。而陸詩終已異於江西，自立門戶矣。簡齋學老杜，意調俱高，有神似者，然矜尚詩律，著眼於小，後得參政，亦不脫文士習氣。苕溪漁隱叢話後集卷三十四亦有云“去非舊有詩云，風流丘壑真吾事，籌策廟堂非所知。其後登政府，無所建明，卒如其言”。放翁亦參老杜，而渾張為主，不拘細格，韻度不若簡齋細膩，而使氣勝之。放翁卑官，而胸懷澄清之志，所思者為社稷之大事，亦適與簡齋反。陸詩雄壯慷慨處，至誠不息，已脫文人之習氣，亦不復黃、陳學禪多出塵之味，故所作迥拔時流，恍惚如唐賢之再生也。（心入、氣受，以今語釋之，即智慧型、本能型也。黃、陳詩法，兼智慧型、本能型，二者亦甚均衡而略偏於前。去非詩法，偏於智慧型，而本能不足，且其化禪入詩又不能如黃、陳得力。然自顛沛湖嶠，本能濟之矣。放翁則直以本能型勝，陸詩之本能，不遜於東坡，而在黃、陳諸家之上，而智慧不能及黃、陳。故好之者謂其為唐宋六大詩人之一，非黃、陳比，趙甌北是也。吾意黃、陸平分秋色可也。）

楊 誠 齋

陸務觀如神駒，至其出，江西派不復能籠罩焉。此向外而破者。楊誠齋則非是，不求氣焰灼照，亦不復遵循既成之詩訣，獨持機巧，乃向內而破者。其以江西詩艱深蹇澀為病，乃以江西之活法，參自家之活法，曾焚毀舊作千餘首，亦仿佛大慧以文字禪為病，乃焚其先師克勤之碧巖錄，倡看話禪之活計也。惟誠齋詩之所成未遠，未可與大慧禪比。江西詩社宗派圖錄言"朱考亭云，江西之詩，至山谷一變，至楊廷秀又再變。以斯知一代之詩，未有不變者也。獨江西宗派云乎"。誠齋荊溪集自序自道其學詩前後之變，言其戊戌作詩，忽若有悟，於是辭謝唐人及王、陳、江西諸君子皆不敢學，而後欣如也。此真善學柳下惠者。誠齋體不求高調，不求艱深，不矯異而自負，不炫技而逞學，而求於心源之汩汩，風氣之樸質，別出心裁，以尖新巧妙而勝。此其所自悟者。然其元氣之厚，不復與北宋前賢比，詩尚新巧警秀之特致，亦足露偏安器量之褊促，亦與馬遠一輩繪事同病。江西派詩，本有平易之格，誠齋本師江西，骨力猶健，其詩固亦非後世人所易及。後人可通其活法，而不易得其骨力。吾人處同光體極盛衰沒之時，詩道之變化，適造其時。近世先有南社，欲變宋體詩，然所成不高。其後詩脈愈降。故觀誠齋體，亦自可以為鑑矣。使人亦能不求高調，不求艱深，不矯異而自負，不炫技而逞學，而求於心源之汩汩，風氣之樸質，自成一家，則今世之楊誠齋出矣。鄙亦學詩人，故特發斯歎云爾。

學　詩

予早歲學同光體，宗江西派。憶昔獨居圓明園廢墟之畔，冬夜深靜，寒樹蕭疏，常諷誦後漢書、陳後山集，硬句蒼澀，正和朔地之氣相類。後遷西泠，得黄涪翁詩集，心神愜洽，一日忽起筆，詩作乃多矣。予學江西，計有八載，略參得數處。一曰，次韻鬭奇，險處求生，有不可逆料之意趣也。（吾次韻詩自辛巳遷杭時始。一日過中河，偶窺淑氣，詩興生矣。春懷用山谷韻云“冥心鴻蒙初，風物當晚輩。窗草縱可剪，陰司已難逮。柔條發陌頭，春氣溟涬會。兀懷如廢石，象轉若驥背。龍相恆不見，長將孤心在。碧波勝清徽，能將木蘭配。踟躕復杜門，幽憐肯捐愛。任自繁與滅，苦學向境外。未企道機熟，清懽能多倍。百川納於海，惟氣澄故態。如有古人事，霽月來面對。老子其猶者，黄澤始能大”。詩成甚覺不可思議，遂傾力為詩。時廿六歲。後嘗次韓昌黎南山詩韻、沈寐叟詩長韻，愈覺次韻之法，乃若有古人加持者，文字矯然而滋味愈生。他人畏之而我獨好。宋詩用字押韻，遠較前人廣闊。又近讀誠齋詩話，一處云糟字本出漢書霍去病傳“鏖皋蘭山下”，注云“今謂糜爛為鏖糟”。豁然乃曉吾鄉方言形容不淨、讀音若敖遭者，其本字即此鏖糟也。則今日之土語，乃昔日之雅言。宋人偶用字今日觀之若俗字，然自昔日觀之，並非如是。）一曰硬峭拔俗，以格度高邁勝。當日自覺身際末世，風氣澆薄，不吐峭直出塵之句，何能守道統、完士氣。宋詩本喜參不平常處。故學之亦得高邁之格度，迥出俗流。故甚喜陳散原。（時有詩云“慧劍應須腰間懸，不斬俗人斬俗志。俱惜臧穀同喪羊，同參龍象之大智。茶會藥議忘我矣，反得圓悟一味義。別去翻如雲閒鶴，請容他日共歸醉”。即此之謂。又有吊散原詩云“大陸龍魂披髮尋，柏墳棖觸倚寒林。溪山藏穴可安穩，猛覺天風又苦吟”。）一曰，七律對仗，使事須深須渾，句法須多變，不然氣格難成。使事深則奧澀，渾則蒼健，多變則跳宕，有時遂有深澀拗折之失。（有仄韻詩感當時之美、伊戰爭者云“風露昏晨作爪角，君王不重攝生術。血污何能分蟲鶴,兵燹無非成緅漆。夷國曷為宋子會,岐黃多諫齊侯疾。斷腸縫腹誰知道,卜築黃沙事屬吉"。最有此種深澀險峭之病。七律難工,至遠遊東魯,方真開竅。後作謁顧亭林先生墓云"落木征程野日垂,玉峰絕處慟餘悲。黃書河雒天幬覆,胡馬關山地出漿。大壑猶藏孤竹廟,小臣還上湆溪碑。秋風皁帽俗塵裏,神骨曾參介子推"。"塋前龍性已難尋,移影河山入地侵。三百銷磨神愈大,八千蟲鶴化恐深。方殷世難親喬嶽,自護宗風拜太音。繞樹誠知青史重,玄黃土塚柏蕭森"。恐乃我生平最佳者。蓋當日又已得力於亭林詩,不僅學宋調而已。)一曰,用事在古當如蘇黃,近世當如沈寐叟,熔鑄隱秘,出入理窟。習宋詩當學道也。此亦世人指我為學人之詩者。(予意詩只是一,何來詩人、學人之分哉。)右皆吾學詩所參者。後豁然有悟,乃棄去江西體,而歸於三唐。拙著無懷氏詩集自序嘗云"予始者傚同光體,學其奧衍硬峭,幽澀清蒼,乃刻意趣高,後悟其非。古詩氣象雄渾正大,不若是之奇崛廉稜也。乃棄江西而入於唐。宋體親而不尊,唐詩則既親而尊矣。盛唐尤貴重。遂傚其體,略成渾整弘放之格。而復厭其陳語,乃有青眼於晚唐。甚思有明前後七子之覆轍,後世學盛唐者,多不免尊而不親矣。疇昔喜拗折,用深典,今日則作天真體、欲嫗兒可誦者,此唐賢所錫予之深者。蓋尊不消融,親亦不能。非此平常心,尊親弗能俱至也。常授歸愚老人古詩源於家塾,心神素在擊壤、獲麟間,自知本心,亦與靖節先生何異。惟不必效其辭氣爾。作字宋人發力太過,失之刻露。唐賢發之中和。晉人不發力,無所勉強,始造玄妙。詩學亦有相似者。唐賢之詩,亦有不發力而妙者。予既悟此義諦,乃始真能知靖節矣。昔日所賞,尚隔一塵。夫不發力之妙訣,豈限乎歌詩書藝而已。實天下之通則,聖賢之心髓。此理一致,三教同然。一日重讀蘇黃,甚感其瀏利愜意,舉重若輕,於道非無得也。當此之際,則三統之分別心,亦將渙然而冰釋。夫詩心者,不必晉,不必唐,不必宋,亦是晉,亦是唐,亦是宋。以門戶自喜者,亦鮮能自解其縛。虞夏之文不勝其質，殷周之質不勝其文。使詩道恆有此覺照，其或繼唐宋者，雖百世，可知矣"。此最可吾學詩之歷程。今撰血脈論，實亦為吾學詩之助緣。他日如何，固所未知，然古詩微妙，今愈親近矣。門下諸子，頗有喜作詩者，自錄疇昔學宋詩參悟如是，聊備一觀。唐皎然作詩式，曾譏鍾記室"既非詩人，安可輒議"。予庶乎可免此議也歟。

卷末　總　論

　　吾國歌詩及詩論，周、漢以來，蓋已極盛，其籍充棟，其人星漢。清季近世，詩人輩出，詩話之學，近亦有民國詩話叢編之結集，洋洋可觀。自錢默存氏談藝錄出，博學強識，文筆廉悍，發前人所未發，新義疊見，又以泰西新眼光論舊詩學，開闢風氣，立論未必盡愜人心，而其五丁開山之功，永銘青史矣。血脈論又別於錢氏。竊謂舊學實未舊，其如寶藏，人未見者眾矣，不必遽於覓他山石，轉失吾傳家寶。使詩門有如龍樹者，復入龍宮取之可矣。新智自可擇取焉，泰西之學，吾素好之，然新學實未新，根本只在一心。吾人使此心瑩然如鏡，則虛納萬相，新妍自映。佛法根本，在悲智雙流。詩學亦不外之。此心瑩然是智，新妍自映是悲。瑩然者是性，新妍者是情。詩道者，一言以蔽之，性情雙運也。悲智雙流，之於性情雙運，亦一也。使劉彥和、皎然不能此心瑩然，又焉能有雕龍、詩式之異彩燦然乎。以如來藏義，識境本在智境中隨緣自顯現，此妙識也，妙觀察智也。談藝從來不可少此物事。彥和、皎然皆精於釋教之學，其詩文之論實俱受益於此妙識也無疑。血脈論本由自悟，亦交攝佛理，於二家乃闇合焉，故謂之祖述劉、皎之書亦可也。忽覺又有一古今知己，乃沙門空海也。不意拙著之名，亦與其文鏡秘府論若函、蓋相合焉，無心而得之如是。空海之密宗、書道、談藝，予皆無間然，信有夙緣矣。詩學根本，只在一心。而異域人亦同此一心耳，非有他物。以此一心，收攝古新，以古為新，以新入古，此予之學也。惟才具鄙陋，无足以成所欲。總論一卷，多信筆所至，乃以統攝為主，而內篇、外篇之銜合實亦在此焉。

十二脈成而詩道備

十二脈成而詩道備。十二脈詩有高下，而性為平等，皆成自家面目。南宋以降，詩才自有高下，而於性已墮一等。十二脈時，詩門之正法時代也。南宋以至民國，詩門之像法時代也。吾儕所處，末法之始也。南宋以降，歷代學詩者不出此十二脈，而陶鑄以時運，各揚其波瀾。學兼唐宋、自具性地者，歷代有元遺山、虞道園、錢牧齋、宋荔裳、朱竹垞、袁子才、蔣心餘、趙甌北、張船山、龔定盦、黃公度、馬湛翁。遺山詩文俱極高，自為吾血脈論外篇第一人。牧齋、定盦、湛翁最為其時之大家。（馬湛翁自受同光體熏陶而出，天分高遠，詩有魏晉風，兼學諸代，國難所作，乃得老杜真髓，不復為同光派所限。）學太白者，其高妙者有高季迪、屈翁山、黃仲則、易哭庵。學杜韓者，江西派之外，其著者有劉伯溫、李茶陵、王覺斯。學盛唐律詩者，有前七子、後七子、陳子龍、顧亭林、沈歸愚。學王摩詰、韋蘇州者，最著者為倡神韻說之王漁洋，同時又有施愚山，求清真雅正之格。學白樂天歌行者，有吳梅村。學長吉體者，有楊鐵崖、王元章、薩都剌、明季諸子。學賈姚體者，有四靈、竟陵派、吳野人、李懷民。學中晚唐詩者，有戴剡源、范德機、楊仲弘、揭曼碩、王船山、金冬心、樊樊山。學蘇詩宋調者，有趙閑閑、查初白、宋牧仲、趙秋谷、翁覃谿、厲樊榭、張廣雅。學江西派者，有劉後村、方虛谷、錢籜石、鄭子尹、曾文正、沈寐叟、袁爽秋、陳散原、陳滄趣、鄭海藏、陳石遺、李拔可。專學魏晉選體者，近世甚盛，其著者有鄧彌之、王湘綺。又有釋道心性脈之傳，其著者前後如天童正覺、中峯明本、白玉蟾、張三丰、紫柏、虛雲等。詩僧之派，承貫休齊己之脈者，其傑出者如惠洪、參寥子、藥地、澹歸、擔當、寄禪。覺範石門文字禪最爲可觀。理學家之詩，實亦釋道心性脈之支系，祖師者邵康節，開宗者程明道，導其脈絡，獨成一路。尤卓然者為朱元晦、陳白沙、王陽明。畫家之詩脈，如倪雲林、沈石田、文衡山、八大山人、石濤、惲南田、金冬心、鄭板橋、吳昌碩、齊白石。歷代才人，各領風騷，然求能如唐、宋人自創一格者，遺山先生而外，蓋亦罕覯矣。後如子才、甌北倡性情詩，獨覓蹊徑，不欲為舊說所縛，然所成亦不出唐、宋之範圍，而元氣又不復遺山之渾厚沉鬱。定盦、公度而後，漸開新氣象，然時代逼之新爾，詩法未多變。同光體為江西之絕響。末迨白話文學出，此十二大脈所籠罩之舊詩壇，始分崩裂滅而大變矣。（外篇而外，吾亦欲作雜篇，專述域外之詩學，如泰西、印度諸國之脈絡，或當以語體文為之。吾素好諸國之詩文。茲事體大，倘能成之，亦為樂事，使不能成，在我亦堪為無弦琴之味。）

通一脈詩門可得而入

嶺南陳沚齋先生，今世詩門之老尊宿也，尤精詣於詞，為第一人。其寄書序拙著云"惟齋以大脈十二，貫通詩門，恰符人身經脈之數，所繫諸家殆經絡之腧穴邪。鍼其要穴，則全脈皆通，脈通則心血能達。十二脈皆由一心以主之。學者苟能通其一脈，詩心可得而探，詩門可得而入，而詩道亦可得而聞矣"。小子開卷而觀之，其溢辭不敢受，至此論則拍案擊節。蓋此言批導肯綮，吾書之心可覩之矣。所繫諸家確如經絡之腧穴，鍼其要穴，則全脈皆通，脈通則心血能達。此義尤妙甚。如屈、陶、謝、李、杜一流，不亦仿佛百會、膻中、勞宮、氣海、湧泉五大穴乎。古之真人息以踵，屈如湧泉，腎經之氣灌漑周身，詩門自此十字打開。陶如氣海，詩門真氣所聚之地也。謝如勞宮，謝詩之道，即在清心火，安心神。膻中，臟腑之氣彙聚處也，太白足以當之。百會，此穴百脈之會，百病所主，杜詩誠為詩門百脈之會，而亦善用其病轉相勝者。（可參此書論杜之篇。）又余友秦君持嘗語予曰“古醫籍皆曰十二經，不曰十二脈。奇經八脈則有之”。愚弗達醫理，茲言詩門十二脈，亦取其泛稱，以應乎達摩祖師血脈之論耳。

泚齋先生又言學者苟能通其一脈，詩心可得而探，詩門可得而入，而詩道亦可得而聞，亦是確說不虛。人以天分所限，往往不能同攝諸脈之髓，只可求一脈而通入詩門，如緣溪而求桃源，略窺詩道之玄奧焉。中人以上，可以語上，中人以下，不可以語上也。如詩、騷、漢、魏、陶、謝之脈，乃真所謂中人以上可以語上者，資質淺陋之人，焉能妄念而直造之。詩騷以至陶謝，上人可以直造之脈也。南朝、盛唐、中唐，中人可以合體之脈也。晚唐、北宋、江西，下人可以效仿之脈也。吾以學江西派、同光體乃得入詩門，誠所謂中人以下不可以語上者。自卑而高，自近而遠，下人所宜取法者如是。如唐人，乃直是學上人之道。宋人，只能學中人之道。如蘇子瞻，不欲僅止乎此，其和陶詩直與元亮相感通，文字甚妙，然後人亦不盡許之。元明以降，雜取中人、下人之道師法之而已。有明前後七子，鄙薄宋詩，欲直取盛唐之神而法之，所成弗逮所識遠甚。幸有陳、錢、顧、王諸公振之於在後，七子亦不失大輅椎輪之功也。以資質而論，牧齋、亭林一流，真堪稱中人，其取法唐詩而有得亦宜矣。今人資質愈澌，古氣愈滅，甚者下人之道亦不堪之，故轉而學域外之詩，乃將吾國詩門之法藏盡抛之矣。其人皆以盡抛法度而自喜，將欲馳騁於詩國，而不料此舊法度蕩然無復存之白話詩，亦極深奧難逮也。其人又不得不轉師泰西本源之學，智識緣之而愈深，非無得，然學問又礙於詩心。或乃轉棄新詩復歸於吾國之詩門，往而能反，亦可嘉哉。

詩門八非一無相義

華嚴卷六十九有曰"知諸如來非去，世趣永滅故。非來，體性無生故。非生，法身平等故，非滅，無有生相故。非實，住如幻法故。非妄，利益眾生故。非遷，超過生死故。非壞，性常不變故。一相，言語悉離故。無相，性相本空故"。詩門微妙義亦然。

吾知諸詩道非去者，魏、晉、唐、宋，只是分別意識，本無隔閡疆限。古今只在一念，今日與漢、晉亦為一體。

非來者，詩只在當下，空論詩學之於人類之影響及將來之軌轍，乃增一種文字業障。

非生者，陶、謝、李、杜，矯然出羣，而其心固與庸庶黎民無有差別。古之詩多出庸民，後之詩多出傑士，而實為平等。詩心本平常故。

非滅者，歷代巨匠以其妙明真心，照耀空虛，即色而空，應物合道，亦目擊而道存，文字恆在，千萬年後讀之，猶在目前，故曰不滅。

非實者，歌詩所托，只是文字，使其不存，則詩亦不在。故有形文字之法門，神妙又弗如無形之聲音。古之詩無論華、梵、古歐，皆以聲音相傳，歌詠以樂，是為上品。後世只以文字嗣命，乃已下品。而聲音之道，亦自非實。

非妄者，詩道思無邪，興化民性，振動人氣，使人認知本分，感通天地，其義利亦大哉。

非遷者，滄浪詩話已言之，詩道有妙悟，詩有別材，非關學也。而嚴氏所謂學者以予觀之即是遷，而詩道不遷。（今人考辨，滄浪詩話原文為"詩為妙悟，非關書也"。）妙悟超於世諦，為詩騷之秘鍵，此種幽奧，不可語與中下也。

　　非壞者，文字可滅，而心性不壞，詩章可磨，而精氣恒存。上古之詩，只遺殘句，亦能芳澤千古。若全無存，亦令後人懷想不盡。何也，真心非壞故也。蘇黃之跡，有一日而壞，而其詩性，亦隨宇宙而不盡。

　　一相，詩雖多塗，實同歸焉，崢嶸山嶽，亦本同於大地平沉。如詩經三百，還為一相。一言以蔽之，思無邪也。歷代差別，其理一揆，而皆歸於性情真心。世儒以分別心觀之，只增睽隔。實不必刻意以唐、宋為分派，以三唐為異調也。

　　無相者，詩亦是相，凡所有相，皆是虛妄。善觀詩者，以無相而觀之。俗士反之。歷代作者，心空而筆實，性靈而言則。後人若只知於筆實言則處看詩，辱沒古賢矣。唐人猶能知無相之妙，宋儒以降，則愈著於有相。此又古今詩學變化之關捩子。

　　此八非一無相義，古來識者，各有所證。如滄浪識得非遷，毛序識得非妄。又如禪僧詩偈，心空及第歸，最識得無相。近世胡、顧輩論詩，破除聖諦，亦非全然無得。吾今一舉呈露，隻網打盡，亦前人所罕道云爾。

詩障新說

　　世間論詩者既尊一二大家，往往輕斥別流，謂其詩多障。如尊盛唐者喜斥晚唐，喜杜韓者每斥貫休齊己，祖唐者薄宋，禰宋者薄唐，第以平等觀觀之，其說均不免為其詩障之見所誤矣。實則詩障亦是詩性。此予讀金剛智所譯之金剛峰樓閣一切瑜伽瑜祇經，忽所悟者。經言會中忽有一障現，諸菩薩各如醉，不知所從來處。時薄伽梵面目微笑，告諸菩薩言，此障從一切眾生本有障無始無覺中來，本有俱生障，自我所生障。時障者忽然現身，作金剛薩埵形云

云。此亦密乘愛染明王之出處也。詩道中實亦符契斯理者。如王
荆公選唐詩，斥太白有醇酒美人障，而不知此障正是太白之殊勝法
門。如後世尊唐一派斥宋詩有理障，不知此理障正乃宋人興觀獨
特之法，攝理於事，融性於相，蓋亦本乎古聖之詩教及釋教之頌偈
者。斥晚唐有詩障者，不知晚唐之障適成其異致，如義山、貫休等，
實乃豐神俊朗之人。（以風雅中正自居者如錢牧齋，其斥竟陵、公安為詩
障，為外道。平情觀之，竟陵等作詩有障，自可不疑，然亦甚秀拔，直露性天，
藥前代之詩疾，其於詩壇所生之正氣，多過其所破裂者。牧齋詩能盡袪其障，
典正有則，兼學唐宋，備諸品格，而以老杜為歸，誠為大家，而又增其一障，曰
太求典則，修辭過工，有損於性天之直道。其後牧齋喪節，豈與此盡無關涉
耶。其人才學太富，修辭過工，節虧後又作投筆集，示其忠肝義膽，文辭極類
老杜高渾。然自冷眼人觀之，亦不知作何懷想。宜後世弘曆觀之而甚惡其兩
端也。然牧齋詩有此障，後人覽之，又自感其為殊勝處，他人無能為此典則修
辭之高妙也。今日既悟一切瑜伽瑜祇經之義，脫昔日之見地，得平心而觀之，
亦可驚歎其才。明清詩門元脈，不可舍牧齋而自立也。）蓋類此者甚夥。
學詩者詩障不可不袪，然於歷代詩人之障，不可一棒而打殺之。詩
障亦自具妙用，有不可以凡心思議者。今以平等觀說之如是。

跋

　　孔子與子夏論詩曰"窺其門,不入其中,安知其奧藏之所在乎"。余自乙酉秋月拜學先生門下,至今春秋八度,衡門之下,可謂棲遲久矣。然心有深愧爾。於詩學素樂之好之,自知非可謂得其門而入也。奈何。蓋限乎零星之揀擇,於詩門之全域脈絡,無得乎大體之器識。學養亦陋矣。今吾師以扛鼎之力出詩門血脈論,以文化史注詩史,為吾等小子開窺入詩道聖學之門徑,其抱負意旨又豈囿於詩學。當世國本乖離,人情薄俗,學人揣名利妄心而不返者以千萬計。四民之序顛倒,學子當十五立志時,茫然於制度考試,當三十立業時,惘然於社會身份之錯逆,何談祖述聖賢,承繼絕學。恐似天外之音,於己無涉。詩心若失,詩門之風雅絕調似將無繼爾。

　　今秋菊月,先生囑夫婿與余跋此鴻著。每晨奉茶焚香,拜讀至午,葭月中方閱一過。歲暮節氣,雲天清曠,斂氣凝神于洋洋大觀,若肺肝換焉。始信張籍飲杜集自言令吾肝腸從此改易,要非誕也。然特於華嚴所衍之詩門非妄一義,殊得軒豁浩然之氣。先者元初之音,乃三才相激蕩,思無邪爾。聖人之田,人情之陶冶,何思慮也。詩心無非去妄心,乃平常心。平常心為何。認知本分,感通天地爾。此一義道出學詩之正見。蓋文字亦一殊勝法門，要在以己心應天地之心，從根塵濁影中，探出性情真心與天地同流，然後可以興化民性，移風易俗。先生涵括三教于詩脈，導吾人以蹊徑，豈是欲吾等執文字有象之一端，附庸風雅，炫耀自恃耶。乃欲吾人學詩門聖賢，何以文字方便輔性天直道，何以擴充內養以達至誠不息，而後各自圓成，可以安放身心也。以吾觀之，雖詩門有古今，詩功有淺深，詩心有愚慧，明悟我性之自適，逍遙天地則一也。小者小成，大者大成，各自具足，不必作仰高鑽堅之歎矣。

其更甚者，若要詩好便無詩，猶心經以無所得故，開福慧法門。詩三百不可得，無邪若昧何可學。騷之不可得，怨深心苦不待文字發。淵明不可得，閑淡自適乃大丈夫心地，南山自見不緣詩。大謝不可得，高蹈清曠乃其自證，豐神俊朗乃其自修。李杜不可得，其仙骨，其磅礴，乃時勢性靈所致焉。詩者，觀自在也。若為作詩而作詩，儻有自家珍寶，亦先要人說好，要先說是詩，有所為而為，已落第二義，是道之權柄不在己。詩學，小藝也。然吾國之學，妙在下學上達，無所不通。詩書畫皆道。此先生以三教格局，掌小道權柄以指月也。月者何。大而無外，小而無內，中華文化體用之道爾。吾等識得本分，去得妄心，以自家資質，次第而上，因地既正，其果何耶。繫以詩曰，水天連碧認宗風，性象交光得環中。妄心一去識芥子，須彌不在大壑東。時癸巳仲冬門下士懷陵查用純敬識。

圖書在版編目（CIP）數據

詩門血脈論內篇 / 季惟齋著.

－－上海：華東師範大學出版社，2014.9

ISBN 978－7－5675－2105－6

I. ①詩… II. ①季… III. ①古典詩歌－詩歌研究－中國 IV. ①I207.22

中國版本圖書館 CIP 數據核字（2014）第 103431 號

華東師範大學出版社六點分社

企劃人 倪為國

詩門血脈論內篇

著　　者	季惟齋
責任編輯	古　岡
封面設計	何　暘

出版發行　華東師範大學出版社

社　　址　上海市中山北路 3663 號　　郵編　200062

網　　址　www.ecnupress.com.cn

電　　話　021－60821666　　行政傳真　021－62572105

客服電話　021－62865537

門市（郵購）電話　　021－62869887

地　　址　上海市中山北路 3663 號華東師範大學校內先鋒路口

網　　店　http://hdsdcbs.tmall.com

印 刷 者　上海市印刷十廠有限公司

開　　本　890×1240　1/32

插　　頁　1

印　　張　11

字　　數　233 千字

版　　次　2014 年 9 月第 1 版

印　　次　2014 年 9 月第 1 次

書　　號　ISBN 978－7－5675－2105－6/I.1172

定　　價　39.80 元

出 版 人　王　焰

（如發現本版圖書有印訂質量問題，請寄回本社客服中心調換或者電話 021－62865537 聯繫）